Des Falken Treue

3 in 1: Roman, Geschichtensammlung und Kochbuch in einem, das ist das neue Buch von Daniela Brotsack. Die etwas andere Fortsetzung des Erstlingswerkes „Mit dem Mut einer Löwin – der lange Weg nach Hause":

Im zehnten Jahr nach dem unerklärlichen Zeitsprung ins 14. Jahrhundert und wieder zurück hat die inzwischen 36-jährige Laura den Verlust ihres geliebten Ritters Gordian noch immer nicht völlig überwunden, als während eines Ausritts in der Umgebung von Landshut ein geharnischter Mann mit dem ihr nur zu gut bekannten Falken-Wappen in ihr Leben tritt. Wer ist der geheimnisvolle Fremde und was verbirgt sich hinter seinem Auftreten und den vielen Gemeinsamkeiten zwischen ihm und Lauras an die Vergangenheit verlorenen Liebsten?

Daniela Brotsack

Des Falken Treue

Books on Demand, Norderstedt

Bibliografische Information der Deutschen Nationalbibliothek
Die Deutsche Nationalbibliothek verzeichnet diese Publikation
in der Deutschen Nationalbibliografie; detaillierte bibliografische
Daten sind im Internet über http://dnb.d-nb.de abrufbar.

Impressum

ISBN-13: 9783741224638

© 2016 Daniela Brotsack, www.daniela-brotsack.com
Alle Rechte vorbehalten.
Coverbild: © Alfred Leiblfinger
Sonstige Bilder: © Burkhard Schmidt, Heide Maria Brotsack, Daniela Brotsack
Satz und Layout: Daniela Brotsack
Herstellung und Verlag: BoD - Books on Demand, Norderstedt

*Das Leben ist zu kostbar,
um es mit Nichtigkeiten zu vergeuden!*

Liebe Leserin, lieber Leser!

Das vorliegende Buch ist die Fortsetzung des Romans „Mit dem Mut einer Löwin – Der lange Weg nach Hause". Als Leser/in des ersten Teils werden Sie schnell merken, dass dieser Teil sich grundlegend vom Vorgänger unterscheidet.

Es gibt noch immer die Ich-Erzählerin Laura, jedoch wird in Form von Briefen bzw. E-Mails manches auch aus einer anderen Perspektive erzählt.

Der Roman wird aufgelockert durch mehrere Kurzgeschichten. Sie sind an der herausstechenden Überschrift erkennbar. Da diese Geschichten keine Relevanz für die allgemeine Handlung haben, können sie auch jederzeit außerhalb des Romangeschehens gelesen werden (Inhaltsverzeichnis auf Seite 309). Ihr Ende wird jeweils durch eine doppelte Spirale gekennzeichnet.

Selbstverständlich ist auch in diesem Buch die Fantasie nicht zu kurz gekommen. Die Beschreibungen der erwähnten Veranstaltungen sind jedoch sehr nah an der Wirklichkeit, wie ich sie erlebt habe, und geben dem einen oder anderen Leser evtl. einen Einblick in eine für ihn weniger bekannte Welt der Ritterbünde, Ritterfeste, Jagdhornbläser und Jagdreiter.

Neben der Geschichte um Laura möchte ich meinen Lesern die besonders schönen Seiten meiner Leidenschaften Pferde, Bücher und Musik sowie den Aufenthalt in geselligen Runden etwas näherbringen. Ich hoffe, ich kann Sie begeistern!

Viel Spaß bei der Lektüre wünscht Ihnen
Daniela Brotsack

25. APRIL 2009

„Ich glaub' es nicht!", entfuhr es mir. „Jetzt habe ich gerade einen Tropfen auf der Nase gespürt." Liebevoll tätschelte ich mein Pferd am Hals. „Tja, Kumpel, heute stimmt wohl unser üblicher Wahlspruch nicht ganz: Wenn Engel reiten, lacht der Himmel. Na ja, vielleicht lachen die da oben auch so arg, dass ihnen die Tränen kommen." Ich trieb meinen Wallach zu einem schnellen Trab an und hielt die Augen nach einem geeigneten Unterschlupf offen, bevor der Regen heftiger wurde.

Wie an so vielen anderen Wochenenden war ich auch an diesem Samstag mit meinem Friesen Arwakr unterwegs. In aller Frühe hatte ich meinen Liebling in den geliehenen Anhänger verladen und war mit ihm Richtung Landshut gefahren. Ich wollte unbedingt eine Strecke reiten, die ich mir kürzlich auf der Landkarte ausgesucht hatte. Da ich in Reiterkreisen etwas verschrien war als diejenige, mit der jeder noch so kleine Ausritt zum Abenteuer werden konnte, konnte ich gerade bei solchen Erkundungsritten nicht mit Begleitern rechnen. Dabei konnte ich doch gar nicht beeinflussen, ob gerade unter den Hufen meines Pferdes ein morscher Brückenbalken nachgab oder uns auf der Strecke eine große Reitergruppe entgegen kam oder Enten direkt neben uns aufflogen. Wie sollte ich außerdem wissen, wessen Pferd wasserscheu war oder dass uns ein höhnisch grinsender Autofahrer mit scheppernden Anhänger entgegen kommen würde, so dass die Tiere Panik bekamen?

Es war bisher ein warmer Frühlingstag im Jahr 2009 gewesen. Die Wiesen waren sattgrün und auch die Bäume hatten schon zarte Blätter. Die Natur roch fantastisch nach Erde, Holz und Bärlauch. Wir waren schon längere Zeit unterwegs und hatten sogar ein kleines Picknick hinter uns. Und nun sah es plötzlich nach einem Frühlingsgewitter aus. Von weitem hörte ich Donnergrollen. Und ein paar erste sanfte Tropfen verstärkten diesen Eindruck auf mich noch.

Bald darauf fand ich tatsächlich, was ich suchte: Zwischen den Bäumen am Fuße eines Hügels schien es in diesem Waldstück eine Art Höhleneingang zu geben. Darauf steuerte ich Arwakr zu und fand tatsächlich einen mittelgroßen Raum unter einem vorhängenden Felsen vor, der uns beiden einen perfekten Unterschlupf bot. Nur der Eingang lag frei. Der Rest des Raumes war von Felsen und dichtem Buschwerk umgrenzt.

Noch konnte man die paar vereinzelten Tropfen nicht Regen nennen. Aber am Himmel türmten sich inzwischen bleigraue

Wolken, die erahnen ließen, dass das Gewitter nicht an uns vorbeiziehen würde.

Ich nahm Arwakr den Sattel ab und ließ ihn das Gras vor dem Unterstand fressen, solange es nur tröpfelte. Dadurch, dass er nur mit einem Lindel[1] statt einer normalen Trense mit Gebiss gezäumt war, konnte er ungehindert grasen. Die Zügel hatte ich so geknotet, dass sie ihm nicht vor die Füße fallen konnten.

Ich beobachtete den Himmel und dachte über mein Programm für die nächsten Tage nach.

In Gedanken versunken bemerkte ich nicht gleich, dass ein Hund auf mich zukam. Es war ein irischer Wolfshund. *Felix*[2], schoss es mir durch den Kopf, als ich seine Anwesenheit spürte und aufsah. Aber nein, dieser hier sah anders aus. Eine modernere Züchtung. Ich war trotzdem irritiert. Der Hund trottete direkt auf mich zu und beschnüffelte mich. Dann schob er mir – wie es auch Felix unzählige Male getan hatte – seine Schnauze unter meine Hand als Aufforderung, ihn zu streicheln. Ich kam seinem Wunsch nach und dachte wieder an den Hund, den ich einmal gekannt hatte. Ob er noch lebte? Was für eine blöde Frage!

Ich rief mich zur Ordnung, denn Grübeleien brachten nichts. Das hatten die vergangenen neuneinhalb Jahre gezeigt. „Na, du Hübscher, bist du hier ganz alleine unterwegs?"

Ich meinte, einen Pfiff zu hören, aber der Hund reagierte nicht. Doch dann folgte ein ärgerlicher Ruf „Cajus, hörst du denn nicht?" Der scharfe Ton in der Stimme hinter ihm ließ den Hund zucken und er lief unterwürfig zu seinem Herrn. Mir fiel die Kinnlade herunter, als ich aufblickte. Vor mir sah ich, auf einem Friesen reitend, einen Ritter wie aus dem Mittelalter. Sein Wams zierte ein Wappen mit dem Turmfalken. Ich konnte nur noch darauf starren. Gordian. Der Name beherrschte meine ganzen Gedanken. Ich rief mich zur Vernunft, richtete mich auf und sah ihn auf mich zureiten.

Plötzlich begann die Luft rundum zu knistern. Ich dachte, ich hätte sogar Funken zwischen dem Fremden – *Das kann unmöglich Gordian sein* – und mir sprühen sehen. Aber ich wollte meiner Wahrnehmung nicht trauen. Doch Tiere sind noch viel sensibler als wir. Das Pferd bemerkte die Spannung und ihm war die Situation offensichtlich nicht geheuer. Arwakr, links von mir, hob den Kopf und wieherte. In dem Moment stieg die Stute vor mir hoch. Ich sah die plötzliche Panik in ihren Augen und

---

1) Ein Lindel ist ein Halfter mit Zügel, entgegen des klassischen Zaums mit einem Eisengebiss im Maul des Pferdes lässt es müheloses Fressen zu.
2) Felix heißt ein Wolfshund, den Laura zehn Jahre vorher gekannt hat.

befürchtete, sie würde wegen ihres Reiters in vollem Harnisch das Gleichgewicht verlieren und nach hinten kippen. Ich erwischte einen Zügel gerade noch von unten und zog so den Kopf wieder herunter. Dabei redete ich beruhigend auf das Tier ein. Es stellte sich wieder mit allen Beinen auf den Boden, wenn auch noch leicht zitternd vor Aufregung. Der Ritter stieg ab, während ich noch die Zügel hielt.

„Danke für die Hilfe", hörte ich es dumpf aus dem Blechtopf schallen, der auf den Schultern des Mannes ruhte. „Das hat sie noch nie getan. Eigentlich wäre das meine Aufgabe gewesen, das Pferd zu beruhigen." Ich musste grinsen. Solche ritterlichen Sinnlosigkeiten gab Gordian auch manchmal von sich. An der Gestalt vor mir erinnerte allerdings nichts weiter an ihn. Das Pferd hatte die falsche Rasse, die Rüstung war moderner, der Mann war definitiv ein ganzes Stück größer.

Und trotzdem: Gibt es Zufälle? Alleine schon die Tatsache, dass ich plötzlich auf einen Ritter mit Rüstung und Falkenwappen auf einem Pferd und in Gesellschaft eines Wolfshundes traf, und das auch noch ausgerechnet in unmittelbarer Nähe einer kleinen Höhle, gab mir zu denken. Und dann dieses Knistern. Oder war das wenigstens dem aufkommenden Gewitter zuzuschreiben?

Während ich immer noch die Zügel der Stute hielt und sie sanft streichelte, hatte sich mein Gegenüber inzwischen den Helm abgenommen und strich sich die Haare nach hinten. Etwas linkisch streckte er mir seine Hand zum Gruß entgegen „Ich heiße Raphael. Der Hund ist Cajus und das verschreckte Etwas von Pferd ist Rosella, manchmal auch die Furchtlose genannt. Aber ich glaube, ich werde ihr einen neuen Beinamen geben: die Schreckhafte."

Ich studierte das attraktive Gesicht, das er enthüllt hatte. Markante, sympathische Züge, dunkle Augen, lange Wimpern, fast schwarzes, etwas längeres Haar. Ich schätzte ihn ein paar Jahre jünger als mein Alter. Bei mir stellte sich sofort ein Gefühl von Vertrautheit ein, obwohl ich diesen Mann gerade zum ersten Mal sah. Ich lächelte ihn an und meine Gedanken überschlugen sich. So etwas hatte ich ja noch nie erlebt! Aber ich musste mich ja noch vorstellen. „Ich bin Laura und dieser Schrecken aller Stuten und Ritter da drüben ist Arwakr."

In dem Moment begann mit einem Donnerschlag der Wolkenbruch und wir sahen nur noch zu, dass wir ins Trockne kamen, was uns aus der anfänglichen Starre riss. „Was tut ein Ritter hier draußen so alleine – und dazu noch in voller

Rüstung? Zu dieser Zeit im Jahr gibt es ja noch nicht einmal ein Mittelalterfest, oder?" Ich war neugierig.

Raphael lachte, „Stimmt. Die Saison hat noch nicht begonnen. Aber wir üben schon auf unsere Auftritte hin." Mir fiel gleich das Erstbeste ein. „Natürlich, die Landshuter Fürstenhochzeit von 1475[3]! So eine ritterliche Übung hatte ich mir anders vorgestellt. Also, mindestens, dass man zwei Leute dazu braucht. Oder kommt da noch jemand?" Ich reckte den Kopf nach draußen, sah aber nur eine Regenwand.

„Ich bin allein mit meinen Tieren. Rosella muss sich erst wieder an mein Gewicht und die Geräusche der Rüstung gewöhnen, bevor ich mich an eine Zweikampfübung wage. Schließlich möchte ich ja <die Furchtlose> auf dem Turnierplatz haben und nicht <die Schreckhafte oder Verunsicherte>. Darum habe ich mich für einen Ausritt in voller Montur entschieden. Die Wahl des Tages war allerdings wohl nicht so schlau von mir.

Übrigens stellen meine Freunde und ich nicht die sechs Ritter in Landshut dar. Dort machen wir nur beim Ringelstechen mit. Wir haben diesen Sommer und Herbst einige Engagements auf verschiedenen anderen Mittelalterfesten. Und dort sind wir dann auch in voller Montur." Mit gefurchter Stirn starrte er in den Regen. Der störte mich dagegen im Moment gar nicht. Wir konnten nicht weg und ich würde mich noch länger mit einem wirklich interessanten Mann unterhalten können.

„Daraus schließe ich, dass du entweder richtiger Landshuter, oder besonders gut im Ringelstechen bist. Oder wurden inzwischen die Bedingungen zur Teilnahme gelockert?"

Meine neue Bekanntschaft sah mich schelmisch von der Seite an. „Sagen wir einfach, ich bin aus dem Landshuter Umland und wirklich gut." Der Schalk tanzte in seinen Augen und ich musste lachen, während ich in meinen Satteltaschen kramte. „Na ja, so furchtbar viele Reiter, die sich öfter mal vor viel Publikum blamieren wollen, gibt es auch wieder nicht."

„Ach, ich weiß schon. Die meisten männlichen Reiter sind Turnierreiter und würden ihr kostbares Pferd für so was nicht hergeben und Frauen können sie bei der Veranstaltung nicht brauchen."

„Wahrscheinlich ist es so ähnlich."

Wir setzten uns beide auf die von mir ausgebreitete Picknickdecke und Raphael nahm einen heißen Becher Tee aus

---

3) Im November 1475 heirateten der bayerische Herzog Georg der Reiche und die polnische Königstochter Hedwig Jagiellonica. Das Fest wird seit 1903 mit Unterbrechungen alle vier Jahre in Landshut nachgestellt.

meiner Thermoskanne und ein paar selbstgebackene Kekse entgegen. „Danke. Ich hätte nicht gedacht, dass ich heute noch mit einer fremden Frau picknicken würde. – Nein, Cajus, das ist nichts für dich!" Der Hund hatte es sich zwischen uns gemütlich gemacht und versuchte, einen Keks zu stibitzen. Ich entzog ihm die Dose mit den Leckereien und kraulte ihn hinter dem Ohr. Diese Ersatzhandlung ließ ihn zufrieden seufzen.

Es war schon eigenartig, wie mich dieser Mann plötzlich interessierte. Schließlich hatte ich mich in den letzten neun Jahren nicht besonders für einen interessiert. Doch irgendetwas war anders als sonst. Es fühlte sich an, als wenn er das Gegenstück zu meinem inneren Magneten wäre. Ich musste mich direkt beherrschen, ihn nicht zu berühren, ihm nicht mit den Fingern durchs dichte Haar zu fahren. Quatsch, rief ich mich zur Ordnung. Ich hatte in den letzten Wochen zu viel Zeit mit Menschen verbracht, die sehr tief in spirituellem Gedankengut verhaftet waren und die sicher gesagt hätten, unser Zusammentreffen wäre ein Zeichen für irgendwas.

Er war aber auch ein sehr attraktiver Mann. Groß, mit offensichtlich muskulösem Oberkörper und breiten Schultern. Er strahlte Kraft und ein natürliches Selbstbewusstsein aus. Ähnlich, wie Gordian gewesen war. Um ehrlich zu sein: Er faszinierte mich.

„Was machst du eigentlich, wenn du grad nicht als Ritter unterwegs bist?"

„Ach, da gibt es viele Möglichkeiten. Ich habe einen relativ großen Hof mit einigen gepachteten Heuwiesen dazu, den ich mit Unterstützung meiner Mutter als Nebenerwerbslandwirt bewirtschafte. Dann kümmere ich mich auch an Stelle eines Vaters um meine zwei Nichten, weil Caro, meine Schwester, sehr viel beruflich im Ausland ist. Hauptberuflich bin ich Landvermesser und habe viel Freude an meinem Beruf. Ich liebe die Natur und unterhalte mich auch gerne und viel mit den Bauern der Gegend. Manchmal muss ich auch deren Streitereien schlichten oder vor Gericht aussagen. Was machst du so?"

Unweigerlich hatte ich wieder den Gedanken im Kopf: *wie Gordian*. Mein Bericht fiel etwas karg aus, weil ich mich nicht konzentrieren konnte. Ich erzählte, dass ich den ganzen Tag mehr oder minder am Computer sitzen würde, ein wenig Marketing und ein wenig Grafik machte, Texte schreibe, Übersetzungen mittelalterlicher Schriften machte und vieles andere. In meiner Freizeit war Arwakr immer schon sehr wichtig als Mittel zum Bewegungsausgleich. Außerdem erzählte ich von meiner großen Freude, in einem Chor zu singen und Jagdhorn zu blasen. „Damit ist meine arbeitsfreie Zeit so ziemlich ausgebucht, wie du dir denken kannst."

Ich merkte förmlich, wie Raphael an meinen Lippen hing. Vielleicht spürte er auch diese übermächtige Anziehungskraft, die mich in ihrem Sog hielt.

„Das war vermutlich etwas untertrieben. Wie alt ist dein Arwakr?"

„Oh, er ist inzwischen im besten Alter. Er wurde gerade 15. Also das Alter von manchen Olympiasiegern. Manchmal denke ich mir, wäre er Hengst geblieben, gäbe es sicher charakterstarke Fohlen von meinem Prachtkerl. Und deine Rosella? Sie ist ein sehr hübsches Mädchen."

„Ich stimme dir zu. Dein Wallach ist wirklich eine Schönheit. Meine Rosella ist jetzt zehn Jahre alt und ich überlege mir schon ständig, ob ich sie doch noch heuer decken lassen soll. Allerdings bräuchte ich dann nächstes Jahr ein Ersatzpferd für die Ritterspiele."

Wir unterhielten uns angeregt weiter über Nichtigkeiten. Aber die Anziehung von beiden Seiten schien sich immer noch zu steigern.

Das Gewitter dauerte ganz schön lange und war zeitweise ziemlich heftig, aber es hatte schon eine Weile aufgehört zu regnen, als ich auf die Uhr sah. Wie von der Tarantel gestochen schoss ich hoch. „Es ist schon 18:00 Uhr! Verdammt, ich hätte den Hänger schon längst zurückbringen sollen. Das ist mir ja noch nie passiert, dass ich so die Zeit vergessen habe."

Hektisch räumte ich meine Sachen zusammen und stopfte sie in die Satteltaschen. Dann sattelte ich in Windeseile Arwakr, der mich verwundert ansah. Und dann passierte es. Als ich Raphael bat, mir beim Aufsteigen gegenzuhalten, fragte er mich überrascht „Woher weißt du meinen Nachnamen?"

Ich muss ihn völlig verdutzt angesehen haben, bei meiner Antwort. „Was? Den weiß ich doch gar nicht! Woher denn auch?"

„Aber du hast mich doch eben mit Gordian angesprochen." Ich fiel aus allen Wolken und mir wurde nacheinander heiß und kalt. Sollte das bedeuten, dass Raphael mit Nachnamen Gordian hieß? Wenn ich schon im Sattel gesessen wäre, wäre ich vermutlich wieder herunter geplumpst. So wurden meine Knie weich und ich hielt mich am Steigbügelriemen fest. Meine Gefühle waren im Aufruhr und ich konnte nicht mehr klar denken. Hatte ich Halluzinationen? Sollte ich noch total durchdrehen? Um etwas zu tun, stieg ich erst einmal wie in Trance auf.

Zu meinem Glück konnte dies – also das Denken – Raphael noch ganz gut. „Nächsten Samstag zur gleichen Zeit am gleichen Ort zu einem gemeinsamen Ritt?"

Ich stellte mir meinen Terminkalender vor. „Tut mir leid, an dem Wochenende bin ich schon anderweitig verabredet. Wie wär's die Woche darauf?" „Also dann in zwei Wochen. Ich werde hier sein!"

Ich verabschiedete mich rasch und trabte auf Arwakr davon. Während des Ritts schaltete ich mein Handy wieder ein und rief meine Freundin Birgit an, von der ich den Anhänger geliehen hatte. „Sag mal Laura, wo bist du denn die ganze Zeit? Hallo, ich mache mir schon mords Sorgen um dich. So unzuverlässig habe ich dich noch nie erlebt!" Sie hatte absolut Recht, mich auszuschimpfen.

„Es tut mir wirklich leid, Birgit.", sagte ich kleinlaut. „Wir kamen hier in ein Gewitter. Zu dem Unterschlupf, den ich gefunden hatte, kam ein Landshuter Ritter mit seiner Friesenstute und einem Wolfshund. Wir haben uns so gut unterhalten, dass ich tatsächlich die Zeit vergessen habe. Ich weiß ja, dass du den Hänger brauchst. Ich bin auch schon auf dem Weg." Ich war wirklich zerknirscht.

„Na prima. Jetzt brauchst du dich allerdings nicht mehr zu beeilen. Du hast nämlich Glück. Da es auch hier ein Gewitter gab, wurde die ganze Sache verschoben. Es sei dir also vergeben. Und ich gehe davon aus, dass dir das nicht nochmals passiert." Dann herrschte ungefähr drei Sekunden Stille vor ihrem Ausbruch.

„Spinnst du überhaupt? Ein Landshuter Ritter? Wie soll ich das denn verstehen?"

„Hey, ich bin nicht verrückt. Na, eben ein Typ, der als Ritter bei Ritterspielen mitmacht und sein Pferd wieder an das Gewicht der Rüstung und alles gewöhnen will."

„Ach so, na dann. Ich dachte wirklich, bei dir ist was nicht in Ordnung. Ich warte im Stall auf dich."

Puh, das war mal wieder gut gegangen. Dass ich mich schon immer für vieles interessiert hatte, was mit dem Mittelalter zu tun hatte, wussten meine Reiterfreunde ja. Aber ein Ritter in voller Rüstung war nun doch keine Alltäglichkeit. Nicht mal in der Landshuter Umgebung. Ich hatte sogar doppeltes Glück, weil ich nicht gefragt wurde, ob der Ritter vielleicht was für mich wäre.

25. April 2009

Meine liebe Freundin Sarah,

ich glaube, du wirst gleich über mich lachen. Aber ich hatte eine Erscheinung. Na, vielleicht auch keine. Ich bin mir immer noch nicht sicher darüber. Wenn ich dir gleich schreibe, was genau passiert ist, kannst du dir selbst ein Bild machen.

Ich machte als Ritter gewandet einen Ausritt in meinem Lieblingsgelände, um meine Rosella wieder an das erhebliche Gewicht der Rüstung und der Waffen zu gewöhnen. Mit dabei war wie üblich Cajus, der immer voran lief und ganz aufgeregt überall schnüffelte. Du kennst mein Prachtstück. Er ist mir noch nie ausgebüchst oder ohne Befehl einem Wild hinterher und so kann ich ihn im Gelände auch jederzeit ohne Leine laufen lassen.

Leider hatte ich die Wetterlage falsch eingeschätzt und es zog ziemlich schnell ein Gewitter auf. Ich musste schnellstens zu dem überhängenden Felsen mit der kleinen Höhle, der mir schon öfter Schutz geboten hatte. Cajus kannte den Weg und rannte voraus.

Als ich mit Rosella vom Weg abbog, konnte ich nicht glauben, was ich sah. Cajus, der sonst jedem Fremden gegenüber sehr zurückhaltend und stur agiert, ließ sich von einer Frau mit rotbraunen Haaren hinter den Ohren kraulen und schien es zu genießen. Ich pfiff, aber beide reagierten nicht. Erst, als ich aufgebracht rief, lief der Hund zu mir und die Frau richtete sich auf. Sie sah mich mit einem völlig überraschten Ausdruck im Gesicht an. Und jetzt, im Nachhinein, kommt es mir vor, als hätte sie in ihrer Verblüffung ziemlich atemlos „Gordian" gerufen und war etwas bleich geworden.

Rosella blieb direkt vor der Fremden stehen und ich spürte ein Knistern, das von ihr auszugehen schien und mich mit voller Wucht traf. Ich hatte das Gefühl, als würde ich diese Frau schon lange kennen und ich spürte vom ersten Augenblick ein tiefes Vertrauen zu ihr, so, wie ich es auch für dich habe. Auch mein braves Mädchen spürte wohl, dass etwas in der Luft war. Sie war verwirrt und machte etwas, was ich noch nie bei ihr erlebt hatte: sie stieg. Wenn die Frau ihr nicht in die Zügel gegriffen und sie beruhigt hätte ... ich will mir lieber nicht vorstellen, was passiert wäre.

Zu allem Überfluss hatte ein Pferd gewiehert. Ihr Pferd – ein schöner Friesenwallach. Ich denke, der Artgenosse hatte mein Ellchen restlos aus dem Konzept gebracht. Ich stieg ab und sah der Fremden einen Moment lang in die Augen. Diese haben mich sofort in ihren Bann geschlagen und ich war so verwirrt, dass ich vermutlich nur Blödsinn erzählt habe. Noch nie hat mich eine Frau vom ersten Augenblick an so fasziniert und zugleich so erschreckt.

Sie stellte sich als Laura und ihren Wallach als Arwakr vor. Beide Namen in Verbindung mit ihren Augen brachten in mir etwas zum Klingen. Aber ich kann mich nicht erinnern, was. Kennst du das Gefühl, jemanden schon lange zu kennen, aber nicht sagen zu können, woher? Genau so musst du es dir vorstellen. Obwohl ich mir sicher bin, dass ich sie nicht kenne.

Als das Gewitter loslegte, stellten wir uns alle unter. Laura kam mit Satteltaschen aus dem hinteren Winkel des höhlenähnlichen Raums und packte eine Picknickdecke, Tee und Kekse aus. Sogar einen Schluck aus einem Flachmann bot sie mir an. Sie ist echt praktisch veranlagt.

Den Frauen, denen ich bisher immer auf den Leim gegangen bin, wäre es gar nicht eingefallen, Verpflegung auf einen Ausritt mitzunehmen. Und noch weniger wäre ihnen eingefallen, etwas mit Fremden zu teilen. Sie wären zum nächsten Biergarten geritten, hatten eine Heidenangst vor Pferden oder wollten einfach gar nicht die Verantwortung für ein Tier.

Wir unterhielten uns über dies und das und ich merkte gar nicht, wie die Zeit verging. Als ich erzählte, dass ich bei den Bauern oft Streit um deren Grenzverlauf schlichten muss, war mir wieder, als sagte Laura „Gordian". Oder habe ich mir das auch nur eingebildet?

Wäre ich ein wahrer Ritter von einst, würde ich behaupten, diese Frau hat mich verhext. Ich konnte meinen Blick kaum von ihren grünen Augen wenden und hatte ständig das Bedürfnis, sie zu berühren – und nicht nur das. Während ich ihr zuhörte, stellte ich mir in allen Facetten vor, was ich gerne mit ihr machen würde. Ich erschrak ehrlich über meine eigenen Gedanken. Meine Gefühlswelt hatte sich überschlagen.

Ich habe dir oft genug aus deinen Lieblingsromanen vorgelesen, um zu wissen, dass dir mein Erlebnis gefällt. Ich versichere dir, jedes Wort davon ist wahr, obwohl ich es selbst nicht ganz glauben kann.

Laura und ich erzählten uns gegenseitig ein wenig aus unserem Leben, wobei sie nicht viele private Dinge preisgab.

Eine wirklich verwirrende Situation kam, als Laura ihre Verspätung bemerkte. Gesattelt stand Arwakr zum Abritt bereit, als sie mich ansprach: „Bitte halt mir mal gegen, Gordian." Diesmal hatte ich es ganz deutlich gehört. Als ich sie darauf ansprach, schien es ihr gar nicht bewusst zu sein, dass sie meinen Nachnamen benutzt hatte und sie wurde ein zweites Mal bleich, als sie realisierte, dass Gordian mein Nachname ist.

Wir verabredeten für übernächste Woche ein weiteres Treffen. Dann ritt sie davon und ich musste an Cinderella denken, die überstürzt den Ball mit dem Prinzen verließ. Ich sah mich sogar nach einem Schuh um, bevor ich mich zur Ordnung rief. Reitstiefel verliert man nicht so einfach.

So etwas war mir wirklich noch nie passiert. Ich hatte die ganze Zeit richtig Angst, diese Frau könnte eine Erscheinung sein, im nächsten Moment verschwinden und nie wieder in meinem Leben auftauchen. Inzwischen bin ich mir nämlich gar nicht mehr so sicher, dass es keine Feen oder Hexen gibt.

Vielleicht haben wir gemeinsam zu viel über diese Wesen gelesen und gesprochen?

Was ist es, das Laura für mich so faszinierend macht? Sie ist hübsch und hat eine recht gute Figur, ist aber auf den ersten Blick kein Hingucker. Ich fragte mich also immer wieder und traute dabei meinen eigenen Empfindungen nicht. Bisher hatte ich ja bei Frauen immer, wie man so schön sagt, danebengegriffen. Warum sollte es diesmal anders sein? Aber eine winzige Hoffnung keimt in mir auf und wird mich irgendwie durch die zwei Wochen tragen.

Ich verspreche, dir nach unserem zweiten Treffen wieder Bericht zu erstatten. Wenn es überhaupt stattfindet. Denn davon bin ich noch nicht überzeugt.

Halt die Ohren steif und alles Liebe für dich!
Raphael

BIS 08. MAI

In den folgenden Tagen war ich völlig durcheinander und zu kaum etwas zu gebrauchen. Zumindest kam es mir selbst so vor. Ständig drehten sich meine Gedanken um Gordian und Raphael.

Knapp zehn Jahre war es inzwischen her, dass ich mich während eines Ausritts im Altmühltal plötzlich im Jahr 1399 wiedergefunden hatte. Ein Jahr verbrachten Arwakr und ich in dieser Zeit, bevor uns das Schicksal wieder in unsere eigene Welt von 1999 entließ. In der Gegenwart war nach diesem Abenteuer noch kein Tag vergangen. So war es möglich, die ganze Geschichte geheim zu halten.

In unserem Jahr im Mittelalter hatte ich mich unsterblich in den Ritter Gordian verliebt. Er war der Traummann, den ich mir immer gewünscht hatte. Wir heirateten sogar und waren ein glückliches Ehepaar, bis zu dem Moment, als ich mich mit Pferd, aber ohne Mann, in der Jetztzeit wiederfand. Ich hatte es nie verwunden, ihn durch meine neuerliche und – wie auch die erste – nicht zu erklärende, bisher endgültige Zeitreise, zu verlieren. Mehrmals hatte ich versucht, wieder zu ihm zu kommen. Jedes Jahr an dem Tag unseres ersten Treffens hielt ich mich an jenem Ort auf. Aber ich blieb nach wie vor in unserer Zeit stecken. Irgendwann begann ich langsam, mich damit abzufinden. Aber der Verlust von Gordian war wie eine Wunde, die nur langsam heilte.

In meinen Gedanken war er immer noch täglich bei mir. Ich sah meine Welt teilweise durch seine mittelalterlichen Augen, überlegte oft, was er zu diesem oder jenem sagen würde und vermisste ihn schmerzlich. Und ich hatte oft sehr realistische Träume, in denen ich ihn traf, Ausflüge mit ihm machte, mit ihm intim war oder auch nur mit ihm diskutierte. Einmal hatte er zu mir gesagt, seine Liebe würde mich immer finden. Aus meiner Sicht stimmte das. Ich fühlte mich ihm immer noch so verbunden wie am ersten Tag unserer Liebe.

Und jetzt dieses Erlebnis. Vom ersten Augenblick an hatte ich mich Raphael überaus nah gefühlt. Als ob er Gordian wäre. Aber wie sollte das gehen? Er sah schon mal ganz anders aus – wenn er auch sehr attraktiv auf mich wirkte.

Raphael war ein moderner Mann und in meiner Welt geboren. Daran gab es keinen Zweifel. Und doch – irgendetwas war an ihm, das mich nicht mehr los ließ. Und dann hatte ich auch noch Gordian zu ihm gesagt und es stellte sich heraus, dass dies sein Nachname ist.

Das kann kein Zufall sein! Wenn ich mich nicht besser kennen würde, würde ich sogar behaupten, ich hätte mich Hals über Kopf in Raphael verliebt. Es wäre wohl besser, an etwas anderes zu denken. Also suchte ich nach Abwechslung – was mir noch nie schwer gefallen war.

Ein paar Tage später war Chorprobe. Danach saßen wir Sänger alle noch beisammen und unterhielten uns über die Begebenheiten der vergangenen Woche.

Gleich fragte eine Sopranistin neugierig „Laura, ich habe gehört, du warst letzten Samstag bei Landshut reiten? Das war doch der Tag, an dem das Wetter umschlug."

„Stimmt. Wir kamen in ein Gewitter und konnten uns zum Glück noch unterstellen. Damit es uns nicht langweilig wurde, hat mir der Himmel auch noch einen Kavalier in Form eines Ritters geschickt." *Warum war ich eigentlich immer so verdammt mitteilsam?*

Da schaltete sich ein Tenor ein. „Du immer mit deinen schrägen Hobbies: Reiten, Mittelaltertreffen und so fort. Klar, dass irgendwann die Fantasie mit dir durchgeht. Wie sah er denn aus, dein Ritter?"

„Wie halt so ein Ritter im Allgemeinen aussieht: Pferd, Rüstung, Schwert, Schild und Helm. Einen Hund hatte er auch dabei. Hast du schon mal was von Ritterspielen auf Mittelaltermärkten gehört? Er ist einer von diesen Vertragsrittern. Ehrlich gestanden, hab ich ihn auch erst mal dumm angeredet."

Die nächste lauernde Frage aus dem Bass. „Was habt ihr denn miteinander gemacht, du und der Ritter?"

„Wir haben uns bekannt gemacht. Was denn sonst?" Ich sah den schelmischen Gesichtsausdruck. „Du schon wieder mit deiner dreckigen Fantasie, mein lieber Schwan!" Ich drohte mit dem Finger.

Mein Nachbar sprang mir bei. „Ach, lass doch die Laura. Du weißt, dass sie bei ihren Ausritten immer irre Sachen erlebt. Ich finde das sehr spannend. Mir passiert nie was Aufregendes."

„Ist auch viel gesünder, sag ich dir. Die Laura hat öfter mal blaue Flecken oder geprellte Knochen von ihrem Umgang mit den Pferden. Und wo solltest du schon Abenteuer erleben? Im Büro oder zu Hause? Dazu müsstest du schon unter Leute gehen."

Das Geplänkel ging noch eine Weile weiter. Es stimmte, dass ich oft mit relativ skurrilen Begegnungen aufwarten konnte. Mir war das lange gar nicht aufgefallen. Bis meine Freundin Birgit zu mir sagte, ich würde ihr unheimlich mit meinen Wald- und Wiesen-Begegnungen.

Mein Termin am Samstag war eine Unterweisung in mittelalterliche Tänze von unserem Ritterbund, auf die ich mich schon wochenlang gefreut hatte. Wir übten verschiedene Tänze ein zu einer herrlichen Musik. Sobald wir die Schrittfolge kannten, war es sicher ein schönes Bild, da alle gewandet waren. Das gehörte natürlich bei diesen Treffen dazu. Alle hatten mittelalterliche Kleidung, mittelalterliche Namen und auch die dazugehörigen Wappen.

Man konnte zwar nicht behaupten, dass alle genau das gleiche Jahrhundert verkörperten, aber das wurde in unserem Fall nicht so eng gesehen wie bei anderen Gruppen. Wichtig war, dass sich jeder Einzelne in seiner Gewandung wohl und authentisch fühlte. Auf Brillen, Uhren und neumodisches Accessoire wurde – sofern möglich – verzichtet. Nur Digitalkameras waren unerlässlich, weil jeder von uns Fotos der Veranstaltungen wollte.

Anschließend wurde ein Kapitel[4] unseres Vereins abgehalten. Im Gegensatz zu manch anderen Ritterbünden ging es allerdings bei uns nicht bierernst zu und es gab zwischendurch eine Menge Anlass, in tosendes Gelächter auszubrechen. Trotzdem war alles geregelt.

Private Gespräche kamen natürlich auch nicht zu kurz. Ich erzählte von meinem Erlebnis im „fernen" Landshut und all meine Tischnachbarn waren ganz Ohr. „Unsere Reiterin und ihre Abenteuer!" tönte einer der Freizeitritter. Er war ein guter Schwertkämpfer, aber Pferden gegenüber war er skeptisch. „Viel zu hoch und unberechenbar!" Meine übliche Entgegnung darauf war: „Edler Recke, Ihr seht das falsch: No risk, no fun!"[5]

„Ich dachte erst, ich sei plötzlich in einem Film und wollte mich nach dem Kameramann umblicken", erzählte ich ein wenig an der Wahrheit vorbei. Keiner meiner Freunde in dieser Runde wusste von meinem Jahr im Mittelalter oder Gordian. Das hatte ich nur meiner besten Freundin Ellen erzählt und die hielt dicht. Nicht mal meine Eltern hatte ich eingeweiht. Die hätten mich bestenfalls zum Psychiater geschleppt, mir aber auf keinen Fall geglaubt.

„Und, sieht er gut aus?", fragte mich eine Freifrau sofort. „Ist er was fürs Bett?"

Ich lachte über ihre Direktheit. „Ja, ich würde ihn als attraktiv beschreiben. Er hat eine sehr männliche Ausstrahlung. Über die zweite Frage habe ich noch nicht nachgedacht. Und er wahrscheinlich auch nicht."

„Wieso glaubst du das? Du bist doch eine absolut attraktive Erscheinung."

„Schmarrn, ich sehe ganz passabel aus, aber gegen andere kann ich nicht anstinken."

„Dann solltest du dich gleich mal im Spiegel betrachten!"

„Heute bin ich auch in Mittelaltergewandung. Da sehe ich auch viel besser aus als in staubiger Reiterkluft."

Während ein Tag dieser zwei Wochen quälend langsam in den nächsten überging, war ich mir irgendwann gar nicht mehr sicher, ob es dieses eigenartige Erlebnis mit dem Landshuter Rittersmann wirklich gegeben hatte. War es vielleicht einer meiner üblichen äußerst realistischen Tagträume gewesen? Ich hatte zwar mein Tagebuch, aber ... Obwohl ich nicht mehr recht daran glauben konnte, lieh ich mir zwei Wochen später wieder

---

4) Alle Bezeichnungen, die mit dem Mittelalterverein zusammenhängen, können im Anhang ab Seite 305 nachgelesen werden.
5) Ohne Risiko kein Spaß!

am Samstag den Pferdeanhänger von Birgit und fuhr, von guten Wünschen begleitet, bei besten Wetteraussichten ein weiteres Mal gen Landshut.

Eine Hälfte in mir freute sich auf ein Wiedersehen mit Raphael. Die andere Hälfte in mir glaubte an einen Tagtraum und verhöhnte mich und all meine Hoffnungen. So ritt ich mit gemischten Gefühlen zum Felsen. Mit Absicht hatte ich meine Ankunft wenige Minuten nach der Zeit gewählt. Meine bisherigen Erfahrungen hatten gezeigt, dass Männer kaum jemals pünktlich zu einem Rendezvous erschienen. Ich wollte mir ersparen, warten zu müssen.

Als ich vom Weg abbog und Rosella zum Willkommen wieherte, machte mein Herz einen Sprung. Raphael war schon da! Das erste Mal in meinem Leben, dass ein Mann vor mir an einem Treffpunkt war. Das konnte ich nur als ein gutes Zeichen werten.

Während ich abstieg und meine erste Hälfte der zweiten gerade die Zunge heraus streckte, kam mir Raphael strahlend entgegen. „Griaß di God![6]" Irgendwie sah er so erleichtert aus, wie ich mich fühlte. Diesmal war Raphael normal gekleidet: Hemd und Jodhpur-Reithose[7] mit Stiefeletten. Er sah einfach zum Anbeißen aus.

Halleluja! Ein Mann, der auf dem Pferd schon ein Hemd trug, würde hoffentlich auch sonst nicht viel in T-Shirts herumlaufen. Ich jubelte innerlich. Steck einen der gefeierten Filmstars in ein x-beliebiges T-Shirt mit Rundhalsausschnitt und kaum eine Frau wird ihn bemerken. Trägt er dagegen ein Hemd mit Kragen, wirkt selbst der normalste Mann um Welten attraktiver und zieht sämtliche Blicke auf sich.

Ich selbst trug eines meiner ausrangierten Büroshirts mit Carree-Ausschnitt und eine ärmellose Reiterweste mit kleinem Stehkragen darüber. Dazu normale Reithosen mit Stiefeletten und Mini-Chaps[8]. Um den Hals trug ich meinen Lieblingsschmuck: eine Bergkristallscheibe mit einer silbernen Spirale.

Nach einer kurzen Begrüßung, bei der wir beide tunlichst vermieden, uns zu berühren, bestieg auch er sein Ross und wir ritten los. „Ihr habt hier eine schöne Gegend für Ausritte."

---

6) Griaßde oder Griaßdi sowie Griaßgod sind die Kurzformen der bayerischen Grußformel Griaß di god, mit der man bevorzugt Freunde begrüßt. Ins Hochdeutsche übertragen heißt es soviel wie: Es grüße/segne dich Gott bzw. Gott grüße/segne dich.

7) Jodhpur-Hosen trägt man im Gegensatz zur normalen Reithose nicht in Schaftstiefeln, sondern zu Stiefeletten. Die Hosenbeine sind knöchellang und unten etwas ausgestellt. Der Lederbesatz geht bis zum Saum der Hose.

8) Mini-Chaps werden zu normalen Reithosen und Stiefeletten getragen. Sie sind aus meist weichem Leder und ersetzen den Schaft eines gängigen Reitstiefels. Gerade im Sommer sind sie angenehm.

„Stimmt, haben wir. Aber ich habe mir sagen lassen, dass auch das Altmühltal recht schön ist."

„Mir gefällt es auch gut, aber ich bin dort nicht so oft. Ich muss extra mit einem geliehenen Hänger hinfahren und das ist ein ziemlicher Aufwand. Meistens reite ich irgendwo in den Donauauen zwischen Vohburg und Weltenburg oder auf Feldwegen und in den Wäldern der Gegend. Die Auen sind traumhaft schön und der Fluss fasziniert mich. Ich sehe oft Wild. Manchmal sind auch die Schäfer mit ihren Herden dort. An den Wochenenden kommen wir im Sommer häufig an Zelten vorbei. Wenn dann einer seinen Kopf herausstreckt und uns um 6:00 Uhr früh schon sieht, gibt es meistens ein ungläubiges Kopfschütteln für uns."

Raphael lachte. „Das kann ich mir gut vorstellen. Wer steht schon so früh auf wie die irren Reiter?"

„Bergsteiger? Normale Menschen, die frei haben, im Allgemeinen jedenfalls nicht. Im Übrigen kenne ich genügend Reiter, die noch nie erlebt haben, wie die Sonne den Frühnebel über den Auen wegleckt und ihre Strahlen erst zögerlich wärmer werden. Genau, wie es genug Reiter – und deren arme Gäule – gibt, die noch nie im Gelände unterwegs waren und nur die Reithalle und vielleicht noch den Außenplatz kennen."

Raphael sah mich zweifelnd an. „Ich schwöre!", bekräftigte ich meine Worte. „Es gibt da einige Leute in verschiedenen Ställen, die an und für sich gute Reiter sind – oder sich auch nur dafür halten –, aber bei einem Ritt in unbegrenzter Weite zu viel Angst vor ihrer eigenen Courage und vor allem vor dem Temperament ihrer Pferde haben. Dafür kennen sie aber jeden Turnierplatz in der Umgebung und sind geübte Hängerfahrer."

Raphael hatte nun einen entsetzten Ausdruck im Gesicht. „Und diese Pferde dürfen nie ins Gelände? Das ist ja Tierquälerei. Bin ich froh, dass ich von all dem nichts mitbekomme auf meinem Hof. Meine Rosella steht mit den zwei Kleinpferden meiner Nichten im Stall. Wir haben zwar einen Reitplatz, sind aber alle viel lieber draußen in der Natur. Ich dachte bisher eigentlich, dass das der Normalfall sei. Mit Reitställen habe ich mich noch nie richtig befasst."

„Wenden wir uns doch einem erfreulicheren Thema zu: Wie oft warst du schon auf der Landshuter Fürstenhochzeit dabei?" Raphael überlegte kurz. „Heuer wird es das vierte Mal sein. Als ich mir mit 18 Jahren ein Pferd kaufte, hatte ich ein paar Freunde, die mich in die Pflicht nahmen. Sie waren damals schon als Darsteller für die nächsten Spiele engagiert und behaupteten, sie bräuchten noch jemandem, mit dem sie üben könnten. Mir machte das alles einen Mordsspaß und bis ich mich umschaute, war ich auch gemeldet für die Ritterspiele. Mit 21 Jahren war ich also erstmals dabei. In Landshut gestalten wir die Spiele wie Ringelstechen und so weiter, bei anderen Turnieren auf Mittelaltermärkten sind wir Darsteller bei den richtigen Ritterspielen.

Beim ersten und zweiten Mal in Landshut hatte ich noch meinen Donner, einen hübschen braunen Wallach. Der hatte dann aber einen bösen Tumor und wir mussten ihn einschläfern lassen. Später kaufte ich mir diese schöne Dame hier und übte mit ihr so lange, bis sie ein richtiges Kriegspferd wurde. Sie kann fast alles, was das Pferd eines Ritters vor einigen hundert Jahren können musste. Meine Süße darf heuer zum zweiten Mal teilnehmen."

Ich rechnete kurz. Raphael musste also jetzt 33 Jahre alt sein. Ich hatte mir natürlich auch schon mal den Hochzeitszug und die Ritterspiele angesehen und war durchaus angetan gewesen.

„Ich brauche unbedingt in diesem Jahr eine Karte für die Spiele. Euch beide muss ich sehen!"

Er strahlte mich an. „Ich besorge dir gerne eine Karte. Du musst mir nur sagen, für welches Wochenende. Wenn du dich dann auch mittelalterlich gewanden willst, hätte ich vielleicht eine Quelle für dich."

Ich freute mich, er sich um eine Karte kümmern wollte. „Danke für das Angebot. Das ist sehr nett von dir, dass du dich um eine Karte für mich bemühen willst. Das nehme ich gerne an. Für die Gewandung habe ich allerdings selbst eine Quelle." Ich sagte nicht, dass diese mein Kleiderschrank war, in dem diverse mittelalterliche Modelle, darunter sogar ein Original aus dem Jahre 1400, hingen. Im Moment war mir nur wichtig, dass mich Raphael für eine ganz normale Frau hielt, die zwar mal auf dem einen oder anderen Ritterfest gewesen war, aber ansonsten nichts mit der Materie zu tun hatte. Ich hatte zwar keine Ahnung, warum mir das so wichtig war, aber ich hielt diese Vision für ihn aufrecht.

„Soll ich dir das Geld für die Karte gleich geben?" Ich wollte keinen Zweifel lassen, dass ich sie selbstverständlich zahlen würde.

Aber er winkte ab. „Ich weiß die genauen Preise nicht."

Wir sprachen noch über dies und das, ließen die Pferde eine ganze Weile schweigend und entspannt nebeneinander galoppieren und nahmen dann den Gesprächsfaden wieder auf. Nach einem ausgedehnten Ausritt von etwa drei Stunden mit Biergartenunterbrechung kamen wir wieder am Ausgangspunkt an.

„Wo steht dein Auto? Wir bringen euch noch hin und dann mache ich mich mit Ella auf den Heimweg." Also wurden wir noch zum Auto begleitet. Ich verlud Arwakr, der sich nur schwer von seiner neuen Freundin trennen konnte. Beide wieherten herzzerreißend. Dann standen Raphael und ich uns unsicher gegenüber. Ich brach schließlich das Schweigen zwischen uns. „Danke für den schönen Nachmittag. Ich habe den Ausritt und die Gespräche sehr genossen."

„Ja, das habe ich auch. Und deshalb auch ein Dankeschön an dich. Ich würde dich gerne nächsten Samstag erneut sehen. Allerdings habe ich da nachmittags noch berufliche Termine. Was hältst du davon, wenn wir uns wieder am bewährten Treffpunkt verabreden? Aber besser dann ohne Pferde. So um 18:00 Uhr? Wir können dann vielleicht einen Spaziergang machen und uns ein wenig unterhalten."

Spaziergang? Und das aus dem Mund eines jungen Mannes? Egal, wir würden sehen. Ich musste nicht lange überlegen. Ob nun in meinem Terminkalender schon was stand, oder auch nicht, ich wollte Raphael wiedersehen und sagte zu. Mich hatten die letzten zwei Wochen zu viele Nerven gekostet, als dass ich nochmals so lange hätte warten können.

09. Mai 2009

Liebe Sarah,

du wirst nicht glauben, was ich zu erzählen habe. Aber: Sie ist mysteriös wie eine Elfe und sie hat mich verzaubert. Ich muss sie unbedingt wiedersehen!

Etwas anderes konnte ich gestern nicht denken, als Laura mit Arwakr im Hänger und ihrer Kelheimer Autonummer wegfuhr. Der Nachmittag mit ihr war für mich wie ein wahr gewordener Traum. Und trotzdem glaube ich immer noch, nicht aufgewacht zu sein. Ich erinnere mich daran, dass ich meinem besten Freund Richard gegenüber einmal ganz ernsthaft behauptet hatte, ich würde meiner Traumfrau eines Tages im Wald begegnen. Und jetzt ist es eingetroffen und ich bin doch total skeptisch.

Laura übt eine wahnsinnige Anziehungskraft auf mich aus und trotzdem verhielt ich mich ihr gegenüber wie ein unerfahrener Junge und hielt sie auf Distanz. Gleichwohl hätte ich sie am Liebsten in die Arme genommen, sie von oben bis unten geküsst und ihr die Welt zu Füßen gelegt. Ich hatte von Beginn an das Gefühl, als würde ich sie schon Jahrhunderte lang kennen. Als bräuchten wir keine Sprache, um uns zu verständigen, weil wir alles voneinander wussten, was relevant war.

Einen solchen Aufruhr in meinen Gefühlen hatte bisher noch keine Frau bei mir bewirkt. Ich war immer ziemlich kopfgesteuert in eine Beziehung gegangen und hatte mich dann gewundert, dass es kein Fundament gab, auf das man bauen konnte.

Mit Laura ist das anders. Wenn ich nur an sie denke, hüpft mein Herz. Und als sie mir gegenüber stand, bekam ich Schweißausbrüche und konnte nicht mehr klar denken. Ich glaube, wenn sie etwas verlangt hätte von mir – ich hätte alles für sie getan.

Ja, vielleicht ist das des Rätsels Lösung! Sie hat bisher noch keine Ansprüche angemeldet, mich um nichts gebeten. Alle anderen Frauen, die bei einem ersten Treffen bemerkt hatten, dass ich ihnen zumindest körperlich zugetan war, verlangten von mir gleich dies und das.

Ich sollte dieses tun und jenes lassen. Nein, das mit der Karte fürs Ritterspiel war sicher keine Aufforderung. Sie hatte nur gesagt, was sie dachte. Denn auf mein Angebot, eine zu besorgen, reagierte sie etwas verlegen, wenn auch erfreut. Und sie ließ keinen Zweifel daran, sie auch bezahlen zu wollen. Das werde ich natürlich nicht zulassen.

Ich hatte ehrlich nicht gedacht, dass Laura zu unserem zweiten Treffen kommen würde und ich hatte Angst, dass ich mir Hoffnungen auf einen Traum gemacht hatte, der sich nicht erfüllen konnte. Das machte mich so unruhig, dass ich schon eine Stunde vor der verabredeten Zeit an Ort und Stelle war. Ich machte mich mit meinen Zweifeln fast selbst verrückt.

Meine Uhr zeigte schon einige Minuten nach der verabredeten Zeit. Und plötzlich saß sie vor mir auf ihrem Friesen und lächelte mich an. Ich hätte jubeln können. Ihre Entschuldigung, dass sie sich wegen eines Missgeschicks verspätet hatte, glaubte ich ihr allerdings nicht. Sie hatte es genau so geplant. Warum, das werde ich auch noch herausfinden. Aber das war alles erst mal Nebensache.

Schlau werde ich aus ihr jedenfalls nicht. Sie war mir gegenüber einerseits herzlich, andererseits distanziert. Ich konnte nicht umhin, zu bemerken, dass sie es vermied, mich zu berühren.

Doch noch nie hat mir ein einfacher Ausritt so gut gefallen. Ständig musste ich mich beherrschen, Laura nicht zu lange anzustarren. Ihre vermutlich gefärbten dunkelroten Haare stehen ihr sehr gut zu den meist grün, manchmal auch grau schimmernden Augen. Sie ist nicht besonders groß, aber schlank und mit Rundungen genau an den richtigen Stellen.

Der Ausschnitt ihres Shirts endete gerade über dem Brustansatz und ließ darüber eine herrlich glatte Haut erkennen, die ich nur zu gerne berührt hätte. Die typische Damenreitweste wirkte, wie für sie maßgeschneidert und die Hosen ließen einen knackigen Po und ihre stämmigen, aber wohlgeformten Beine eindeutig erkennen. Insgesamt eine erfreuliche Erscheinung für einen Mann wie mich.

Laura hat manchmal einen etwas schrägen Humor und kann offensichtlich auch über sich selbst lachen. Das gefällt mir an ihr so sehr. Andererseits gibt sie sich manchmal etwas stachelig.

Du wirst jetzt lachen, denn es klingt wie in einem deiner Bücher: Für unser drittes Treffen kam mir die zündende Idee letzte Nacht. Ich träumte von einem Paar, das sich an unserem Ort traf. Sie waren beide mittelalterlich gekleidet. Die Frau hatte beinahe Lauras Gesichtszüge, aber braunes Haar und sie war definitiv jünger. Der Mann war nur wenige Zentimeter größer als sie und schwarzhaarig. Auch er war relativ jung und sah sehr gut aus. Er hatte sie offensichtlich überrascht damit, einen höhlenartigen Raum wie den unsrigen zu dekorieren und sie gab ihm dafür einen innigen Kuss. Ich spürte im Traum förmlich die Liebe zwischen den beiden und fühlte mich ihnen eng verbunden. Sie würde in den starken Armen des Mannes in wenigen Minuten dahin schmelzen, dessen war ich mir sicher.

Und dann geschah etwas Außergewöhnliches. Der Ritter blickte plötzlich in meine Richtung und machte eine einladende Geste. So, als sage er mir, ich solle es gleich ihm tun.

Als ich aufwachte, war mir der Traum so präsent, dass ich ihn aufschrieb. Alle Einzelheiten hatte ich mir gemerkt. So werde ich es auch machen. Wenn ich viel Glück habe, erziele ich damit zumindest eine ähnliche Wirkung wie dieser fremde Recke mit seiner Maid.

Wünsch mir Glück!

Alles Liebe
Raphael

16. MAI

Während der Woche war ich ziemlich transusig und einsilbig. Ellen, der ich sonst wirklich fast alles erzählte, schalt mich, weil ich nicht viel sagen wollte. „Ich weiß, dass es mit diesem

Rittersmann aus Landshut zu tun hat. Da kannst du mir nichts vormachen. Ach, ich würde mich ja so freuen, wenn du endlich mal einen passenden Super-Mann hättest! Aber bitte erzähl mir von ihm! Ich komme sonst um vor Neugier."

„So schnell stirbt man nicht daran.", war meine trockene Antwort darauf. Und dann ließ ich mich erweichen. „Du hast Recht, aber mehr gibt es im Moment noch nicht zu sagen."

Sie wusste, wann sie aufhören musste und meinte nur noch „Bitte lass mich die Erste sein, die es erfährt."

„Wem sollte ich es denn sonst erzählen?"

Am Samstag stand ich dann vor einem Problem. Was sollte ich anziehen? Ich hatte keine Ahnung, was sich Raphael ausgedacht hatte. Und mein Schrank gab wie üblich nicht wirklich her, was er sollte.

Nach langem hin und her entschied ich mich für ein rotes Kleid aus einem schön fallenden Jerseystoff mit einem weiten Rock und einem tiefen Ausschnitt. Dazu wählte ich eine Halskette mit einem Bergkristall, den Armreif von meinem letzen Ausflug mit Gordian und bequemes Schuhwerk. Da es abends noch recht frisch war, nahm ich ein Plaid aus Yakwolle mit.

Ich wollte vor allem mir selbst gefallen und mich wohlfühlen. So gewappnet fuhr ich wieder Richtung Landshut. Ohne Anhänger konnte ich ganz in der Nähe des Treffpunkts parken und stellte fest, dass schon ein Auto dort stand. Das musste Raphael gehören. Ich war froh, dass ich diesmal pünktlich sein durfte, weil ich ja wusste, dass er schon dort war.

Gespannt ging ich zum Treffpunkt. Im Kofferraum hatte ich wohlweislich ein paar Dinge zum Essen und eine Flasche sehr guten Weins sowie einen Korkenzieher und zwei Silberbecher. Aber ich wollte erst mal sehen, wie sich der Abend entwickelte und meinem Gastgeber nicht ins Handwerk pfuschen.

Als ich um die Ecke ging, kam mir Raphael schon entgegen. „Hallo, schöne Frau!" Seine Augen leuchteten bewundernd. Ich hatte also richtig entschieden und lächelte ihn freudig an. Er sah klasse aus in seinem dunkelroten Hemd und den schwarzen Hosen.

„Gehen wir ein paar Schritte?", fragte er mich. Ich hatte nichts dagegen. Also spazierten wir den Waldweg entlang. Schweigend gingen wir eine ganze Weile nebeneinander her. Jeder in die eigenen Gedanken versunken.

Ich merkte, dass mich Raphael unverwandt ansah und blickte zu ihm auf. Sehnsucht stand in seinen Augen. Die gleiche Sehnsucht, die ich selbst verspürte. Aber auch Zurückhaltung.

Ich denke, er wusste instinktiv, dass noch nicht der richtige Zeitpunkt gekommen war.

„Ich habe mich die ganze Woche auf diesen Augenblick gefreut", begann er unsere Konversation. „Fast hätte ich Cajus mitgenommen, als moralische Unterstützung. Aber der Kerl hat die Macke, immer im falschen Augenblick zu nerven. Dazu ist er auch noch verfressen. Und die Kombination konnte ich heute nicht riskieren." Ich stellte mir ein paar solcher falschen Augenblicke vor und lachte.

„Da hätte ja meine beste Freundin auch gut dazu gepasst. Die hat nämlich auch eine Begabung dafür, zu nerven. Sie löchert mich schon seit drei Wochen, wer denn der Ritter sei und kommt zu den unmöglichsten Schlussfolgerungen, weil ich ihr nichts erzähle."

Wir verfielen immer wieder in Schweigen und ich fand es schön. Die Vögel zwitscherten ihren Abendgesang und wir sahen uns das glühende Abendrot über den Feldern an. Wir standen am Waldrand und blickten auf eine wunderschöne Landschaft, die im Rot der untergehenden Sonne ertrank. Da wir eine Schleife gegangen waren, hatten wir nur noch wenige Meter zurück zum Ausgangspunkt.

Mit einem „Warte bitte ein paar Minuten. Ich hol dich gleich ab", ließ mich Raphael kurzzeitig an der Wegbiegung alleine. Ich setzte mich ins weiche Gras und machte mir einen Haarkranz aus Gänseblümchen. Als er wieder kam, verneigte er sich vor mir.

„Darf ich bitten, schöne Elfe?" Er gab mir lächelnd die Hand und half mir auf. Sofort stand ich in Flammen durch die Berührung seiner warmen Finger. Er führte mich in den kleinen Höhlen-Raum und sah mich dann intensiv an. Ich stand nur da und glaubte zu träumen.

In den Felsnischen rundum standen flackernde Kerzen, am Boden lagen eine große Picknickdecke und zwei Kissen. Ein mehrarmiger Kerzenleuchter gab ein warmes Licht und beschien eine Varieté von Speisen, Teller, Besteck und zwei Weinkelche. Dazwischen lagen Efeuranken und weiße Stoffservietten mit Serviettenringen.

In dem Moment hatte ich ein Bild von Gordian vor Augen, der es auch hin und wieder geschafft hatte, mich zu überraschen. So etwas wäre vielleicht auch ihm eingefallen. Ich war verwirrt und meine Gefühlswelt brauchte einige Sekunden, um mich wieder in die Gegenwart zu bringen.

Vor Rührung brachte ich keinen Ton heraus, hatte ich doch in dem Moment ganz schön nah am Wasser gebaut. Solange mir noch die Tränen in den Augen standen, weigerte ich mich, Raphael anzusehen. Ich musste mich erst wieder fassen. Als ich ihn kurz berührte, spürte ich wieder dieses Knistern wie bei unserem ersten Treffen und vorhin. Es war überraschend angenehm und in keiner Weise beängstigend, aber sehr intensiv. Irgendwie ein Gefühl von Heimkommen und Geborgenheit.

Dann glaubte ich mich wieder halbwegs unter Kontrolle zu haben und sah ihn an. „Der Raum sieht wunderschön aus." Einer plötzlichen Regung folgend, umarmte ich ihn und drückte ihm einen schwungvollen Kuss auf die Wange. Sofort schlossen sich seine Arme um meine Taille und er zog mich näher zu sich. In dem Moment hatte ich das Gefühl, von Gordian umarmt zu werden und spürte dessen unendliche Liebe. Er hielt mich erst nur so und es fühlte sich wundervoll an. Ich wähnte mich wieder bei meinem Mann. Als Raphaels Lippen allerdings nach den meinen suchten und ich mich wiederum in der Gegenwart wiederfand, wich ich ihm verwirrt aus und wand mich aus der Umarmung, um mich zu sammeln, brach jedoch die Verbindung nicht ganz ab. Ich wollte ihn nicht noch mehr verletzen.

Mühevoll musste ich meine Sinne sortieren.

„Bitte gib mir Zeit."

Ich räusperte mich und sah mich um. „Heißt das, du lädst mich zum Essen ein?"

Raphael sah mich voller Verlangen, aber auch Enttäuschung an, dann klärte sich sein Blick, als wenn er erkannt hätte, dass noch nicht alles verloren sei. „Ja, genau das hatte ich vor."

„Seid bedankt, edler Recke, für eure Gastfreundschaft." Mit seiner Hilfe ließ ich mich auf eines der Kissen nieder. Er gab mir einen grünen Glaskelch mit etwas Wein in die Hand.

„Das sind ja böhmische Gläser! Die Kelche sind wunderschön. Warst du zum Einkaufen über der Grenze?" Raphael lächelte mich stolz an. „Ein Freund von mir – ich kenne ihn aus der Mittelalterszene – ist Glasbläser und macht solche Herrlichkeiten."

„Daraus schmeckt der Wein sicher gleich noch viel besser. Wohlsein!" „Wohlsein. Auf uns und auf eine hoffentlich blühende Freundschaft."

„Darauf trinke ich gerne", entgegnete ich ihm.

Raphael reichte mir Brot und Käse. „Die Speisen munden vorzüglich, wohledler Ritter. Ihr habt Euch sehr ins Zeug gelegt und unsere Hochachtung und Zuneigung ist Euch gewiss. Das muss Euch für den Moment genügen, denn wir sind uns unserer sonstigen Gefühle noch nicht sicher."

„Ihr seid zu gütig, vielminnigliche Dame unseres Herzens. Dies ist nur ein bescheidener Beitrag, um Eure Gunst zu erlangen." Mit diesen Worten hielt er mir unvermittelt eine weiße Lilie entgegen.

Gordian hatte mir einmal eine Lilie als Liebesgabe überreicht. Damals hatte er mir zu verstehen gegeben, dass die Lilienblätter, wie sie in vielen Wappen dargestellt wurden, Glaube, Ritterlichkeit und Weisheit symbolisierten mit den Worten „ich glaube an unsere Liebe, ich werde mich immer als dein Ritter würdig erweisen und habe hoffentlich immer die Weisheit, zu wissen, wie ich dir eine Freude machen kann".

Nun konnte ich nicht mehr an mich halten und die Tränen begannen, mir übers Gesicht zu kullern. Raphael rückte näher zu mir, legte seine Arme von hinten um mich und hielt mich. Ich lehnte mich an ihn und empfand dies wunderbar tröstlich.

Nach einer Weile hatte ich mich wieder gefangen. „Danke!", sagte ich nur.

„Wofür?"

„Für die Lilie, für deinen Halt, und dass du keine Fragen stellst."

Wir aßen und unterhielten uns über unverfängliche Themen. „Wurde dein Pferd schon mal auf einer Flussfähre transportiert?"

Raphaels Gabel schwebte auf dem Weg zum Mund in der Luft. „Wie käme ich auf die Idee?"

„Na ja, zwischen Eining und Hienheim sowie zwischen Weltenburg und Stausacker gibt es jeweils eine Fähre auf der Donau. Man kann so mit Auto, Rad, zu Fuß oder eben mit dem Pferd die Donau überqueren. Es gibt nämlich zwischen Neustadt an der Donau und Kelheim keine Brücke."

„Und du hast mit Arwakr so schon mal die Ufer gewechselt?"

„Ja, sicher. Und ich bin ganz stolz auf meinen großen Buben. Er hat sich nur sehr nah an mich gedrückt und stand ganz still, bis wir auf der anderen Seite wieder Land gewannen."

„Hm, das wäre schon mal eine Herausforderung. Aber dieses Abenteuer möchte ich nur mit dir und Arwakr gemeinsam wagen. Meine Rosella besteht sicher auch darauf, von so erfahrenen Seeleuten wie euch betreut zu werden."

Wir fanden noch zahlreiche andere Themen. Der Abend war trotz meiner Gefühlswallungen sehr schön und ich lernte Raphael noch besser kennen. Er ist überaus männlich, aber auch sensibel. Und er scheint das andere Geschlecht als gleichwertig zu würdigen. Das machte ihn für mich vom ersten Augenblick an sehr attraktiv.

In dieser Nacht träumte ich wieder von Gordian. Er hielt mich ganz fest in seinen Armen, als wolle er mich trösten. Ich wollte ihm so gerne erzählen, dass es mir nun besser ging und weshalb. Allerdings schien es uns nicht möglich, uns Informationen über unsre Zweisamkeit hinaus zu geben. Es war, als wenn wir alleine auf einem einsamen Stern wären. Sobald ich ihn zu Juliana und Martin fragen oder Raphael erwähnen wollte, verblasste der Traum. Ich wusste also nicht, was auf dem Gut passierte und sprach auch nicht über den neuen Mann in meinem Leben.

17. Mai 2009

Liebe Sarah!

Deine Wünsche haben mir Glück gebracht! Der Raum sah genau aus, wie in meinem Traum und ich war immens stolz darauf. Als Laura zu unserer Verabredung kam, verspürte ich einen Kloß im Hals. Sie sah umwerfend aus mit dem Kleid, dessen weiter Rock ihre Beine umschmeichelte. Rot steht ihr vorzüglich.

Sie ist so natürlich und hat eine Ausstrahlung, die einen sofort für sie einnimmt. Dieser spontane Kuss beim Anblick des festlichen Raumes – ich hätte beinahe die Beherrschung verloren und sie nicht mehr losgelassen. Aber ich war wohl zu ungestüm, denn sie machte plötzlich einen verlorenen und ernüchterten Eindruck, wie ein Kind, das sich verlaufen hat und dies in dem Moment realisierte. Dabei hatte ich das Gefühl, dass sie mir wirklich zugetan war.

Wir plänkelten ein wenig und übten uns in der mittelalterlichen Sprache. Als ich ihr eine weiße Lilie überreichte, begann Laura zu weinen. Ich beschloss, nichts zu sagen und wurde dafür belohnt. Um sie zu trösten, schlang ich meine Arme um sie, und sie ließ mich gewähren und lehnte sich sogar an mich. Ein riesiger Erfolg für mich. Was steckt hinter ihren Tränen?

Sie dankte mir dafür, keine Fragen gestellt zu haben. Also gibt es sicher eine interessante Geschichte dahinter. Ich glaube, ich muss bei ihr ziemlich geduldig sein. Das wird mir schwer fallen. Aber ich bin überzeugt, es wird sich irgendwann lohnen.

Für den Rest des Abends hatte Laura das Heft fest in der Hand. Sie hielt mich immer ein wenig auf Distanz, sorgte aber dafür, dass ich genug Hoffnung auf eine Erfüllung meiner geheimsten Träume mit nach Hause nahm. Überschwänglich dankte sie mir für den wundervollen Abend.

Diesmal ließ ich mir ihre Telefonnummer geben und gab ihr meine. Wir wollen uns auch nächstes Wochenende wieder sehen. Bei der Gelegenheit werden Rosella, Cajus und ich mit ihr und Arwakr die Donauauen erkunden.

Bis ich nicht ganz sicher bin, dass diese Frau zu mir gehört, will ich sie nicht meinen Freunden vorstellen. Nicht mal dir. Ich glaube, ich habe immer noch Angst, dass sie sich plötzlich als Traum entpuppt und ich alleine dastehe und mich lächerlich mache – wieder. Das wäre ja nicht das erste Mal, wie du weißt.

Viele liebe Grüße
Raphael

19.–23. MAI

Dann kam am Dienstagabend ein Anruf von Raphael. „Hallo Elfe! Störe ich?"

„Nein, du hast es richtig erwischt. Gerade habe ich das letzte Teil gebügelt und das Eisen ausgeschaltet. Jetzt habe ich Zeit. Freut mich, dass du anrufst." Ich spürte förmlich sein Lächeln und sah seine blitzenden Augen vor mir.

„Ich habe gerade an dich gedacht und mir überlegt, ob wir am kommenden Samstag ein Frühstück mit einbauen sollen in unseren Ausritt."

Ich schmunzelte. „Die Idee hatte ich auch schon. Da du die weite Anreise hast, werde ich mich diesmal um das Kulinarische kümmern. Gibt es etwas, was du nicht verträgst oder nicht magst?"

„Ich bin nicht unbedingt scharf auf Filterkaffee, aber ich esse fast alles."

„Dann lass dich einfach überraschen."

Somit war dieser Punkt abgehakt. Anschließend plauderten wir ein wenig über dies und das und verabschiedeten uns dann bald, bevor einer von uns Peinlichkeiten ins Telefon schmachten konnte.

Es ist schon eigenartig, dass wir uns nie an öffentlichen Orten treffen. Aber Raphael will es anscheinend genauso wenig wie ich. Bis ich mir sicher über meine Gefühle zu ihm bin, und was das in Bezug auf Gordian heißt, möchte ich nicht mit ihm von meinen Freunden gesehen werden. Außerdem, was machte mich denn so sicher, dass er das gleiche wollte wie ich? Das waren auch Gründe, warum wir uns schon um 6:00 Uhr früh in den Auen treffen wollten.

Samstag früh stand ich um 4:00 Uhr auf, kochte Tee und buk Scones[9]. Dann packte ich alles, was ich sonst noch brauchte, in eine kleine Kühltasche, gab den leicht aromatisierten Grüntee mit etwas gerührten Blütenhonig in eine große Thermoskanne und verpackte die Scones gut, damit sie nicht gleich auskühlen würden. Anschließend wurde alles mitsamt Picknickgeschirr in meinen Satteltaschen verstaut und so gerüstet fuhr ich über einen kleinen Umweg beim Bäcker vorbei zum Stall. Zuerst fütterte ich die Pferde, für die so eine Zeit an Sommerwochenenden gar nicht ungewöhnlich war. Die anderen Pferde brachte ich gleich mal auf die Weide.

Während Arwakr fraß, putzte ich ihn schon. Es hatte etwas meditatives, ihn zu striegeln, während seine Kaugeräusche den Raum erfüllten. Arwakr hörte immer wieder kurz auf zu fressen und legte dann seinen Kopf auf meine Schulter oder knabberte mit seiner weichen Lippe an meinen Haaren. In solchen Momenten machte mich mein Pferd glücklich. Er zeigte mir sein Vertrauen und seine Zuneigung.

Als wir beide fertig waren, wurde er gesattelt und aufgetrenst[10]. Zuletzt befestigte ich die Satteltaschen. Ich ritt mit meinem Liebling zu der Stelle, die wir als Treffpunkt ausgemacht hatten. Dort stand schon Raphaels Auto mitsamt Hänger und Rosella wurde gerade gesattelt. Cajus lief uns entgegen und begrüßte uns freudig bellend.

Ich stieg ab, kraulte den Hund kurz und begrüßte dann Raphael mit einer herzlichen Umarmung. „Schön, dass ihr hier seid. Ich freue mich, dass uns auch der Wettergott hold ist."

Nur wenige Minuten später waren wir auf dem Weg. Noch strahlte die Sonne uns nicht entgegen, aber sie arbeitete sich schon tapfer durch die etwas diesige Morgenluft. Dort, wo wir über Gras ritten, hinterließen wir eine sattgrüne Spur in den taunassen Wiesen. Wir schreckten ein paar Vögel auf, die ihrerseits unsere Pferde aus dem Tritt brachten und einmal querten zwei Rehe unseren Weg.

Ich erklärte Raphael die Gegend und hatte auch ein paar geschichtliche Dinge zu berichten. Vom Pfingsthochwasser 1999

---
9) Scones-Rezept im Anhang
10) Reitersprache für Zaumzeug mit Zügel anlegen

wusste ich zum Beispiel einiges zu erzählen. „Vor zehn Jahren ist bei einem Hochwasser der völlig durchweichte Damm auf der Höhe von Neustadt/Donau gebrochen. Wegen des Neustädter Dammbruchs waren, wie man so liest, zwischen 1.500 und 2.000 Menschen vom Hochwasser betroffen und ungefähr 20 Quadratkilometer Grund waren im Wasser versunken – bis zu zweieinhalb Meter hoch. Und zwar in den nieder gelegenen Teilen von Neustadt selbst – es betraf nicht die höher gelegene Altstadt –, ferner in Wöhr, Bad Gögging, Sittling, Eining, Irnsing und Hienheim. Kurze Zeit vorher war der Ölpreis sehr günstig und die meisten Hausbesitzer hatten ihre Tanks ganz voll. Unheimlich große Mengen Öl wurden dadurch freigesetzt, dass die Tanks durch das Wasser aus ihren Halterungen gedrückt wurden und kippten oder platzten. Es stank noch Jahre später in den betroffenen Regionen nach Öl. Unzählige Tiere waren auf der Flucht. Viele davon konnten sich wohl nicht retten, weil an den Ufern überall die üblichen Katastrophentouristen standen und sich das scheue Getier nicht dorthin traute."

Als wir zur Donaubrücke in Neustadt kamen, erzählte ich von der alten Brücke mit der Stahlkonstruktion im Stil von alten Eisenbahnbrücken.

„Es geht das Gerücht, dass auf der Brücke sogar mal Elvis Presley Wache geschoben hat während seiner Militärzeit in Deutschland. Jedenfalls wurde das gute alte Ding nach Bau der neuen Brücke um 1994 gesprengt. Ich finde das irgendwie schade, da sie mir immer gut gefallen hatte. Allerdings war sie der Schrecken aller Reiter, weil sie so schmal war und das Verkehrsaufkommen durch die B 299 ziemlich hoch."

Nach einem guten Teil des Ritts stoppte ich bei einer Baumgruppe am Uferstreifen der Donau. Raphael band die Pferde an und ich legte die Picknickdecke aus, auf der ich unser Frühstück ausbreitete. Ich hatte frische Semmeln von des Bäckers Hintertüre, Butter, Wurst, Käse. Und dann natürlich die Scones, die noch warm waren.

„Das ist eine Spezialität, die man auch in manchen irischen Coffee Shops erhält. Du musst sie wie eine Semmel aufschneiden. Dann kommt je Hälfte Butter drauf und Marmelade und als Krönung noch ein Klecks Schlagsahne. So wie hier. Man isst die Scones nicht zusammengeklappt wie eine Semmel." Ich machte vor, was ich erklärt hatte. Raphael hielt sich an die Vorgaben und biss hinein.

„Hmmm, ist das köstlich!" Er hatte noch etwas Sahne an der Oberlippe und strahlte mich an.

„Ich hätte ja nicht gedacht, dass ich heute solche Besonderheiten zum Frühstück bekomme. Und jetzt packst du auch noch Sekt aus."

„Freilich, das ist heute passend. Alles ist grün und wunderschön um uns herum. Der Fluss gurgelt und die nächste Straße ist eine ganze Ecke weg. Außerdem will ich, dass meine Taschen leichter werden." Ich machte die Flasche nebenbei mit einem leisen Plop auf.

„Ist wohl nicht die erste Flasche, die du entkorkst."

Ich grinste frech und schenkte ein. „Nein. Es hat sich eingebürgert, dass Arbeitskollegen und Freunde von jeher mir die Flaschen in die Hand drückten. Die haben meistens Angst davor, sie selbst zu öffnen."

Wir prosteten uns zu mit meinen Metallbechern. „Auf uns!" Raphael blickte mich so intensiv an, dass mir gleich ganz heiß wurde. „Auf uns und die Zukunft!"

Wir saßen nebeneinander, beide mit dem Gesicht der frühen Sonne entgegen und genossen die Atmosphäre. Dann stand Raphael auf und zog mich mit sich. Wir standen eine kleine Weile da und sahen dem Fluss zu. Dann wandte er sich mir zu. Unendlich sanft schlang er seine Arme um meinen Körper und küsste mich.

Mir war in der Zwischenzeit klar geworden, dass ihm mein Herz bereits zugeflogen war und ich nicht weiter um Gordians Verlust trauern durfte, auch wenn er tief verankert in meinem Herzen und auch meinen Gedanken war. Ich wollte mich auf eine neue Liebe einlassen und sollte dankbar sein, dass die beiden Männer so viele Gemeinsamkeiten hatten. Also erwiderte ich den Kuss. Es fühlte sich völlig richtig an für mich. Ich merkte, dass Raphael nicht weiter drängte. Es war weder die richtige Zeit noch der richtige Ort für mehr. Ich glaube, er hatte auch verstanden, dass er nur in kleinen Schritten ans Ziel kommen würde. Nur langsam lösten wir uns voneinander.

Wir packten unsere Sachen zusammen und machten auch die Pferde wieder startklar. Dann saßen wir wieder auf und ritten los. „Ich bin ja so froh, dass unsere Rösser es gewohnt sind, mal angebunden warten zu müssen und nicht grasen zu dürfen. Mit den meisten Pferden, die ich kenne, wäre das eine Katastrophe."

„Ich glaube, ich habe dir noch nicht gesagt, dass ich mittags zu Hause sein muss. Auf dem Hof fallen einige Arbeiten an, die ich nicht verschieben kann und darf. Meine Mutter macht freundlicherweise heute früh den Pferdestall und sie besorgt mir noch ein paar Sachen aus dem Baumarkt. Aber wenn ich nicht komme, habe ich echt ein Problem. Das heißt, das mit der Fähre wird wohl heute nichts." Raphael sah mich an, als wolle er um Vergebung bitten.

„Das schaffst du locker. Es ist grad erst halb neun und wir haben nur ungefähr eine Stunde Ritt vor uns, bis wir wieder am Ausgangspunkt sind. Heute wollte ich euch sowieso nicht überanstrengen mit der Fähre. Das machen wir an einem anderen Tag. Ich hatte mich schon ein wenig gewundert, dass du so viel Zeit hast neben Beruf und Hof."

„Mir war unser Treffen wichtig und daher habe ich umdisponiert. Na ja, sehr oft werde ich das nicht machen können. Ich habe zwar nur Heuwiesen und einen Wald für unser eigenes Holz, aber trotzdem ist genug Arbeit da. Vor allem müssen die Pferde immer versorgt und bewegt werden."

23. Mai 2009

Liebste Sarah!

Und schon geht's weiter mit meinem Bericht.

Ausritt mit Frühstückspicknick. Wow! Der Ausflug war wirklich eine außergewöhnliche Erfahrung. Laura hatte tatsächlich speziell für unser Frühstück gebacken – zu nachtschlafender Zeit! Das heißt, ihr liegt was an mir. Oder siehst du das anders?

Und sie hat es akzeptiert, als ich sie küsste. Nachdem der letzte Versuch so daneben ging, stimmt mich das unheimlich froh. Ich glaube, ich hätte nicht den Mut aufgebracht, einen weiteren Versuch zu starten.

Laura fühlte sich in meinen Armen so richtig an, wie noch keine Frau vor ihr. Als wenn ich sie schon seit ewigen Zeiten kennen würde. Doch ich werde weiterhin behutsam vorgehen. Nur nichts überstürzen.

Die Gegend an der Donau ist sehr schön und um diese Jahres- und vor allem Tageszeit sind weder zu viele Radfahrer unterwegs noch irgendwelche Camper. Also waren wir überwiegend alleine heute Morgen. Die Atmosphäre, das Licht, der Fluss – wenn man das jemandem erzählen würde, würde es glatt kitschig wirken. Es ist eine traumhafte Landschaft.

Es hatte leichten Frühnebel und das Gras war noch taunass, als wir losritten. Die Luft dort ist einfach umwerfend frisch und ich konnte mich an dem Grün der Wiesen, der Bäume und den Büsche kaum satt sehen.

Du liest sicher bald wieder von mir. Außerdem sehen wir uns nächsten Mittwoch.

Viele Grüße an Volker und die Kids.

Alles Liebe
Raphael

29. MAI/01. JUNI

Am darauffolgenden Freitag lud ich Raphael zum Essen ein. Es gab eine leckere Lasagne[11]. Dazu einen hervorragenden Rotwein. Wie gerne hätte ich auch Gordian so bekocht. Zuerst war der Abend eine richtige Tortur für mich. Immer wieder kam es in meinem Innern zu Kämpfen zwischen der Liebe zu Gordian und der wachsenden Zuneigung und Anziehungskraft zwischen mir und Raphael. Selbst durch die Mitteilung meiner inneren Stimme, dass es für mich keinen Gordian mehr geben würde, konnte ich die hartnäckige Seite, die seit zehn Jahren und ohne Kompromisse exklusiv für meine große Liebe stimmte, nicht zur Ruhe bringen.

Dementsprechend durchwachsen war meine Stimmung. Ich hoffte so sehr, dass Raphael das nicht bemerkte und bemühte mich, ausgeglichen zu wirken. Dies gelang mir nur, als unser Gespräch auf Musik kam. Raphael stand vor meiner CD-Sammlung und sah sie sich aufmerksam durch. „Du hast ganz schön viel von den alten Herren wie Haydn, Beethoven, Mozart und Co. Ich liebe diese Musik auch sehr."

„Es gibt Tage, da brauche ich Rock, Pop, sonstige Musikstile oder auch die alten Eintagsfliegen der Neuen Deutschen Welle. Aber die klassischen Stücke bringen mich einfach besser runter, wenn ich wieder mal völlig überdreht bin. In unserem Stallradio haben wir oft einen Klassiksender eingestellt. Auch den Pferden gefällt diese Musik."

„Das ist auch meist die beste Musik für Quadrillen oder Aufführungen mit Pferden. Oder eben moderne Sachen mit klassischen Elementen."

---

11) Lasagne-Rezept im Anhang

„In dem Stall, in dem ich früher Reitstunden nahm, lange bevor ich mir Arwakr gekauft habe, gab es im Winter an Sonntagnachmittagen oft eine Stunde Musikreiten. Da wurden Quadrillefiguren nach Ansage geritten. Das war herrlich, besonders, wenn 16 Pferde dabei waren. Sogar die langweiligsten Schulpferde bekamen Schwung, sobald die Musik einsetzte. Leichtfüßig trabten sie dahin. Diese Stunden waren immer wieder ein Erlebnis. Natürlich auch deshalb, weil für hinterher immer jemand Kuchen dabei hatte." Ich schwärmte von vergangenen Zeiten.

„So etwas habe ich leider noch nie erlebt. Aber ich merke oft bei Cajus, dass er auf klassische Musik steht. Er singt bei bestimmten Stücken mit. Vermutlich seine Lieblingslieder."

„Das kenne ich von meiner Jagdhornbläserei. Das erste Mal, als der Hund einer Mitbläserin mitgejault hat, fiel die ganze Truppe auseinander, weil wir alle so arg lachen mussten. Inzwischen wissen wir, welche Lieder er bevorzugt. Er kennt die Stücke genau, singt mit und bricht mit uns mit dem letzten Ton ab."

„Wie, du spielst Jagdhorn? Das hört man aber selten. Und wenn, dann eher bei Jägern als Reitern."

„Na ja, wir wollten unsere Reitjagden selbst begleiten können. Und da wir zwar alle Reiter sind, aber nicht gerade Jagdpferde unser Eigen nennen, ist das für uns gerade richtig."

Während unserer Unterhaltung kramte Raphael weiter in meinem CD-Regal. „Hey, darf ich mir die CDs von John Rutter mal ausleihen? Und du hast ja auch ganz viele moderne Pianisten, die ihre eigene Musik spielen. Die sind echt klasse."

„Das ist für mich die richtige Musik als Hintergrund, wenn ich am Computer sitze und grad keine Klassik hören will. Manchmal mag ich einfach keine Stille."

Nach dem Essen lud ich Raphael ins Kino ein. Es lief ein bayerischer Film, den wir beide unbedingt sehen wollten.

Nach dem Film standen wir dann unentschlossen vor dem Kino. „Komm, lass uns die Beine vertreten. Die Abendluft ist lau und ich brauche etwas Bewegung." Raphael war einverstanden und begleitete mich eine Runde.

„Kommt eigentlich deine Schwester bald mal wieder nach Hause?"

„Ich werde sie morgen in einer Woche am Nachmittag vom Flughafen abholen. Sie bleibt dann zwei Wochen, bevor sie wieder los muss. Diesmal nach China."

Nachdenklich ging er ein paar Schritte weiter. „Sie liebt ihren Job, aber dafür stehen halt ihre beiden Kinder immer hinten an.

Die zwei werden bei ihren Heimatbesuchen mit Geschenken überhäuft und dürfen sehr viel mit ihrer Mutter unternehmen. Aber für die alltäglichen Probleme und Nöte ist sie nicht da, um ihnen zu helfen."

„Ich stelle mir die Situation für alle Beteiligten nicht gerade einfach vor. Natürlich kann ich nicht sagen, wie ich mich als Mutter entscheiden würde."

„Für Caro war es nie leicht. Sie weiß, dass sie weg vom Fenster ist, sobald sie kürzer treten möchte oder die ewigen Reisen nicht mehr akzeptiert. Doch sie liebt ihre Aufgabe und weiß, dass ihre Kinder bei Mutter gut aufgehoben sind. Sollte unsere Mutter irgendwann die Kindererziehung nicht mehr machen können, wird meine Schwester ihr Leben ändern müssen. Dessen ist sie sich auch bewusst. Aber bis dahin möchte sie sich ein gutes finanzielles Polster aufbauen."

Wir wechselten bald das Thema. Ich erzählte noch Anekdoten aus meiner Kindheit und Jugend. Wie ich vor langen Jahren einen Faschingszug per (Leih-)Pferd begleiten wollte. „Ich musste absteigen und wir führten die Stute zu zweit. Sie drehte vollkommen durch und versuchte immer wieder zu steigen. Na ja, die schleichende Musikkapelle – vor allem die große Trommel – hinter uns trug wohl auch einiges zu ihrem Verhalten bei. Ich werde nie verstehen, wie man Musikkapellen, die kein konstantes Tempo gehen, direkt hinter die Pferde einreihen kann. Und außerdem verstehe ich die Leute nicht, die bei solchen Situationen mit ihren Kinderwägen oder Kleinkindern ganz vorne stehen – ohne Möglichkeit zur Flucht im Gefahrenfall. Meistens gehen sie grad bei den Pferden noch näher ran. Wo die meisten doch bei solchen Events sowieso schon leicht nervös sind.

Vermutlich liegt die Unbedarftheit der Menschen mitunter daran, dass diese Tiere grundsätzlich als süßes Pferdchen gesehen werden. Als Lebewesen, das einfach nur edel und schön ist. Jedes Mädchen hat ein harmloses Spielpferdchen für seine Puppen und es gibt im Spielwarenbereich verniedlichte Pferde in Massen."

„Möglichst noch in Pink. Wenn ich näher darüber nachdenke, fällt mir ein, dass die meisten Eltern, denen ich auf meinen Ausritten begegne, zu ihren Kindern vom ‚Pferdchen' sprechen, was bei der Größe und den 650 kg von Rosella sowie der puren Kraft, die dahinter steht, nur noch lächerlich ist."

Ich erzählte von meinem Sandkastenfreund und unseren Abenteuern an einem Bach, bei den Hühnern und Enten und den Kletterpartien auf Bäume.

Damit bezweckte ich eigentlich nur, dass ich an mein großes Problem nicht denken musste. Doch konnte ich es nicht abschalten. Daher machte ich Feigling auch einen Rückzieher, bevor wir im Bett landen konnten.

Wieder zurück in meiner Wohnung zündete ich ein paar Kerzen im Wohnzimmer an und legte gute Musik auf. Wir saßen auf der Couch und hörten erst den Klängen aus der Stereoanlage zu. Schon wieder drifteten meine Gedanken ab. Ich glaube, Raphael hatte meine geistige Abwesenheit bemerkt. Er nahm mich in seine Arme und streichelte mich, bis ich wieder ruhig war. Dann begann er, mich mit glühenden Küssen zu bedecken. Ich prüfte, ob ich das wirklich wollte. Ja, es gefiel mir und ich küsste ihn zurück. Doch dann kam die Panik in mir hoch. Meine ganze frühere Unsicherheit von vor meiner Hochzeit mit Gordian brach sich wieder Bahn. All die kleinen Bedenken waren zurück. Dabei hatte ich wirklich geglaubt, das hätte ich ein für alle Mal hinter mir.

„Stopp, Raphael. Ich bin noch nicht soweit. Im Moment würde ich es nur verderben. Halte mich bitte nur in deinen Armen. Ich brauche deine Stärke."

Raphael akzeptierte ohne Diskusion meine Bitte. Eng umschlungen verbrachten wir am Ende die Nacht in meinem Bett. Als Raphael wach war, nahm ich sein Gesicht zwischen meine Hände und sah ihm in die Augen. „Danke. Du bist ein wunderbarer Mann. Bist du dir sicher, dass du mich willst?"

„Ja, ich wünsche mir nur dich, weil du in mir ein warmes Gefühl ausgelöst hast, das ich nicht in dieser Intensität kannte. Als Beweis würde ich dich gerne zu mir nach Hause einladen. Zum Nachmittagskuchen vielleicht? Dann kannst du mal die anderen Pferde sehen, meine Nichten kennenlernen sowie meine Mutter."

„Wie ist deine Mutter so?"

Raphael hatte wohl den zweifelnden Ton in meiner Stimme gehört. Er sah mich an. „Sie ist resolut, aber ein sehr lieber Mensch, der sich nicht in die Angelegenheiten anderer einmischt. Wenn sie Freunde von mir nicht mag, gibt sie es mir zu verstehen, würde es diese aber niemals spüren lassen. Es sind schließlich meine Freunde. Sie redet mir nicht rein, wie ich den Hof zu führen habe. Ungebetene Ratschläge von ihrer Seite gibt es nicht. Nur so funktioniert es auch mit uns. Einen Kontrollfreak, der alles besser weiß, könnte ich nicht dulden."

„Wann hast du dir vorgestellt, dass ich kommen sollte?" „Ich wünschte mir, dass du übermorgen kommst. Es ist ein Feiertag"

Ich sah ihn überrascht an und überlegte. „Hm, ich bin zum Mittagessen bei meinen Eltern eingeladen. Danach wollen die beiden zu einem Geburtstag, also kann ich bald verschwinden. Es müsste funktionieren, wenn ich nicht vor 15:00 Uhr da sein muss. Wenn du also wirklich willst, dass ich euch besuche, dann komme ich."

Raphael gab mir später eine Wegbeschreibung und die Adresse. Er hatte einen Ausdruck davon schon vorsorglich dabei. „Weil die meisten Leute nicht leicht hinfinden."

Zwei Tage später fuhr ich nachmittags auf Raphaels Hof. Es war ein sehr warmer Tag und ich hatte mich für ein hübsches Sommerkleid entschieden.

Als ich aus dem Auto stieg, ließ ich erst mal alles auf mich wirken. Das Haus schien in gutem Zustand zu sein. Na ja, einen neuen Anstrich könnte es vielleicht vertragen. In einer Ecke stapelten sich altes Holz, ausrangierte Maschinen und sonstiger Schrott.

Ganz so, wie ich das von vielen Bauernhöfen kenne und was mir immer schon ein Dorn im Auge war. Ansonsten war aufgeräumt und der Hof gekehrt. Ich stieg aus, ging zur Beifahrertüre und bückte mich dort nochmals, um meine Tasche herauszuangeln.

Plötzlich wurde ich gepackt und nach hinten gezogen. „Raphael! Du hast mich erschreckt." Er grinste und drehte mich zu sich, um mir einen Kuss zu geben. Dabei drückte er mich in seinem Überschwang so fest, dass ich beinahe keine Luft mehr bekam.

Und schon wieder war der Gedanke an Gordian wach. Ich fühlte mich wie bei einer seiner Bärenumarmungen. Die beiden hatten einfach keine Ahnung, dass sie mir die Luft aus den Lungen quetschten.

Als sich sein Griff lockerte, spürte ich eine feuchte Hundeschnauze an einer Hand. Cajus stand neben uns, wedelte wie verrückt mit seiner Rute und versuchte winselnd, meine Aufmerksamkeit zu erhaschen. Ich wand mich nach einem weiteren Kuss aus Raphael Umarmung, ging ein wenig in die Hocke und begrüßte den Hund gebührend, was mir eine feuchte Hundezunge diagonal über das Gesicht gezogen einbrachte.

Dann zog mich Raphael mit sich ums Haus zur Terrasse, auf welcher eine Sitzgruppe mit Tisch stand. Ein paar Meter entfernt davon, in einem wunderschönen Bauerngarten nach alter Tradition, stand gebückt eine Frau und jätete Unkraut. „Mutter, unser Besuch ist da." Ein Ruck ging durch die Person und sie sah uns mit schreckgeweiteten Augen an.

„Sag bloß nicht, es ist schon drei Uhr?! Ich habe völlig die Zeit vergessen und dabei noch nicht einmal den Tisch gedeckt." Sie kam auf uns zu und wischte ihre Hände an einem Tuch ab, das sie vom Zaun pflückte.

„Sie müssen ja denken, ich wäre eine grottenschlechte Gastgeberin. Das tut mir unendlich leid. Eigentlich wollte ich nur kurz ein paar Gräser auszupfen und habe mich dann so vertieft, dass ich alles andere vergessen habe. Ich bin Afra Gordian, Raphaels Mutter. Und sie müssen Laura sein, von der mir mein Sohn schon erzählt hat."

Ich blickte ihn an „Ich hoffe, nicht zu viel." Afra lachte „Keine Angst. Ich weiß erst seit gestern Mittag von Ihrer Existenz und er hat kaum etwas erzählt. Nur von einem herrlichen Ausritt in den Donauauen und einem Friesenwallach mit einem alten nordischen Namen. Aber gerade die Tatsache, dass Raphael nicht in Schwärmerei ausgebrochen ist, macht die Sache so bedeutungsvoll. Es liegt ihm etwas an ihnen, junge Frau!"

Energisch ging sie los Richtung Terrassentüre. „Setzen sie sich schon mal, ich bringe das Geschirr." Das konnte ich natürlich nicht so stehen lassen. Auf keinen Fall ließ ich die Frau, die mir auf den ersten Blick sympathisch war, alleine arbeiten, während ich nur da saß, um mich bedienen zu lassen. Also ging ich hinter ihr her zur Küche.

„Sagen sie mir einfach, wo das Geschirr zu finden ist und ich bringe es nach draußen, während sie sich um alles andere kümmern. Wie viele Personen?" „Das ist sehr nett von ihnen. Danke. Meine beiden Enkel werden sich auch zu uns setzen wollen. Sie lieben den Mohngugelhupf[12], den ich gebacken habe. Ich muss ihn sonst immer machen, wenn ihre Mutter zu Besuch kommt. Sie darf kein Mehl essen."

Sie öffnete einen Küchenschrank und zeigte auf das Service. Dann legte sie mir ein großes Tablett auf die Anrichte und setze Teewasser sowie Kaffee auf. „Für die Mädchen die großen Tassen, weil sie Kakao bekommen. Trinken sie Tee wie Raphael?" Wir plauderten noch ein wenig, während ich Tassen und Teller sowie kleine Löffel und Gabeln auf das Tablett stapelte.

Raphael hatte in der Zwischenzeit eine Tischdecke aufgelegt, eine Vase mit Blumen darauf gestellt und Servietten gebracht, die ich schön faltete. „Ich glaube, damit hast du bei meiner Mutter schon einen Stein im Brett. Bisher hat ihr keine meiner Freundinnen geholfen. Du bist einfach so reizend anders. Und das mag ich so an dir." Er drückte mir überraschend einen Kuss

---

12) Mohngugelhupf-Rezept im Anhang

auf die Wange. Ich schenkte ihm ein schiefes Lächeln. „Es sollte doch ganz selbstverständlich sein, in einer solchen Situation mitzuhelfen. Ich wurde so erzogen."

Innerhalb kurzer Zeit war alles fertig und Raphaels Mutter rief ihre Enkelinnen. Diese kamen aus der Richtung, in der ich den Stall gesehen hatte. Sie flitzten mit neugierigen Blicken an uns vorbei und ich hörte etwas von „Hände waschen". Wenige Minuten später kamen beide wieder.

Eines der Mädchen hatte sich ein hübsches Sommerkleid angezogen und das andere ein pinkfarbenes T-Shirt mit einem Pferdekopf aus Glitzer.

„Das sind meine Nichten, Laura. Helena ist zehn Jahre alt und Alice gerade acht. Sie sind Mutters und meine Lieblinge und wir geben sie nicht mehr her."

Alice meldete sich zu Wort. „Onkel Raph hat uns erzählt, dass du auch einen Friesen hast. Stimmt das?"

„Hallo, meine Dame", meldete sich nun Afra, „wie spricht man fremde Erwachsene an?"

Alice machte erst ein betretenes Gesicht. Dann erhellte sich ihre Miene. „Aber Laura ist doch nicht fremd. Sie ist doch Raphaels Freundin!" Kindliche Logik! Dabei wusste ich selbst gar nicht, ob ich diesen Status tatsächlich schon definitiv erlangt hatte. „Stimmt das?", fragte ich ganz unschuldig. Raphael beugte sich zu mir und hauchte einen Kuss auf meine Lippen. „Das hoffe ich doch schwer!"

„Na, wenn das so ist ... darauf eine abschlägige Antwort zu geben, wäre eine Frechheit, oder? Also einigen wir uns darauf, dass ich nicht ganz fremd bin und ihr beiden zu mir Du sagen könnt."Alice grinste mich frech an und ihre Sommersprossen auf der Nase schienen zu tanzen. „Hast du ein Foto von deinem Wallach dabei? Wie heißt er?"

Ich hatte tatsächlich ein Bild in meiner Tasche und holte es nun hervor. „Das ist mein Arwakr. Das bedeutet Frühwach. Er ist ein ganz toller Kumpel." Das Foto zeigte ihn in einer sehr stolzen Pose und machte mächtig Eindruck auf Alice.

Helena spielte ein wenig unbeholfen die große Dame und bot das Bild einer aufmerksamen Gastgeberin. Sie versorgte mich mit Kuchen und Sahne, bis ich völlig gefüllt ablehnen musste.

„Du gefällst mir besser als die anderen Freundinnen von Raphael", verriet sie mir irgendwann. „Und du bist netter zu uns." Ihr Onkel blinzelte und wünschte sich wohl, dass Kindermund nicht immer Wahrheit kund täte. Mir gefiel das Kompliment dagegen sehr gut.

„Nur die Sarah ist auch so nett wie du – und auch so lustig", verkündete Alice. „Onkel und sie schreiben sich immer ganz lange Briefe." Fragend sah ich Raphael an.

„Sarah ist eine alte Bekanntschaft aus meiner Kindheit und meine beste Freundin. Sie hat früh geheiratet, hat zwei Jungs und lebt bei Regensburg. Sie hatte vor etwa acht Jahren einen schweren Unfall und ist seither ab der Hüfte abwärts gelähmt. Wir schreiben uns oft – Briefe und E-Mails – und ich besuche sie etwa alle drei Wochen. Meistens gemeinsam mit den Mädchen. Dann unternehmen wir was mit den Kindern."

„Sarah ist ein Brief-Fetischist, sagt sie immer. Und sie ist berühmt. Denn sie schreibt ganz tolle Bücher", teilte mir Helena mit und holte auch gleich eines davon. Es war eine Romanze. Eine von der Art, die ich zwischendurch sehr gerne las, weil sie einen ins Land der Träume und des Happy Ends brachten, was das Leben nicht für jeden bereit hatte. Ich war beeindruckt und wünschte mir, ich würde diese Frau kennenlernen dürfen.

Nach der Kaffeerunde wurde ich von den Mädchen zu einer Stallbesichtigung eingeladen. Wir überließen es Raphael, seiner Mutter beim Abräumen des Tisches zu helfen und setzten uns in Bewegung.

„Zuerst zeigen wir dir den Stall und dann gehen wir auf die Koppel. Du musst ja schließlich noch Marisi und Farasha kennenlernen."

„Kommt da Raphael überhaupt noch zum Zug bei dieser Weiberwirtschaft? Lauter Frauen um ihn herum. Er könnte mir beinahe leid tun. Jetzt ist mir auch klar, warum Cajus ihm so wichtig ist." Die beiden kicherten.

Ich bewunderte ihre Pferde gebührend. Es waren auch wirklich hübsche, feingliedrige Damenpferde. Mich hätte nicht gewundert, wenn in ihren Stammbäumen irgendwo Araber beteiligt waren. Die beiden Mädchen plapperten abwechselnd über ihre Lieblinge, den wunderbaren Onkel Raph und die Omi, die genau wusste, was sie gerne aßen und sie manchmal verwöhnte. „Aber manchmal schimpft sie auch gewaltig."

Ich konnte mich nicht zurückhalten: „Vermutlich nicht ohne Grund."

Beide grinsten mich an, als könnten sie kein Wässerchen trüben. „Gründe, um zu schimpfen, gibt's genug. Aber wir sind auch ganz lieb."

Mit verschränkten Händen und Beinen stand Alice wie das Unschuldslamm schlechthin vor mir und übte einen kecken Augenaufschlag. Ich musste lachen.

Später saß ich mit Raphael auf einer kleinen Bank in der Sonne. Wir hielten unsere Hände ineinander verschränkt, während wir uns über seine Nichten unterhielten.

„Ich glaube, in dir sehen sie mehr schon den Vater als den Onkel. Sie vergöttern dich beide. Noch viel mehr als ihre Omi. Es ist schön, eine Oma zu haben. Ich hatte keine, die in der Nähe wohnte. Beide sah ich nur einmal wöchentlich. Und Geschwister wären auch prima. Dadurch, dass ich ein Einzelkind bin, haben sich meine Eltern viel zu sehr auf mich fixiert. Das empfand ich manchmal als schier erdrückend. Auch heute ist es oft noch so, dass ich mich aus ihrem Einflussbereich freischwimmen muss. Du hast ein ganz anderes Verhältnis zu deiner Mutter. Viel entspannter."

Die Puppen gesellten sich zu uns. Helena setzte sich auf den Schoß ihres Onkels und Alice auf meinen. Die beiden erschlichen sich mit ihrer natürlichen Art an diesem Abend jeweils einen Platz in meinem Herzen. Ich genoss es, dass sich das schlanke Mädchen an mich schmiegte, als würden wir uns schon jahrelang kennen. Bevor ich mich verabschiedete, flüsterte mir Alice etwas ins Ohr, was mich nachdenklich machte: „Wir hoffen, du wirst unsere richtige Tante."

02. Juni 2009

Liebe Sarah,

und schon wieder ist eine Woche vorbei! Du bist sicher gespannt, wie die meine verlaufen ist. Und du hast allen Grund dazu!

Freitagabend besuchte ich Laura zu Hause. Sie kochte köstlich und anschließend machten wir einen Besuch im Kino und einen gemeinsamen Spaziergang. Sie erzählte mir von ihrer Kindheit und Teenagerzeit und brachte mich oft zum Lachen. Wieder zurück, saßen wir auf der Couch und hörten gute Musik aus ihrer umfangreichen CD-Sammlung.

Laura schien mir an dem Abend immer wieder abwesend zu sein. Manchmal starrte sie nur in die Luft. Natürlich habe ich alles daran gesetzt, sie in die Gegenwart zu holen. Irgendwann konnte ich mir nicht mehr anders helfen, als mit einem Kuss. Als hätte sie genau das benötigt, schmolz etwas in ihr. Ich glaube, sie wird bald ganz die Meine sein. Irgendetwas hält sie im Moment noch davon ab, den letzten Schritt zu gehen, aber sie hat mir Hoffnungen gemacht, dass auch das bald überstanden sein wird.

Stell dir vor: Sie hat uns gestern besucht! Meine Mutter und die Kinder lieben Laura. Der Funke der Sympathie ist bei allen sofort übergesprungen. Alice hat sie förmlich angebetet, als Laura ihr ein Bild von Arwakr gezeigt hat und Helena musste sich noch unbedingt ein Kleid anziehen, bevor sie sich zu Tisch setzen konnte. Normalerweise müsste man sie fast prügeln, um sie soweit zu bringen, sich mädchenhaft zu kleiden. Vielleicht hat sie gemerkt, dass eine Frau einfach noch viel weiblicher aussieht, wenn sie ein hübsches Kleid trägt. Ich befürchte, die Kleine wird langsam eine Dame.

Dadurch, dass Laura gleich mit zugepackt hat, hat sie meine Mutter in Windeseile um den Finger gewickelt. Ihre grandiose Art meiner Familie gegenüber hat meine Gefühle für sie noch gestärkt. Bis zu diesem Nachmittag war ich mir nicht völlig sicher. Aber jetzt weiß ich, dass ich mich in sie verliebt habe. Ja, du hast richtig gelesen: Ich bin verliebt! Wünsch mir viel Glück!

Alles Liebe – auch an Volker und die Kids
Raphael

05. JUNI

„Was machst du am Freitag, mein Augenstern?", fragte mich Raphael am Telefon.

„Ich habe einen Auftrag zu bearbeiten, mein edler Ritter. Und dann wollte ich mit Arwakr arbeiten. Ansonsten hatte ich noch nichts geplant."

„Ich lade dich ein in meine Junggesellenhöhle. Samstagsfrühstück eingeschlossen. Komm, wann du kannst.

Wenn du nicht wasserscheu bist, könnten wir vor einem gemütlichen Abendessen auch noch schwimmen gehen mit den Mädchen. Auf unserem Grund gibt es einen traumhaft schönen Badeweiher, der gerade die richtige Temperatur hat. Na ja, fast. Wenn man nicht zimperlich ist, geht's auf jeden Fall. Das wird nämlich für längere Zeit der letzte freie Wochenendtag für mich sein. Die Proben für die verschiedenen Auftritte werden jetzt immer mehr."

„In Ordnung. Du hast mich überredet. Arwakr bekommt einen Weidetag und ich versuche, um drei Uhr bei euch zu sein." Ich freute mich über die Einladung und würde mit meinem Pferd einfach am Vortag etwas mehr arbeiten.

Als ich am Freitag kurz nach drei Uhr auf den Hof fuhr, arbeitete Raphael in seiner Rumpelecke. Er warf ein Holzstück nach dem anderen auf einen Anhänger. Es war wunderbar, ihn zu sehen: Ein muskulöser Mann in Jeans mit nacktem Oberkörper kann durchaus ein schöner Anblick sein!

Er winkte mir zu „Ich bin hier gleich fertig. Ist auch alles schon bereit für unseren Ausflug", damit deutete er auf einen Leiterwagen, vollgepackt mit Badesachen. „Leg dein Zeug einfach mit drauf und hol bitte die Mädchen aus dem Stall. Wir können in fünf Minuten los. Einen Willkommenskuss gibt's später, wenn ich mich wieder sauber fühle, mein Schatz."

Manchmal mache ich ja, was man mir aufträgt. Also legte ich meinen Kram auf den Leiterwagen und stapfte in den Stall. Raphaels Nichten schienen gerade damit fertig zu sein, die Boxen auszumisten.

„Hallo, ihr beiden Mäuse. Habt ihr eure Arbeit hier fertig?"

„Hallo Tante Laura – dürfen wir das eigentlich zu dir sagen?"

Ich lachte. „Natürlich, ich wollte immer schon mal Nenntante von jemandem sein."

„Wir müssen noch kehren und sind dann fertig."

„Gut, gib mir die Schubkarre. Die leere ich auf den Misthaufen, während ihr kehrt."

Eine Minute später sah der Stall sauber aus.

„So, und jetzt nichts wie an den Weiher."

Ich konnte gar nicht so schnell schauen, wie die beiden an mir vorbei flitzten und mit Juhu auf Raphael zuliefen.

Der Weiher war wirklich ein tolles Gewässer. Er hatte gerade die richtige Größe, um darin schön schwimmen zu können. In der Länge sicher 50 Meter. An einer Seite gab es Schilf.

„Dort gibt es einige Vogelarten. Wir wollen sie so wenig wie möglich stören, damit sie uns erhalten bleiben", klärte mich Raphael auf.

Mit den Mädchen schwammen wir also, spielten Ballspiele auf der Wiese und unterhielten uns über Pferde. Bis Helena ein Buch aus dem Leiterwagen holte. „Onkel Raphael, das ist das neue Buch von Sarah. Bitte lies uns vor."

Raphael sah mich an und sagte mit leiser Stimme. „Durch die Bücher von Sarah sind die beiden schon völlig aufgeklärt. Ich konnte sie nicht davon abhalten, sie zu lesen. Also gab's mal eine Aufklärungsstunde mit Mama und Onkel. Und jetzt wissen die beiden kleinen Kröten schon mehr über Flirt, Liebe und Sex, als manch Erwachsener. Sie werden keinen unter einem feschen Freibeuter oder einem Märchenprinzen nehmen."

Ich lachte, als ich mir die Situation mit der Aufklärung der beiden Mäuse vorstellte. Es stellte sich schnell heraus, dass Sarahs neuestes Buch eine Sammlung romantischer Kurzgeschichten enthielt. Während die Mädchen und ich auf einer großen Decke lagen, saß Raphael neben uns und begann mit seiner angenehmen Stimme, uns aus dem Buch vorzulesen.

Constances Tagebücher

Nebelschwaden hingen über dem Land. Es war der Abend eines der ersten kälteren Herbsttage, an denen es gar nicht richtig hell werden wollte. Regenschauer verwandelten die Felder in Sümpfe und der Wind trieb die ersten bunten Blätter von den Bäumen und wirbelte sie umher, bevor sie in einer der zahlreichen Pfützen am Straßenrand liegen blieben.

Arabella war nicht wohl bei dem Gedanken, in einer ihr fremden Gegend mit schlechten Straßen ohne irgendwelche Markierungen nach dem gebuchten Hotel zu suchen – auch wenn sie zuerst begeistert gewesen war von der Idee, ein Wochenende irgendwo auf dem Land in einem netten Hotel zu verbringen. Der Prospekt mit dem umgebauten Schloss versprach Massagen, wunderschöne, geräumige Zimmer, einen großen Park und viel Ruhe. Und genau das brauchte sie gerade.

Vor ein paar Monaten nämlich hatte sie Tagebücher und Briefe ihrer Ur-Urgroßmutter unter dem Nachlass ihrer Großmutter gefunden. Diese wollte sie nun endlich lesen. Es sah so aus, als ob die alte Kiste ihrer Vorfahrin nie geöffnet worden war. Sie stand zuhinterst im geräumigen Speicher des ihr vor kurzem überschriebenen Hauses und war dick von Staub und Dreck bedeckt gewesen. Arabella wollte alles „ausgemistet" haben, bevor sie das schmucke Haus am Dorfrand bezog. Sie zog sogar in Erwägung, selbst an einem Flohmarkt teilzunehmen mit den Schätzen, die sie fand und selbst nicht verwenden wollte.

Während sie durch die Dunkelheit fuhr und nur ab und an einen Blick auf die dünne Mondsichel werfen konnte, wenn der Nebel sowie Bäume und Hecken am Straßenrand den Blick für Momente frei gaben, hatte sie Zweifel, überhaupt ihr Ziel zu finden.

„Komm schon, Mädchen", versuchte sie sich selbst zu beruhigen, „du hast noch immer deinen Weg überall hin gefunden. Warum sollte es diesmal anders sein?" Kurze Zeit später war sie an einer Abzweigung, die ihr beschrieben worden war. „Na also, es kann sich nur noch um eine weitere halbe Stunde Fahrt handeln bei dem Nebel. Bis jetzt war es ja einfach."

Etwas entspannter fuhr sie weiter. Dann gewahrte sie das Auto hinter sich. Es fuhr sehr nah auf, wie um zu überholen. Für einige weitere Sekunden blieb das Gefährt sehr nah hinter ihr und Arabella wurde nervös. Sie konnte die Straße nicht gut erkennen die Nebelschleier und das starke Licht irritierten sie. Dann wurde sie endlich überholt von dem Auto. Sie atmete hörbar aus.

Doch schon nach der nächsten Kurve bekam sie einen immensen Schreck. Auf der Gegenfahrbahn sah sie die Lichter eines Autos mit Fernlicht nahen. Und in dem Moment, als sie um die Kurve war, zog ein Motorrad hinter dem entgegenkommenden Vehikel auf ihre Seite der Fahrbahn. Um einen Frontalzusammenstoß zu vermeiden, zog sie das Steuer zur Seite und fuhr von der Fahrbahn. Dabei hörte sie ein krachendes Geräusch und der Motor starb ab. Beide Fahrzeuge passierten sie und fuhren weiter.

„Nun komm schon!" Nach ein paar Minuten Zitterns nach dem Beinahe-Unfall versuchte Arabella ihr Auto wieder zu starten. Doch auch nach einigen Versuchen blieb der Motor stumm. „Na wunderbar. Da sitz ich nun, ich armer Tor, die Nacht so dunkel wie zuvor." Noch war ihr der übliche Humor nicht abhanden gekommen. Wozu hatte sie denn ein Mobiltelefon? Um es im Notfall zu benutzen. Also kramte sie in ihrer Handtasche auf dem Beifahrersitz und zog das kleine Telefon heraus.

Ein Blick auf das Display ließ sie jedoch dann erschaudern. „Nein, auch das noch! Warum muss mir das ausgerechnet in einem Funkloch passieren?!" Arabella fühlte sich langsam richtig genervt.

Allein bei Nacht mitten in einer fremden Gegend, kein Haus zu sehen und seit den beiden Fahrzeugen keine Spur einer weiteren Seele auf der Landstraße. Da sie nicht gewillt war, im Auto zu übernachten, machte sie sich bereit für das Unvermeidliche. Sie stieg aus und öffnete den Kofferraum. Ihm entnahm sie ihre Wanderschuhe, eine dicke Jacke und eine Jeans sowie warme Socken und einen Pullover.

So schnell sie konnte, wechselte Arabella vom schicken Kostüm und den Pumps in die komfortable Kleidung. Dann griff sie nach ihrem kleinen Rucksack, stopfte ein T-Shirt, Zahnbürste, Mobiltelefon und ihre Geldbörse hinein, schloss das Auto ab und machte sich auf den Weg. Nicht, ohne noch die Beschreibung und Reservierungsbestätigung des Hotels sowie eine Taschenlampe mit sich zu nehmen.

Etwas wütend und müde schritt sie doch weit aus, um möglichst schnell an den Bestimmungsort zu kommen. „Hoffentlich habe ich am Telefon bald wieder Empfang. Dann können die vom Hotel mir jemanden schicken." So dachte sie und überprüfte immer wieder das Display.

Nichts änderte sich. Auch nach etwa einer halben Stunde Fußmarsch war noch kein Empfang. Und noch immer war kein Auto aufgetaucht, das sie anhalten hätte können. Und langsam wurden die Batterien ihrer Taschenlampe schwächer. „Nein, bitte nicht. Das darf doch nicht wahr sein!"

Arabella realisierte, dass sie in Kürze mutterseelenallein im Dunkeln auf einer einsamen Straße stehen würde mit nichts als einer dünnen Mondsichel am Himmel, die nicht einmal genug Licht spendete, um die Bäume über ihr richtig auszumachen. Ihr sank der Mut und die ersten Tränen rannen über ihre Wangen.

„Benötigen Sie Hilfe?" Sie erschrak und erblickte durch ihre tränenblinden Augen nur ein paar Meter vor sich einen großen Rappen mit Reiter.

Trotz des etwas verschleierten Blicks bemerkte sie die feine Hose, die teuren Lederstiefel und die schlichte, aber teuer wirkende Jacke des Reiters. Seine braunen Haare, die das freundliche Gesicht umrahmten, sahen etwas wirr aus, wie nach einem schnellen Ritt bei feuchtem Wetter.

Nach dem ersten Schreck fand sie ihre Sprache wieder. „Ja, tatsächlich. Mein Auto ist auf dem Weg nach Schloss Falkenhorst liegen geblieben und ich befürchte, meine Taschenlampe macht es auch nicht mehr lange. Außerdem wird mir langsam kalt und ich bin es leid, durch den Nebel zu stapfen, ohne zu wissen, wo ich mich eigentlich befinde."

Er streckte ihr seine linke Hand entgegen. „Na, dann steigen sie hinter mir auf. Falkenhorst ist auch mein Ziel." Er half ihr aufs Pferd und Arabella fühlte sich in dem Moment geborgen wie nie zuvor. „Danke, das ist wirklich sehr nett von ihnen. Aber findet ihr Pferd auch den Weg in der Dunkelheit? Und warum sind sie eigentlich so spät nachts noch unterwegs?"

Ihr Begleiter lachte amüsiert. „Machen sie sich keine Gedanken. Dieses Pferd findet seinen Weg immer. Und für mich ist es nichts Besonderes, um diese Zeit noch unterwegs zu sein."

Schon bald erreichten sie das Ende des Parks. Von dort aus hatte man eine wunderbare Sicht auf das erleuchtete Hotel. „Oh, das ist ja wirklich wunderschön." Wieder dieses leise Lachen von ihm. „Sie werden sich wohlfühlen dort. Genauso, wie ich mich immer zu Hause gefühlt habe." Er sprach mit Sicherheit und Stolz in der Stimme. „Wie ist ihr Name?"

„Entschuldigung, ich habe mich gar nicht vorgestellt. Ich bin Arabella. Und wer sind sie?" Er drehte sein Gesicht zu ihr „meine Freunde nennen mich nach meinem zweiten Namen Julian. Und jetzt halten Sie sich gut fest."

Er ließ das Pferd über den Rasen galoppieren und stoppte noch bevor sie das Rondell vor dem Fronteingang erreicht hatten. „Entschuldigen sie, dass ich sie nicht in die Halle führen kann. Aber hier muss ich mich verabschieden." Julian half seiner Begleiterin vom Pferd.

Galant küsste er ihr die Hand, sah ihr kurz, aber intensiv in die Augen, murmelte etwas, das klang wie „Sie hat ihre Augen", machte ein überraschtes Gesicht und wendete dann seinen Rappen. Über die Schulter winkte er ihr noch einmal kurz zu und verschwand dann in der Dunkelheit, noch bevor sie sich richtig bedanken konnte.

Der Mann an der Rezeption sah überrascht auf. „Ich habe ihr Auto nicht gehört." Sie grinste ihn an. „Das konnten sie auch nicht. Ich bin nämlich zu Fuß hier, weil mein Auto einige Kilometer von hier am Straßenrand steht und sich nicht mehr weiterbewegen will." Sie schrieb sich in das Gästebuch ein und erklärte die ganze Situation. Sofort wurde jemand losgeschickt, um den Koffer des Gastes aus ihrem Auto zu holen. Ihr wurden alle möglichen Namen vom Manager bis zum persönlichen Zimmermädchen genannt, die sie aber alle sofort wieder vergaß. Sie war einfach im Moment mit ihren Gedanken ganz woanders.

In der Zwischenzeit, bis ihre persönlichen Dinge ankamen, wollte Arabella im Restaurant des Hotels einen Happen essen und vor allem ihren Durst löschen. Als sie dann in der Nähe des offenen Kamins einen Platz angewiesen bekam, ließ sie sich etwas erschöpft in den bequemen Armsessel sinken.

Dann ließ sie ihren Blick den Raum durchqueren. An dem großen Bild über dem Kamin blieb er letztendlich hängen. Sie dachte, Halluzinationen zu haben. Das Gemälde zeigte einen gut gekleideten Herren auf einem Rappen vor dem Schloss. Mann und Pferd erkannte sie sofort. Es handelte sich um ihren Retter und sein Tier. Das waren genau dieselben grünen Augen, die sie vor nicht mal einer Stunde ganz intensiv angesehen hatten. Das Bild wirkte alt. Aber wie konnte das sein? Sie, eine logisch denkende und moderne Frau, konnte doch nicht von einem Gespenst gerettet worden sein! Oder doch?

Der Kellner kam erneut zu ihrem Tisch und riss Arabella aus ihren Gedanken. „Wer ist der Mann auf dem Gemälde?" fragte sie ihn.

„Das ist Nicholas Julian Fenner-Tenning. Er war der letzte Graf, der hier gelebt hat. Ambrosius Julian von Falkenhorst. Er war einer der wenigen Adligen mit Herz und Verstand, beliebt und geachtet hier in der Gegend. War sich nicht zu schade, armen Menschen zu helfen. Hatte nämlich Medizin studiert. Seine Familie war dagegen, dass er mittellosen Leuten half, also gewöhnte er sich an, die Patienten nachts aufzusuchen.

Aber eines Nachts, wie man sich erzählt, bei einem Wetter wie heute, lauerte ihm jemand auf und erschoss beide – ihn und das Pferd. Man hat nie herausgefunden, wer es war.

Schade, dass der Mann so jung starb und dadurch keine Nachkommen hatte. Er war einer, den die Menschen hier verehrten. In solchen Nächten wie heute hört man immer wieder von Leuten aus der Gegend, dass sie ihn gesehen hätten. Er reitet dann durch die Umgebung, als ob er etwas oder jemanden suchen würde."

Der gute Mann tat so, als ob er nicht bemerken würde, dass ihr Mund sich plötzlich erstaunt öffnete und nicht wieder schließen wollte und verließ sie ohne ein weiteres Wort.

Während ihres Mahls wanderte Arabellas gedankenverlorener Blick immer wieder zu dem Gemälde. Sie war sich sicher, dass er es war, der sie zum Schloss gebracht hatte. Aber warum? Und wenn die anderen ihn nur suchend sahen, warum war er dann mit ihr in Kontakt getreten? Sie wollte unbedingt dem Geheimnis auf die Spur kommen. Stumm fragte sie das Bild vor ihr „Was willst du von mir?"

Ihre Gedanken wurden durch eine Stimme unterbrochen. „Ihr Koffer ist in Ihrem Zimmer. Und wir haben Anweisung gegeben, das Auto als erstes morgen früh in die Werkstatt zu bringen, damit der Fehler schnellstmöglich gefunden und behoben werden kann. Ich hoffe, dies findet alles ihre Zustimmung, Frau Bordot. Es tut mir sehr Leid, dass sie so ein Pech hatten heute Abend und ich wünsche ihnen nochmals einen besonders angenehmen Aufenthalt."

Sie betrachtete den Herren, der sich vorher schon als Manager vorgestellt hatte und dankte ihm. „Natürlich. Das ist alles sehr freundlich von ihnen. Ich habe da nur eine Bitte. Ich würde gerne etwas mehr über den früheren Besitzer des Schlosses erfahren. Die Geschichte, die der Kellner vorhin anschnitt, interessiert mich sehr, da ich glaube, ihn auch gesehen zu haben. Bekamen ihn denn schon viele Menschen hier zu Gesicht? Wann und wo erscheint er?"

Warum sagte sie nicht die Wahrheit? Warum erzählte sie ihm nicht einfach, dass sie von seinem Geist aus ihrer unangenehmen Lage befreit worden war?

„Wenn sie mir bitte in die Bibliothek folgen wollen. Es ist mir ein Vergnügen, ihnen die Dokumente zur Verfügung zu stellen.

Das heißt, solange sie mir versichern, die Geschichte nicht an die große Glocke zu hängen." Sie versicherte ihm, dass sie keinerlei Kontakt zur Presse hatte und sie nur ihre eigene Neugierde befriedigen wollte.

Die Bibliothek war ein wunderschöner lichter Raum mit hohen Sprossentüren zum Park. Vor dem offenen Kamin befand sich ein herrlicher dicker Teppich in grün und rot, auf dem ein urgemütlich wirkender Lesesessel stand. Gleich daneben ein kleiner Tisch mit einer Leselampe und einem alten Buch mit Lesezeichen. In einer anderen Ecke stand ein alter und sehr wertvoller Schreibtisch aus dunklem Holz mit Einlegearbeiten und einem bequemen Stuhl dahinter.

„In diesem Raum ist seit dem Tod des Grafen nichts außer der Elektrik geändert worden. Wir schließen ihn jeden Abend um 22:00 Uhr ab. Erst um 8:00 Uhr am nächsten Tag wird er wieder geöffnet. Es klingt für sie wahrscheinlich etwas abstrakt, aber die letzten Verwandten des Herrn Julian glauben tatsächlich immer noch, dass er sich nachts hier aufhält, um seine Studien zu vervollständigen. Darum haben wir hier auch so viele medizinische Bücher neueren Datums."

Arabella nahm das Buch vom Tisch. „Der englische Arzt von Nicholas Culpeper. Wer liest das Buch gerade? Oder ist das nur Zierde?" Sie schlug die erste Seite auf. Dort fand sie eine Widmung.

„Mit den besten Wünschen für die Zukunft deines Studiums von deiner besten Freundin C. M." las sie in einer geschwungenen Schreibschrift, deren Stil sie vor Jahren einmal gelernt hatte. Dieses Wissen um die alte Schrift würde sie auch mit den Tagebüchern benötigen, wie sie zu Hause schon bemerkt hatte.

„Alle Angestellten sind angewiesen, das jeweilige Buch auf dem Tisch dort zu belassen. Ich weiß nicht, wer die Bücher immer liest." Er zuckte mit den Achseln.

„Sie glauben an den Grafen und seine Präsenz hier?" fragte Arabella.

„Ich muss ehrlich gestehen, ich weiß nicht, was ich glauben soll. Aber solange er sich still verhält und uns nicht die Gäste vertreibt, soll er ruhig hier herumgeistern. Wenn er wirklich noch immer hier ist, dann fühlt er sich anscheinend wohl so."

„Ja, er fühlt sich immer noch zu Hause hier." Bemerkte Arabella mehr zu sich. Der Manager schien im ersten Moment den leisen Satz nicht gehört zu haben. Dann stellte er sich vor sie und fragte

„Woher wissen sie das? Haben sie mit ihm gesprochen? Wenn, dann sind sie vermutlich die erste Person, mit der er wirklichen

Kontakt hatte." In dem Moment bemerkte Arabella, dass der Mann ihr gegenüber sehr attraktiv war. Er hatte braune Haare, ein sympathisches Gesicht und eine gute Figur. Breite Schultern, gute Haltung. Er gefiel ihr mit jedem Augenblick mehr. Und sie hatte ein plötzliches Vertrauen in ihn.

„Wenn sie mich für heute entschuldigen. Ich bin wirklich müde und will mich jetzt zurückziehen. Aber ich würde gerne morgen nachmittags mit ihnen sprechen, wenn sie eine halbe Stunde entbehren können."

Er lächelte. „Natürlich, gerne. Sagen wir um vier Uhr hier in der Bibliothek?" Sie nickte und wünschte ihm eine gute Nacht.

Nach einem erholsamen Schlaf in einem wunderschön eingerichteten Raum und mit einem herrlichen Bett sah sie aus dem Fenster direkt in den Park. Nach einer kurzen Überlegung war sie sich sicher, dass sie sich direkt über der Bibliothek befand.

Erst nach einer ausgiebigen Dusche kleidete sich Arabella bequem und entschied sich dann für einen kurzen Spaziergang im Park vor dem Frühstück. Auf dem Weg aus dem Raum fiel ihr Blick auf die Box, etwas größer als eine Schachtel für Stiefel, welche die Tagebücher ihrer Ahnin enthielt. Sie fasste einen Entschluss und schritt danach kräftig aus.

Ein herrliches Frühstück erwartete sie. Sie war beinahe alleine im geräumigen Frühstücksraum. „Sind denn im Moment nicht viele Gäste hier?" fragte Arabella die nette Kellnerin.

„Wir sind nicht komplett ausgebucht im Moment. Die meisten unserer Gäste – in den Flitterwochen – bevorzugen das Frühstück im Bett. Das ist ein besonderer Service unseres Hauses. Stilvoll wie zu den Zeiten des Herrn Grafen." Den letzten Satz sagte sie mit einem besonderen Bedauern in der Stimme.

Arabella ging nicht darauf ein und war zufrieden, nicht viele Menschen um sich zu haben. Gesättigt und beschwingt ging sie zur Bibliothek. Niemand befand sich in dem Raum. Kurz entschlossen holte also Arabella das Tagebuch mit dem ältesten Datum aus der Schachtel in ihrem Zimmer und setzte sich kurze Zeit danach in den bequemen Lesesessel der Bibliothek.

Jemand hatte in den wenigen Minuten dazwischen ein Feuer im Kamin entfacht. Sie fühlte sich sehr wohl und konnte wirklich entspannt mit ihrer Lektüre beginnen. Eine Stimme riss sie aus ihrer Versunkenheit.

„Entschuldigen sie die Störung, Frau Bordot, aber ich dachte, sie wollten vielleicht irgendwann ein Mittagsmahl zu sich nehmen. Die Küche schließt in einer halben Stunde für kurze Zeit." Der Manager stand neben ihr.

Sie realisierte, dass sie mehrere Stunden lesend verbracht hatte. Ganz versunken in die Vergangenheit ihrer Ur-Urgroßmutter Constance Menning, einer jungen Frau aus einer Kaufmannsfamilie der Mittelschicht, die sich ganz der Naturheilkunde verschrieben hatte und mit ihrem besten Freund beinahe täglich Studien betrieb. Dieser wohnte nur zwei Straßen von ihres Vaters Haus entfernt in einer Stadt eine nicht zu weite Strecke entfernt von Falkenhorst.

Constances Onkel war Professor an der dortigen medizinischen Universität und duldete seine Nichte in seinen Vorlesungen. Ihre Intelligenz und ihr umfangreiches Wissen brachten ihr das Ansehen der männlichen Mitstudenten ein. Mit ihrem Freund Jul, wie sie ihn nannte, traf sie sich täglich. Der junge, schlichte Mann mit dem sympathischen Auftreten war gerne gesehen in dem gastlichen Haus der Kaufmannsfamilie.

Arabella riss sich aus den Gedanken. „Danke für ihre Aufmerksamkeit. Ich habe tatsächlich Hunger. Und sie werden mich später sicher wieder hier antreffen zu unserer Verabredung, mit der Nase in den Büchern."

Nach einem wunderbaren Mittagessen kam Arabella zurück zur Bibliothek und fand diese immer noch verwaist. „Komisch", dachte sie, „dass heute anscheinend niemand Interesse hat, hier ein Buch zu borgen oder gar zu sitzen und zu lesen." Aber sie war auch ganz froh darüber.

Die Lektüre wurde immer spannender. Inzwischen war sie beim zweiten Buch angelangt. Constance und Jul mussten wirklich wunderbare Freunde gewesen sein. Er hatte sie einige Male zu seinen Eltern nach Hause eingeladen. Constance beschrieb alles als riesig und bemerkte:

… ich scheine Juls Lieblingsplatz inzwischen genauso zu lieben wie er. Wir sitzen stundenlang in der Bibliothek über unseren Studien und sein Vater klopft mir immer auf die Schultern, als wäre ich einer seiner Freunde und erzählt Witze.

Nur seine Mutter kann so gar nicht verstehen, wie eine Frau über medizinische Probleme wie Eiter und Wundbrand anstatt über Handarbeit und Kochen sprechen kann. Sie wacht mit Adleraugen über uns und würde mich am liebsten aus dem Hause haben, wenn sie einen vernünftigen Grund finden könnte. Aber ich gebe ihr nicht den geringsten Anlass, mich von Falkengrund zu verbannen. Das bin ich Jul schuldig.

Ja, ich liebe Jul. Er ist mein bester Freund und der Bruder, den ich nie hatte. Von ihm fühle ich mich verstanden und geachtet. Wir sind gleichberechtigte Freunde ohne Geheimnisse voreinander…

Und sie hatten Geheimnisse, die sie teilten. Obwohl sie immerzu ihre Köpfe zusammen steckten und viel Zeit miteinander verbrachten, wurde aus dieser großartigen Freundschaft nie mehr als eine Partnerschaft unter Menschen mit gleichen Interessen. Das konnte Arabella bald aus dem Tagebuch ersehen. Constance heiratete und zog mit ihrem Mann in das Haus, das Arabella nun geerbt hatte.

Auch in diesem Haus war Jul gerne gesehen. Constances Mann schien höchsten Respekt vor ihrem Freund aus Jugendtagen zu haben und hieß ihn jederzeit willkommen. Er war der Taufpate ihres ersten Töchterchens, das ihm zu Ehren Juliana genannt wurde. Inzwischen waren die Freunde Mitte zwanzig.

… *Jul ist sehr verliebt in Magdalena. Die beiden werden niemals heiraten dürfen. Wenn ich nur mehr Einfluss auf seine Mutter haben würde. Sein Vater, glaube ich, hätte es verstanden. Aber der ist leider jetzt nicht mehr am Leben. Dieses herzlose Geschöpf von einer Mutter denkt nur an Geld und Macht. Ich glaube, sie hat nie geliebt. Wenn ich doch nur helfen könnte! Ich wünsche mir so sehnlichst, meinen Jul glücklich zu sehen! ..*

Der Manager, der Arabella inzwischen seinen Vornamen, Nick, angeboten hatte, musste sich entschuldigen. „Wir haben ein Problem mit der Elektrik, das wir unbedingt noch vor dem Abendessen lösen müssen. Ich bitte um Verzeihung und hoffe, sie morgen hier wieder zu finden."

Arabella nahm ein kleines und frühes Abendmahl zu sich und ließ sich dann von dem hoteleigenen Masseur verwöhnen. Wie von einem unsichtbaren Magneten gelenkt, fand sie sich danach wieder in der Bibliothek.

… *Magdalena kam heute zu mir. Sie war in Tränen und erzählte mir, dass sie Juls Kind unter dem Herzen trägt. Ihre Mutter fand es heraus und wird sie schon morgen fort senden. Weit weg von ihrem „Schänder", wie ihre Mutter es ausdrückte. Sie gab mir einen Brief für Jul, den ich ihm persönlich nächste Woche übergeben werde, wenn ich ihn mit meinem Gatten besuche …*

Und nur einen Tag später kam der Eintrag, der Arabella erbleichen ließ. Mit einem tränenerstickten Schluchzer las sie:

… *Er ist tot. TOT! Ich werde Jul nie mehr wiedersehen. Seine wachsamen, grünen Augen sind für immer geschlossen. Sein Genie für immer verstummt. Ich kann es nicht glauben, dass ein Mensch so grausam sein kann. Wie kann jemand nur einen anderen von hinten erschießen, der doch nur Gutes im Sinn hat?*

Er ist tot und hat nicht einmal erfahren, dass er Vater wird. Wie soll ich es nur Magdalena beibringen? Wie soll es nur weitergehen? Seine

Familie wird das Kind nie legitimieren, auch wenn ... – was soll ich nur tun? ...

Arabella ließ das Tagebuch sinken und weinte unkontrolliert. Nur langsam wurde sie ruhiger. Die Massage und die traurige Nachricht ließen sie müde werden. Ihre Augen wurden schwer und sie schlief ein.

Als sie hoch schreckte, spürte sie, dass plötzlich jemand mit ihr im Raum war. „Endlich bist du zu mir gekommen. Ich habe so lange gewartet", sagte eine Stimme, die sie kannte. Sie drehte ihren Kopf zur Seite und war gar nicht so überrascht, den Grafen neben sich stehen zu sehen.

„Aber ich bin nicht diejenige, die sie suchen. Ich kenne sie nicht und habe nie vorher von ihrer Existenz gehört." Er ließ alle Förmlichkeit beiseite. „Mir ist bewusst, dass du nicht Constance sein kannst. Aber du wurdest zu mir geführt aus einem bestimmten Grund. Das weiß ich mit Sicherheit." Ein Gedanke streifte sie, der schon den ganzen Tag in ihrem Unterbewusstsein auf seinen Auftritt gewartet hatte. „Jul?" Sie setzte sich auf.

„Ich wusste, dass wir irgendwie verbunden sind." Eine knappe Anmerkung, die mit großer Erleichterung ausgesprochen wurde.

„Sie sind Jul, der beste Freund meiner Ur-Urgroßmutter? Bis heute wusste ich nichts über sie. Ich habe Constances Tagebücher bei mir und bin gerade dabei, sie zu lesen. Ihr hat die Freundschaft mit ihnen sehr viel bedeutet."

Er sah sie freundlich an. „Ja, sie war der kostbarste Schatz, den ich in meiner Jugend hatte. Kein Geld und keine Diamanten hätten mir das alles erkaufen können, was sie mir in ihrer grenzenlosen Freundschaft gegeben hat. Tatsächlich hat sie es zu verantworten, dass ich einen guten Studienabschluss machte. Sie verhalf mir auch zu ein paar Monaten Glück mit Magdalena."

Arabella sah ihn an, wollte etwas sagen und schloss dann ihre Lippen ganz fest. Nein, sie hatte noch kein Recht, über das alles zu sprechen. Erst musste sie alles wissen. Sie ordnete ihre Gedanken.

„Ich habe von ihrer Liebe zu Magdalena gelesen. Wissen sie, wer auf sie geschossen hat?" Und plötzlich kam ihr der Gedanke, dass sie ja mit einem Geist sprach. Mit jemandem, der seit über 100 Jahren tot war. Eigenartigerweise hatte sie keine Angst oder spürte Unbehagen. Es war mehr, als befände sie sich in einer Kugel von Luft, die schützte wie ein Schild.

„Um es uns leichter zu machen, bitte sprich mich nicht so förmlich an. Ich bin Jul und anscheinend auf deine Hilfe als Nachkomme meiner besten Freundin angewiesen. Bitte Arabella, hilf mir. Ich bin mir nicht sicher, was zu tun ist, aber es hat einen Grund, warum ich mich nach all den Jahren immer noch hier aufhalte. Und du bist der erste Mensch, zu dem ich sprechen kann – seit dem Tag meines Todes."

Arabella sah ihm in die Augen. Diese Augen, die ihr so gefielen und die sie überall zu sehen schien. „Ich brauche Zeit, die Aufzeichnungen meiner Ur-Urgroßmutter fertig zu lesen. Ich glaube, dann weiß ich, worum es geht. Ich habe da so eine Ahnung, werde sie aber heute noch nicht aussprechen."

„Was machen ein paar Tage mehr aus für mich? Wenn du mir nur helfen willst, bin ich zufrieden." Er nahm ihre Hände in die seinen und küsste dann ihre Rechte förmlich, als er ihr aus dem Sessel half.

„Die Türe ist versperrt um diese Zeit. Aber es gibt einen anderen Weg zu deinem Raum." Er hantierte an einem der Regale und schwang es zur Seite. „Ich führe dich. Komm." Er nahm ihre Hand und ging voran die enge Wendeltreppe hinauf. „Das war früher mein Raum. Aber ich weiß nicht, wie es jetzt darin aussieht. Mir ist nur erlaubt, mich in der Bibliothek frei zu bewegen. Auch Geister haben ihre Regeln." Sie hörte mehr, als sie es sah, sein schiefes Grinsen bei diesen Worten.

Jul führte ihre Hand zu einem Knopf. „Dies ist derselbe Mechanismus wie unten von innen. Bitte komme morgen Nacht zu mir in die Bibliothek. Und nun gute Nacht!"

„Gute Nacht Jul. Ich verspreche, dir zu helfen, soweit es in meiner Macht steht." Sie trat in den Raum und ließ die Wandverkleidung zurück schwingen.

Am nächsten Tag sah Arabella nach einem Spaziergang im herbstlichen Garten und einem kurzen Frühstück niemand mehr. „Sie ist in der Bibliothek", erhielt Nick als Antwort auf seine Frage, wo sich der neue Gast denn befinde.

Er fand eine völlig aufgewühlte Arabella. „Geht es ihnen nicht gut? Sie sehen so entnervt aus. Bitte, sagen sie mir, wenn ich etwas für sie tun kann, Arabella."

Arabella klappte mit einem lauten Knall das Tagebuch zu, in dem sie gerade gelesen hatte. Sie sah den Mann in etwa ihrem Alter, der sich leicht über sie beugte, abschätzend an. Eine Minute verging in Schweigen. Er wartete geduldig, während er einen Schritt zurücktrat.

Dann begann sie zu erzählen. Sie berichtete ihm von ihrer Ankunft per Pferd, von ihrem nächtlichen Meeting mit dem Grafen in der Bibliothek und von den Tagebüchern, die einst seiner besten Freundin gehört hatten.

Sie erzählte von dem kleinen Jungen, der weit weg von hier geboren worden war; von der Mutter des Grafen, die Constance keine Chance ließ, den Brief zu übergeben und sie des Anwesens verwies.

Davon, wie Constance und ihr Mann die junge Mutter finanziell und auch mit jeglicher anderer Hilfe unterstützten und ihre Freude darüber, einen gesunden Jungen – Nicholas Julian – aufwachsen zu sehen. Er trug den Namen seiner Mutter. „Aber ich weiß nicht, was der Name seiner Mutter ist. Ich glaube, ich muss nach Hause, um die Korrespondenz von Constance durchzusehen. Diese befindet sich immer noch in der großen Truhe in ihrem – meinem – Haus."

Beide wurden sich einig, dass sie wirklich einem großen Geheimnis auf der Spur war und dass sie gemeinsam alles tun wollten, um dem Grafen zu helfen. Sie schmiedeten einen Plan. Ihr Wochenende und damit der Aufenthalt im Hotel würde am nächsten Tag zu Ende sein. Sie würde nach Hause fahren, alle Briefe lesen und schon am Donnerstagabend zurückkehren und dasselbe Zimmer beziehen.

Nachdem Arabella alles mit Nick durchgesprochen hatte, hatte sie das Gefühl, einen neuen Freund gefunden zu haben. Sie freute sich jetzt schon auf das Wiedersehen in ein paar Tagen. „Ich werde mir auch extra meinen freien Tag am Freitag nehmen. Vielleicht können wir ja zu zweit etwas ausrichten. Jetzt arbeite ich schon 5 Jahre in diesem Hotel. Ich würde so gerne einmal den Grafen mit eigenen Augen sehen. Je mehr ich über ihn erfahre, desto mehr schätze ich ihn und wünsche, dass er bis ins hohe Alter gelebt hätte."

In dieser Nacht wurde Arabella vom Grafen schon erwartet. Er saß auf dem dicken Teppich und stocherte ins Feuer. Nachdem er ihr den Lesesessel angeboten hatte, sah er sie fragend an.

„Ich weiß nicht, wie ich beginnen soll. Ich weiß noch nicht alles und ich werde morgen abreisen. Zu Hause kann ich dann meine Recherchen weiterführen und am Donnerstag werde ich wiederkommen. Zu dem Zeitpunkt hoffe ich, um einiges klüger zu sein."

„Bitte erzähle mir, was du bisher herausgefunden hast." Arabella atmete tief ein. Dann begann sie.

„Deine Mutter hat Constance nie gemocht. Sie hat deine Freundin nicht einmal zu deiner Beerdigung zugelassen und hat sie beschimpft und mit Hunden vom Anwesen treiben lassen. So hatte sie nicht einmal die Chance, zu erklären, dass deine geliebte Magdalena von dir ein Kind erwartete." Dies war ein

Schock für den Grafen. „Ich habe einen Nachkommen? Ist das wahr? War es ein Mädchen oder ein Junge?"

„Constances Beschreibung nach war es ein strammer Junge, der mit den Jahren immer mehr deinem Aussehen nachkam. Magdalena heiratete nie und zog nach einiger Zeit sogar ins Haus ihrer Freunde. So half Constance, deinen Sohn aufzuziehen. Mehr habe ich heute nicht zu erzählen."

Jul ergriff ihre Hände. „Ich danke allen guten Geistern, dass sie dich zu mir geführt haben. Nun weiß ich gewiss, dass mein Aufenthalt hier bald zu Ende gehen wird. Es gibt übrigens medizinische Aufzeichnungen, die bisher noch niemand hier gefunden hat. Sowie Gold und Juwelen, deren Versteck immer noch unberührt ist. Solltest du einen Nachkommen von mir finden und im Stande sein, ihn zu mir zu bringen, dann soll dir ein Teil davon gehören."

Arabella wurde schwindelig. Sie fühlte sich wie gefangen in einem Märchen. „Lieber Jul, ich fühle mich hundemüde und werde jetzt ins Bett gehen. Aber wir werden uns in der Nacht von Donnerstag auf Freitag wieder hier treffen, wenn du willst."

Er sprang ungeduldig auf. „Natürlich will ich das! Ich werde es kaum erwarten können. Hoffentlich kannst du mir dann berichten, dass es noch einen Nachkommen von mir gibt. Ich werde um 23:00 Uhr hier sein." Sie verabschiedeten sich mit einer Umarmung wie alte Freunde. Kein weiteres Wort war nötig zwischen ihnen.

Der nächste Tag verging wie im Fluge. Eine Massage, danach ein paar entspannende Runden im Hallenbad und wieder ein paar Stunden in der Bibliothek. Am späten Nachmittag war der Moment der Abreise gekommen. Arabella verabschiedete sich von Nick, der ihr die Schlüssel zu seinem privaten Auto aushändigte. „Dein Auto wird bis nächsten Donnerstag fertig sein. Das hat mir der Chef in der Autowerkstatt versprochen. Komm gut nach Hause und bitte melde dich, falls du etwas Entscheidendes findest."

Nick brachte sie zum Wagen und stand dann auf den Stufen des Schlosses, um ihr nachzuwinken. „Irgendwie fast wie der Graf, der seine Gäste verabschiedet", dachte sie kurz mit Sympathie und fuhr dann die lange Auffahrt entlang zur Straße.

Sie hatte eine unruhige Woche. Zwar musste sie noch nicht wieder zur Arbeit gehen, doch sie verbrachte Stunden um Stunden im gemütlichsten Raum des Hauses, um die Korrespondenz zu sichten. Es waren Briefe von Jul an Constance und an Magdalena. Und zum Schluss fand sie auch noch den Brief, den Magdalena an Jul geschrieben hatte und den Constance nie die Chance gehabt hatte zu überreichen. Das Siegel war nach all den Jahren noch immer ungebrochen. Sie überlegte lange. Doch dann kam sie zu dem Schluss, dass dies doch zu intim war. Sie würde ihn dem Grafen geben.

Denn den Namen des Jungen hatte sie auch so herausgefunden: Nicholas Julian Raining.

Den Donnerstagmorgen verbrachte Arabella mit packen. Sie schlichtete all die alten Briefe und Tagebücher in einen Koffer und verstaute diesen vorsichtig im Kofferraum von Nicks Auto. Sie hatte sich mit dem Wagen angefreundet. Schlicht und doch elegant, genügend PS und bequeme Sitze. Als sie den Kofferraum öffnete, musste sie lächeln. Nick hatte vergessen, seine Reithose und die Stiefel zu entfernen. „Armer Kerl, jetzt kann er die Tage nicht mal reiten gehen", sagte sie zu sich selbst.

Nachdem sie auch den Koffer mit ihrer Kleidung für die nächsten Tage ins Auto gepackt hatte, sagte sie ihrem Haus Lebewohl und fuhr los.

Tagträumend fuhr sie dem Schloss entgegen. Eine Kreuzung kam in Sicht, die sie nur am Rande wahrnahm, da sie sich auf der Vorfahrtsstraße befand. Ihre Reaktion war gerade noch schnell genug. Sie trat mit aller Kraft auf die Bremse und das andere Auto verfehlte sie um Haaresbreite. Durch die Wucht des Bremsens hatte sich das Handschuhfach geöffnet und seinen Inhalt über den Beifahrersitz und auf den Boden geleert.

Da sich Arabella nicht im Stande fand, ohne eine kleine Pause weiterzufahren, beschloss sie, bei der nächsten Gelegenheit an den Straßenrand zu fahren und alles wieder aufzuräumen.

Sie packte Musikkassetten, Feuerzeug, Papiertaschentücher und weitere Kleinigkeiten zurück, bis ihr Blick auf eine Kopie fiel. Es war die Kopie des Fahrzeugscheines. Als sie wie automatisch ihren Blick über Name und Adresse schweifen ließ, hielt sie in der Bewegung inne. War sie denn wirklich so blind gewesen? Da stand es schwarz auf weiß: Nicholas Raining.

Darum waren ihr die Augen des Managers auf den ersten Blick so bekannt und familiär vorgekommen. Es waren die Augen des Grafen. Und überhaupt, die ganze Figur – so aristokratisch.

Sie fuhr weiter. Nun konnte sie es kaum mehr erwarten. Es kam nur noch eine größere Stadt, durch die sie musste. Der Verkehr war ziemlich zäh und sie musste an zahlreichen Ampeln anhalten. Bei einer solchen Gelegenheit fiel ihr ein Ladenschild ins Auge: Kostümverleih sagte es in großen Lettern. Ein Gedanke kam ihr. Sie parkte den Wagen und ging in den Laden. Nach kurzer Suche hatte sie, was sie suchte und trug nur Minuten später eine große Tasche zum Auto zurück.

Zufrieden mit sich selbst legte sie die letzte Wegstrecke zum Hotel zurück und summte mit den Liedern im Radio mit. Als sie ausstieg, kam ihr auch Nick schon entgegen und begrüßte sie wie eine langjährige Freundin. Beinahe wäre alles aus ihr herausgesprudelt.

Aber sie fasste sich, wollte ihm im Moment nur eine Freundin sein und fragte ihn: „Hast du Lust, den Grafen und mich heute Nacht in der Bibliothek zu treffen? Sagen wir, um 22:00 Uhr? Soweit ich weiß, ist es deine Pflicht, die Türe zu versperren. Dann kannst du es ja heute von der anderen Seite machen."

Nick lächelte. „Und du meinst, der Graf wird erscheinen?" Sie grinste zurück „Natürlich. Schließlich bin ich mit ihm verabredet und er ist ein Mann, der zu seinem Wort steht." Er nickte bedächtig. „Also dann um 22:00 Uhr in der Bibliothek", sagte er verschwörerisch.

Sie hielt ihn noch einmal zurück. „Bitte komme in weißem Hemd, Reithosen und den Stiefeln. Und keine Fragen jetzt. Danke." Schon war sie aus seiner Sicht entschwunden.

Zehn Minuten vor der verabredeten Zeit brachte Arabella den Koffer mit den Papieren und die Tasche vom Kostümverleih über die verschwiegene Wendeltreppe in die Bibliothek. Dann verließ sie ganz offiziell ihr Zimmer und ging ins Erdgeschoss. Als sie gerade niemanden im Gang sah, schlüpfte sie in den großen Raum und wartete weitere fünf Minuten. Dann hörte sie das Öffnen der Türe und ein paar Sekunden später wurde ein Schlüssel im Schloss herumgedreht.

Dann stand Nick vor ihr. Der letzte Nachkomme des Grafen. Er selbst hatte ihr erzählt, dass er keine Geschwister hatte und seine Onkeln und Tanten alle kinderlos geblieben waren.

„Ich weiß, dass wir uns noch nicht lange genug kennen. Aber ich würde gerne etwas ausprobieren. Ich habe hier etwas, das dir passen sollte. Sie holte aus der Tasche eine Reitjacke aus Tweed und einen passenden Hut sowie eine Gerte. Bevor sie ihm den Hut überreichte, ließ sie den zweifelnd um sich blickenden Hotelmanager niedersetzen.

Sie produzierte einen Kamm und Gel aus der Tasche. Sie frisierte den leicht protestierenden Nick nach der Mode von vor mehr als 100 Jahren, dann ließ sie ihn wieder aufstehen und trat einen Schritt zurück, um ihr Werk zu betrachten. Aus dem Koffer holte sie einen relativ großen Spiegel hervor, den sie in ihrem Zimmer gefunden hatte und drehte sich mit diesem zu ihm.

„Was willst du mir damit zeigen?" Nicks Augen waren groß und rund geworden. Er erkannte sich beinahe selbst nicht mehr. Wie er da stand in der feinen Reitkleidung wirkte er selbst auf sich aristokratisch. Arabella ging mitsamt Spiegel halb durch den Raum und blieb neben dem Kamin stehen, wo ein weiteres Gemälde des Grafen hing. „Betrachte dich selbst genau und schau dann auf das Bild hier über dem Kamin. Was siehst du?"

Immer noch nicht durchschauend, was sie wollte, antwortete er „Der Graf und ich sehen uns einigermaßen ähnlich mit der selben Kleidung und der ähnlichen Frisur."

„Nicht mehr als ähnlich? Ich finde, ihr seht aus wie Zwillinge." Arabella blickte ihn an. Er fühlte sich unwohl. „Was soll das alles, Arabella? Warum hast du mich in die Verkleidung gezwängt? Warum das Theater?"

„Kapierst du nicht?" fragte sie ihn. „Der Graf hatte einen Sohn. Rate mal, wie er hieß. Sein Name war Nicholas Julian Raining."

Nick kollabierte beinahe. Sein Mund stand offen und er atmete schwer. „Aber, wie … Warum? …."

Arabella legte ihm sanft einen Finger auf die Lippen. „Ich kann im Moment noch nichts beweisen, weil ich nicht weiß, wie viele Rainings es eigentlich hier in der Gegend gibt. Aber persönlich bin ich mir sicher. Das kann nicht nur Zufall sein, dass du dem Grafen so ähnlich siehst."

Für das heutige Rendezvous mit dem Grafen hatte Arabella ihr schönstes Kleid aus ihrem Koffer gewählt. Sie wusste, dass er nicht an Frauen in Hosen gewohnt war und wollte auch, dass er gute Erinnerungen an Constance und deren Familie hatte.

Als sie so vor Nick stand, ganz nah, schien sein Gehirn nicht mehr zu arbeiten. Ihre vollen, blonden Haare fielen ihr über die Schultern. Er vergaß den Grafen und alles um sich herum und neigte sich zu ihr. Sie schien dasselbe Symptom befallen zu haben. Wie in Trance lagen beide sich in den Armen zu einem intensiven Kuss. Die Luft um sie herum schien zu vibrieren.

Ein Räuspern ließ sie nach einer Weile auffahren. „Jul!" Arabella ließ Nick los und trat zwischen die beiden „Darf ich vorstellen: Nicholas Julian Fenner-Tenning, Graf von Falkenhorst, vormals Falkengrund genannt und das", sie drehte sich ein wenig zu Nick und gab so die Sicht für beide frei „ist Nicholas Raining, der Manager dieses Hotels und der vermutlich letzte – wenn auch aus einer unehelichen Verbindung – Nachfahre des Grafengeschlechts."

Bei dem Namen Raining war der Graf leicht zusammengezuckt. Beide Männer starrten einander an. Minutenlang fiel kein

Wort. Dann brach der Graf das Schweigen. „Können wir das beweisen?" war seine einzige Frage, ohne seine Augen von seinem Gegenüber zu wenden.

„Ich habe Briefe hier von dir an Magdalena. Und ich habe den Brief, der wahrscheinlich beweist, dass Magdalena von dir schwanger war. Du musst ihn lesen." Damit überreichte sie ihm die alten Papiere. „Wenn nun Nick aufzeigen kann, wer seine Ur-Urgroßeltern waren, dann sollte das reichen, denke ich. Außerdem braucht man euch beide nur anzusehen um zu wissen, dass ihr aus derselben Familie stammen müsst."

„Wir müssen alles hundertprozentig recherchieren. Bitte helft mir. Jetzt weiß ich, dass ich nicht umsonst in diesem Zustand gefangen war." Dem Grafen stand die Hoffnung auf Erlösung ins Gesicht geschrieben, bevor er sich über den Brief seiner Geliebten beugte und das Siegel erbrach.

Als er die zwei Seiten gelesen hatte, waren seine Augen voller Tränen. „Sie hat mich wirklich geliebt. In ihrem Brief versprach sie, niemals zu heiraten und das Kind mit ihrem eigenen Namen aufzuziehen. Sie wusste, dass wir niemals auch nur die Chance haben würden zu heiraten.

Als wir uns kennenlernten, hatte sie keine Ahnung, wer ich war. Sie kannte Constance vorher und meinte, wir kämen aus denselben Kreisen. Ich war so glücklich mit ihr. Ich habe sie mehr geliebt als mein Leben. Wenn mich diese Nachricht erreicht hätte, wäre ich mit ihr davongelaufen. Ohne einen Gedanken an den Titel oder die Besitztümer zu verschwenden."

Nick und Arabella hörten ihm zu. Sie saßen beide auf dem Boden, dicht aneinandergeschmiegt, als wäre dies das Normalste der Welt. Ihre Hände waren ineinander verschlungen und Arabella hatte ihren Kopf auf Nicks Schulter gelegt, so dass ihre Haare seinen Hals kitzelten. Beide fühlten sich wunderbar.

Nach einer langen Diskussion und einem Schlachtplan, wie sie vorgehen wollten, trugen Nick und Arabella die Korrespondenz sowie Constances Tagebücher über die versteckte Treppe wieder in ihr Zimmer. Die Entdeckung des Geheimganges hatte Nick sehr überrascht. „Das habe ich niemals geahnt. Gibt es denn mehr dieser Gänge?" fragte er den Grafen. Jul lächelte ihn verschmitzt an. „Ja, und eine Türe werde ich Euch beiden noch heute zeigen. Er ging zu einem Regal an der anderen Seite und drückte einen versteckten Knopf. Die Bücher wurden zur Seite geschoben und gaben den Blick zu einem Raum frei, der offensichtlich von einem Mann bewohnt wurde. „Aber das ist ja mein Appartement!" rief Nick überrascht aus. Jul zeigte ihm, wie man die versteckte Türe von der anderen Seite öffnen konnte und war dann plötzlich verschwunden.

Arabella stand in der offenen Türe in der Erwartung, dass Nick sich ihr wieder zuwenden würde. Er ging zu einem kleinen Schrank, holte zwei Gläser heraus und goss Wein in diese. „Bitte trete ein", meinte er und streckte ihr ein Glas entgegen.

Als sie näher kam, schien die Luft wieder zu summen. Sie prosteten sich zu, tranken einen Schluck ohne die Augen voneinander zu lassen und stellten dann beide die Gläser zur Seite. Im nächsten Augenblick verloren sie sich in einem Kuss.

Der nächste Morgen kam viel zu schnell. „Ich habe heute meinen freien Tag. Wir können also liegen bleiben – und uns das Frühstück ans Bett bringen lassen. Das ist schließlich der besondere Service in diesem Hause."

Nick räkelte sich und blickte Arabella mit Schalk in den Augen an. Sie lachte ihn aus. „Das kommt gar nicht in Frage. In Kürze wird die Bibliothek wieder geöffnet und wie soll ich dann wieder in meinen Raum kommen? Ich will nicht, dass das alles heute schon so offensichtlich ist. Außerdem haben wir verdammt viel zu tun."

Sie verließ das lauschig warme Bett und kleidete sich an. „Wir sehen uns in einer halben Stunde bei deinem Auto."

Der Tag verging wie im Fluge. Sie hatten Besuche bei zwei Pfarreien gemacht und sich dort Kopien der Taufregister besorgt. Ferner hatten sie nun Kopien über Eheschließungen von Nicks Eltern bis Ur-Großeltern in Händen und er hatte in seinem Elternhaus nach dem Familienbuch gefragt. Seine Mutter hatte es ihm mit fragendem Blick überreicht. „Die Erklärung kommt später.", meinte er nur.

Draußen erklärte er Arabella „Schade, dass Vater das nicht mehr miterleben durfte. Das wäre ein Abenteuer nach seinem Geschmack gewesen." Er legte seinen Arm um ihre Hüfte und zog sie beschwingt mit sich.

Sie hatte noch am Vortag bei einem befreundeten Anwalt angefragt, welcher Kollege denn in dieser Stadt den besten Ruf hätte. Sie hatte Antwort bekommen und nun waren sie auf dem Weg dorthin mit all ihren Originaldokumenten, beglaubigten Kopien, den Tagebüchern und Briefen. Kurzfristig war noch ein Termin frei gewesen.

Der Anwalt, ein Herr Karr, war ein älterer Herr, der ein aristokratisches Auftreten hatte. „Wunderbar", dachte Arabella. „der sieht aus, als ob er nicht leichtgläubig wäre. Er hängt sich aber sicher mit aller Kraft in einen Fall, an den er glaubt."

Sie stellte sich und Nick vor. „Ach, der Manager vom Schlosshotel", nickte der Anwalt. „Habe bisher nur Gutes von ihnen gehört. Sie sollen recht tüchtig sein."

„Sie kennen die Gerüchte, dass der letzte Graf hier immer wieder gesehen wurde?" fragte Arabella ins Blaue. „Natürlich, junge Frau. Ich selbst habe ihn auch einmal gesehen. Nachts, vor … warten sie … etwa 30 Jahren. Am nächsten Tag hörte ich, dass ein krankes Kind wie durch ein Wunder die Nacht überlebt hatte, obwohl es die Ärzte schon längst aufgegeben hatten."

„Ich bin dem Grafen auch begegnet. Und damit fängt die Geschichte eigentlich an." Arabella erzählte alles von Anfang an. Von dem kürzlich geerbten Haus, den gefundenen Tagebüchern und ihrem Wunsch, diese in Ruhe hier zu lesen. Sie erzählte von ihrem Unfall bei der Anfahrt, den nächtlichen Treffen mit dem Grafen und der Geheimtreppe, von ihrer Heimfahrt und der Durchsicht der Korrespondenz und schließlich dem Zwischenfall mit Nicks Auto und dem Fahrzeugschein.

Als sie bei der letzten Nacht angelangt war, übernahm Nick das Reden. Er sprach von seiner Skepsis, der überraschenden Übereinstimmungen, der Maskerade, die ihn selbst völlig überrumpelt hatte und seinem Eindruck vom Grafen.

„Bitte glauben sie mir, dass ich nicht hinter einem Erbe her bin. Ich habe bis vor ein paar Minuten nicht einmal daran gedacht, was denn aus dem alles erwachsen könnte. Aber ich bin völlig fasziniert von der Geschichte und glaube daran, dass wir einen Weg finden sollen, den Grafen endlich dahin zu entlassen, wo er hingehört." Nick sprach eindringlich zu dem interessiert lauschenden Mann.

„Je mehr Papiere wir heute zusammengefunden haben, desto mehr bin ich überzeugt, dass Arabella Recht hat mit ihrer Theorie." Er machte eine kleine Pause. „Sie sollten den Grafen kennenlernen! Er ist so ein charmanter Mann – und so gebildet!"

Der Anwalt schwieg ein paar Minuten, bevor er sprach. „Was denken sie beide – würde sich der Graf sehen lassen, wenn ich mit ihnen ginge? Ich muss ganz ehrlich sagen, ich weiß nicht, was ich über die Geschichte denken soll. Es klingt alles ganz einleuchtend und ihre Papiere zeigen, dass da gewisse Übereinstimmungen nicht von der Hand zu weisen sind. Auf der anderen Seite sprechen sie aber auch von einem Geist und ich kann irgendwie so gar nicht daran glauben."

Arabella und Nick sahen sich an und dann wieder Herrn Karr. „Ich denke, wir versuchen es einfach einmal auf's Geratewohl", entschied Nick. „Sagen wir um 20:00 Uhr zu einem netten

Abendessen oder einem Glas Wein – wie immer sie entscheiden. Haben sie ein Auto oder sollen wir sie abholen?" „Ich bin leider nicht mobil. Wissen sie, ich wohne nicht weit von meiner Kanzlei entfernt und habe deswegen seit ein paar Jahren kein Auto mehr."

Nick nickte. „Erklären sie mir bitte, wo ich sie finde, dann hole ich sie eine halbe Stunde vorher ab. Und sie sind auch sehr willkommen, auf meine Kosten die Nacht im Hotel zu verbringen. Ich kann sie dann morgen nach dem Frühstück wieder zurückbringen."

Das Gesicht des alten Mannes hellte sich auf. „Ja, danke Herr Raining. Dieses Angebot lasse ich mir nicht entgehen. Ich wollte nämlich schon immer einmal eine Nacht dort verbringen, wo dieser wunderbare Mensch und gute Arzt gelebt hat. Ich habe nur eine Bitte: Kann ich meine Frau mitbringen? Sie wird sich nicht in die Geschäfte einmischen. Ich bin mir nur sicher, dass sie einen Aufenthalt auf Falkenhorst sehr genießen würde."

„Aber selbstverständlich. Und wissen sie was – bleiben sie doch bis zum Sonntag. Bis dahin sollte alles in die eine oder andere Richtung geklärt sein. Wenn sie einen Kollegen bei unserem Treffen heute Abend dabeihaben wollen, dann soll uns das auch nur Recht sein."

Die Vorfreude stand Herrn Karr ins Gesicht geschrieben, als Arabella und Nick sich verabschiedeten. Von der Treppe her hörten sie ihn mit seiner Frau telefonieren. „Liebling, pack unsere besten Sachen ein. Wir verbringen das Wochenende auf Falkenhorst."

Einige Stunden später saß ein völlig begeistertes älteres Ehepaar mit dem Manager und einem der Gäste des Hotels an einem etwas abseits gelegenen Tisch. „Das Personal denkt sich wahrscheinlich schon seinen Teil", bemerkte Arabella trocken. „Erst leihst du mir deinen privaten Wagen, dann sind wir zusammen den ganzen Tag unterwegs und jetzt auch noch fremde Leute, die vielleicht doch der eine oder andere vom Sehen her kennt."

„Lassen Sie sie denken, was sie wollen, junge Arabella", sagte die Frau des Anwalts „solange man sich selbst noch im Spiegel betrachten kann, ist alles in Ordnung." Wie Recht sie doch hatte!

Nach einem wunderbaren Menu mit mehreren Gängen und einem exzellenten Wein kamen sie zur geschäftlichen Seite der Sache. „Das ist, glaube ich der Teil, der meine Abwesenheit wünschenswert macht", bemerkte Frau Karr mit guter Laune. „Ich werde mich also jetzt zurückziehen und unser wunderbares Zimmer genießen und sehe sie hoffentlich alle morgen früh wieder. Und dich hoffentlich noch heute Nacht", drehte sie sich zu ihrem Mann und hauchte ihm einen Kuss auf die Wange. „Vielen Dank für dieses herrliche Abenteuer!"

„Nick, geh doch bitte schon mit Herrn Karr in die Bar. Ich komme gleich nach." Arabella hatte auf die Uhr gesehen und überrascht bemerkt, dass die Bibliothek wohl schon geschlossen sein musste. Sie ging in ihr Zimmer und benützte von dort den Geheimgang. Als sie durch die Wandverkleidung schritt, erhob sich eine schlanke Gestalt vom Lesesessel. „Ich hatte schon Angst, ihr würdet nicht kommen! Wo ist Nick?" Der Graf sah aus wie immer – einfach zum Dahinschmelzen.

Arabella ging auf ihn zu und drückte die ihr dargebotene Hand. „Wir wollten erst dich fragen, ob es in Ordnung geht, dir jemanden vorzustellen. Wir haben nämlich einen Anwalt gefunden, der uns helfen will, alles in Ordnung zu bringen, was in Ordnung zu bringen ist. Er ist übrigens ein sehr netter, älterer Herr, der dich verehrt."

„Wenn er uns helfen kann, soll es nicht an mir liegen." Schon kurze Zeit später standen die vier in der Bibliothek und Graf und Anwalt beäugten einander. Überlegten, ob denn der andere jeweils vertrauenswürdig wäre. Sie fanden sich sympathisch und entschieden schließlich, dass sie sich aufeinander einlassen würden.

Jul war nun dran, seine Version der Geschichte zum Besten zu geben. Er erzählte auch noch viele andere Dinge, von denen bisher keiner der Anwesenden eine Ahnung gehabt hatte. Zum Beispiel, dass er Constance in seinen Briefen von der Universität nach Hause immer Con genannt hatte und seine Eltern eine ganze Weile glauben ließ, dass sein bester Freund ein Mann wäre. „Das war gar nicht so einfach, die Sätze immer so zu drehen, dass man nicht sie oder er schreiben muss", lachte er in Erinnerung daran.

Auf die Frage des Anwalts, was er sich denn von der ganzen Sache erhoffe, antwortete er gedanken- sowie hoffnungsvoll „Meinen Frieden. Auch wenn ich immer noch nicht weiß, wie ich ihn erlangen soll."

Herr Karr war inzwischen so überzeugt von Nicks Abstammung wie Arabella und es wurden Pläne geschmiedet. Diesmal ganz konkret. Arabella wollte es in die Hand nehmen, Juls medizinische Aufzeichnungen zu publizieren und unter seinem Namen herauszugeben.

Der Anwalt wollte durchbringen, dass der Nachlass des Grafen samt und sonders an Nick überging und der Graf nahm ihm das Versprechen ab, von einem Teil der Juwelen – deren Versteck er noch preis geben wollte – einen Fond für mittellose Kranke in der früheren Grafschaft zu gründen.

Nach Stunden ging man zu Bett. Herr Karr wurde durch Arabellas Zimmer geschleust. Diesmal blieb auch Nick dort, im früheren Zimmer des jungen Grafen, und genoss die Nacht in den Armen seiner Liebe.

Das Wochenende verging für Arabella viel zu schnell mit Spaziergängen, Schwimmen im Hallenbad und Massagen sowie den Nächten mit Nick.

Am Sonntag verabschiedete sich der Anwalt mit seiner Frau. „Wir danken ihnen für die wunderbare Flitterwochenatmosphäre, die wir in unserem Alter gar nicht mehr erwartet haben. Ich verspreche ihnen, mich völlig in die Klärung des Falles zur Zufriedenheit aller hineinzuknien. Und wir beide", sagte er mit einem verliebten Seitenblick auf die Frau an seiner Seite „hoffen auf eine baldige Ankündigung einer Hochzeit auf Falkenhorst."

Das junge Paar stand auf den Stufen zum Haupteingang des Schlosses. Nick legte einen Arm um Arabella und drückte sie an sich, bereit zum Kuss.

„Hat man schon jemals so eine Verliebtheit gesehen? Wie Graf und Gräfin sehen sie aus, einfach wunderschön anzusehen – fast wie im Märchen." Frau Karr saß mit ihrem Mann auf dem Rücksitz des sich entfernenden Taxis und seufzte, als sie sich wieder der Fahrtrichtung zuwendete. „Wie wahr", antwortete ihr Mann mit leiser Stimme, „es ist ein Märchen!"

Danach klappte Raphael das Buch zu. „Ich gehe jetzt noch eine Runde schwimmen und dann verabschieden wir uns vom Teich. Es wird langsam schattig hier." Alice seufzte, Helena schien irgendwie entrückt. Beide träumten wohl schon von ihrem Prinzen bzw. Freibeuter.

Als wir den Leiterwagen abwechselnd wieder zum Haus zogen, waren wir uns alle einig, dass wir einen wunderbaren Nachmittag verlebt hatten.

Vor dem Haus verabschiedete sich Raphael mit einem Kuss auf die Wange von seinen beiden Nichten. „Gute Nacht, ihr beiden Prinzessinnen. Laura und ich wollen jetzt noch den Abend alleine verbringen."

Auch ich wünschte den beiden eine gute Nacht und bekam dafür zwei innige Umarmungen.

Raphael nahm meine Hand und führte mich in seine Haushälfte.

„Willkommen in meiner Junggesellenhöhle."

Kaum war die Türe zu, fand ich mich an sie gedrückt und halb besinnungslos geküsst. Ich hörte in mich hinein und bekam die Information, dass es ein wundervolles Gefühl war und ruhig so bleiben konnte. Auch andere Körperregionen erwachten zum Leben.

„Das wollte ich schon den ganzen Nachmittag mit dir machen."

Als er mich wieder los ließ, hatte er sich in den perfekten Gastgeber verwandelt. „Was möchtest du zuerst: duschen oder mein Reich besichtigen?"

„Eine Dusche nach der ganzen Sonnencreme käme mir ganz recht." Also führte er mich ins Bad im ersten Stock. „Oh, das gefällt mir sehr gut."

Der schwarze Granitboden war mit blau und silbrig schimmernden Flecken durchbrochen. An den weiß gefliesten Wänden fanden sich Ornamente mit schwarzem Granit wieder. Eine geräumige Eckbadewanne lud zu einem Vollbad ein. Über dem Waschbecken hing ein Schrank mit einem großen Frisierspiegel. Die runde Dusche in der Mitte des Raumes hatte eine wunderbare Größe. Raphael ließ mich alleine, damit ich duschen konnte. Als auch er nach mir fertig war, trafen wir uns in seiner Küche – beide noch mit leicht feuchten Haaren.

„So, nun ist es aber Zeit, unsere Runde durchs Haus zu machen. Wie du vermutlich schon bemerkt hast, ist es ein altes Haus. Teile sind sogar noch aus dem 16. Jahrhundert. Die Deckenbalken sind noch original, auch wenn der Rest immer wieder renoviert und umgebaut wurde. Fenster und Türen haben meine Großeltern vor vielen Jahren erneuert und dabei auch die Löcher in der Wand vergrößert, damit hier drinnen Licht ist und sich keiner durch die Türen bücken muss. Zum Glück ist das alles passiert, bevor ein Denkmalschutz sein Veto einlegen konnte."

Die alten Balken im Flur waren mir schon aufgefallen. Sie brachten dem Haus einen besonderen Charme.

„Es heißt, meine Großeltern hätten ein sehr intensives Liebesleben gehabt. Sie haben das Haus in zwei abgeschlossene Hälften mit eigenen Eingängen umgebaut, als meine Eltern heirateten und ihr Sohn, also mein Vater, mit seiner frisch Angetrauten nebenan einzog."

Wir betraten gleich den nächsten Raum. „Ein Gästezimmer mit einem recht bequemen Bett für zwei Personen. Manchmal habe ich Freunde von Auswärts hier. Die nächtigen dann in diesem Zimmer."

Im nächsten Zimmer standen zwei Betten mit pinkfarbenen Bettbezügen. „Wie du siehst, ist das hier ein Prinzessinnenzimmer. Das wird immer genutzt, wenn die Mäuse entscheiden, bei ihrem Onkel schlafen zu wollen oder die Oma ausgeht. Das ist meistens einmal die Woche an wechselnden Tagen."

Vor dem nächsten Raum blieb Raphael kurz stehen, als ob er eine Entscheidung treffen müsste. Dann öffnete er schwungvoll die Türe. Ich blieb mit offenem Mund im Türrahmen stehen. Das hätte ich am allerwenigsten erwartet. Das geräumige Zimmer wurde beherrscht von einem großen Himmelbett mit dunkelblauen Samtvorhängen.

„Mein Großvater hatte einen Kunden auf einem Hof im Altmühltal. Bei dem stand das Bett seit Jahren in einem ungenutzten Zimmer. Da ich schon als Kind für Ritter schwärmte, schwatzte Großvater ihm das Bett ab und ich bekam es zu meinem zwölften Geburtstag. Du wirst es nicht glauben, aber bisher ist dieses Bett sozusagen jungfräulich. Noch keine meiner Freundinnen wollte je etwas damit zu tun haben."

Ich hörte nur mit halbem Ohr zu, denn ich hatte die Schnitzereien auf dem Bett erkannt: Wieder der Falke. Meine Knie gaben nach und ich sank am Türrahmen entlang auf den Boden. „Gordian", entfuhr es mir und ich schlug die Hände vors Gesicht. Es handelte sich um unser Ehebett.

Es fand über 600 Jahre hinweg den Weg zu meinem neuen Ritter. Das kann kein Zufall mehr sein!

Raphael kniete sich neben mich. Ich sah Angst in seinen Augen, als er mich mit schreckverzerrtem Gesicht ansah. „Was ist mit dir, Laura? Du bist plötzlich leichenblass."

Ich legte ihm meine Hände auf die Arme und fasste mich. „Mir fehlt körperlich nichts, Raphael. Es sind Erinnerungen, die mich immer wieder erschrecken. Bitte lass mir noch Zeit. Ich verspreche, es dir irgendwann zu erklären. Dann, wenn ich mir selbst darüber im Klaren bin, was es zu bedeuten hat." *Daher hat er also die Idee mit dem Falken-Wappen.*

Damit stand ich auf. „Das Bett ist wunderschön und es passt zu dir. Es hat seinen Weg zu dir gefunden. Ich könnte mir keinen anderen Mann in diesem Bett vorstellen." *Zumindest nicht in dieser Zeit.*

Es gab neben dem Bad noch einen hellen Raum von mittlerer Größe, der nicht genutzt wurde. „Ich habe mir bisher keine Gedanken gemacht, was ich mit diesem Raum anstellen soll. Es wird sich finden."

Wir gingen ins Erdgeschoß, wo wir unsere Hausbesichtigung wieder aufnahmen. Die Küche hatte eine angenehme Größe. Eine Wand war dunkelrot, wie in einem irischen Pub. Die anderen Wände und die Möbel waren in einem hellen Ton gehalten und machten den Raum hell und frisch. In einer Ecke standen ein großer Tisch und sechs Stühle.

Daneben befand sich ein Büro, in dem sich Papier und Bücher stapelten. Das Fenster ging zu Hof und Straße.

Die Gartenseite wurde von einem geräumigen Wohnzimmer beherrscht. Darin befanden sich ein großer Schwedenofen und eine riesige Couch, die sehr bequem aussah. Dazu ein Bücherregal, vollgestopft mit Büchern aller Art und ein Couchtisch. Große Türen führten zur Terrasse.

„Bitte sei mir nicht böse, wenn ich dir den letzten Raum heute nicht zeige. Es ist mein persönlichstes Zimmer und ich bin auch noch nicht ganz bereit, mein letztes Geheimnis vor dir auszubreiten." Raphael hatte meine Hände in die seinen genommen. „Das hat jetzt nichts damit zu tun, dass ich nicht alles über dich weiß, sondern, dass es mein persönlichstes Thema ist und ich noch nicht bereit bin, es mit dir zu teilen."

„Das ist nur fair, da auch ich dir noch etwas zu enthüllen habe."

Das wäre also geklärt. Damit konnte ich leben. Da ich zwar gerne immer alles wissen wollte, aber nicht zwanghaft neugierig war, würde ich auch nie das Zimmer ohne Raphael betreten. Wir gingen in die Küche und mein Ritter bat mich, mich zu setzen. Er wollte für mich kochen und ich sollte mich einstweilen mit ihm unterhalten.

„Lass mich doch helfen. Ich kann Gemüse oder Fleisch schneiden oder Salat putzen. Ich komme mir so unnütz vor, wenn ich nur dasitze und dir bei der Arbeit zusehe." Raphael lachte und legte ein Brett vor mich. Es folgten Messer und Zwiebel. „Hier, meine kleine Elfe. Du wolltest es so", grinste er mich an.

„Elfen weinen nicht, du Scheusal", entgegnete ich stur. Die Zwiebel war schnell geschnitten und ich entledigte mich des Bretts, bevor mir die Tränen kommen konnten.

„Bravo! Meine kleine Elfe hat die Herausforderung in Windeseile bestanden und hat somit freie Zeit gewonnen, die sie nutzen sollte, ihren kochenden Ritter zu bewundern."

Ich streckte ihm die Zunge heraus setzte mich demonstrativ so, als säße ich im Konzertsaal und würde gebannt der Aufführung folgen. „Der Ritter möge also beginnen mit seiner Zauberkochkunst und die Schaumschlägerei unterlassen." Dazu wedelte ich mit den Armen.

Und der Ritter begann tatsächlich, wobei er seinem Publikum immer wieder Grund zum Lachen gab.

Raphael zauberte wunderbare Steaks mit einer herrlichen Pfeffersauce[13] und einen gemischten Salat. „Ich bin begeistert, dass ich mir einen so guten Koch angelacht habe. Ich glaube, den muss ich mir warm halten."

Mit diesem Ausspruch handelte ich mir einen innigen Kuss ein. „Ja, das solltest du tatsächlich. Denn dieser Koch ist schon ganz heiß auf dich."

Nach dem Essen saßen wir, eingehüllt in eine flauschige Decke, auf der Terrasse, und sahen in den Sternenhimmel. Wir schwiegen lange Zeit und ich genoss die Zeit mit meinem modernen Ritter.

„Ich würde gerne wissen, warum du zu unserem ersten gemeinsamen Ausritt zu spät gekomken bist. Es war doch Absicht, oder?"

Ich blickte zu Raphael. „Bin ich so eine schlechte Schauspielerin? Ich wollte mich einfach nicht ärgern müssen. Bisher begann jedes Rendezvous damit, dass ich auf den Herren warten musste. Kein einziger schaffte es, pünktlich zu sein. Und da wäre ich am liebsten gleich wieder umgekehrt. Ich habe mir geschworen, dass ich dieses eine Mal nicht warten würde."

„Danke, dass du trotzdem fast pünktlich warst. Ich hatte mich selbst schon fertig gemacht, indem ich immer dachte: ‚Sie kommt ja doch nicht'. Ich war so froh, als du endlich da warst."

Irgendwann fand ich mich auf Raphaels Schoß in einem intensiven Kuss gefangen. Ich spürte, dass dieser Abend die richtige Zeit war, meinen neuen Gefühlen für diesen Mann nachzugeben.

---

13) Steak-Rezept im Anhang

Meine Hände gaben ihm Zeichen, die er nicht missdeuten konnte. Atemlos sah er mich an.

„Laura, ich würde dich gerne in meinem Himmelbett lieben. Du bist die einzige Frau, die ich mir darin vorstellen kann. Meinst du, wir können es riskieren? Oder fällst du mir wieder in einen schockähnlichen Zustand?"

„Du bist mein Ritter, Raphael – und ich folge dir heute Nacht überall hin. Du brauchst nichts zu befürchten. Dieses Bett ist genau der Ort, an dem wir sein sollten. Glaub es mir."

Als ich in die Kissen meines früheren Ehebetts sank, hatte ich das Gefühl, heim zu kommen. Es fühlte sich alles genau richtig an. Unsere erste Vereinigung war sehr fordernd von beiden Seiten. Wir hatten beide viele Empfindungen in uns aufgestaut, die wir nun auslebten. Wir liebten uns später nochmals ganz zärtlich, bevor uns der Schlaf übermannte.

Ich träumte: Ich lag in diesem Bett, das damals dunkelrote Vorhänge hatte, eng mit Gordian verschlungen. Ich spürte intensiv die Wärme, die von meinem Gatten ausging. Er küsste mich sanft. Und da fiel mir eine ähnliche Szene ein, bei der er mir seine Liebe versichert hatte. „Ich liebe dich mehr als mein Leben. Meine Liebe findet dich, wo immer du auch bist. Sie wird immer über dich wachen."

Als ich aufwachte, hatte ich noch das Bild meines Traums vor Augen. Doch ich spürte nicht Gordians Wärme, sondern Raphael, der mich in seinen Armen hielt, als wollte er mich vor allem Unbill des Lebens schützen.

Ich fühlte mich noch immer geborgen. Diese Empfindung lullte mich ein und ich sank zurück in einen traumlosen Schlaf.

Das erste Mal seit Jahren erwachte ich erfrischt und fühlte mich, als könne ich Bäume ausreißen.

Wir frühstückten gemeinsam mit Raphaels Mutter und den Mädchen. Kurz darauf verabschiedete ich mich. „Ich muss zu meinem Arwakr. Er wird schon ungeduldig auf mich warten. Und ich freue mich auf einen langen Ausritt mit ihm."

An meinem Auto erhielt ich noch einen innigen Abschiedskuss von Raphael. Ein Versprechen auf mehr an einem anderen Tag.

„Danke für alles. Die Zeit mit dir war einfach herrlich. Und die Nacht war traumhaft schön. Du bist mein Ritter und wirst es bleiben." Der Glanz in seinen Augen war mir Bestätigung genug. Ich stieg ins Auto und fuhr los.

06. Juni 2009

Liebste Freundin und Prinzessin,

ich bin völlig aufgewühlt. Ich weiß nicht, was ich denken oder fühlen soll. Die Welt mit Laura ist herrlich. Aber in unserer Beziehung geschehen auch Dinge, die mir Angst machen.

Lach nicht, auch Ritter haben Angst. Vor allem, wenn es um eine Frau geht, in die sie sich kopfüber verliebt haben.

Laura kam gestern Nachmittag. Wir gingen mit den Mädchen schwimmen. Sie ist ein sehr hellhäutiger Typ, was im Bikini üblicherweise nicht so toll ankommt. Aber sie schämt sich dessen wenigstens nicht.

Ich musste aus deinem neuesten Buch mit den Kurzgeschichten vorlesen. Du weißt ja, dass du meine Nichten mit deiner Schreiberei völlig versaut hast. Den Prinzen ihrer Vorstellung werden sie wohl kaum finden – was man besten Freunden nicht alles nachsieht ...

Während ich Laura das Haus zeigte, geschah etwas Beängstigendes. Als ich die Türe zu meinem Schlafzimmer öffnete, und gerade vom Geschenk des Bettes durch meinen Großvater erzählte, sank sie plötzlich neben mir zu Boden. Sie war kalkweiß im Gesicht und hatte schreckgeweitete Augen. Sie versicherte mir, dass ihr nichts fehle, sondern sie nur durch eine Erinnerung heimgesucht worden war.

Du weißt, es war nicht das erste Mal. Und das macht mir Angst. Allerdings hat sie mir dieses Mal versprochen, mir alles zu erzählen, wenn ich nur noch Geduld hätte. Ich hoffe, die wird nicht überstrapaziert.

Später am Abend liebten wir uns in eben diesem Bett. Du weißt, was das zu bedeuten hat! Es fühlte sich alles richtig an. Laura war wundervoll und sie schien genau dort hin zu gehören.

Die endgültige Erfüllung meines Traumes ließ mich förmlich schweben. Ich fühlte mich – ja: göttlich. Nichts und niemand hätte mich in diesem Augenblick besiegen können. Die ganze Nacht hielt ich meine Laura in den Armen und hörte auf ihre ruhigen Atemzüge.

Das ist die Frau, auf die ich die ganzen Jahre gewartet hatte. Ich will Laura endlich auch meinen Freunden vorstellen.

Heute früh konnte ich mich kaum von meiner Geliebten trennen und fühlte mich nicht mehr komplett, als ich wieder alleine war.

Kannst du dich noch an meinen Traum mit dem gutaussehenden Ritter erinnern?

Ich träumte wieder von ihm. Er lag in meinem Bett mit der Frau, die ich dir beschrieben habe. Ihr Gesicht war fast nicht zu erkennen unter ihren Haaren. Es war mein Bett, aber es hatte rote Vorhänge. Ich weiß, dass die beiden sich gerade geliebt hatten und die Frau nun zufrieden in seinen Armen schlief. Plötzlich sah mir der Ritter in die Augen. Langsam, um sie nicht zu wecken, löste er sich von ihr, und bot mir seinen Platz an ihrer Seite. Dabei sah er sie so zärtlich an, dass es mir fast körperlich weh tat.

Ich bin mir ganz sicher, dass es seine Gattin ist, und nicht nur seine Geliebte. Denn ihre Beziehung wirkte so vertrauensvoll, so voller überschäumender Liebe.

Ich weiß, es klingt verrückt und ich verstehe nichts.

Ich vermisse dein Lachen
Alles Liebe
Raphael, der furchtvollste aller Ritter

BIS 12. JUNI

Am gleichen Tag rief ich meine beste Freundin Ellen an. „Ich bin total verliebt, Ellen! Ich schwebe auf Wolke sieben. Wünsch mir viel Glück, dass das hält."

„Schön für dich. Aber erzähl doch mal von diesem Traummann. Ich weiß ja nur, dass er ein Landshuter Rittersmann ist. Mehr hast du mich ja noch nicht wissen lassen."

„Er heißt Raphael, ist sehr attraktiv, muskulös und männlich. Aber er hat tatsächlich auch Sinn für Romantik. Er ist einfach ein Schatz. Und er scheint auch für mich tiefe Gefühle zu hegen. Ich weiß, dass ich ihn fasziniere und gestern im Bett hatte er einen absolut glücklichen Ausdruck in den Augen."

„Holla, die Waldfee! Da gehen mir ja gleich die Augen über. Unsere Nonne Laura landet mit dem Rittersmann innerhalb von nur wenigen Wochen im Bett! Das ist ja glatt ein Weltwunder, wenn ich das so sagen darf."

„Ja, ja, ich weiß schon: Warum denn auf den Richtigen warten? Das Leben ist zu kurz und vielleicht kommt er ja nie. Kann ja alles sein, aber ich bin nun mal ein hirngesteuerter Gefühlsmensch. Bei der Kombination ist es einfach enorm schwierig. Ich kann das ‚Nein! Falsch! Mach das nicht!' meines Hirns nur ausschalten, wenn die Gefühle stimmen. Und meine sind da anscheinend besonders empfindlich. Es freut dich vielleicht, zu hören, dass diese Stimme gestern alles durchgenickt hat."

„Ich freue mich jedenfalls sehr, dass du nach der Episode mit diesem Gordian – den ich ja zu gerne mal *en Natura* gesehen hätte – endlich wieder einen Mann gefunden hast, den du lieben kannst. Und ich wünsche euch beiden alles Glück der Erde!"

Was ich auch meiner besten Freundin nie erzählt hatte, war die Tatsache, dass ich nachts in meinen Träumen immer mit Gordian zusammen war. Diese Träume waren so real, dass ich es immer gescheut hatte, mich umzusehen nach einen anderen Mann. Ich hatte Angst, dass die Träume nicht mehr kämen und ich Gordian so ganz und für immer verlieren würde.

„Sein Nachname wird dich auch interessieren: Er heißt Gordian."

Erst hörte ich ein kleines Japsen und dann war Schweigen am anderen Ende der Leitung. Und dann, ganz langsam: „Habe ich das jetzt richtig gehört? Er heißt Raphael Gordian? Do legst di nieder![14]"

„Ja, es ist schon schräg. Stell dir vor, Raph benützt unser Wappen – und ich habe die letzte Nacht in meinem Ehebett verbracht. Ganz im Ernst. Raph hat das Bett als Junge von seinem Großvater zum Geburtstag bekommen. Es hat jetzt nur blaue statt rote Vorhänge."

„Ich glaub, ich spinne. Das gibt's doch nicht. Sag, dass du dir das jetzt nur ausgedacht hast."

„Soweit würde meine Fantasie gar nicht reichen. Du weißt, dass ich dich bei so wichtigen Sachen nicht veräppeln würde. Jedes Wort ist wahr. Irgendwann komme ich auch dahinter, was es für eine Verbindung zwischen den beiden gibt. Denn, dass es eine gibt, ist sicher."

13. JUNI

Raphael und ich sahen uns zwei Wochen lang gar nicht. Denn die Ritterspiele – nicht nur die Landshuter – oder vielmehr deren Vorbereitungen, verlangten viel Zeit von den Mitwirkenden. Egal, ob es sich nun um Kämpfer, Tänzer oder sonstige Akteure handelte.

Vor allem an den Wochenenden waren die Jungs abends einfach erledigt nach dem ganzen Turniersport. Außerdem war Raphaels Schwester gerade auf Urlaub zu Hause und natürlich wollten die Geschwister auch gemeinsam Zeit verbringen.

---

14) *Da legst du dich hin – soviel wie: Das haut mich aber jetzt um!*

In diesen 14 Tagen hatte ich auch einige eigene Termine. Zum Beispiel das Kapitel[15] im Brachet beim Ritterbund, dem ich als Freifrau Laura vom Altmühltal angehörte. Da sich jedermann ein ausgestorbenes Geschlecht suchen konnte für seinen ritterlichen Namen, und über das Geschlecht der Altmühltaler in den letzten Jahrhunderten nichts in den normalen Geschichtsbücher zu finden war, hatte ich kurzerhand meinen Namen und Gordians Wappen aus dem Jahr 1400 in die Neuzeit gerettet.

Wir trafen uns an einem Samstag, selbstverständlich in Gewandung, um kurz vor Glock sechs auf unserer Heimburg. Jeder wurde, nachdem er den Brückenzoll entrichtet hatte, mit „Ein Gott zum Gruße" und Küsschen links und rechts begrüßt. Ich freute mich, wie jedes Mal, diese lieben Menschen wieder zu treffen. Sie waren von Anfang an so etwas wie eine große Ersatzfamilie für mich. Jeder von uns hatte Ecken und Kanten sowie ein paar persönliche Macken. Aber jeder wurde akzeptiert, wie er war, was bestens funktionierte.

In den Stunden beim Ritterbund konnte ich alle Probleme und Missstimmigkeiten meines profanen Lebens hinter mir lassen. Nachdem langsam alle Mitglieder und Gäste der Ritterschaft einen Platz hatten, ermahnte der wohledle Zeremonienmeister, unser Gebietiger: „Edle Sassen, wollet euch auf euren Steiß begeben und das Schwatzen einstellen".

Es wurde nach einer Freifrau gefahndet, die auf der Gästeliste stand, aber noch nicht erschienen war. Da erhob sich ein Recke am Nebentisch. „Mit Verlaub, die Dame ist noch in der Maske." Der Einwurf trug zur allgemeinen Erheiterung bei.

Nur Minuten später kam die Nachzüglerin an. Sie sah gekonnt sorgenvoll in die Runde. „Bin ich zu spät?" „Nein, vielminnigliche Freifrau, ihr kommt gerade im richtigen Moment, um von allen bewundert zu werden. Nehmet Platz, sob dass wir den Burghauptmann rufen können, auf dass er seine Meldung mache, damit das Kapitulum beginne." Sie lächelte in die Runde, schickte in eine Ecke eine Kusshand und setzte sich an unseren Tisch.

Der Burghauptmann erschien in Kettenhemd und Helm, mit Hellebarde und Laterne.

„Hochedler Großmeister, hochwohlgeborene Gäst', wir vermelden die Sicherung der Burg und bürgen dafür mit unserem Leben. Die Zugbrücke wurde hochgezogen und das Fallgatter heruntergelassen. Die Pechnasen sind gefüllet. Auf den Zinnen

---

[15]) Die zahlreichen Worterklärungen zum Abschnitt mit dem Kapitel finden sich ausnahmsweise gesammelt und ohne einzelne Verweise im Anhang ab Seite 305.

stehen Bogenschützen, um die Burg vor allen Feindesangriffen zu sichern. Nur ein kleines Pförtchen wurde unter Bewachung offen gelassen, um säumige Sassen einzulassen. Sofern sie das Losungswort wissen." Damit sah er streng auf die verspätete Freifrau, welche ihm gnädig lächelnd zunickte. Die Meldung wurde wohlwollend aufgenommen.

Daraufhin wurde die Gästeliste vom wohlweisen Cancellarius verlesen: Alle angesprengten Gäste, aber auch die eigenen Leute wurden mit ihren ritterlichen Namen aufgerufen. Sobald jemand genannt wurde, erhob sich der- bzw. diejenige. So wusste auch gleich jeder Gast oder Neuling, welche Person sich hinter welchem Namen verbarg.

Im Anschluss daran begrüßte der hochedle Großmeister alle Sassen im Remter. „Hochedle Großmeister, vielliebe ritterliche Freunde in Rang und Würd', viellminniglich' Burg- und Freifrauen, liebwerte Gäst', wir heißen euch anheut willkommen zum Kapitulum im Brachmond im Jahre 1000 und 1009 dazue auf unserer Heimburg ..."

Dann wurden unsere Musici gebeten, ein Liedlein vorzutragen. Der Applaus war enorm für den wundervollen, mittelalterlichen Vortrag des Ensembles.

Kurz darauf wurden die Speisen serviert. Während des Essens wurde munter geschwatzt und gelacht. Nach Atzung und Labung gab es eine kurze Lüftungspause für die Genießer der „Luntetten" in der Gesellschaft. Diese wurde auch genutzt, um Gespräche via Schwatzdraht zu führen, weitere Getränke zu bestellen oder sich umzusetzen, um auch mit anderen ins Gespräch zu kommen.

Nach dem Genuss der Nachspeise rief der Zeremoniar zur Fortführung des Kapitels.

Zuerst wurden die Kapitelkerze vom Großmeister und die Freundschaftskerze von unserer hocherwürd'gen Burgkirch entflammt.

Etwas später trällerten alle Anwesenden im Remter das Kapitellied unserer Ritterschaft. Nachdem wir es inzwischen wirklich oft gesungen hatten, konnte ich beinahe schon den Text auswendig.

Dann gab der Cancellarius die Kapiteldevise bekannt. Die meist über das magische Netz eingegangenen Ladschriebe der befreundeten Ritterschaften wurden von ihm vorgelesen und der Chronist bestellt – seine Person daselbst.

Im Anschluss daran verkündete der Großmeister die Urfehde, die besagte, dass niemand ungestraft Streit vom Zaun brechen oder gar Waffen gegen den Freund erheben dürfe. Was natürlich in ausschweifenden Reden verkündet wurde, worin die Fantasie der Gäste angeregt wurde. Hier ein „Hört, hört!", dort ein „Wacker!", dazwischen ein „Igitt!" waren zu hören.

Der Großmeister nahm einen neuen Pilgrim in die Runde auf, der nun ein Jahr der Bewährung vor sich hatte, bevor er in den Knappenstand erhoben würde.

Dann wurde zum Tanz aufgerufen. Die mittelalterlichen Tänze hatten wir mit unserer Tanzmeisterin eingeübt und die begeisterten Tänzer der Gesellschaft freuten sich sehr, diese wieder einmal üben zu dürfen. Es machte unheimlich viel Spaß. Leider war es hier jedoch so, wie im profanen Leben: Es mangelte an männlichen Tänzern. Also übernahm ich dieses Mal diesen Part und tanzte mit unserer zu spät Gekommenen. Wir hatten viel zu lachen: über uns selbst und über die Missgeschicke anderer. „Wir sind schon so ein Paar. Seht nur, der Cancellarius blickt schon ganz grimmig in unsere Richtung." „Och, er ist nur verstimmt, weil er nicht mitlachen kann." „Stimmt wohl, seine Tanzpartnerin scheint heute nicht gerade eine große Stimmungskanone zu sein oder sie nimmt die Sache viel zu ernst."

Etwas später wurde der Kellermeister vor den Hochsitz bestellt. Ihm wurde ein großer Kelch gegeben mit dem Auftrag, ihn mit dem besten Tropfen Weins zu füllen. Als er eine ganze Weile später mit dem wohl gefüllten Humpen wieder kam, machte dieser wie immer eine Show aus seinem Auftritt. „Hochedler Großmeister, wir waren im Keller und haben es uns nicht leicht gemacht.

Wir probierten von jedem noch so kleinen Fässchen Wein.
Doch keines schien uns gut genug zu sein
für dieser edlen Gäste Kreis.
Doch halt, am End' erhielt ich den Beweis,
dass unser Herr fürwahr kein Kostverächter sei.
Da gab's noch einen Raum der Kellerei.
Der Zugang lag sehr gut verborgen,
würd' sicher nicht gefunden selbst von Räuberhorden.

Unser Großmeister machte ein Gesicht, als wolle er den Kellermeister lynchen. Wie immer genossen unsere Herren am Hochsitz die Schauspielerei.

Doch uns're Spürnas' führt uns hin.
Denkt euch, es sind die besten Tropfen drin!

Dort fanden wir dann jenes edlen Trunkes Fass –
gar göttlich schmeckt das köstlich' Nass –
und füllten bis zum Rand den Humpen.
Doch waren uns're Füß' schon arg geschunden
von der Suche nach dem besten Wein,
wir setzten uns und hoben die Bein'.
Ein kurzer Schlummer zeigt' im Traum
Uns voller wartend' Gäst den Raum.
Wir schreckten hoch und eilten
Kein zweites Mal wir mehr verweilten.
Die Eile macht' uns trocken nun die Kehle
Drum hoffen wir auf Eure Befehle,
dass wir, um die Sicherheit der edlen Runde zu gewähren
und euren Ruhm im Ritterreiche zu vermehren,
einen Schluck zwecks Keimfreiheit verkosten sollen,
was wir auch gerne machen wollen."

Der Großmeister konnte gar nicht anders, als dem Schelm einen Wink zu geben, den Wein zu verkosten. „Ein köstlich' Tropfen. Wir verbürgen uns ob der Keimfreiheit und sind uns sicher, dass er allen Anwesenden munden wird".

„Oje, er schmeckt dem Kellermeister. Das hat nichts Gutes zu bedeuten." Der Cancellarius sprach zum Großmeister. Dieser lachte. „Das lässt uns hoffen, dass er den guten Rebsaft gar nicht gefunden hat."

Sogleich stand die Burgkirch mit einer kleinen Kelle in der Hand neben dem Kellermeister, um den Zehent zu fordern. Nachdem der „Pfaffe" seine segnende Hand über den Wein gehalten und sein Sprüchlein aufgesagt hatte, wurde ihm dieser auch gewährt.

Eine sehr humorvolle Predigt über die Schwierigkeiten rund um den Vollzug der Ehe rundete den Auftritt des Burgpfaffen ab.

„Anheut sehen wir es als unsere Pflicht, euch neu ins Gedächtnis zu rufen, dass die geschlechtliche Vereinigung, also der Vollzug der Ehe – wie uns das 9. Jahrhundert lehrt – nur zum Zwecke der Zeugung von Kindern heilig ist, jedoch zur Befriedigung der niederen Fleischeslust eine verderbte Handlung darstellt.

Aus diesem Grunde wollen wir euch detailliert unterrichten bzw. euch erneut ins Gedächtnis rufen, an welchen Tagen es nicht gestattet ist, die Ehe zu vollziehen.

Wagt es nicht, eine Todsünde zu begehen mit außerehelichem Getändel!

Selbstverständlich haben wir uns Gedanken darüber gemacht, welche Gründe hinter den Geboten liegen.

Erstens: am Tage vor großen Kirchenfeiertagen. Wir vermuten, das liegt daran, dass die Dame des Hauses an solch einem Tag so viel vorzubereiten hat, dass es für beide Parteien nur eine unbefriedigende Handlung unter großem Druck sein kann.

Zweitens: an allen Bittagen. Logisch, an den Tagen sollte man seine Hände falten und nicht an anderen Körpern damit herum spielen.

Drittens: an den letzten fünf Tagen vor jeder hl. Kommunion. Natürlich darf man den Leib des Herrn nicht beschmutzen. Bei der Verderbtheit der Zeit hilft nur noch die innere Reinigung. Denn die äußere ist bei vielen Zeitgenossen verpönt.

Viertens: an den letzten vierzig Tagen vor Ostern. Die Fastenzeit zeigt uns nicht nur den Verzicht auf die Genüsse des Gaumens, sondern auch – und vor allem – des Fleisches und der Seele.

Fünftens: mittwochs. Dazu wissen wir nichts zu sagen. Das müssen wir einfach hinnehmen.

Sechstens: freitags. Vielleicht passt der Verzehr von Fisch nicht zur Lust der Leiber. Vielleicht stinken die Menschen und ihre Häuser so sehr nach Fisch, dass sie freiwillig verzichten? Das können wir keusche Priester nicht beurteilen.

Siebtens: sonntags. Dies ist der Tag des Herrn, und zwar nur des einen Herrn im Himmel. Es ist Zeit, zur Messe zu gehen, zu beten und in sich zu gehen, nicht aber, Kinder zu zeugen.

Habt ihr, liebste Recken der Kapitelrunde, fleißig mitgerechnet? Nein? Wir sagen euch, es sind im Jahr mindestens 220 Tage, an denen die Befriedigung der fleischlichen Lust untersagt ist.

Die gute Nachricht: Das lässt immerhin noch 145 Tage übrig, eurem Weib beizuwohnen, um die Kinderschar zu vergrößern.

Wir sehen einige Gesichter, die uns ein schlechtes Gewissen anzeigen. Kinder unseres Herrn, ihr könnt jederzeit zur Beichte zu uns kommen. Da morgen Sonntag ist, solltet ihr übrigens entweder zeitig unser Kapitel verlassen und morgen nicht zur Kommunion gehen oder aber ihr wartet bis zum Montag.

Wir bedanken uns dafür, dass ihr uns euer Ohr geliehen habt und wünschen euch allen einen erquickenden Abend."

Gleich darauf schritt der Pfaffe zur Säckelung. Eine erkleckliche Summe wurde so zusammen getragen. Was die Burgkirch veranlasste, uns allen drei Wochen Ablass zu gewähren. Mit einem lauten „Wacker" bezeugten wir unsere Freude über diese Entscheidung.

„Auf jeden Fall besser, als die Ablasszettelchen mit nur sieben Sekunden oder so." Eine meiner Tischnachbarinnen war zufrieden mit der „Generalabsolution".

Sodann begann die Humpenkreisung. Der Zeremoniar nannte dem Kellermeister immer den Ritter – Großmeister eines Bundes, Fähnleinführer –, dem der Kelch zu reichen war. Jeder stellte sich mit Namen vor, verkündete seinen Wahlspruch und wünschte der Gesellschaft noch einen schönen Abend oder wurde auch ein persönliches Anliegen los. Daraufhin nahm er einen Schluck des Weins. Mit den Worten „dem nächsten zum Gedeih" wurde der Kelch wieder dem Kellermeister gereicht. Unser Großmeister hatte einen Trinkspruch zu verkünden:

„Den edlen Tropfen in dem Kelche
trinken wir auf jene, welche
In Fried und Liebe leben wollen.
Ihnen wir Respekt nun zollen.
Erhebt die Becher im Gebet,
Dass auch ihr im Licht nur steht."

Auch einer der anderen Recken wusste einen Trinkspruch aufzusagen.

„Der Wassermann den Wein verdünnt,
wenn er ihn im Ozeane trinkt.
Die Engel keinen Rebsaft schlürfen,
da sie im Rausch nicht jubilieren dürfen.
Der Teufel säuft den Wein ganz heiß,
weil er ihn nicht zu kühlen weiß.
Von mir der köstlich' kühle Tropfen wird verehrt,
so lange mir das Leben sei gewährt."

Nach den Rittern und Gästen wurde die Humpenkreisung auf die Burg- und Freifrauen ausgedehnt, da wir an dem Abend keine große Runde waren. Wie immer musste ich mich erst mal besinnen und meinen Wahlspruch aus den Tiefen meines Gedächtnisses herauskramen.
„Hochedler Großmeister, edle Kapitelrunde, hochverehrte Gäst'. Wir benamsen uns Freifrau Laura vom Altmühltal. Unser Wahlspruch lautet: Das Leben ist mysteriös und schön, lasst uns jede Sekunde davon genießen. Unserem neu ernannten Pilgrim wünschen wir viel Glück und Ehre, den anderen Festgästen und

der wunderbaren Musici noch einen schönen Abend. Diximus." Ich trank einen Schluck aus dem Kelch. Nicht gerade mein Geschmack. Mit einem „Dem nächsten zum Gedeih" und einem Lächeln für den Kellermeister gab ich den Kelch zurück.

„Wenn es Bier statt Wein gäbe, würden alle unserem Kellermeister zu Füßen liegen. Davon versteht er wirklich etwas. Der Wein ist zwar trinkbar, aber unter Genuss verstehen wir etwas anderes." Mein Sitznachbar lachte über meine etwas verzogene Miene und meine leise gesprochene Bemerkung.

Die ganze Sache wurde, wie bei uns üblich, nicht mit dem größten Ernst durchgeführt, sondern die Anwesenden brachen mehrmals ob der trockenen Bemerkungen oder Freud'scher Versprecher verschiedener Sassen in Gelächter aus.

Zu vorgerückter Stunde bat der Großmeister um Gehör. „Wir haben anheut die Ehre, einen Feuerzauber zu sehen. Bitte folgt uns alle zu diesem Zwecke in den Burghof."

Da es draußen mild, windstill und sternenklar war, bot der Burghof die richtige Kulisse für dieses Spektakel. Ein Jüngling mit schön bemuskeltem Oberkörper spuckte Feuer, jonglierte brennende Stäbe und bewegte sich gemeinsam mit seinen Kollegen in einem schön anzusehenden Tanz zu mystischer Musik.

Die Freifrau, die neben mir stand, war genauso bewegt, wie ich. „Da bekomme ich richtig Schnappatmung, wenn die so gefährliche Kunststücke machen. Sieh mal! Ach, ist das schön", war ihr Kommentar dazu. Um ihre letzten Worte zu unterstreichen, bekam ich ihren Ellenbogen zwischen meinen Rippen zu spüren. Ich nickte. Natürlich habe ich die ganze Zeit dem Spektakel zugesehen und hätte keine zusätzliche Aufforderung benötigt.

Nach dieser wunderbaren Vorstellung ergriff unser Großmeister wieder das Wort. „Nun lasst uns die Freundschaftskette bilden. Wir stellten uns alle in einem großen Kreis um den Feuerkorb mit den munter lodernden Flammen. Der Großmeister fand, wie immer, die richtigen Worte für einen solchen Abend:

„Seht die gold'nen Stern' am Himmelszelt
Ist sie nicht wunderschön, die Welt?
Vergesst die Sorgen und die Nöte
Über dem Anblick der Morgen- und Abendröte.
Denkt nicht an Kriege und an Schrecken
Wenn Wolken mal die Sonn' verdecken.
Der Himmel zeigt uns seine Pracht
Die für den Moment uns glücklich macht.

Der Mensch hätt' wohl die Kraft,
Die Glück und Fried' auf Erden schafft.
Drum lasst uns heut' bei uns beginnen,
Des höchsten Guts in uns besinnen,
und mit frohem Herzen Liebe geben.
Das sei von nun an unser einzig' Streben.

Sie ist die eine menschlich' Gab'
Die sich zu vermehren mag,
auch ohne wenn und aber oder Schatz
macht sie für etwas Größ'res Platz.
So steh'n wir unter'm Sternenzelt
Und bitten für den Fortbestand der Welt
In dieser magisch schönen Nacht
Auf dass die Liebe wird in uns entfacht."

Wenige Minuten darauf sollte die erneute Meldung des Burghauptmanns erfolgen. Einer der Burgfrösche durfte die Laterne halten. Der kleine Knirps, der sich eilte, alles richtig zu machen, stolperte und fiel beinahe auf die Nase. Unser Großmeister sah das und kommentierte die Szene mit dem ihm eigenen Spruch: „Gemach, gemach ...".

Der Burghauptmann, der den Kleinen festgehalten hatte, warf sich in Positur. „Edle Kapitelrunde, hochverehrte Gäst', die Zugbrücke wurde herunter gelassen und die Fallgatter hochgezogen. Die unmittelbare Umgebung der Burg wurde von Gesindel gesäubert und wird nun durch unsere Bogenschützen geschützt. Die Raubtiere der Gegend wurden tief in den Wald getrieben und werden euch nicht behelligen. Doch hütet euch auf der Heimreise vor den grün/wahlweise blau gewandeten Wegelagerern und gebt Ihnen keinen Grund, Geld aus eurem Säckel zu pressen. Wir wünschen euch eine gute Heimreise mit euren Stinkrössern."

Sodann wurde vom Zeremoniar als letzte Amtshandlung des Abends das Gaudium verkündet. Die Musiker spielten noch ein paar schöne Weisen zum Abschied und nach den Darbietungen unterhielten wir uns alle noch prächtig. Der Abend war schon recht fortgeschritten. Ich plauschte mit vielen Leuten. Es ging um die verschiedensten Themen. Ob es nun Erinnerungen an vergangene Veranstaltungen waren oder Erzählungen aus dem profanen Leben, es war immer spannend und bei manchen Erzählungen von meinen dortigen Freunden mussten wir uns oft die Bäuche halten vor lachen.

Ich sah mir alle Anwesenden an und kam zur selben Überlegung, wie jedes Mal: *Wenn man diese Männer und Frauen im normalen Leben sieht, laufen sie äußerlich alle gerade mal mit dem Durchschnitt. Hier und in Gewandung sind sie durchwegs stattlich anzusehen. Und alle strahlen auch eine völlig andere Haltung und ein ganz anderes Selbstbewusstsein aus.*

Überhaupt war ich an dem Abend nachdenklicher als sonst. Ab und an dachte ich an Raphael und überlegte, ob er sich in meinen Freundeskreis einfinden würde. *Ich bin mir sicher, dass er sich hier wohlfühlen wird und werde ihn meinen Freunden bei Gelegenheit vorstellen.*

Ich musste wohl einen Teil meiner Gedanken vor mich hin gemurmelt haben. Denn von meiner Tischnachbarin kam eine Bestätigung.

„Ja, ich finde auch, dass wir alle im profanen Leben bestenfalls etwas über durchschnittlich gut aussehen. Aber die Gewandung macht uns zu richtigen Persönlichkeiten – und zwar unabhängig von der Figur. Es ist schon so, wie es der alte Spruch sagt: Kleider machen Leute. Abgesehen vom Aussehen hat hier meiner Meinung nach allerdings keiner etwas mit Durchschnitt zu tun, finde ich."

Ich war derselben Meinung. „Das sehe ich auch so. Die meisten von uns haben ein sehr interessantes Leben und können von den wunderlichsten Dingen berichten.

Ich verstehe eines allerdings nicht: In früherer Zeit war alles mit unwahrscheinlich viel Aufwand verbunden. Trotzdem hatten sogar die ärmeren Menschen Kleidung, die ihnen ein gewisses Auftreten verlieh. Und seit der zweiten Hälfte des 20. Jahrhunderts, seitdem Kleidung vergleichsmäßig billig und einfach hergestellt werden kann, das Waschen ohne Schwierigkeiten zu bewältigen ist und wir allen Luxus genießen, kleiden wir uns in Sack und Asche. Bei den Gebäuden ist es ähnlich. Heutzutage werden Wohnhäuser gebaut, die früher gerade mal als Bunkerbauten Akzeptanz gefunden hätten. Ich stelle mir immer vor, wie Menschen aus früheren Zeiten unsere Welt sehen würden. Wir kämen dabei gar nicht gut weg, glaube ich."

„Die würden sich schütteln und schreiend davon rennen!" Meine Nachbarin bestätigte meine Meinung lachend und wandte sich dann ihrem Gegenüber zu, der sie etwas fragen wollte.

Trotz meiner zeitweiligen Selbstvergessenheit saß ich mal hier, mal dort, unterhielt mich mit Frauen und Männern über die unterschiedlichsten Themen und war überrascht, als die Burgherrin ankündigte, dass nun die letzte Runde bestellt werden könne.

Weit nach Mitternacht verließen die letzten Recken und Maiden die Burg. Doch damit nicht genug. Gemeinsam mit unserem Großmeister setzte ich mich noch auf eine Bank in der Nähe. Bei einem Gläschen „selbstangesetzten" Weins vom Vorjahr hatten wir noch tiefschürfende Gespräche. Da ich den ganzen Abend nur alkoholfreies Weißbier und Wasser getrunken hatte, konnte ich von dem edlen Tropfen ohne Bedenken wegen der anschließenden Heimfahrt kosten.

Erst Stunden später verabschiedeten wir uns endgültig und ich fuhr nach Hause. Dort war ich noch zu aufgekratzt, um sofort ins Bett zu gehen. Also las ich noch in einem von Sarahs Romanen. Die Vernunft ließ mich allerdings bald das Buch zur Seite legen, da ich wusste, dass spätestens um 8:30 Uhr die Nacht vorbei wäre. Ich konnte noch nie bis mittags schlafen, hatte dies nie gelernt. Und diese Nacht war schon enorm geschrumpft. Es wollte schon gleich wieder hell werden.

20. JUNI

Am letzten Wochenende, bevor die Festsaison für sie begann, wollten die Ritter von Raphaels Gruppe und deren Damen plus ein paar Freunde sich und ihren Pferden einen schönen Tag gönnen und ein Ausritt wurde beschlossen.

Raphael hatte mich zu diesem Ausritt seiner Mittelalterfreunde eingeladen. Er wollte mich allen vorstellen. „Damit du mal alle gesehen hast und weißt, von wem ich dir erzähle. Außerdem sind auch einige der Frauen dort, die teilweise bei den Lagern mit dabei sind. Die wirst du zu einem großen Teil in Landshut wiedersehen. Nur wenige sind dort nicht dabei oder begleiten uns nicht zu den anderen Festen."

Alle wollten gewandet erscheinen. Auch die Partnerinnen der Männer. Es sollten insgesamt um die 25 Reiter werden.

Wenn das so war, durfte ich natürlich nicht aus der Reihe tanzen. Ich fuhr also zeitig mit Arwakr im Hänger zu Raphael auf den Hof.

Mein Geliebter kam aus dem Haus und begrüßte mich mit einem Kuss. Dann sah er mich zweifelnd von oben bis unten an. Bevor er noch etwas sagen konnte, unterbrach ich seine Gedanken. „Lieber Raphael, ich kann dich jetzt gar nicht gebrauchen. Gib mir die Zeit, mich und Arwakr ausgehfertig zu machen. Du wirst dann schon sehen, dass ich dir keine Schande machen werde. Und unterseh' dich, zu schauen, bevor ich dich rufe!" Drohend hob ich den Finger.

Mit einem Schulterzucken verschwand er um die Ecke zum Stall, um sein eigenes Streitross zu satteln. Allerdings erst, nachdem er mir einen innigen Kuss geraubt hatte. Er selbst war schon in Rüstung. Es fehlte nur noch das Schwertgehänge.

Schon am Abend vorher hatte ich meinen Arwakr bearbeitet und aus seiner langen Mähne ein filigranes Netz geformt. Damit sah er wunderschön und edel aus. Der eitle Geck hatte sich auch nicht wie sonst hingelegt. Denn er wusste, dass er schön sein sollte.

Ich nahm meinen originalen Sattel von 1399 mit den Lederriemen für Brust und Hinterteil des Pferdes aus dem Auto und legte ihn Arwakr auf. Dann die dazugehörige Trense – mit Silberplatten und -ornamenten geschmückt, aber doch so dezent, dass es gar nicht protzig aussah. So band ich erst mal mein Pferd außen am Hänger an. Im Eingangsbereich von Raphaels Wohnung – vor dem großen Spiegel – schlüpfte ich aus meinen Stallklamotten und in das ebenso originale Kleid aus dem Jahre 1400, das ich über einer dünnen Reithose trug. Es war rot und hatte mit Silber bestickte Borten. Mein Kopfputz bestand aus einem Haarnetz und einer zum Kleid passenden Kappe mit einer Falkenfeder. Diese war mit einer Rubinbrosche befestigt. Es war das Gewand, in dem ich meinen letzten Ausritt mit Gordian gemacht hatte, an dem ich so überglücklich gewesen war. Schnell noch in die Lederstiefel dazu geschlüpft und dann aufgesessen.

„Ich bin soweit", rief ich. Raphael kam auf Rosella um die Ecke. Er riss die Augen auf und schnappte nach Luft. „Was ist aus meiner Elfe geworden? Eine Prinzessin? Aus welcher Zeit bist du denn entsprungen?"

„Ich komme aus dem Jahre 1400", beantwortete ich.

„Du siehst aus wie eine Edeldame und bist eine wunderschöne Erscheinung."

„Oh, natürlich bin ich eine Edeldame: die Frau eines Grafen dieser Zeit", sagte ich bestimmt, aber mit einem Kloß im Hals und beließ es dabei. Trotz all meiner Bedenken, war dies eine wunderbare Gelegenheit, die Sachen zu tragen, ohne irgendwie aufzufallen.

Innerlich wandte ich mich an die Kräfte des Universums. *Wenn ihr mir nochmals einen Streich mit der Zeit spielen wollt, dann jetzt oder nie! Entweder ich komme wieder zu meinem geliebten Gordian oder ich wende mich für immer Raphael zu. Er hat wie Gordian die Macht, mich glücklich zu machen. Die endgültige Entscheidung soll heute fallen.*

„Ich glaube, meine Freunde werden bei deinem Anblick vor Bewunderung aus dem Sattel fallen und die Damen werden blass vor Neid. Wenn ich dich so ansehe, wird mir auch immer klarer, warum die Männer in frühen Zeiten der Schönheit der Frauen verfallen waren." Er verbeugte sich tief vor mir. Ich neigte huldvoll mein Haupt, wie ich es in einem anderen Leben gelernt hatte.

In dem Moment kamen Afra und die beiden Mädchen aus dem Haus. Sie starrten uns mit offenen Mündern an. „Wow! So ein schönes Paar wie euch habe ich noch nie gesehen", tat Helena kund, „nicht mal im Kino!". Alice schaute mehr auf die Pferde. „Arwakr sieht sehr hübsch aus. Kannst du mir mal zeigen, wie man das macht?" Ich nickte ihr zu. „Ja, klar, bei einem meiner nächsten Besuche."

Afra sah uns mit glänzenden Augen an. „Wenn ihr beiden nicht vom Himmel aus zusammen gehört, dann fresse ich auf der Stelle einen Besen!" Die Drei wünschten uns einen wunderschönen Ausritt und wir ließen unsere Pferde den nächsten Feldweg ansteuern.

Wir hatten genug Zeit, um an den Treffpunkt zu gelangen. So ließen wir die Pferde in einem gemächlichen Schritt gehen. Die beiden verstanden sich so gut, sie blieben schon von alleine gleichauf nebeneinander. Der meist übereifrige Arwakr wartete sogar oft ohne mein Zutun auf seine Freundin, wenn diese mal langsamer war.

Irgendwann wurde Raphael aus einem abzweigenden Weg heraus gegrüßt. Es war ein Jäger, den er kannte. Die beiden unterhielten sich ein paar Minuten, während derer ich mit Arwakr ein kleines Stückchen weiter zu einer kleinen Lichtung neben dem Weg ritt. Als ich kurz darauf Rosellas Tritte hörte, ritt ich den beiden entgegen. Völlig entgeistert sah mich Raphael daraufhin an.

Als Antwort auf meine Frage, ob etwas Besonderes an mir sei, blickte er mich intensiv an und sagte nur „Dein Anblick gerade". Da soll einer schlau werden aus den Männern!

Als wir auf einen Parkplatz zuritten, sahen wir dort schon Pferdehänger, Pferde und Reiter. Auch Hunde waren dabei. „Deswegen sollte Cajus heute zu Hause bleiben. Ich will ihn nicht anleinen, aber heute müsste ich es tun. Mit anderen Rüden kann es durchaus zu Kämpfen kommen."

Einer von Raphaels Freunden kam uns auf seinem feschen Fuchs entgegen. Es sah aus, als würden ihm förmlich die Augen aus den Höhlen treten „Ein Gott zum Gruße, Vielschöne! Raphael hat uns schon erzählt, dass er eine Freundin mitbringen würde. Aber dass diese Freundin und deren Pferd aussehen, als kämen sie original aus dem Mittelalter, das hat er nicht erwähnt." Der gutaussehende Fremde, der neben mir gehalten hatte, verbeugte sich galant vor uns. „Das könnte daran liegen, dass er es nicht gewusst hat. Er sieht uns beide in dem Aufzug auch zum ersten Mal."

„Laura, das ist mein bester Freund Richard. Richard, das ist Laura, die Frau aus dem Wald." Ich wusste nicht, was gemeint war, aber Richard bekam große Augen und betrachtete mich daraufhin noch genauer. Am Ende seiner Inspektion bekam ich einen äußerst anerkennenden Blick von ihm. „Ich wünschte mir, ich wäre dir vor Raphael begegnet. Da dies aber nicht so ist, kann ich nur noch wünschen, du machst meinen Freund so glücklich, wie er es verdient."

Dann kamen die nächsten Reiter dazu, die sich vorstellten. Von allen wurde ich freundlich aufgenommen. Ich erntete bewundernde Blicke, die ich sehr genoss. Aber ich verteilte auch Komplimente. Alle waren sie schön gewandet und strahlten mehr Selbstbewusstsein, Schönheit und Grazie aus, als es Menschen in neuzeitlicher Alltagsreitkleidung jemals möglich wäre.

Ganz trivial schaltete sich eine Stimme in meine Gedanken, die ich kannte. „Das Bild schreit förmlich nach einem Foto. Bleibt bitte mal alle so und seht her!" Natürlich, es war Afra. Sie war mit den Mädchen mit der kleinen Kutsche und den Kleinpferden gekommen. „Das glaubt uns keiner!" Helena war begeistert. „Mach ganz viele Bilder, Omi. Vor allem von Laura und Raphael. Und dann auch, wenn alle hintereinander reiten."

Richard schenkte Afra ein breites Lächeln. „Bitte schießt auch ein paar Bilder mit meiner Kamera. Die muss ich dann unbedingt ins Internet stellen. Toll, dass ihr gekommen seid. So sind wir mal alle drauf! Wir haben übrigens einen Zwischenstopp geplant beim Bachwirt. So in ca. eineinhalb Stunden machen wir dort Pause. Wenn ihr Lust habt und mit eurer Kamera dort hinkommen könnt, wäre das einfach perfekt."

„Freilich kommen wir, Richard. Wir bleiben einfach mit kleinem Abstand hinter euch. Der Wirt hat für euch die beste Kulisse, die ihr euch wünschen könnt. Drei Personen können noch mit uns mitfahren. Platz für Halfter und Decken haben wir auch. Wer möchte?" Es meldeten sich drei Ehepartner, die keine Reiter waren und sonst mit dem Auto zum Gasthaus gefahren wären. Kurz darauf ritten wir los und posierten somit für weitere Fotos.

Wir formierten uns immer wieder neu während des Ritts. Sobald wir in der Nähe einer Straße waren, fuhren die meisten Autos extrem langsam. Vermutlich eher aus Neugierde, weil die Leute alles genau sehen wollten, und weniger aus Rücksicht auf Pferd und Reiter. Radfahrer stiegen ab und machten uns Platz, Spaziergänger zogen ihre Hüte bzw. Kappen oder verneigten sich. Es war einfach wundervoll.

Meist konnten nur zwei Pferde nebeneinander gehen und jeder wollte sich mal mit jedem unterhalten. Die Frage, die ich wohl von jedem zu hören bekam, war „Wie habt ihr euch denn kennengelernt, der Raphael und du?" Meine übliche Antwort lautete: „Während eines Ausritts. Wir suchten unter demselben Felsen Schutz vor einem Gewitter." Das wusste sicherlich schon jeder von ihnen.

Nur Richard wollte mehr wissen, als wir mal nebeneinander ritten. „Sag mal, Laura, ihr beide seid doch jetzt ein richtiges Paar, oder?"

Ich konnte mir ein Lächeln nicht verkneifen. „Wenn du meinst, dass wir Intimpartner sind, ist das richtig. Ob unsere Partnerschaft halten wird, kann ich dir nicht sagen. Aber mir liegt viel an deinem Freund, das kann ich dir versichern. Und mir liegt fern, ihn kalt abzuservieren. Ich bin mir nur noch nicht sicher, ob wir wirklich so gut zusammen passen, wie es im Moment den Anschein hat."

„Mehr will ich gar nicht wissen. Raphael wurde schon ein paar Mal sehr enttäuscht und ich will ihm eine weitere solche Erfahrung ersparen."

„Du bist ein richtiger Freund. Ich kann dir nicht versprechen, dass ich Raphael nicht enttäuschen werde, aber ich werde sicher nicht noch zusätzlich grausam sein, sollte es dazu kommen."

Etwa den letzten Kilometer zum Bachwirt ritten wir auf der Straße. An diesem schönen Sommertag waren viele Radfahrer und Spaziergänger unterwegs. Alle blieben stehen und starrten uns an, klatschten und johlten sogar teilweise vor Begeisterung. Hektisch wurden Fotoapparate und Handys gezückt. Alle knipsten unsere Gruppe eifrig. Wir hatten also großen Bahnhof.

Der Wirt – unverkennbar gewandet wie ein Schankwirt eines längst vergessenen Jahrhunderts – und vermutlich die meisten seiner Gäste stürmten aus der Wirtschaft. „Mensch Richard, warum hast du denn nicht gesagt, dass ihr gewandet kommt! Bleibt bitte noch im Sattel. Wir brauchen Fotos."

Es gab eine große Wiese und Stangen, an die wir die Pferde binden konnten. Die Frau eines Reiters hatte Halfter und Stricke eingepackt und war mit dem Auto gekommen. Der Rest war bei Afra auf der Kutsche. Ich hatte eine kleine Tasche am Sattel, in der ich Rosellas Halfter und unsere Stricke transportiert hatte. Als ich sie auspackte, riss sie mir Raphael förmlich aus der Hand. „Das mache ich." Schön, dann würden die Pferde ihn ansabbern und nicht mich.

Der Bachwirt war ein recht uriger Typ. Er unterbreitete unserer Gruppe schnell noch ein Angebot. „Männer, ich weiß, dass ihr eine Kämpfertruppe seid, die auf Mittelalterveranstaltungen auftritt. Ich habe heute in meinem großen Saal auch noch die Hochzeit der Tochter meines besten Freundes. Sie und ihr Mann sind beide auch in einem Mittelalterverein. Sogar die ganzen Gäste sind gewandet, wie ihr seht. Wenn ihr für die Gesellschaft einen Schaukampf austragt – also einen richtigen, nicht nur fünf Minuten – dann ist die Konsumation eurer ganze Gruppe mitsamt profanem Anhang frei. Wie sieht's aus?"

Die Männer beratschlagten. Allen juckte es in den Fingern, das konnte ich sehen. Sie wollten zeigen, was sie konnten. Ich war sehr erstaunt, als Richard sich an uns Frauen wandte. „Was sagt die holde Weiblichkeit zu diesem Vorschlag?"

Die meisten Damen hatten nichts dagegen. Richard sah mich an. „Raphael ist nicht mit mir verheiratet. Ich werde mir nicht anmaßen, ihm zu sagen, was er zu tun hat. Allerdings hoffe ich, dass er kein unnötiges Risiko eingeht, um jemandem – zum Beispiel mir – zu imponieren. Das hoffe ich übrigens von allen Beteiligten."

„Gut gesprochen, Laura", Richard verbeugte sich vor mir und entfernte sich dann wieder.

Dem Wirt wurde Bescheid gegeben und nach wenigen Minuten waren wir Frauen und die ganze Hochzeitsgesellschaft auf einem Teil um die Wiese versammelt. Tatsächlich waren alle gewandet – vom Brautpaar bis zum letzten Gast. Es war ein schönes Bild, von dem sowohl Afra als auch der Hochzeitsfotograf zahlreiche Bilder machten. Und der Wirt passte auf, dass keine „Profanen" sich dazwischen mogelten. „Tut mir leid, Leute, aber ihr passt einfach nicht zum Bild. Stellt euch bitte hier hin." Geschickt dirigierte er die Menschen. So konnten Kameramann – wo kam der so plötzlich her? – und Fotografen wundervolle Aufnahmen machen.

Zuerst kämpften die Männer paarweise per Pferd, bis jeweils einer unterlag. Dort ging es dann zu Fuß weiter, während wir Frauen uns um die Pferde kümmerten und immer wieder begeistert johlten. Die mittelalterlichen Musiker der Hochzeitsgesellschaft heizten den Kämpfern mit Dudelsack, Pfeifen und Trommeln ein und die Zuschauer wurden immer zahlreicher. Von allen Seitenstraßen kamen die Menschen gelaufen, um das spontane Spektakel zu erleben.

Als ich Rosella anband, stand plötzlich ein Mann neben mir und die Kamera hatte mich im Visier. „Können Sie mir sagen, wem dieser prächtige Wallach hier gehört?" und damit deutete er auf Arwakr. „Das ist meiner", antwortete ich.

„Der Sattel ist fantastisch. Und Sie sehen auch so authentisch aus. Gehören Sie zur Landshuter Hochzeit?"

„Nein, ich gehöre nicht dazu. Ich wurde heute eingeladen, einen Ausritt unter Freunden mitzumachen. Der hat nichts mit dem Fest in Landshut zu tun."

Schon stand auch wieder der Wirt da. „Ich habe dich vorhin schon auf deinem Rappen gesehen. Ihr seht einfach klasse aus. Du musst unbedingt vom Pferd aus dem Sieger unseres kleinen Turniers diesen Silberbecher hier übergeben. Das müssen wir filmen! Das wird der Hit!"

„Nein, so geht das nicht. Ihr habt hier eine Hochzeit. Die Braut muss den Becher überreichen. Sie ist heute hier die Hauptperson. Aber ich kann sie mit aufs Pferd nehmen und sie so zu den Kämpfern bringen." Mein Vorschlag wurde nach kurzer Beratung angenommen. Also befreite ich meinen Arwakr wieder von seinem Haltestrick und stieg in den Sattel. Daraufhin wurde die Braut geholt und hinter mich auf Arwakrs Kruppe gesetzt. Wir beide erhielten noch Instruktionen, von welcher Seite ich auf den Platz reiten sollte, was die Braut sagen müsse und so weiter.

Kurz darauf war der letzte Kampf zu Ende und alle Zuschauer jubelten dem Sieger zu. Es handelte sich um den Recken, der sich bei mir vorher als Thomas vorgestellt hatte.

Ich dirigierte meinen Arwakr auf den Sieger zu. Mein eitler Wallach wusste genau, dass es an der Zeit war, sich in Szene zu setzen. Er schwang während des Weges zu den Kämpfern die Beine, dass es eine Pracht war. Die hübsche Braut mit ihrem Blumenkranz im Haar übergab dem Sieger feierlich den Becher.

„Wir danken euch wackeren Recken für die Vorführung eurer Kunst zu Ehren unserer Vermählung. Dem Sieger gebührt eine besondere Gabe. Daher nehmt diesen Kelch aus unseren Händen entgegen, Recke Thomas."

Begeisterungs- und Hochrufe drangen aus vielen Kehlen zu uns. Der Wirt kam und füllte den Becher mit edlem Wein aus einem Tonkrug. Thomas, ritterlich durch und durch, nahm einen Schluck und gab den Pokal zuerst an die Braut und mich, dann an seine Waffenkameraden weiter, die nacheinander dem Sieger gratulierten und der Braut viel Glück wünschten, bevor sie ebenfalls einen Schluck daraus nahmen.

Als wir an dem Abend eng umschlungen im Bett lagen, begann Raphael zu erzählen:

„Weißt du, ich habe schon als Kind oft von Rittern geträumt. Nicht die üblichen Tagträume, sondern nachts. Und immer wieder hatte ich den Traum von einer edel in rot gewandeten Frau auf einem schwarzen Pferd, die mir im Wald entgegen reitet. Als ich dich heute früh im Hof auf deinem Arwakr sitzen sah, meinte ich, keine Luft mehr zu bekommen. Das Kleid entsprach genau dem in meinem Traum. Ich dachte, ich spinne komplett, als du mir dann später tatsächlich mal in einem Waldstück entgegen geritten bist. Denn ich hatte all die Jahre von dir geträumt. Ich hatte ein Déjà-vu. Du bist die Frau aus dem Wald, die mir schon jahrelang lächelnd entgegen kommt und mein Herz stiehlt."

───◦◯◦───

20. Juni 2009

Liebe Sarah,

ich bin völlig aufgewühlt.

Was, du sagst, das hatten wir doch schon mal?

Ach, was hatte ich für eine langweilige Existenz, bevor Laura in mein Leben ritt! Sie bringt mein Blut in Wallung und schafft es immer wieder, mich aus der Bahn zu werfen. Ich bin völlig verrückt nach ihr.

Ich dachte, ich bekäme keine Luft mehr, als ich Laura vor unserem Abritt in Gewandung sah. Sieh dir das Bild an, das ich dir dazu geschickt habe. Sie hatte genau das Kleid der jungen Frau aus meinem Traum im Wald an. Es stimmte alles! Sogar das Haarnetz mit den Perlen, die Kappe mit der Falkenfeder und ihr Gürtel mit dem fein ziselierten Dolch. Somit steht eines fest: Die Frau, die ich liebe, erscheint mir sogar im Traum und hat ein Geheimnis, das ich ergründen muss. Es hat irgendetwas mit dem Ritter zu tun, von dem ich neuerdings öfter träume. Da bin ich mir sicher. Ist sie wirklich die Dame aus meinem Traum? Oder fange ich jetzt an zu fantasieren?

Aber ich werde mich gedulden müssen. Sie hat mir ja heute wiederholt zu verstehen gegeben, dass mehr dahinter ist, als sie im Moment gewillt ist, preis zu geben. Ich sitze wie auf Kohlen, wie du dir vorstellen kannst.

Jedenfalls sah Laura einfach gigantisch gut aus. Wie aus einem Ritterfilm entsprungen. Ach, was sag ich. Die Ritterfilme sehen meist aufgesetzt aus. Laura war wahrlich wie eine Erscheinung aus einem früheren Jahrhundert.

Meine Freunde sind vollkommen begeistert von ihr und Arwakr. Beide haben ihre allerbeste Seite gezeigt. Manchmal sahen Richard und die anderen Laura mit so viel Verehrung und Verlangen im Blick an, dass ich richtig eifersüchtig wurde und andererseits meine Brust vor Stolz schwoll, weil sie ja die Meine ist.

Sie schien es dagegen gar nicht zu bemerken, dass ihr so viel Bewunderung entgegengebracht wurde. Laura agierte ganz natürlich, wie immer. Ganz ohne Allüren. Was für eine Frau! Ich glaube, sie hat sogar die Damen unserer Gruppe für sich eingenommen. Sie lachten viel miteinander. Und als Laura sagte, die Näherin ihres Kleides sei leider schon verstorben, waren alle ganz enttäuscht.

Wir haben beim Bachwirt einen Schaukampf geliefert, der dir sicher auch gefallen hätte. Es fand dort eine mittelalterliche Hochzeit statt. Das Brautpaar war begeistert von unserem Auftauchen und ich glaube fast, wir hatten die ganzen Dorfleute und mehr beisammen, die während unseres Kampfes zusahen. Die Braut übergab von Lauras Arwakr aus dem Sieger einen Kelch. Es war ein schönes Bild mit den zwei herrlich gewandeten Damen auf dem schwarzen Pferd. Der Schleier der Braut fiel über seine Kruppe und sah aus, wie ein weiß-silberner Wasserfall.

Ein Kameramann aus München war auch dort. Er filmte und versprach, die Aufnahme zu schicken. Dann wirst du sie auch mal zu sehen bekommen.

Leider konnte Laura diese Nacht nicht bleiben, weil ihre Freundin ihr das Versprechen abgenommen hatte, den Pferdehänger noch am Abend zurück zu bringen. Dabei hatte ich mir schon einen Abend im Bett mir ihr ausgemalt. Dumm gelaufen …

Wie immer dein treuer Ritter in freundschaftlicher Verbundenheit
Raphael

21. JUNI

Am Sonntagmorgen schickte ich Raphael eine SMS, ob er den Abend Zeit für mich hätte. Wenn ja, sollte er sich zu einer bestimmten Zeit in Tracht bei mir einfinden. Tatsächlich kam mein Ritter pünktlich zu mir. Er begrüßte mich mit einem innigen Kuss. „Du siehst wundervoll in einem Dirndl aus."

„Danke. Und ich möchte auch weiterhin gut aussehen. Also halte deine Finger im Zaum. Deine Krachlederne[16] steht dir übrigens auch gut. Weißt du, welchen Tag wir heute haben?"

„Ja, den 21. Juni."

„Und was wird an diesem Tag gefeiert?"

Seine Augen weiteten sich. „Sag bloß, wir gehen auf eine Sonnwendfeier?"

„Ja, das habe ich tatsächlich vor. Außerdem wirst du dort auch meine beste Freundin Ellen treffen. Ich möchte, dass ihr euch auch mal beschnuppert. Ich hoffe, du kannst sie so gut leiden, wie ich deinen Freund Richard."

„Mit dir gehe ich überall hin – auch, wenn ich grad lieber etwas anderes täte." Sein lüsterner Blick sagte alles.

„Erst die Feier, dann das Vergnügen! Komm, ich fahre."

„Auf deine Freundin bin ich wirklich gespannt. Ist das auch so eine heiße Braut, wie du?"

„So genau kenne ich deinen Geschmack noch nicht. Ellen und ich sind völlig verschiedene Typen."

Wir fuhren zu einem Hügel nur ein paar Dörfer weiter. Dort war schon der halbe Ort versammelt. Ein riesiger Haufen aufgeschichteten Holzes wurde gerade in Flammen gesetzt. Es gab außerdem einen Grillplatz und einen Tanzboden, neben dem schon eine Tanz-Kapelle Platz genommen hatte und bayerische Tanz-Weisen spielte.

Ich suchte Ellen, die mir auch schon winkte. Sie hatte eine Bank an einem lauschigen Plätzchen etwas abseits ergattert. Dahinter stand ein dichter Busch Heckenrosen.

Meine beste Freundin ist blond gefärbt und hat viel mehr Busen als ich und auch sonst schöne Rundungen. Sie ist eine auffällige und hübsche Erscheinung, die es unerklärlicherweise immer schafft, dass sie von allen umstehenden Männern angehimmelt wird, während ich mir wie ein Mauerblümchen vorkomme. Diese Tatsache wird aber nie zu einem Streit zwischen uns führen, denn sie ist sich dieser Wirkung nicht einmal bewusst.

---

16) Eine vom Gebrauch speckig glänzende, knielange Lederhose.

Ich führte Raphael zu ihr und stellte die beiden einander vor: „Ellen, das ist Raphael, mein Landshuter Rittersmann. Und das ist Ellen, seit langem meine beste Freundin." Beide taxierten sich, fanden Gefallen aneinander und gaben sich die Hand. Dann setzte ich mich neben Ellen und Raphael sich auf meine andere Seite.

„Ellen ist auch Sängerin in unserem Chor und wir machen oft gemeinsam Musik. Wenn du sie auf der Harfe spielen hörst, schmilzt du dahin, das verspreche ich dir."

Raphael schaute mich erst verwirrt an. „Nicht Jagdhorn?"

„Nein, ich bin nicht in der Jagdhorngruppe. Laura spielt mit mir nur Querflöte und wir singen öfter gemeinsam. Das ist eher meine Art von Musik. Mit der Reiterei kann ich auch wenig anfangen, obwohl ich mir schon mal die eine oder andere Veranstaltung ansehe", warf Ellen ein.

Raphael war sehr interessiert und wollte wissen, welches Liedgut wir gemeinsam spielten. „Meine Tante war eine Pianistin und durch sie habe ich die Liebe zur Musik gelernt", erklärte er an Ellen gewandt. Das war für mich auch neu.

Wir unterhielten uns über dies und das, tanzten, klatschten oder sangen bei den bekannten Melodien mit und genossen den lauen Sommerabend. Raphael konnte viele Volkstänze und war ein fantastischer Tänzer. Wenn er mich führte, tanzte ich sogar Tänze, die ich nie gelernt hatte, wie der sprichwörtliche „Lump am Stecka"[17]

Als meine beiden Freunde von einer Tanzrunde zurückkamen, überraschte mich Ellen, als sie Raphael zuzwinkerte.

„Wenn du nicht schon mit Laura zusammen wärst, könnte ich mich fast in dich verschauen. Es ist traumhaft, einen Freund zu haben, der gut und gerne tanzt. Leih mir öfter mal deinen Tänzer und sonst halt ihn ganz fest, Laura!" Raphael gab Ellen für diese Eröffnung einen Kuss auf die Wange. „Wir Männer sind ganz heiß auf Komplimente. Danke dir. Wenn Laura mal nichts mehr von mir wissen will, weiß ich ja, wohin ich mich wenden kann."

„Ach ja? Vielleicht sollte ich dir besser gleich den Laufpass ...?" Sein Mund verschloss den meinen und gleich darauf wusste ich schon nicht mehr, was ich hatte sagen wollen.

Als das Feuer schon ziemlich niedrig brannte, begannen verschiedene Paare, auf einer Seite über ein paar nicht mehr so stark lodernde Scheite zu springen.

---

17) wird gesagt, wenn jemand gut tanzen kann. Kommt wahrscheinlich von dem Lumpen, der an einer Vogelscheuche im Wind tanzt.

Nach einem flotten Tänzchen mit Raphael zog er mich zum Feuer. „Komm, lass uns springen und unsere Freundschaft und wachsende Liebe besiegeln, mein Schatz."

Ich sagte nichts dazu, sprang aber geschürzten Rockes mit ihm über die kleinen Flammen. Wieder zurück bei Ellen erhielt ich einen Kuss, der viel mehr versprach.

Raphael war ein Mann, der seine Versprechen hielt. Das bemerkte ich, als wir bei meiner Wohnung ankamen. „Ich muss zwar morgen arbeiten, aber ich möchte dich noch spüren, bevor ich mich an die Heimfahrt mache. Komm, geh ins Bett mit mir."

Das machte ich auch – mit Vergnügen. Leider verließ mich Raphael noch in der Nacht, weil er früh einen Termin in Landshut hatte, aber wir waren beide glücklich mit dem Verlauf unseres Treffens.

26./27. JUNI

Es kam das erste Wochenende, an dem in Landshut Ausnahmezustand herrschte. Raphael nahm mich am frühen Abend des Samstags mit in die Stadt. Ich half ihm mit Ella und bekam dann Cajus' Leine in die Hand gedrückt. „Er hört wunderbar auf dich und ich wollte ihn nicht schon wieder zu Hause lassen. An der Leine ist er auch wirklich brav. Du darfst ihn nur nicht frei laufen lassen wegen der anderen Rüden." Also strollte ich mit Hund durch das Lager.

Von einer Freundin hatte ich mir speziell für Landshut noch ein Kleid nähen lassen. Es war bordeauxfarben und stand mir wunderbar.

„Ist das nicht mein Freund Cajus?"

Ich sah in das lächelnde Gesicht einer Schankmagd. „Ja, das ist er."

Der Hund wedelte mit seiner Rute und begrüßte freudig die Frau.

„Dann bist du sicher die mysteriöse neue Freundin von Raphael. Ich habe schon von dir gehört."

„Oh, gleich mysteriös! Ich hoffe, es gab nur Angenehmes zu berichten über mich."

„Ja, soweit ich es beurteilen kann, sind seine Freunde ganz angetan von dir. Das ist zur Abwechslung mal neu. Seine

Verflossenen waren bei denen nicht so gerne gesehen. Mir bist du jedenfalls sympathisch."

Ich streckte ihr meine Rechte hin. „Danke. Ich bin Laura."

Sie gab mir einen kräftigen Händedruck. „Cornelia, angenehm. Ich muss jetzt allerdings wieder bedienen. Viel Spaß!"

Ich sah mir das Ringelstechen an, und freute mich am angenehmen Wetter.

Als ich nach den verschiedenen Programmpunkten wieder mit Cajus zu den Stallzelten kam und hinter Rosella stand, sah sie mich über ihre Schulter hinweg an, als wolle sie sagen ‚Ich will in meinen Stall. Ich möchte zu meinen Freunden'. Wenig später war ich allein mit seinem Auto auf dem Weg zu Raphaels Hof, denn ich musste am Vormittag noch unbedingt einen Auftrag via Internet abliefern. Also sollte ich dort schlafen, meine Geschäfte abwickeln und dann wieder nach Landshut kommen.

Am Sonntag fuhr ich wieder zurück in die Stadt und sah mir den Hochzeitszug an. Ich wollte noch die Ritterspiele sehen. Danach sollte ich Raphael später wieder im Lager treffen. Er wollte mir eine SMS senden, wenn er bereit war.

Nach einiger Zeit des Schlenderns durch das Lager traf ich auf ein paar Frauen von Raphaels Freunden. Wir setzten unseren Weg gemeinsam fort. Es gab viel zu sehen und auch viel zu plaudern.

Dann trafen wir noch auf eine Gruppe meines Ritterbundes. Als die hiesigen Frauen erkannten, dass ich diese ganzen adlig gewandeten Zeitgenossen kannte und von denen auch noch herzlich begrüßt wurde, gingen sie erst einmal auf Distanz. Das änderte sich glücklicherweise gleich wieder, als ich alle einander vorstellte und eine Welle an Herzlichkeit den Landshuter Damen entgegen schlug. Unser Cancellarius machte den Vorschlag, uns zu ihnen zu gesellen und wir hatten einige Zeit interessante Unterhaltungen und viel Spaß in der neuen Formation.

Erhitzt vom vielen Lachen saßen wir zufrieden da, als Raphael mit seinen Freunden uns aufgrund meiner SMS mit Ortsangabe fand.

„Schön, dass ihr euch so prächtig amüsiert. Wir wurden aufgehalten und dachten schon, dass ihr langsam sauer werdet. Cornelia hat uns erzählt, dass wir nichts zu befürchten haben, da ihr euch bestens unterhaltet."

„Wir haben natürlich sehnsüchtig gewartet. Aber wir haben weitere Gesellschaft gefunden. Diese lieben und lustigen Menschen sind alle Mitglieder des Ritterbundes, dem ich seit mehreren Jahren angehöre." Ich stellte alle einander vor und bemerkte bald, dass Raphael und seine Clique von meinen Freunden genau so angetan waren, wie umgekehrt.

Wir verlebten alle gemeinsam noch einige wundervolle Stunden und so mancher wackere Recke konnte am Ende des Abends nicht mehr geradeaus laufen. Aber die Fahrer hatten sich alle tapfer des Alkohols enthalten, damit würden alle gut nach Hause kommen.

Raphael hatte Rosella in den Hänger verladen und ich kutschierte uns zurück zu seinem Hof, an dem mein Auto auf die Heimfahrt wartete. Arwakr war dieses Wochenende von einer Freundin übernommen worden und ich brauchte mir keine Sorgen machen, dass er mich zu sehr vermisste.

Ich blieb noch ein paar Stunden und machte mich dann an die Heimfahrt.

„Danke für das Wochenende. Es war sehr schön."

„Es wäre perfekt gewesen, wenn du bei uns im Lager hättest bleiben können."

„Irgendwann wird auch das klappen. Da bin ich mir ganz sicher."

---

29. Juni 2009

Liebe Sarah,

wir haben derzeit Großkampftage als fahrende Ritter, daher nur ein paar Zeilen. Mir geht es gut. Laura und ich sehen uns zwar gerade nicht so oft, aber unsere Zuneigung wächst beständig, das spüre ich.

Meine Laura ist tatsächlich ein nicht versiegender Born der Überraschungen. Sie war letztes Wochenende in Landshut und dort mit unseren Damen unterwegs.

Als wir Männer sie fanden, saßen sie inmitten einer Gruppe fröhlicher Menschen in Adelsgewändern. Sie gehören zu einem Ritterbund, dem auch Laura schon jahrelang als „Freifrau vom Altmühltal" angehört. Als solche trägt sie – und jetzt halte dich fest – das gleiche Wappen wie ich: den Turmfalken. Ich glaube aber nicht, dass das schon die Lösung ihres Geheimnisses ist, obwohl es mit Sicherheit damit zu tun hat.

Ihre Freunde sind sehr liebe Leute. Die würdest du auch mögen. Diese Neuigkeit hat mich aber doch ein wenig irritiert, weil ich gar nichts über Lauras Hobby wusste. Jetzt ist mir auch klar, weshalb sie so ein Kleid (denk an unseren Ausritt) besitzt.

Die Puppen freuen sich schon sehr auf unseren nächsten Ausflug nach Regensburg. Ich muss gestehen, mir geht es ähnlich. Ich möchte dich und deine Kids mal wieder in die Arme schließen

Herzlichst
Dein Raphael

17. JULI

Die darauf folgende Woche hatte ich kaum Zeit für ein Treffen. Ich hatte ein paar Sonder-Chorproben und traf mich außerdem mit meiner Jagdhorngruppe zum Üben. Und natürlich hatte ich auch eine Menge Aufträge zu bearbeiten und musste mich um mein Pferd kümmern. Da Raphael allerdings auch viel zu tun hatte mit seiner Arbeit und den Kampfproben, war es zumindest nicht so schlimm, dass ich kaum Zeit für ihn hatte. Allerdings telefonierten wir täglich und hauchten uns gegenseitig Zärtlichkeiten in die Ohren.

Am Freitagabend hatte dann mein Chor ein Konzert. Als Konzerthalle diente dieses Mal die örtliche Kirche. Bevor wir begannen, war eigentlich alles wie immer vor einem Konzert. Irgendjemand verbreitete noch schnell Hektik wegen irgendwas. Hatten wir an alles gedacht? Funktionierte das Aufnahmegerät? Hatte jeder alle Noten und in der richtigen Reihenfolge in seiner Mappe?

Für einen heißen Tag waren überraschend viele Zuhörer gekommen. Bei Beginn des Konzerts waren alle Kirchenbänke wohl gefüllt.

Wir sangen Lieder von alten und neuen Komponisten. Teilweise a capella[18] und teils mit Klavierbegleitung. Manche mit sakralem Hintergrund, andere nicht, aber dennoch textlich in eine Kirche passend.

Ich hatte das Gefühl, dass das Singen ganz von selbst ginge. Jeder Ton passte perfekt – und zwar von allen Sängern. Der Chor, obwohl klein und fein, entwickelte ein Volumen, welches schon fast unheimlich war.

---

18) Chormusik ohne Begleitinstrumente, ursprüngl. „nach Art der Kapelle"

Die Atmosphäre war einmalig. So eine hatte ich noch nie erlebt. Die Luft knisterte von der positiven Energie, die im Raum war, es war fast überirdisch schön und ich hätte immer nur weiter singen können.

Die Zuhörer sahen alle sehr ergriffen aus und manche hatten schon nach wenigen Liedern feuchte Augen.

Und dann passierte mir etwas, was ich sonst nur von mir kenne, wenn andere Musik machen und ich zu den Zuhörern gehörte: Ich war auf dem besten Weg, einen Kloß im Hals zu bekommen.

Ich darf nicht mehr ins Publikum sehen, sonst beginne ich auch noch zu weinen! Also schaute ich fortan nur stur in meine Noten oder über die Köpfe der Menschen hinweg. Ich hatte das Gefühl, in einer weichen Wolke dahin zu schweben und genoss jede Sekunde dieser besonderen Stimmung. Insgesamt war es ein wunderschönes Konzert, wie uns das Publikum mit seinem nicht enden wollenden Applaus am Ende bestätigte.

Ich wurde von ein paar Leuten in der Kirche aufgehalten, während sich unser Publikum am Sekttresen draußen labte und sich dann langsam zerstreute.

Später stand ich auch draußen neben Raphael, der mir ein Glas in die Hand drückte.

„Ein herrliches Konzert. Ich bin froh, dass wir gekommen sind, um euch zu hören! Sarah war übrigens mit ihrer Familie auch unter den Zuhörern. Sie war völlig begeistert von der Atmosphäre und will diese Momente in ihrem nächsten Buch einfangen."

„Die schöne Frau im Rollstuhl war also wirklich deine Freundin Sarah? Sie ist mir gleich aufgefallen. Ist sie noch da?" Ich sah mich um.

„Nein, du weißt, dass sie auch noch eine knappe Stunde fahren müssen, bis sie zu Hause sind. Und Volker muss morgen ganz früh arbeiten. Sie lässt dir Grüße ausrichten und freut sich auf ein Treffen mit dir."

„Tante Laura, das war wunderschön." Alice hatte einen verträumten Ausdruck im Gesicht, als sie sich an meinen Arm hängte, als wollte sie dort für den Rest ihres Lebens kleben bleiben.

Ich gab Raphael einen Kuss. „Danke, dass du es möglich gemacht hast, kommen zu können."

„Die Jungs können auch mal einen Tag auf mich verzichten. Das wäre ja noch schöner. Ich soll dich von ihnen übrigens ganz herzlich grüßen."

„Ich soll dir auch viele Grüße von meinen Freunden aus der Ritterschaft ausrichten. Sie wollen dich und deine Kumpel bald mal bei uns sehen."

Mit Bedauern trennten wir uns kurz darauf wieder und Raphael fuhr mit seiner Familie nach Hause.

17. Juli 2009

Liebste Sarah,

ich muss dir einfach noch ein paar Zeilen übers Internet schicken, weil ich dieses Konzert heute Abend als etwas ganz Besonderes empfunden habe.

Du hast es ja selbst erlebt. Ich war richtig entrückt in eine andere Welt. Dabei gehören alte Kirchenlieder nicht gerade zu den Lieblingssongs von mir. Es war wirklich ein Erlebnis.

Als ich letztens dein neues Buch las, dachte ich, dass Laura und du euch nun wirklich kennenlernen müsst. Denn meine kleine Elfe ist eine Frau, die eine wundervolle Vorlage für deine Heldinnen abgeben würde. Das meine ich jetzt ernst. Denn sie ist eine faszinierende und vielschichtige Frau und passt in keiner Weise zu den Stereotypen, die man sich normalerweise vorstellt – also ganz so, wie deine Heldinnen gestrickt sind. Aber das wirst du bald selbst bemerken, wenn ihr euch endlich unterhalten könnt.

Herzlichst,
Dein alter Freund Raphael

18. JULI

Ich fuhr in meinem Urlaub ein paar Tage in die Berge. Dort hatte ich dann sozusagen meinen zweiten Geburtstag.

Antonia und ich kannten uns schon seit unserer gemeinsamen Schulzeit und wir besuchten uns gegenseitig in unregelmäßigen Abständen. Inzwischen wohnte meine alte Freundin etwa zweieinhalb Stunden von mir entfernt am Alpenrand.

„Hey Laura, das sind ja nur um die 200 Kilometer", stellte Antonia irgendwann fest. „Wenn wir beide nicht so viele Interessen hätten, könnten wir uns viel öfter besuchen."

Wir grillten, machten Wanderungen und ritten aus. Antonia hatte zwei Pferde und lieh mir ihre Fuchsstute Felicitas. Eine nette Stute, mit der ich hin und wieder bei meinen Besuchen dort schon Ausritte gemacht hatte. Eine weitere Reiterin begleitete uns.

Der Abend war nach einem extrem heißen Tag noch sehr warm. Aber die Luft war schon wesentlich angenehmer. Es wurde viel geschwatzt und gelacht und wir hatten ein überwiegend gemütliches Tempo und ließen die Pferde am langen Zügel gemächlich dahin gehen. Wir blieben zum großen Teil im Wald und gingen einen wunderbaren Pfad am Ufer des Flusses entlang.

Dort gab es allerdings eine Stelle, an der offensichtlich schon früher mal ein Stück von der Uferböschung abgebrochen war und der Pfad sehr nah am Abgrund entlang ging. Genau an dieser Stelle stolperte meine brave Stute. Sie taumelte – und fing sich nicht mehr. Wir kippten beide – nach meinem Empfinden in Zeitlupe – nach rechts unten weg und purzelten die Böschung hinunter.

Ich muss mich an einem Ast festhalten, damit ich nicht unters Pferd komme!

Sekunden später hätte ich nicht sagen können, ob mir mein Vorhaben gelungen war. Allerdings war ich mit meinen Rippen auf einem großen Stein gelandet und das Pferd rappelte sich gerade im Wasser hoch und trieb dabei in der kräftigen Strömung ein kleines Stück ab.

Ich stand auf und schnappte erst einmal heftig nach Luft, bis ich wieder richtig atmen konnte. Antonia oben fragte mich mit Schrecken in der Stimme, ob ich Schmerzen hätte. „Nichts weiter passiert, soweit ich es bisher beurteilen kann!" Dabei sah ich an mir herunter und bemerkte die Löcher in meiner Reithose. Egal! Wenn's nicht mehr wäre, könnte ich mich glücklich schätzen. Die Pferde wieherten sich panisch zu, was mir die Situation noch schrecklicher erscheinen ließ, als sie sowieso schon war.

Inzwischen stand Felicitas wieder, und sie versuchte gleich an der Stelle, an der sie auf die Beine gekommen war, wieder ans Ufer zu kommen. Doch dieses fiel überall ca. drei Meter steil ab. Der einzige nicht ganz so steile Abschnitt war der, an dem wir gefallen waren. Ich sah, wie sie bei ihren Bemühungen beinahe in die nach vorne hängenden Zügel getreten wäre und stieß einen schrillen Warnschrei aus. Sofort stoppte sie ihr Vorhaben und wartete auf mich.

Mir blieb nichts anderes übrig, als ins Wasser zu steigen und das Pferd zu holen. Beim ersten Schritt ging mir das Wasser zu den Knien. Einen Schritt weiter schon bis zur Brust.

Sch... Jetzt habe ich mein neues Mobiltelefon versenkt! Aber was soll ich machen. Ist ja jetzt schon geschehen.

Bei Felicitas angekommen, rettete ich erst mal einen Steigbügel, der sich gelöst hatte und schlang die Zügel mehrmals um ihren Hals, damit nichts mehr passieren konnte. Dann führte ich sie zurück zur Absturzstelle. Dabei hatte ich Mühe, mich gegen die Strömung zu behaupten. Zu allem Überfluss stand zwischendurch auch noch ein beschlagener Pferdehuf auf meinem Stiefel. Ich jaulte auf. Währenddessen überlegte ich fieberhaft, wie ich Felicitas wieder auf den Weg bringen könnte. *Feuerwehr? Fehlanzeige – der Pfad ist mit Fahrzeugen nicht zugänglich. Wasserwacht oder THW? Vom Fluss aus vermutlich auch nicht machbar, wegen der großen Steine in Ufernähe. Vor allem nicht mit der starken Strömung nach den vielen Regenfällen der letzten Wochen – und einem Pferd mit ca. 600 Kilo Gewicht, das Angst hat. Wie also soll eine Rettung möglich sein?*

Mir wurde übel, als ich über unsere prekäre Situation nachdachte. Auf der anderen Seite hatte sich Felicitas anscheinend nichts gebrochen. Ich war so froh und dankbar über diese Tatsache, dass ich mir dachte, auch den Rest würden wir irgendwie schaffen.

Wir waren also wieder am Ausgangspunkt und die Stute stand dort, wo ich mich nach unserem Sturz wiedergefunden hatte. Sie versuchte, in der Mitte der Abbruchstelle wieder nach oben zu kommen. Ich hatte Angst, sie würde nach hinten stürzen, bis sie endlich die Aussichtslosigkeit ihres Vorhabens einsah und aufgab.

Frustriert stand sie da. Inzwischen meldete sich Antonia wieder. „Etwas weiter flussaufwärts müsstet ihr leichter nach oben kommen." Ich setzte ihr die Lage auseinander. „Felicitas wird mir nicht mehr ins Wasser gehen. Und außerdem kann ich sie im Fluss nirgendwohin bringen. Die Strömung ist viel zu stark – und die Steine in Ufernähe viel zu groß. Wenn wir uns bis jetzt keine größeren Verletzungen zugezogen haben – dann ziemlich sicher. Und denk erst gar nicht daran, dass du es probieren könntest. Es klappt nicht."

Mit hängendem Kopf stand Felicitas inzwischen parallel zum Ufer mit dem Kopf flussabwärts gewandt. Und da sah ich sie. An der linken Ecke etwa zwei Meter breit eine Stelle, an der oben kein Baum stand und das Geröll nicht gar so steil abfiel. Ich redete auf das Pferd ein: „Wenn du das jetzt schaffst, bist du eine Heldin! Du musst es probieren. Das ist die einzige Möglichkeit für uns beide!" Ich scheuchte sie von hinten und feuerte sie lauthals an – immer darauf bedacht, dass ich im Falle eines erneuten Abrutschens nicht zwischen ihr und dem Fluss stand. Felicitas probierte es tatsächlich. Erst trat sie eine kleine Steinlawine los, aber dann spannte sie nochmals alle Muskeln an und war einen Moment später oben, zurück auf dem Pfad.

Ich kletterte ihr schnell nach mit lauten Siegesjubel. Dann rannte ich ihr hinterher. Sie hatte offenbar genug und wollte nur noch nach Hause. Das konnte ich natürlich verstehen, weil es mir nicht anders erging. Aber sie sollte nicht ohne mich gehen!

Ich umarmte sie. „Du bist eine Heldin, das hatte ich doch gesagt. Du bist die tollste Stute der Welt!". Dann entwirrte ich die Zügel wieder und führte sie aus dem Wald und zurück zum Stall, im Schlepptau unsere Begleiter. Beide waren wir tropfnass und ich konnte mir lebhaft vorstellen, welch kuriosen Anblick wir den Autofahrern beim Überqueren der Bundesstraße boten.

Unsere beiden Begleiter lenkten ihre Pferde neben uns. Im Stall angekommen, verständigten wir die Tierärztin, die Felicitas durchchecken sollte. Vorerst wurden ihre Beine, an denen sie aus mehreren Schrammen leicht blutete, mit dem Schlauch gewaschen und gekühlt.

Normalerweise hatte ich keine Kleidung zum Wechseln im Auto. Diesmal jedoch hatte ich aus einem unerfindlichen Grund ein Kleid und Sommerschuhe im Kofferraum. Unterwäsche zum Wechseln und ein Handtuch hatte ich immer in meinem Wagen. Ich zog mich also komplett um, als ich mich aus meinen nassen Sachen geschält hatte.

Dann kam auch schon die Tierärztin. Ihr erster Kommentar war: „Na Felicitas[19], vielleicht sollten wir dich doch anders nennen." Mein Veto war bestimmt und laut. „Nein, bloß nicht! Das passt schon so, wie es ist."

Bis Felicitas komplett versorgt war und wir fahren konnten, war es später Abend. Einer meiner Füße war dick angeschwollen und schmerzte. Aber ich wollte jetzt nur noch unter die Dusche und in ein Bett. Also nahm ich nur Antonias Schmerzsalbe dankend an und legte mich dann schlafen. Irgendwie tat mir alles weh. Aber ich war so froh und dankbar, dass die ganze Geschichte so glimpflich ausgegangen war. Ich wollte mir gar nicht ausmalen, was alles hätte passieren können.

---

19) *Glück, Fruchtbarkeit, Seligkeit sind die Bedeutungen, die dem Namen Felicitas zugeschrieben werden.*

Tags darauf besah ich mir meine Verletzungen etwas näher. Ich hatte große blaue Flecken an einem Oberschenkel und an einer Pobacke sowie an der Schulter und einen blauen Zeh mit einem geschwollenen Fuß. Außerdem Abschürfungen an Beinen und Rippen sowie an einer Hand.

Antonia bestand darauf, mich zum Krankenhaus zu bringen. „Wenn du nun innere Verletzungen hast? Die sieht man ja nicht. Also stieg ich gottergeben in ihr Auto und ließ mich zur Notaufnahme chauffieren. Dort konnten sie mich beruhigen: keine inneren Verletzungen und auch kein gebrochener Zeh. Alles zwar schmerzhaft, würde aber von selbst wieder verschwinden.

„Da hast du aber wirklich Glück gehabt, Laura!" Ich umarmte meine alte Freundin und Tränen begannen, mir die Wangen hinab zu kullern. „Ich kann dich nur bewundern, wie ruhig du geblieben bist in dieser Situation. Ich hätte vermutlich einen hysterischen Anfall bekommen."

„Nein, hättest du nicht. Freunde, die hysterisch werden, habe ich nicht. Außerdem warst du auch ganz ruhig. Schließlich war es dein Pferd, das da abgestürzt ist. Danke, dass du mir keine Vorwürfe machst." Wir lachten beide vor Erleichterung.

Zum Glück blieb ich noch ein paar Tage bei Antonia, so dass ich mich wieder regenerieren konnte und meine blauen Flecken schon wieder etwas verblassten, als ich abreiste.

30. JULI

Ich erzählte Raphael nichts von meinem Sturz. Er musste nicht alles wissen. Sicher hätte er sich im Nachhinein noch völlig unnötige Sorgen gemacht um mich. Zum Glück waren die blauen Flecken zum Teil schon verblasst. Und wegen der restlichen – ich hatte immer irgendwo welche, weil ich ständig an Kästen, Betten und sonstigen Sachen hängenblieb.

An unserem nächsten gemeinsamen Abend – es war ein Wochentag – hatte er eine ernste Miene. „Der Eigentümer der Heuwiesen macht mir die Hölle heiß, weil ich mit den schriftlichen Sachen immer hinten dran bin. Ich mag mich, wie du inzwischen weißt, einfach nicht an den Computer setzen und dumme Berechnungen machen für irgendwelche Zuschüsse, die mich mehr Zeit kosten, als sie wert sind. Jetzt hat er mir angedroht, mir die Pacht zu kündigen."

Ich konnte es nicht fassen. „Raphael, du liebst diesen Hof. Und zu diesem Gebäude gehört nun mal eine ganze Menge mehr als die Steine und das Stückchen Land, das euch noch geblieben ist. Was willst du mit den Pferden machen, wenn du keine zusätzlichen Heuwiesen mehr hast? Deine Nachbarn zählen außerdem auf dein Heu für ihre Bio-Rinder und glaube nur nicht, dass ich es gut finde, wenn du jetzt aufgibst."

„Die Arbeit draußen macht mir ja auch Spaß. Aber die ganze Schreiberei geht mir auf den Geist."

Ich verdrehte die Augen. „Gut, dann machen wir einen Deal. Du räumst endlich mal die Ecke mit dem ganzen Mist da draußen komplett auf," ich deutete aus dem Fenster in die Richtung, „und ich kümmere mich für den Rest des Jahres um die schriftlichen Dinge des Hofes. Dann wird das mit der weiteren Pacht auch funktionieren."

Raphael umarmte mich. „Danke! Du bist meine kleine Wunderelfe."

„Ich wiederhole: Den Rest dieses Jahres werde ich es machen. Für das nächste Jahr müssen wir neu verhandeln ..." Der Rest von dem, was ich sagen wollte, wurde von einem Kuss erstickt.

Raphael sollte es tatsächlich schaffen, den ganzen unnötigen Müll innerhalb von drei Wochen zu entsorgen und der Hof sah zum ersten Mal, seit ich ihn kannte, wirklich klasse aus. Warum konnte das nicht immer so sein?

04. AUGUST

Manchmal fragte ich mich schon, warum ich die Jagdhornbläserei nicht aufgab. Aber genau in solchen Momenten gab es wieder tolle Erlebnisse, die mich weiter an meinem Hobby festhalten ließen.

Diesmal hatte es damit begonnen, dass die Leiterin unserer Es-Horn- bzw. Parforcehorngruppe[20] bei der Probe fragte, ob

---

20) Das Es-Horn bzw. Parforcehorn: Horn, das früher zur Parforcejagd (Hetzjagd vom Pferd aus) verwendet wurde. Es hat eine so große Wicklung, dass es ein Reiter umhängen kann. Es ist in Es-Dur gestimmt und hat einen Tonumfang von ca. zwei Oktaven. Vor allem die französische Jagdmusik hat wunderbare Literatur für Es-Hörner. Aber es gibt auch zahlreiche tolle Stücke von zeitgenössischen Komponistinnen und Komponisten.

wir an einem Werktag Zeit hätten. „Der Master unserer befreundeten Meute hat mich heute angerufen. Wenn wir uns für den Tag freinehmen können, dann sind wir herzlich eingeladen, bei den Filmaufnahmen für eine Vorabendserie in der Nähe von München mitzumachen."

„Wie kommt er denn da ran?"

„Er wurde von jemandem empfohlen, den Berater zu spielen. Die wollen nämlich eine authentische Schleppjagd nachstellen. Und jetzt sind seine Meute und die Meuteführer dabei. Er hat dem Regisseur wohl klar gemacht, dass keine Jagd ohne Bläser durchgeführt wird, also hat der ihm grünes Licht gegeben, uns zu fragen."

„Zu welchem Preis?"

„Denk gar nicht erst drüber nach. Wir werden an dem Tag reichlich verköstigt und es springt vielleicht noch eine kleine Summe für unsere Notenkasse raus. Persönlicher Reichtum und Ruhm für jeden Einzelnen bedeutet das natürlich nicht."

Wir einigten uns darauf, uns das Abenteuer auf keinen Fall durch die Lappen gehen zu lassen.

So fanden wir uns eines Tages pünktlich um 9:00 Uhr früh bei dem Viereck-Gehöft ein, bei dem gedreht werden sollte. Gekleidet waren wir in weiße Bluse bzw. Hemd, Plastron[21], Samtweste, schwarze Reithosen, Stiefel und Tenue[22]. Ich hielt meine langen Haare mit Spange und Netz unter dem Dreispitz zusammen.

Unsere Hörner hatten wir alle schön geputzt und waren also fast bereit zum Auftritt.

Ein Helfer vom Filmteam kam auf uns zu. „Wenn Sie noch proben müssen, können sie das dort hinter der Scheune machen. Im Moment wird noch nicht gefilmt."

Wie sich herausstellte, hatten wir noch Zeit für die Bläserei und einen gemütlichen Ratsch – viel zu viel Zeit. Immer wieder kam einer vom Filmteam zu uns. „Tut mir leid, wir sind noch nicht soweit. Es muss erst noch eine andere Einstellung stehen."

„Was soll das? Wir sind jetzt seit 4:00 Uhr auf den Beinen, um ja die Pferde und uns pünktlich in der Frühe startklar zu haben. Und jetzt warten wir ewig", maulte einer der Reiter. „Und den Hunden ist auch schon langweilig. Sehen sie doch: Denen fällt nur noch Blödsinn ein."

---

21) Spezielle Vorläuferart der Krawatte, die mit einer Nadel arrangiert wird. Noch immer in der Reiterei aktuell.
22) Langer, hinten hoch geschlitzter Reitrock mit Samtaufschlägen – bis knapp über die Knie reichend.

Es wurde Mittag und noch nichts war geschehen, was die Reiter oder uns betroffen hätte. „Wenn ich das gewusst hätte, hätte ich ausgeschlafen und wäre nicht zu nachtschlafender Zeit unter die Dusche, um ja rechtzeitig hier zu sein. Dann hätte ich auch viel bessere Laune." Einer aus der Equipage[23] war so richtig sauer wegen der Organisation des Tages.

„Wenigstens kommt hier der Catering-Service. Hoffentlich schmeckt das Essen!", bemerkte sein Kollege.

Die Speisen waren wirklich gut und heiterten uns alle wieder auf. Sie entschädigten ein wenig für die lange Wartezeit. Das unbeschwerte Geplänkel und die Witze, die während der Mittagszeit erzählt wurden, taten auch noch einiges für den Erhalt der guten Laune.

Endlich, nach dem Essen, war es soweit. Reiter, Hunde und Bläser wurden in den relativ kleinen Innenhof des Gutes zitiert. Nun sollte es langsam losgehen. Etwa zwei Dutzend Pferde wurden nach Anweisung des Regisseurs Steigbügel an Steigbügel in Reih und Glied aufgestellt. Die meisten mit ihren Eigentümern im Sattel.

Auf etwa fünf Pferden jedoch saßen Schauspieler, die mir keinen recht glücklichen Eindruck machten. Offensichtlich war es für diese das erste Mal, dass sie auf einem Pferd saßen. Eine schmächtige Schauspielerin fragte: „Was mache ich, wenn der jetzt einfach los läuft?", eine andere wollte wissen: „Buckelt der auch wirklich nicht?".

Vor den Reitern drängten sich siebzehneinhalb Koppeln[24] Foxhounds, vor denen wiederum wir Bläser im Keil unseren Platz fanden. In dieser Aufstellung wurden ein paar Probeeinstellungen gemacht, die Kameramann und Regisseur von ihrem Platz vor uns verfolgten.

Natürlich klappte nicht alles sofort, kleine Änderungen wurden unternommen und die Hunde mussten ständig zurückgerufen werden. „Klar, dass denen langweilig wird. Zu Hause haben sie eine riesige Wiese und hier sollen sie ohne erkennbaren Grund spuren. Bei keiner Jagd müssen sie so lange warten", erklärte einer der Meuteführer auf eine Frage aus dem Filmteam.

Ein paar Hunde beschnupperten in einer Ecke des Hofes einige Leute aus der Crew und andere markierten die Blumentöpfe.

---

23) von lat. equus = das Pferd. Equipage wird zum Beispiel ein Kutschengespann als Ganzes bezeichnet, aber auch die Jagdbegleitung (Piköre und Bläser).

24) Eine Koppel sind zwei Hunde. Zu Ausbildungszwecken werden ein alter und ein junger Hund an ihren Halsbändern miteinander verbunden/gekoppelt. Bei Jagdmeuten wird die Anzahl der Hunde üblicherweise in Koppeln angegeben.

„Vor uns stand der Kameramann mit seinem Assistenten. Beide waren versunken in ihre Arbeit", erzählte ich Raph einen Tag später lachend. „Doch plötzlich stieß der Assistent einen Schrei aus und ließ uns alle innehalten. Ein Rüde hatte eines seiner Hosenbeine auserwählt, um es zu markieren. Lautes Gelächter aus vielen Kehlen schallte über den Hof. Wer den Schaden hat, braucht natürlich nicht für den Spott zu sorgen. Aber der junge Mann war nicht lange verstimmt. Er trennte via Reißverschluss die Beinteile der Hose ab und machte sich, immer noch ein wenig grummelnd, erneut an die Arbeit."

„Ich kann mir gut vorstellen, dass das ein Lacher war. Denkt ja auch keiner daran, dass es gerade einem selber passieren könnte." Raph grinste frech.

„Ja, aber warte, es kommt noch viel besser: Die Szene wurde nämlich wiederholt. Wie immer stand ich in unserem Keil rechts hinten. Während geblasen und gefilmt wurde, hatte ich aus dem Augenwinkel unsere Bass-Bläserin links von mir im Blick. Ein Rüde näherte sich ihr. Zuerst schnupperte er, dann stellte er sich prompt neben ihr linkes Bein, hob sein rechtes und pinkelte ihr zielgenau in den Schaft des Reitstiefels. Wir beide konzentrierten uns völlig auf unsere Bläserei. Als jedoch fertig gedreht war und der Regisseur das Zeichen zum Abbruch machte, prusteten wir lautstark los und brachen vor Lachen fast zusammen. Die hinter uns wartenden Reiter wieherten und hielten sich die Bäuche. Jeder, der die Szene beobachtet hatte, lachte, bis ihm die Tränen kamen – vom Hauptdarsteller bis zum Laufburschen. Solche Geschichten kann einfach nur das Leben schreiben." Als ich es erzählte, musste ich erneut herzhaft lachen und Raphael fiel mit ein. Er hatte immer schon eine rege Fantasie.

„Na ja, das war der größte Brüller des Tages. Aber es gab schon noch ein paar ganz nette Vorfälle. Die zweite Szene wurde nach einer Pause für Mensch und Tier wiederum im Innenhof des alten Gemäuers gedreht. Pferde und Hunde standen wie gehabt, nur wir Bläser waren zur Seite gerückt. Denn sofort nach Beendigung des Stückes sollten Meute und Pferde den Hof zum Aufbruch verlassen.

Dabei gab es einige kleine Zwischenfälle, bei denen es wieder jedem schwer fiel, nicht lauthals zu lachen. Einer der Schauspieler benötigte fast die ganze Länge unseres – nicht zu kurzen – Jagdstückes, um seine Kollegin unbeholfen in den Sattel zu hieven.

Eine andere Schauspielerin gab mittendrin einen spitzen Schrei von sich. Als sie nach dem Grund gefragt wurde, rückte sie mit der Info heraus: „Verdammt, mir ist die Hose gerissen." Eine weitere Akteurin meinte, alles an ihrem Oberkörper wackle so schrecklich, wenn sie im Trab los reiten würde."

Raphael amüsierte sich bei meinen Erzählungen prächtig. „Ja, live kann ich mir gut vorstellen, dass auch diese Szenen richtig lustig waren für euch. Ihr seid ja alles versierte Reiter."

„Die ganze Szene wurde noch einmal von hinten oben gedreht – diesmal mit Doubles, deren Reitstil viel professioneller war, als das unerfahrene und ängstliche Geflatter der Schauspieler.

Als wir für den Tag endgültig entlassen waren, bliesen wir den Reitern noch eine Fanfare vor dem Gut und für die Hunde das Curée[25] und packten dann langsam unsere Sachen zusammen.

Für mich war der Tag ein willkommenes Abenteuer. Wetter und Umgebung haben gepasst und wir hatten alle unseren Spaß – wenn auch teils auf Kosten anderer."

„Das kann ich mir vorstellen, mein Elfchen. Du strahlst auch richtig. Mich bauen Erlebnisse, die nicht alltäglich sind, auch immer enorm auf.

Ich hoffe, du konntest heute schon Energie tanken für deinen Liebhaber."

„Natürlich, was meinst du, weshalb ich dich besuche?" Er lachte fröhlich und brachte mir ein Glas Wein.

15. AUGUST

Da Raphael den ganzen August lang jedes Wochenende mit seinen Kumpels bei einem anderen Ritterturnier auftrat, war ich natürlich auch viel unterwegs. Ich sah mir die Vorführungen begeistert an, sofern ich die Zeit für eine Fahrt zu den wechselnden Festen erübrigen konnte. Einmal nächtigte ich auch mit im Lager. Es war glücklicherweise eine laue Nacht mit sternenklarem Himmel. Bei Regen hätten mich keine zehn Pferde zum Übernachten in ein Zelt gebracht. Die Regentage mit ungenügender Kleidung während meiner Zeit im richtigen Mittelalter hatten mir gereicht.

Wir saßen lange um das Lagerfeuer. Die Stimmung war heimelig, freundschaftlich und einfach wunderbar. Es wurde

---

25) Zum Dank für ihre Dienste erhielten die Hunde am Ende jeder Jagd ihren Anteil des erlegten Wildes. Heutzutage bekommen sie z. B. Pansen zu fressen. Dazu wird das Curée geblasen, um die Arbeit der Meute zu huldigen.

getrunken und gelacht. Zu später Stunde wurden noch ein paar Tänze eingeübt zu den Melodien eines Musikus, der für uns spielte.

Ich saß eng an Raphael geschmiegt, der irgendwann seine Finger nicht mehr von mir ließ, und ich befürchtete schon, völlig derangiert am Feuer sitzen zu müssen. Richard saß an meiner anderen Seite. „Nimm diesen hundertarmigen Polypen neben dir und verkrümelt euch ins Zelt. Ich komme erst, wenn ihr mich holt", raunte er mir zu. „Ich kann ihn einfach nicht mehr leiden sehen."

Ich lachte auf, dann gab ich dem besten Freund meines Liebsten einen Kuss auf die Wange. „Danke. Du bist ein prima Kumpel."

Daraufhin zog ich Raphael vom Feuer weg zum Zelt. „Kommt, mein edler Ritter, wir beide werden es uns jetzt auf eurer Schlafstatt gemütlich machen und tun, was die verliebten Menschen zu tun pflegen." Raphaels Augen glänzten. Wir hatten etwa eine Stunde für uns. Mein Liebster überraschte mich, als er mir ein leichtes Paket in die Hand drückte. „Nachträglich noch alles Gute zu deinem Geburtstag!" Da er an besagtem Tag keine Zeit gehabt hatte und ich auch nur zur Chorprobe gegangen war, war mein 37. Geburtstag an mir ziemlich klanglos vorüber gegangen.

Neugierig machte ich das Paket vorsichtig auf. Es enthielt eine wunderschöne mittelalterliche Haube, die zu meinem besten Kleid passte. Ich umarmte Raphael stürmisch und bedankte mich mit vielen Küssen, während ich ihn aus- und dann ins Bett zog.

Später zog ich mich nochmals an, um mich bei fließendem Wasser für die Nacht fertig zu machen und Richard zu holen.

Den Rest der Nacht verbrachte ich in Raphaels Arme gekuschelt und fühlte mich beschützt wie bei Gordian. Ich war heilfroh, dass beide Männer nicht schnarchten. Denn das war ein Geräusch, bei dem ich mir schon vorstellen konnte, zum Mörder zu werden.

Richard verließ ziemlich früh das Zelt, während Raphael und ich noch ein wenig kuschelten.

Am Vormittag übten die Jungs mit den Schwertern, währenddessen ich den Frauen half, das Frühstück zu bereiten. Ich hatte natürlich meistens die Augen beim Kampf.

Irgendwann konnte ich nicht mehr still bleiben und rief den beiden Rabauken zu, was sie besser machen könnten. Zuerst hörte ich unwillige Verwünschungen in meine Richtung. Dann kam Richards nachdenkliche Bemerkung: „Könnte sogar sein, dass der Rat ein guter war. Ich probier's einfach mal aus."

Und tatsächlich brachte die leicht geänderte Variante etwas. „Woher kennst du dich da so gut aus?" fragte eine der Frauen mich.

„Weil ich oft genug zugesehen habe. Um die Schwachstellen zu erkennen, muss ich es ja nicht selber machen. Das ist wie beim Fußball. Die vor der Glotze sehen es aus der Distanz und wissen so oft die bessere Lösung."

Als Raphael und Richard dann mit Pfeil und Bogen zu üben begannen, fragte mich Richard, ob ich es auch versuchen wollte.

Ich ging also zu ihnen und streckte meine Hand nach Raphaels Bogen aus.

„Wenn du die Kraft dafür hast." Raphael gab mir seinen Bogen und grinste schelmisch. „Soll ich dir helfen?"

„Nein, danke. Soweit kenne ich mich noch aus."

Ich prüfte die Spannung. Natürlich ein typischer Männerbogen. Aber nach zehn Jahren Praxis nicht unmöglich für mich. Ich legte einen Pfeil ein, zielte und schoss – genau neben Richards Pfeil in der Mitte der Scheibe.

„Hey, das ist gar nicht schlecht."

„Du weißt ja: Auch ein blindes Huhn findet mal ein Korn."

„Hast du das schon mal gemacht?"

„Zeig mir jemanden hier, der noch nie probiert hat, mit Pfeil und Bogen zu schießen. Danke für die Möglichkeit zum Probeschuss." Ich gab den Bogen zurück und ging meiner Wege. Natürlich war das feig. Aber ich wollte wirklich nicht, dass ich beim zweiten Mal vielleicht schlechter treffen würde.

Etwas später zog mich Raphael mit sich. „Ich habe gerade eine Nachricht von Volker bekommen. Er und Sarah sind hier. Komm mit zur Einkaufsstraße."

Ich wusste, dass Sarah Raphaels Vertraute war. Die beiden schickten sich seit Jahren fast täglich Briefe oder E-Mails, in denen sie den jeweils anderen an ihrem Leben teilhaben ließen. Raphael war immer ehrlich zu mir gewesen und er hatte mir früh erzählt, welche Rolle Sarah in seinem Leben spielte.

Auch hatte er mir schnell klar gemacht, dass er sich von Herzen wünschte, wir würden uns gut verstehen. „Wenn das nämlich nicht der Fall ist und ich zwischen euch wählen muss, werde ich im schlimmsten Fall euch beide verlieren", hatte er mir ziemlich am Beginn unserer Freundschaft eröffnet.

Ich freute mich also, die beiden endlich mal zu treffen. Nur wenige Minuten später standen wir uns gegenüber. Der blonde Volker war ein fescher Mann und die brünette Sarah eine zierliche Schönheit.

Raphael machte uns bekannt. „Dort hinten gibt es Met und einen Happen zu essen", unterrichtete uns Volker.

„Geht ihr schon mal. Wir zwei Hübschen werden uns erst mal das Angebot hier ansehen und kommen dann zu euch." Sarah blinzelte mir zu. „Ich hoffe, das ist auch in deinem Sinn?"

„Natürlich. Auf Mittelaltermärkten stöbere ich gerne durch die Stände. Es gibt hier so viele interessante Sachen, die es sonst nirgendwo gibt. In der Stadt hingegen kann ich einem Bummel gut widerstehen. Komm, ich schiebe dich, weil's bergauf geht."

In aller Ruhe arbeiteten wir uns von Stand zu Stand vor und unterhielten uns über Allgemeines.

Wir waren uns schon sympathisch gewesen, als wir uns beim Konzert zum ersten Mal gesehen hatten. Dieses Gefühl wurde nun noch verstärkt.

Wir sahen uns die verschiedenen Waren an, diskutierten über den Sinn des einen oder anderen Produkts oder erzählten von unseren Erfahrungen damit.

Nach einer Weile meinte Sarah: „Langsam verstehe ich, warum Raphael verliebt in dich ist. Du bist wirklich so ganz anders, als die Frauen, die er bisher hatte. Und du hast etwas Geheimnisvolles an dir. Ich tue mich schwer, dich einzuschätzen. Du bevorzugst nicht die Dinge, die ich erwarten würde, reagierst anders, als gedacht. Jetzt weiß ich auch, warum Raphael so oft irritiert ist von dir."

„Mir ist bewusst, dass ich anders bin, als viele andere Frauen und damit Männer oft abschrecke. Vielleicht bin ich auch zu wenig raffiniert. Aber ich kann und will mich nicht verbiegen."

„Das sollte auch kein Mensch tun, nur um anderen zu gefallen. Man kann nicht everybody's darling sein. Schlussendlich hast du jetzt einen Mann gefunden, der zu dir steht und dich gar nicht anders will. Ich freue mich für euch beide. Und du bist mir ehrlich viel lieber als die Gänse, mit denen mein bester Freund bisher liiert war."

Ich war froh, dass Sarah und ich auf der gleichen Wellenlänge waren. Mit ihr konnte ich mir eine richtige Freundschaft vorstellen.

Wir trafen wieder zu unseren Männern. Als Volker mich zu einem Tresen mit Getränken schob, schnupperte er an mir. Ich sah ihn verwundert an und hatte schon Angst, ich würde vielleicht nach Schweiß riechen. „Schlechte Angewohnheit", meinte er lachend. „Ich bin ziemlich allergisch gegen alle möglichen Duftstoffe. Aber du trägst anscheinend gar kein Parfüm. Das finde ich klasse."

„Ach so. In der Richtung bin ich auch etwas empfindlich. In meiner Münchener Zeit hätte ich im Winter immer gerne die S-Bahn gemieden. Jeder zweite Fahrgast meinte anscheinend, allen etwas Gutes zu tun, wenn er seine Mandarinen während der Fahrt aß. Ich bekam regelmäßig Atembeschwerden von dem Geruch. An manchen Tagen vertrage ich nicht mal mein eigenes Parfüm, das ich wirklich sehr gerne mag. Darum verwende ich nur selten einen Duft. Schlimm ist es vor allem in geschlossenen Räumen, wenn es richtig warm ist und die verschiedensten Düfte aufeinander treffen, oder?"

„Dann kennst du mein Problem. Inzwischen gehe ich sogar ungern zu Konzerten und anderen Veranstaltungen mit vielen Menschen. Ganz übel sind Autos oder Züge mit parfümierten Damen und Herren. Hier ist es aber ganz gut. Man kann allem aus dem Weg gehen und an der frischen Luft hatte ich bisher auch noch keine Probleme. Kannst du dir erklären, warum manche Frauen duften, als wären sie in einen ganzen Zuber voll Parfüm gefallen?"

„Ich glaube schon. Darüber habe ich mir nämlich auch schon Gedanken gemacht. Die meisten haben einen Lieblingsduft, den sie jahrelang verwenden. Irgendwann nimmt den ihre eigene Nase nicht mehr wahr, weil sich das Riechorgan daran gewöhnt hat. Also nehmen sie mehr davon, weil sie glauben, dass der Rest der Welt auch nichts riecht."

Sarah mischte sich ins Gespräch ein. „Verantwortungslos finde ich die Menschen, die sich parfümieren ohne Ende und ein Haustier dem Gestank aussetzen. Die Tiere können einem nur leid tun. Denn deren Geruchssinn ist ja noch viel ausgeprägter als unserer. Ich glaube, es gibt deswegen viele Hunde und Katzen, die unter chronischen Kopfschmerzen und anderen Zuständen leiden."

Nun meldete sich auch Raphael zu Wort. „Beschränke deine Beobachtung nicht nur auf Hunde und Katzen. Auch Pferde und viele andere Tiere sind davon betroffen. Auf einem Gestüt wurde mir erklärt, dass man in der Nähe von Zuchthengsten auch auf jegliche Duftstoffe verzichten soll. Damit würde man nämlich ihre Nasen irritieren. Denn nur durch den Geruchssinn wittern sie, ob eine Stute aufnahmefähig ist."

Ich machte mir mental eine Notiz, auf jeden Fall auf alle möglichen Düfte zu verzichten, sollte ich wieder mit Sarah und Volker zusammentreffen.

Der Tag wurde noch sehr nett. Sarah, Volker und ich sahen uns noch die Ritterspiele an und verabschiedeten uns bald danach.

Ich hatte ein Pferd, das auf mich wartete – und einen Auftrag, den ich in den nächsten Tagen fertig haben musste.

23. AUGUST

Raphael hatte mich zu einem besonderen Nachmittag eingeladen. Es war einer der wenigen Sommersonntagnachmittage, an dem seine Truppe keinen Einsatz hatte.

Ich wusste nicht, was mich erwartete. Er hatte mich nur gebeten, meine Picknickdecke zu bringen und mich in einem bestimmten Kleid und einem kecken Sommerhütchen zu zeigen, das er mir geschenkt hatte. Also war ich ganz gespannt, als wir uns an einem kleinen Parkplatz trafen, von dem aus ich bei ihm mitfahren sollte. Dort stellte ich fest, dass auch seine Mutter und Nichten mit von der Partie waren. Keines seiner Mädels wusste, wohin wir fuhren.

„Ich wurde nur beauftragt, einen großen Picknickkorb für uns zu packen", erzählte mir Afra fröhlich. „Und es gab Kleidervorschriften." Sie lachte. Ihr stand der fesche Strohhut wunderbar. Sie sah so frisch darin aus.

Alle drei hatten hübsche Kleider an, so wie auch ich. Raphael war mit einer hellen Sommerhose bekleidet und hatte sogar ein dazu passendes Sakko und einen altmodischen Strohhut von anno dazumal dabei.

Über etwas verwinkelte Wege kamen wir an eine alte Parkanlage, die zu einem stattlichen herrschaftlichen Haus, einer alten Adelsvilla, gehörte. In der Wiese davor standen schon Einweiser für einen Parkplatz. Kurz darauf betraten wir die wunderschöne Anlage. „Herrlich ist es hier. Ist das privat?", fragte ich. „Ja, heute ist der erste Versuch eines öffentlichen Events hier. Kennt ihr die Geschichte ‚Wind in den Weiden'?. Davon werden wir gleich ein Theaterstück mit Musik sehen."

Erfreut gab ich Raphael einen Kuss und die Mädchen hingen an ihrem Onkel und ließen ihrer Begeisterung freien Lauf. Sogar Afra blieb der Mund einen Moment lang offen stehen, bevor er sich in ein freudiges Lächeln verwandelte. Mein Held hatte es tatsächlich geschafft, uns völlig zu überraschen.

Auf einer großen Wiese neben einem Teich war ein Areal abgetrennt, das unschwer als Hauptbühne zu erkennen war, da einige Theaterutensilien dort lagen. An den drei freien Seiten hatten schon einige Menschen auf ihren Decken Platz genommen. Fast alle packten Essen und Getränke aus. Durch die Bank waren alle gut angezogen, fast ein wenig festlich. Viele hatten einen Strohhut auf und alle trugen strahlende Gesichter zur Schau. Als wir einen schönen Platz ergattert hatten, breitete ich unsere Decken aus und Raphael begann gemeinsam mit Afra, ein Picknick darauf auszubreiten.

„Reserviert gleich neben uns noch Platz für Sarah, Volker und die Kinder", bat uns Raphael.

Die Mäuse brachen in Jubel aus und liefen sofort zurück zum Eingang, um ihre Freunde zu uns zu geleiten. Bald stand Sarahs Rollstuhl verwaist weiter hinten auf der Wiese, während sie mit Volker neben sich auf der benachbarten Decke saß und zufrieden in die Runde sah.

Als die Wiese voller wurde, begannen die Schauspieler, ihre Kreise zu ziehen. An bestimmten Stellen baten sie, Platz für sie zu lassen. Unsere Insel wurde immer größer, da weitere Freunde von Raphael hinzu stießen.

Und endlich begann das Spiel um den Maulwurf, der auf Wanderschaft geht und gemeinsam mit der Wasserratte, dem Dachs und dem Kröterich Abenteuer am Fluss erlebt. Ihre Gegenspieler, die Wiesel, versalzten ihnen immer wieder die Suppe. Das Ganze war mehr wie ein Musical mit fetzigem Sound. Es wurde immer wieder gesungen.

Während des fesselnden Spiels, das sich auf der ganzen Wiese abspielte, stibitzte mal hier ein Wiesel eine Wurstscheibe, mal dort ein anderes Tier einen Schluck Wein. Die Zuschauer, von denen viele Kinder waren, wurden auch mit einbezogen.

Obwohl das Stück wirklich lange dauerte, war es kurzweilig und spannend und die Musik dazu mitreißend. Alle fieberten mit dem Maulwurf mit, als es Schwierigkeiten gab. Ein allgemeines Raunen ging durch die Zuschauer, als irgendwo wieder ein Wiesel auftauchte, was im Allgemeinen Ärger bedeutete. Wenn der Kröterich wieder Unfug anstellte, ging missbilligendes Gemurmel durch die Reihen.

Es wurde geschmaust, getrunken, gelacht und geweint. Für uns alle war der Nachmittag ein unvergessliches Erlebnis. Raphael hatte genau die richtige Wahl getroffen, als er uns zu diesem Theaterstück eingeladen hatte. Es hätte nicht besser sein können.

Und der Hit dabei: Zahlreiche von Raphaels Ritterfreunden in allen Altersklassen hatten sich, genau wie wir, in Schale geworfen. Eine Frau war gekleidet, als ginge sie auf Safari, ein älterer Herr sah aus, als wäre er aus einem Film der 20er Jahre gestiegen – sogar Strohhut, Stock, Einstecktuch und Bastkorb waren originalgetreu – und auch die anderen hatten sich mit Freude schön gemacht. Alles für ein Theater mit Picknick! Das mochte verrückt klingen, war aber einfach herrlich! Afra machte ganz viele Fotos vom Garten, dem Haus, den Menschen.

Unsere Gruppe wurde allgemein bestaunt und fotografiert während der Pause. Auch die Schauspieler fühlten sich anscheinend angezogen von unserer Fröhlichkeit und natürlich von den guten Speisen, die bei uns „aufgetischt" wurden. Vielleicht auch ein wenig von dem exzentrischen Touch, den wir zwischen den eher „normalen" Zuschauern verbreiteten.

So ging der Nachmittag langsam in den frühen Abend über. Das Theater war für meinen Geschmack viel zu früh zu Ende und die Schauspieler ernteten frenetischen Applaus von allen Seiten. Wir durften noch ein paar Stunden bleiben und schmausen, bevor die Tore des Anwesens sich wieder vor der Öffentlichkeit verschließen würden. Unsere Gruppe nutzte die Zeit und die meisten Schauspieler gesellten sich zu der Gesellschaft, die sich inzwischen auf einem großen Feld von über 10 Picknickdecken zusammen gefunden hatte.

Und irgendwann riefen die Kinder nach einer Geschichte. „Sarah, bitte erzähl uns eine deiner schönen Geschichten!"

„Ja, Sarah, du hast immer die schönsten Märchen auf Lager."

Auch die Erwachsenen begannen, Sarah um eine Geschichte zu bitten.

„Na gut, aber nur, wenn Ruhe ist."

Augenblicklich wurden alle still und etwa 40 Augenpaare richteten sich auf die zierliche Sarah.

„Wir haben jetzt August, Zeit, um Pilze zu sammeln. Also ist das mein Thema für die Geschichte:

Schwammerlino

Es war ein wundervoller Morgen im August. Nachdem es in den letzten Tagen immer wieder geregnet hatte, schien nun die Sonne und schickte ihre hellen Strahlen auch in die entlegensten Ecken. Lili und Tim hatten Ferien und waren mit ihrem Vater beim Pilze sammeln. Natürlich mussten sie dazu ganz früh aus den Federn.

Es war draußen gerade hell geworden, als Mama die beiden mit einem sanften Kuss geweckt hatte. Die Kinder hatten sich erst ganz fest gestreckt, bevor sie mit noch ganz kleinen Äugelein im Bad verschwunden waren.

Nach einem stärkenden Frühstück waren sie dann mit Papas Auto in den Wald gefahren. Dort hatte Papa erst einmal jedem eine Stofftasche in die Hand gedrückt.

„Wir gehen jetzt alle drei mit einem kleinen Abstand zwischen uns durchs Gehölz. Ich gehe in der Mitte und ihr bleibt immer in Sichtweite von mir. Wenn irgendwas ist, dann schreit ihr sofort. Ihr wisst ja, wie Steinpilze und Maronen oder Pfifferlinge aussehen. Diese Pilze, nur die schönen, nehmen wir mit. Alle anderen lasst stehen – ohne sie zu zertreten oder umzuwerfen. Sie dienen schließlich den verschiedenen Tieren im Wald als Futter."

Sie gingen eine ganze Weile schweigend nebeneinander, bis Lili den ersten Pilz fand.

„Juhuuuuuu, ich hab' einen, ich hab' einen!!!" jubelte sie und führte dabei einen Tanz auf. Sie hüpfte auf einem Bein rund um den strammen braun behüteten Burschen, der sie so entzückte. Leicht beleidigt kräuselte sich Tims Stirn unter den hellblonden Locken und er zog eine Schnute.

„Und ich hab' noch keinen einzigen gefunden – das ist gemein", grummelte er vor sich hin.

Doch auch ihn besuchte das Glück. Bald waren die drei an einer Stelle, an der sie die Pilze nur noch ernten mussten, so viele standen dort an einem Fleck. Sie nahmen aber nur die wirklich schönen Pilze mit und ließen die ganz Kleinen, die alten und die angefressenen stehen.

Auch später noch blieb ihnen das Glück hold. Alle drei bückten sich hie und da nach den gesuchten Pilzen und bekamen so alle drei Taschen recht voll.

Irgendwann kamen sie an einen wunderschönen Waldweg. Er war ganz und gar bewachsen mit zartem Gras. Es strahlte in einem leuchtenden Grün, auf das die Sonne ihre Lichtflecke durch die Baumwipfel malte.

Lili zog ihre Schuhe und Strümpfe aus und ging barfuss ein Stück den Weg entlang. „Es ist herrlich. Tim, Papa, ihr müsst euch auch die Strümpfe ausziehen! Es fühlt sich an, wie ein weicher Teppich."

Papa war gerade hinter eine Baumgruppe getreten und Tim stapfte am Wegrand dahin. Plötzlich brach der Junge mit einem Fuß in ein Loch ein. Dabei wäre er beinahe gefallen. Doch er konnte sich wieder fangen und zog seinen Fuß aus dem Loch, in dem nun sein Schuh hing. Rasch bückte er sich, um ihn aufzuheben und wieder anzuziehen.

Da hörte er etwas in dem Loch „Trottel, warum störst Du mich? Hast Du nicht genug Platz im ganzen Wald, dass Du mir die Wohnung eintreten musst?"

Verblüfft und neugierig zugleich hielt Tim in der Bewegung inne. Er stand auf einem Bein, hatte das andere nach hinten angewinkelt und in einer Hand vor sich den Schuh. Sein Oberkörper hing noch nach vorne und so sah er sich urplötzlich einem Wesen gegenüber, das aus dem Loch herauskam.

Es war über und über blau und hatte eine Wolke glitzernden Staubs um sich. Der Körper war sehr gerade und von Kopf bis Fuß gleich dick – oder schlank. Kurz unter dem als Kopf zu erkennenden Teil hatte es eine Halskrause und ganz oben einen riesigen Hut. Insgesamt sah es aus wie ein blauer Parasol, der ein wenig übergewichtig war.

Während das Wesen Tim beschimpfte, waberte der blaue feine Staub des Hutes und glitzerte in der Sonne, was den Jungen zum Niesen brachte. Diese ungestüme Reaktion brachte ihn nun vollends aus dem Gleichgewicht und er plumpste neben dem Geschöpf nach vorne in den Sand – immer noch den Schuh in der Hand.

Inzwischen war auch Lili näher gekommen und betrachtete den eigenartigen Wicht.

„Wer bist Du denn?" fragte sie erstaunt. Der kleine Kerl streckte sich zu ganzer Größe und sagte überheblich

„Ich bin ein Schwammerlino und meine Familie wohnt hier schon seit Urzeiten und passt auf, dass die Pilzsammler sich gut benehmen. Wenn nicht, verkriechen sich alle Pilze auf Kommando vor Leuten wie euch."

„Ach, Leuten wie uns. Wir sind ihm also nicht gut genug" brummte Tim, während er sich endlich wieder seinen Schuh überstreifte und spuckte dann noch einige Sandkörner aus.

„Ich bin Lili und das ist mein Bruder Tim – haaatschiiii. Unser Papa ist auch dabei – da drüben kommt er gerade" und sie zeigte mit einem Arm in die Richtung, aus der ihr Papa gerade näherkam.

„Ach nein – nicht auch noch so ein riesiges Monster von Mensch!" jammerte der Schwammerlino. Lili blieb unbeeindruckt. „Unser Papa ist weder riesig noch ein Monster. Nimm dich zusammen, oder wir vergrößern das Loch in deiner Wohnung!"

Der Mann mit dem netten Gesicht kam näher und blieb verwundert vor seinen Kindern und der blauen Kreatur stehen. „Was oder wer ist denn das? Das sieht mir aber gar nicht nach einem essbaren Pilz aus."

Jetzt warf sich der Schwammerlino erneut in Positur „Natürlich sehe ich nicht nach einem essbaren Pilz aus", fiepte er mit seiner feinen Stimme, „weil ich keiner bin! Ich bin einer von wenigen Schwammerlinos, die aufpassen, dass es immer genügend Pilze für die Waldbewohner gibt."

„Ach so ist das", gab Papa zurück. „Dann gibt es jetzt im Moment wirklich genug, sonst hätten wir nicht so viele gefunden, oder?" Dabei öffnete er seine Tasche und stellte diese auf den Waldboden.

Der Schwammerlino sah angestrengt über den Rand. „Ja, es wurde schon beobachtet, dass ihr drei nie alle Pilze von einem Platz mitgenommen habt und außerdem immer aufgepasst habt, keine anderen zu zertreten. Es sind heute noch mehr Menschen im Wald. Aber manche finden einfach nichts …"

„Haaatschiii – und was hast du also für ein Problem?" fragte Papa und wedelte mit der Hand, damit der blaue Staub vor seiner Nase sich verflüchtigt.

„Tim ist aus Versehen in seine Wohnung getreten." Meinte Lili. Der noch immer schmollende Tim nickte und verkündete dann ganz ernst. „Woher hätte ich das wissen sollen, dass da unter dem Weg eine Wohnung ist?"

Papa sah sich den Schaden an und ließ dann den Blick über die Umgebung schweifen. „Weißt Du, Schwammerl, oder wie immer du auch heißt – es sieht nicht gut aus für deine Wohnung. So was kann auf einem Weg wie diesem immer wieder passieren. Da ist ein Kinderfuß noch die geringste Bedrohung. Meinst Du nicht, du solltest umziehen? Vielleicht ein paar Meter näher in den Schutz dieser Buche da? Wir können Dir auch helfen. Na, schließlich wollen wir das nächste Mal auch wieder ein paar Pilze mit nach Hause bringen. Haaatschiii"

Der Schwammerlino sah ihn zuerst zweifelnd an und erst als die beiden Kinder auch voller Begeisterung fragten, ob sie helfen könnten, stimmte er einem Wohnungswechsel zu. Voll Bedacht wählte er eine Stelle aus und die drei Menschen gruben ihm ein passend großes Loch in den Waldboden und setzten dann eine Schicht Moos oben drauf. Nun brachte der kleine Wicht noch ein paar private Dinge von der alten in die neue Wohnung und fertig war sein neues Domizil.

„Eigentlich wollte ich ja immer schon einmal umziehen. Danke für eure Hilfe! Und wenn ihr drei mal wieder Pilze suchen geht, einfach immer daran denken, nicht alles zu ernten und keine für Menschen giftigen Pilze einfach zertrampeln. Alle sind für die Bewohner des Waldes wichtig."

In seiner Freude und Aufregung tanzte der Schwammerlino so rasant über den Sand, dass eine ganze feine, blaue Staubwolke nach oben zog und Papa, Lili und Tim zum Niesen brachte. Und schon war der kleine Wicht verschwunden.

In Hochstimmung brachen die drei wieder auf, um pünktlich wieder bei Mama zu sein und ihr das neueste Abenteuer zu berichten.

Diese lachte zuerst, als sie ihre Familie sah. „Ihr seht ja aus wie im Fasching. Alle drei seid ihr ganz leicht blau um die Nasen. Und, habt ihr etwa nach den Pilzen gegraben? Eure Hände sehen nicht viel anders aus, als die eines Spargelstechers. Wascht euch erst mal und dann erzählt beim Pilze säubern und schneiden, was ihr alles erlebt habt."

Alle drei mussten noch einmal kräftig niesen, bevor der blaue Staub des Schwammerlino mit dem Waschwasser dem Gully entgegen strömte.

Mama wurde das Erlebnis haarklein erzählt. Diese wunderte sich über ein derartiges Vorkommnis.

„Solche Geschichten liest man im Allgemeinen nur in Märchenbüchern. Dass meine Familie das erlebt, hätte ich niemals gedacht."

Sie war ganz stolz auf das vorbildliche Verhalten ihres Nachwuchses und würde sich beim nächsten Waldspaziergang den Ort des Geschehens zeigen lassen.

Während also die Eltern mit Lili am Esstisch saßen und die gesammelten Pilze säuberten und für das Mittagessen bereiteten, saß Tim nebenan und zeichnete den Schwammerlino. Es wurde ein sehr schönes Bild.

Jeder, der es seitdem ansah, meinte, der Parasol-ähnliche Wicht auf der Zeichnung würde ihm zuzwinkern, während die Geschichte des Ausflugs natürlich bei jedem Erzählen mehr übertrieben wurde, bis aus dem einzelnen Schwammerlino ein ganzes Heer wurde, vor dem sich jeder Pilz-Sucher in Acht nehmen muss."

26) Bild: © Burkhard Schmidt

Der Applaus, den Sarah für ihre Geschichte erntete, konnte sich sehen lassen. Die Theaterleute waren begeistert und schon fand sich die beste Freundin von Raphael im Gespräch mit dem Manager der Gruppe, der immer auf der Suche nach neuen Theaterstücken war und ich drückte ihr die Daumen, dass sich da eine Zusammenarbeit ergeben würde.

An diesem Abend fuhr ich mit zu Raphael und wollte bei ihm übernachten.

Als wir Afra und den Mädchen eine gute Nacht gewünscht hatten, winkte Raph mir, ihm zu folgen. Sekunden später zog er mich in das einzige Zimmer seiner Haushälfte, das ich noch nicht gesehen hatte.

Dort gab es einen wundervollen Konzertflügel und ein Regal mit zahlreichen Büchern, CDs und Notenblättern. Ich war völlig verblüfft, aber auch überaus erfreut. Dass mein Freund musikalisch war, wusste ich spätestens nach unserem ersten gemeinsamen Tanz.

Raphael öffnete die Terrassentüren, die mit hauchdünnen Vorhängen verhangen waren und ließ die mit wunderbaren Düften geschwängerte Abendluft herein. Dann setzte er sich an den Flügel und begann für mich zu spielen.

Er war ein exzellenter Pianist. Seine Finger schienen mühelos über die Tasten zu gleiten. Er spielte ein paar Stücke, die ich schon immer geliebt hatte. Zum einen oder anderen Stück sang er auch mit seiner angenehmen Bassstimme. Als er die Melodie eines bekannten Songs anstimmte, die meiner Tonlage entsprach, sang ich dazu, während ich über seine Schulter auf den Text spähte.

Danach drehte sich Raphael auf seiner Bank zu mir um, umschlang meine Hüfte und legte seinen Kopf an meine Brust. Ich umarmte ihn auch. „Danke. Du bist ein begnadeter Pianist. Und davon wusste ich so lange gar nichts."

„Musik war schon immer mein großer Fels in der Brandung. Das ist meine Art, ruhig zu werden und Stress abzubauen. Ich hatte eine wundervolle Lehrerin in meiner Tante. Sie war in ihrer Jugend eine weltberühmte Pianistin. Ihr habe ich es zu verdanken, dass ich sogar gutes Geld verdiene mit meiner Musik. Ich mache immer wieder Einspielungen für ein paar Musikgrößen und ein günstiges Klassik-Label. In der Branche bin ich allerdings unter anderem Namen bekannt."

Raphael gab mir einige CDs in die Hand. „DA bist du dabei? Ich glaub, ich spinne! Da bin ich jetzt wirklich platt! – Weißt du, dass ich ganz verrückt bin nach dieser Musik?"

Die Gruppe, die Raphael als Studio-Musiker unterstützte, war eine meiner Lieblingsbands und ich hatte alle CDs. Ich hatte mir sogar Songbooks gekauft, um die Sachen mit meiner Gesangslehrerin üben zu können. Er nannte mir seinen Künstlernamen, der in mir eine Saite zum Klingen brachte. Mir sprang sein Pseudonym auf der CD bei verschiedenen Titeln unter den Kategorien Komponist sowie Pianist entgegen.

„DU hast diese wundervollen Songs geschrieben? Ich kann es einfach nicht glauben, dass du dieses Genie bist, dessen Lieder ich so liebe."

Raphael sah mich mit stolzem Blick an. Dann gab er mir einen federleichten Kuss. „Danke. Mir bedeutet es sehr viel, dass du meine Musik magst. Aus Angst vor einer negativen Reaktion deinerseits habe ich mein Geheimnis so lange für mich behalten, obwohl ich wusste, dass du CDs mit meinen Songs hast.

Neben Sarah, Richard und genau einer meiner Ex-Freundinnen bist du die vierte Person außerhalb meiner Familie, die ich in mein Geheimnis um meine Pianisten- und Komponistentätigkeit einweihe. Viele meiner Bekannten wissen gar nicht, dass ich Klavier spielen kann. Und das ist gut so. Meine Tante hat mich von Beginn an gewarnt, meine Leidenschaft wie ein Plakat vor mir her zu tragen. Sie meinte, dann hätte ich ständig schlecht bezahlte Jobs auf Familienfeiern und kaum mehr Freizeit. Und sie hatte wie immer Recht. Bei ihr gab es stets ein paar Bekannte, die meinten, sie müsse überall spielen, wo ein Klavier stand und hatten kein Verständnis dafür, dass sie das eben nicht machte. Letztendlich waren die ständig beleidigt."

„Danke für dein Vertrauen." Da kam mir ein Gedanke. „Du bist ganz schön mutig. Wie verträgt sich der Pianist mit dem Ritter?"

„Bisher hatte ich Glück. Du machst dir sicher auch über die Zeit Gedanken, die das alles verschlingt. Ich bin der einzige Landvermesser hier mit einem Halbtagsjob." Er grinste mich spitzbübisch an.

„Deine Altstimme ist übrigens passend für einige meiner neuen Songs. Ich glaube, wir müssen mal über Studioarbeit sprechen." Er spielte ein paar wunderschöne Melodien, die er komponiert, aber noch nicht veröffentlicht hatte. Ich war überwältigt. Mein Freund, der komponierende Pianist!

Wir sangen noch einige Lieder gemeinsam und saßen dann nebeneinander auf der Bank unter der ausladenden Buche auf der großen Weide, um über unsere gemeinsame Zukunft zu sprechen, bis es schon etwas kühl wurde.

25.–27. AUGUST

Ich hatte Raphael einige Kopien seiner neuen Kompositionen abgeschwatzt. Also traf ich mich die folgenden Abende mit Ellen. Mit viel Enthusiasmus spielten wir die Lieder. Ellen war genauso begeistert, wie ich.

„Wo hast du die Songs her? Die sind wunderschön! Sie klingen so bekannt, aber ich habe sie trotzdem noch nie gehört."

„Ha, du meinst wohl, ich verrate dir die Quelle? Nichts da. Und die Kopien bleiben hier." Ich lachte und sammelte nach unserer Probe wieder die Noten ein.

Es fehlte ein Stück. Ich baute mich vor Ellen auf und machte eine fordernde Gebärde.

„Mist, das wollte ich so gerne nochmals zu Hause spielen." Sie sah mich ertappt, aber ohne Reue an und rückte die Noten heraus.

„Komm einfach in den nächsten Tagen mal wieder vorbei."

Tatsächlich kam Ellen am nächsten Abend wieder zu mir – und tags darauf nochmals. „Ich bin förmlich süchtig nach diesen Musikstücken. Laura, die müssen wir unbedingt mal irgendwo spielen – und wenn's nur in der Kirche ist."

„Hm, wir werden sehen, was meine Quelle dazu sagt", war meine nicht ganz eindeutige Antwort darauf.

An dem Tag gesellten sich später auch Raphael und Richard zu uns.

Ellen preschte sofort vor. „Hallo ihr beiden. Wir sind gerade am Üben. Laura hat super Songs gebracht. Ich bin regelrecht süchtig danach. Das müsst ihr euch unbedingt mal anhören."

So spielten und sangen Ellen und ich Raphaels Lieder. Richard, der die Musik seines Freundes sehr gut kannte, nickte anerkennend und warf ihm einen Seitenblick zu.

Irgendwann klappte Raphael den Deckel meines alten Klaviers hoch und begleitete uns. Auch Richard stimmte mit ein.

Wir verloren uns alle vier in der Musik und waren am Ende in Hochstimmung.

„Das hat sich jetzt wirklich einmalig angehört. Ich denke, über so eine Zusammensetzung sollte mal nachgedacht werden." Richard sprach natürlich Raphael an, was aber Ellen verborgen blieb. Sie stimmte dem Vorschlag nur aus vollem Herzen zu.

Gemeinsam leerten wir drei Kannen Tee und aßen die von mir vorbereiteten Käsestangen[27], während wir weiter Musik machten.

---

27) Käsestangen-Rezept im Anhang

Solche Stunden machen das Leben zu einem Fest. In dieser Zeit ist nichts anderes von Belang.

28. August 2009

Liebste Sarah,

jetzt kennt auch Laura mein Geheimnis um die Musik. Sie ist schon lange ein Fan. Eigentlich hätte ich es merken müssen, als ich ihre CD-Sammlung gesehen habe. Vermutlich war ich einfach zu feige, mich dem Risiko zu stellen.

Ich durfte feststellen, dass sie eine wirklich angenehme Singstimme hat. Nun können wir gemeinsam Musik machen, wie ich es mir mit einer Partnerin immer gewünscht hatte.

Gestern waren Richard und ich bei ihr. Sie spielt meine Kompositionen mit ihrer Querflöte genau so, wie ich es mir vorstelle: gefühlvoll und schön.

Einige meiner Songs hat sie innerhalb weniger Tage mit ihrer Freundin Ellen eingeübt. Manche Lieder spielte Ellen alleine auf der Harfe (sie weiß bisher nicht, dass die Literatur von mir ist), andere begleitete Laura auf der Flöte, bei wieder anderen sang sie.

Es hörte sich betörend an. Mir trieb es tatsächlich die Tränen in die Augen, so schön war es. Noch nie hatte ich andere Menschen außerhalb unserer Gruppe meine Lieder so kraftvoll und wunderbar spielen gehört. Ich war gerührt und dankte den beiden für die wundervolle Vorführung. Laura gab mir einen innigen Kuss und flüsterte mir dann ins Ohr: „Danke für die herrliche Musik. Ich liebe sie fast so sehr wie dich."

Du kannst dir vermutlich vorstellen, was es mir bedeutet, dass Laura begeistert von meiner Musik ist. Jedenfalls haben wir zu viert noch stundenlang Musik gemacht. Es war ein herrlicher Abend. Jetzt steht fest, dass Ellen auch bei mir ein gern gesehener Gast sein wird – natürlich bevorzugt mit Harfe.

Alles Liebe
Raphael

07. SEPTEMBER

Am Wochenende mit dem ersten Sonntag im September war Raphael natürlich auch unterwegs. Ich wusste mir da schon andere Zeitvertreibe als Mittelaltermärkte. In unserer Region war es mehr oder minder eine Pflicht, sich am Gillamoos zu zeigen. Dieser alte Jahrmarkt (St. Gilg am Moos, erstmals 1313 in den Schriften erwähnt) war und ist nicht zu vergleichen mit dem Oktoberfest in München – glücklicherweise!

Ganz ohne Italiener- oder Australierwochenende, sondern nur fünf Tage überwiegend Einheimische in allen Facetten. In den letzten Jahren wurden wieder mehr Dirndl und Lederhosen getragen. Über die verschiedenen Stoffe und Schnitte konnte man sich natürlich streiten, aber zumindest waren die völligen Entgleisungen mit auf T-Shirt aufgemalter Tracht oder Maßkrug-Hüte eher in der Minderheit.

Gut, es gab halt keinen „Schichtl", kein „Hippodrom" und auch keine historischen Vergnügungsbuden bzw. weltberühmte Bierzelte. Dafür süffiges Bier aus der Region, einen recht ausgedehnten Warenmarkt, eine Dirndlköniginnenwahl und noch so allerlei Zerstreuungen in den verschiedenen Bierzelten. Am Montag früh war die Attraktion vor dem politischen Redenschwingen hochrangiger Vertreter aller Parteien in den Bierzelten der Viehmarkt.

Also hatte ich Raphael überredet, am Sonntagabend zu mir zu kommen und den Montag als Urlaubstag zu genießen. Ganz früh standen wir auf und waren um kurz nach 6:00 Uhr[28] in Abensberg. Für mich hatte es immer schon einen besonderen Reiz, zu morgendlicher Stunde durch die verwaisten Wege eines Volksfestes bzw. Jahrmarkts zu laufen, wenn nur ein paar Leute mit Besen in der Hand zu sehen sind.

„Schau, hier liegen noch eine ganze Menge Maßkrüge[29] herum. Wahnsinn, wie viel Müll die Leute hier einfach fallen lassen." Es wurde an mehreren Stellen zwar schon kräftig gekehrt und aufgeräumt, aber von manchen Buden war noch kein Personal da. Bei dem einen oder anderen Wohnwagen hinter den Fahrgeschäften stand schon jemand mit verschlafener Miene.

Vor einem Spielwarenstand mit quietschoranger Plane[30], dessen Waren gerade aufgebaut wurden, stand die Besitzerin, die

---

28) *Inzwischen beginnt der Viehmarkt um einiges später und ist leider bei weitem nicht mehr so attraktiv, wie er noch zur Jahrtausendwende war.*
29) *Seit einigen Jahren wird vom Sicherheitspersonal strikt darauf geachtet, dass keine Bierkrüge mehr die Zelte verlassen. Daher gibt es dieses Phänomen nun nicht mehr in dem Ausmaß.*
30) *Der Stand von Spielwaren Achtner war seit jeher ein beliebter Treffpunkt für Jung und Alt, da*

ich gut kannte, mit einem Besen in der Hand und betrachtete skeptisch den Himmel. „Guten Morgen! Machst du sauber, oder fliegst du gleich noch weg?" Sie lachte zu meiner Bemerkung und wirbelte eine Staubwolke in meine Richtung auf. „Sei nicht so frech, sonst verhexe ich dich gleich."

Was man auf den Hauptwegen nie gedacht hätte – auf der Wiese, auf welcher der Viehmarkt abgehalten wurde, tobte das Leben. Hier wurden Rinder gehandelt, dort Hühner, Hasen und anderes Kleinvieh.

Es waren nicht viele Pferde da, aber das tat der Stimmung keinen Abbruch. „Schau mal, der Rosshändler sieht genau so aus, wie die urigen Typen, an die ich mich aus meiner Kindheit noch erinnern kann."

Raphael, der anfangs wegen unseres Ausflugs skeptisch gewesen war, strebte zu dem Stand mit Pferde- und Stallbedarf. Dort kaufte er neue Führstricke für die beiden Kleinpferde. Ich holte mir ein schönes Glitzerhalfter für meinen eitlen Arwakr und ein paar neue Handgriffe zum Öffnen des Weidezauns. Dann ließen wir uns vom „Billigen Jakob" unterhalten, der die unterschiedlichsten Haushaltshilfsmittel mit viel Geschick an den Mann oder die Frau brachte. Immer wieder wurde ich von Bekannten gegrüßt und in ein Gespräch verwickelt.

„Sag mal, wen kennst du eigentlich hier nicht? Das ist ja schon fast unheimlich, von wie vielen Leuten du gegrüßt wirst."

„Ich bin eben ein kommunikativer Mensch – und in der Ecke hier aufgewachsen und zur Schule gegangen. Außerdem habe ich in der Region schon immer meinen Beruf ausgeübt. Ich habe Hobbies, durch die ich viel herum komme. Natürlich kenne ich eine Menge Menschen aus der Gegend. Das ist meine Heimat."

Nach einiger Zeit verspürte ich Hunger.

„Wie wär's mit einem Paar Weißwürste plus Händlmaier-Senf aus Regensburg, einer Breze für jeden und einem gemeinsamen Weißbier? Wir hatten ja noch kein Frühstück ..."

„Ich ahne jetzt auch, warum wir noch kein Frühstück hatten und mir schon lange der Magen knurrt."

Ich grinste Raphael schelmisch an. „Gut kombiniert, Watson."

Er ergab sich in sein Schicksal und genoss das ungewöhnliche Frühstück dann doch. „Vor einer Stunde hätte ich dir gesagt, dass ich zu nachtschlafender Zeit so was nicht durch meine Speiseröhre schicken kann. Aber tatsächlich finde ich es herrlich."

---

er nahe des Eingangs von der Stadtseite aus war und lange Jahre durch den Pustefix-Bären nicht zu verfehlen war. Leider pustete dieser 2015 zum letzten Mal seine Seifenblasen über diesen Stand.

„Das gehört am Gillamoosmontag für mich einfach dazu – obwohl ich so ein Frühstück um diese Zeit den Rest des Jahres kaum akzeptieren würde."

Raphael unterhielt sich angeregt mit einem Bauern und dessen Frau und ich beobachtete einstweilen die Menschen um mich herum. Ich hätte den ganzen Tag hier stehen können. Aber irgendwann drängte Raphael mich weiter. Er wollte den Rest des Festgeländes auch noch sehen, bevor die Massen wie eine Heuschreckenplage einfallen würden. Es war inzwischen überall Hochbetrieb.

„Die meisten Firmen und sogar die Banken der Region haben heute geschlossen, damit die Belegschaft den letzten Tag am Gillamoos genießen kann."

Als Einheimische kannte ich natürlich einige Leute, die selbst Stände am Gillamoos betreiben. Daher empfahl ich meinem Liebsten auch die besten Leckerbissen bei ganz bestimmten Buden, kaufte die obligatorischen Gillamoos-Socken, ein paar Gewürze für meine Mutter und mich sowie kernlose, „zuckersüße Honigtrauben" und die alljährliche Kokosnuss. Die anderen Stände hatten leider noch nicht offen um diese Zeit und ich zeigte sie Raph nur im Vorbeigehen. So schwärmte ich von gebrannten Mandeln und Erdbeer-Schoko-Spießen – natürlich mit Zartbitterschokolade.

Raphael staunte. „Du isst doch sonst kaum Süßes."

„Stimmt. Aber zum Gillamoos gehört das alles für mich seit meiner Kindheit dazu – neben Schaschlik, Käse mit der genau richtigen Reife und Riesenbrezen. Das alles brauche ich nur einmal im Jahr, um glücklich zu sein: und zwar hier am Gillamoos." Ich zwinkerte ihm frech zu, gab ihm meinen großen Korb zu tragen und hängte mich bei ihm ein.

07. September 2009

Liebe Sarah,

zum ersten Mal in meinem Leben war ich auf dem Gillamoos in Abensberg. Wie du weißt, kann ich Volksfesten – ach ja, es ist natürlich ein Jahrmarkt – im Allgemeinen nichts abgewinnen.

Na ja, wir waren auch in keinem Bierzelt, sondern auf dem Viehmarkt. Das war dann doch ganz anders und hat mir auch gefallen. Wir sahen die unterschiedlichsten Menschen, unterhielten uns mit geschätzt tausend Leuten, die Laura alle kennt und kauften auch ein wenig ein.

Und stell dir vor, ich habe festgestellt, dass im richtigen Umfeld sogar Weißwürste mit Breze und Weißbier früh um halb acht ein wundervolles Frühstück abgeben.

Am Ende schlenderten wir durch alle Gänge und betrachteten das Angebot. Laura hat mich überredet, einige Fressalien zu kosten, die auch wirklich alle besonders schmackhaft waren. Sie hat einen ganzen Korb voll Sachen eingekauft, die ich nicht von ihr erwartet hätte. Dinge, die sie nur dort kauft und den Rest des Jahres nicht beachtet.

Ich hatte Laura mein Bedauern ausgesprochen, dass ich an dem Tag noch arbeiten musste und wir verließen kurz nach acht Uhr das Festgelände. Da wir mit zwei Autos angereist waren, fuhr jeder von uns seines Weges.

Freu mich auf unser nächstes Treffen!

Herzlichst
Raphael

Ich war gar nicht böse, dass Raph so früh wieder fahren musste. So war ich nicht gezwungen, irgendetwas zu erklären. Denn vom Gillamoos führte mich der schnellste Weg sofort in den Stall. Dank meiner Freundin Birgit war alles schon vorbereitet und der Hänger stand auch schon parat. Rasch verlud ich meinen Arwakr und fuhr ins Altmühltal.

Heute jährte sich mein Zeitsprung ein weiteres Mal. Am 7. September 1999 war ich im Mittelalter gelandet – und auch wieder in meiner Zeit.

Und nun war es wieder so weit. Wie jedes Jahr ritt ich die Runde ab und war erst um die Zeit des ersten Zeitsprungs an meinem damaligen Picknickplatz und verbrachte, als dort nichts passierte, den späteren Nachmittag an dem Platz, an dem mir Gordian auf so grausame Weise entrissen worden war. Aber auch hier hielt mich meine Zeit in ihren Klauen. Allerdings meinte ich, Gordians Anwesenheit zu spüren.

Ich hielt mich noch eine Weile dort auf, wo Gordians blühender Hof gestanden war, an den nichts mehr erinnerte. Dort waren nun nur noch eine Wiese und ein paar Bäume und Büsche. Meine Gedanken kreisten um die Menschen und Tiere dort, um mein Leben vor zehn Jahren.

Doch dieses Jahr wusste ich nicht, was ich mir mehr wünschte: dass ich wieder zu Gordian käme oder dass ich bei Raphael bleiben würde.

Mir war sehr wohl bewusst, welch großes Glück ich in diesem einen, speziellen Jahr gehabt hatte. Ich war nicht einmal ernstlich krank geworden und mir war auch sonst nichts Grausames zugestoßen. In der Beziehung war die Zeit, in die ich hineingeboren worden war, doch definitiv die sicherere. Dennoch war ich 600 Jahre davor sehr glücklich gewesen und ein Teil meiner selbst sehnte sich danach, wie dort das Leben ruhiger anzugehen und mehr im Augenblick zu leben.

Am Ende des Tages fuhr ich unverrichteter Dinge wieder nach Hause. Dieses Mal nicht so niedergeschlagen wie all die Jahre vorher.

10. SEPTEMBER

Drei Tage später traf ich mich mit Sarah. Ich war mehr als gespannt auf das, was mich im Haus der Schriftstellerin erwartete. Zum Glück wohnte die Familie in einer Gegend, in der es massenhaft freie Parkplätze gab. So musste ich nicht suchen und ergatterte sogar eine Lücke fast direkt vor dem schmucken Bungalow mit dem großen Garten.

Nach einem warmen Empfang gab es erst mal etwas zu trinken. Wir unterhielten uns ein wenig in der gemütlichen Küche mit Blick auf den Garten „Magst du dir mal mein Autoren-Reich ansehen?"

Selbstverständlich wollte ich Sarahs Büro sehen. Flink fuhr sie mit dem Rollstuhl voran. Der Raum, in dem Sarah ihre Bücher schrieb, gefiel mir sehr gut. Er war so freundlich und überall lagen und standen Bücher rund um den geräumigen Schreibtisch. „So sieht also dein Reich aus. Ich kann mir vorstellen, dass du hier gut arbeiten kannst."

„Ja, hier kann ich ganz in anderen Welten versinken."

Dann begann sie, mich über den Gillamoos auszufragen. Ich erzählte ihr meine Eindrücke von meiner Kindheit bis jetzt. Sie war Feuer und Flamme. Das wollte sie verarbeiten. Also setzten wir uns gemeinsam an ihren Schreibtisch und spannen eine Geschichte, in der viele meiner Beobachtungen, aber auch einige eigene Erfahrungen eingebaut waren:

Gillamoos

Sommerferien! Und was da alles los war … Zuerst waren sie mit den Eltern im Urlaub gewesen und dann hatten sie noch gemeinsam bei Tante Jutta ein paar Tage in der Stadt verbracht. Zoobesuch, Marionettentheater, Bootsfahrten auf dem See. Tante Jutta hatte den beiden eine Menge geboten. Lena und Jan mochten ihre junge und spritzige Tante sehr gerne, die wohnte nur leider zu weit weg.

Jan war 13 Jahre alt und der Cousin der 14-jährigen Lena. Beide wohnten nur einen Straßenzug voneinander entfernt in der niederbayerischen Kleinstadt Abensberg. Sie waren die besten Freunde und fast unzertrennlich.

Kurz vor Ende der Ferien war es endlich soweit – der Gillamoos war schon aufgebaut und morgen sollte es losgehen. Lena und Jan waren fast täglich mit dem Fahrrad auf dem Festplatz gewesen und hatten die Arbeiten besichtigt. Dort war auch Lenas ältester Bruder Tobias. Er war bei der Firma beschäftigt, die sich um die ganze Elektrik, die Kabelverlegung auf dem Platz und was sonst noch dazu gehört, kümmerte. Solange sie ihn nicht von der Arbeit abhielten und manche Handlangerarbeiten für ihn erledigten, hatte er gar nichts gegen die neugierigen Fragen seiner Schwester und seines Cousins und stellte sie sogar einigen anderen Arbeitern vor, die ihrerseits auch auf Fragen antworteten. Die beiden Jugendlichen erklärten sich auch bereit, Brotzeit zu holen und so gehörten sie bald zum Team. Die Männer vom Riesenrad schenkten ihnen einige Billette für Freifahrten, ebenso die vom Autoscooter und von diversen anderen Fahrgeschäften.

„Komm Jan, lass uns noch zu Oma Kathrin fahren. Mir ist es heute zu heiß, um den ganzen Tag hier zu bleiben. Sie hat mir letztens eine Einladung zur Eisdiele versprochen." Lena saß schon auf dem Rad und Jan musste sehen, wie er ihr nachkommen würde. Natürlich lud Oma Kathrin beide auf ein Eis ein. Alle drei schwatzten und Lena fragte ihre Oma, wie sie denn den Jahrmarkt als Teenager erlebt hatte.

„Tja, so viele Fahrgeschäfte wie jetzt gab es damals nicht. Und die vorhandenen waren nicht so wahnsinnig schnell. Da gab es halt das Kettenkarussell, die Autobahn, die Steilwandfahrer – wahnsinnige Motorradfahrer, die echt was drauf hatten – und die Schiffschaukel, außerdem ein Kasperletheater, ein Kinderkarussell und Schießbuden." „Ja, aber die gibt es ja immer noch: Schießbuden, Geisterbahn, Dosenwerfen, Losbude, Würstelstände, Zuckerwatte, Türkischen Honig und so weiter gibt es ja schon lange. Sogar den Spielzeugladen, bei dem wir immer am liebsten eingekauft haben, gibt es schon seit ca. 40 Jahren. Den kennt jeder schon an der grellen Standfarbe und am Bären, der den ganzen Tag seine Seifenblasen produziert, denen die kleinen Kinder zu gerne nachjagen."

Jan war ganz in seinem Element. „Oma, geh bitte heuer einmal mit uns auf den Gillamoos. Nur wir drei!" Lena konnte sich auch für das Thema ereifern.

„Au ja, Oma, du gehst am Montag mit uns, wo dann der Viehmarkt ist. Der beginnt ja schon ganz früh, so zwischen 6:00 und 7:00 Uhr. Wir holen dich mit den Rädern ab und dann machen wir uns einen schönen Vormittag!"

Tags darauf wurde der Jahrmarkt erst abends mit dem Bieranstich eröffnet. In kürzester Zeit waren die Standleute in allen Buden beschäftigt und man hörte aus jedem der großen Bierzelte Musik tönen.

Lena und Jan waren mit Lenas Mutter und Jans Vater, welche Geschwister waren, dort. Die waren begeistert von einer der Bands, die spielten. Die beiden Jugendlichen mussten sich am frühen Abend immer wieder bei den Eltern melden und waren sonst meist mit ihren Freunden unterwegs.

Später blieben sie auch mit im Zelt und grölten mit, bis sie keine Stimme mehr hatten. Allerdings hatten sie sich gemeinsam auch noch das traditionelle Feuerwerk angesehen. „Das gehört einfach dazu", meinte Jans Vater.

Lena hatte für den folgenden Nachmittag schon eine Beschäftigung. Gleich nach dem Mittagessen fuhr sie mit dem Rad zu einem Pferdestall, wo sie nacheinander zwei Pferde putzte, bis sie glänzten. „Toll sehen sie aus", lobte sie der Besitzer. „Danke dir einstweilen. Wir kommen jetzt wunderbar zurecht und du kannst schon mal flitzen und dich duschen und fesch machen, damit wir später ein hübsches Mädel dabei haben."

Am Abend war der offizielle Festzug. Jan ging mit seinem Judoverein mit und Lenas Mutter bei einer der Kapellen, wo sie Flügelhorn spielte. Jans Vater lenkte den großen Brauereiwagen mit den vier herrlichen Kaltblütern davor.

Weil sie so fleißig geholfen hatte beim Putzen der schweren Pferde, durfte Lena im Dirndl daneben auf dem Kutschbock sitzen. Hinter ihnen lagen viele Holzbierfässer. Lenas Vater führte als Schützenkönig des Jahres den Schützenverein an und Oma Kathrin ging beim Trachtenverein mit. Tobias war bei den Rock'n Rollern dabei und Jans kleinere Schwester lief mit dem Reitverein. So hatten sie alle eine Aufgabe. Jans Mutter? Ja, die fand man inmitten der Bedienungen. Sie half auf verschiedenen Volksfesten schon seit Jahren bei der Bewirtung.

„Sag mal Onkel, ist in den Fässern eigentlich wirklich Bier?" Lena war neugierig. „Nein, Lena. Du kennst doch die großen Metallfässer, die mit dem Traktor zu den Zelten gefahren werden. Nur aus denen kommt das Gillamoosbier. Aber früher war es üblich, Bier und auch Wein in große Holzfässer abzufüllen. Die Fässer, die wir hier auf dem Wagen haben, sind leer. Ist auch besser für unsere Zugpferde. Die sind das ja heutzutage auch nicht mehr gewohnt, einen Wagen mit voller Ladung zu ziehen. Unser Brauereichef hält die ja mehr oder weniger nur noch für Festumzüge oder andere feierliche Gelegenheiten."

„Das ist schade. Die sehen aber auch toll aus mit ihrem bunten Geschirr, dem verzierten Kummet[31], den Glöckchen und sonstigen Behängen. Einfach eine Wucht!"

„Richtig, sehr schade ist das sogar. Es gibt nur noch wenige Brauereien, die tatsächlich mit einem Pferdewagen Getränke ausfahren. Mein Neffe hat mir letztens gesagt, dass es das zum Beispiel in einem Teil Salzburgs gibt.

Nach dem Festumzug, den ganze Menschenmengen an der Straße vom Platz der Aufstellung bis zur Gillamooswiese verfolgt hatten, trafen sich Lena und Jan wieder. „Ich glaube, ich werde heute nicht lange hier bleiben. Die ganzen Fieranten[32] mit den Klamotten, Messern, Haushaltswaren, Kurzwaren usw. kommen ja eh erst morgen früh. Im Bierzelt ist mir zu viel los und sonst auch. Außerdem haben wir ja noch ein paar Tage vor uns." Lena war nicht gerade bester Laune.

„Na gut, also ich fahre jetzt noch Autoscooter und treffe mich mit Freunden. Weiß nicht, wie lange es mir heute gefällt. Wir sehen uns dann morgen." Jan zog seiner Wege und Lena ging langsam durch die Reihen.

Man konnte hier zum Essen allerhand kaufen: Obst, Pizza, Gyros, Rosswürste, Döner, Bratwürstel- oder Steaksemmeln, Schaschlik, Grillhendl, Steckerlfisch, gegrillten Ochsen, saftigen Käse, große Brezen, Semmeln, Kartoffelsalat, dann gebrannte Nüsse aller Art mit zuckriger Ummantelung, Zuckerwatte, glasierte Äpfel, Schokofrüchte auf Spießen, Magenbrot, Lakritze, saure Stangen, sogar frisch herausgebackene Küchel[33] und noch vieles mehr. Neben den Bierzelten gab es ein Weinzelt,

---
31) Geschirr für Zugtiere, um sie vor Karren, Wagen oder auch Pflug zu spannen.
32) Markthändler, meist Wanderhändler
33) Schmalzgebäck aus Hefeteig – meist mit Rosinen und Puderzucker. Je nach Region auch Ausgezogene oder Bauernkrapfen genannt.

eine Kegelbahn, verschiedene Bars und einen Softeisstand, der auch geeiste Obstsäfte anbot. Irgendwo gab es auch Kaffee und Kuchen. Eigentlich blieben da kaum Wünsche offen.

So schlenderte Lena langsam nach Hause und setzte sich noch eine Weile vor den Fernseher, bevor der Ruf ihres Bettes zu stark wurde. Sie nahm sich fest vor, einmal mit dem Riesenrad zu fahren.

Die nächsten Tage verbrachte sie mit Jan immer wieder auf der Gillamooswiese. Sie besuchten alle interessanten Veranstaltungen: den Frühschoppen mit den Goaßlschnalzern im Biergarten eines Zeltes, den Holzsägewettbewerb, die Dirndlköniginnenwahl. Außerdem durchforsteten sie die landwirtschaftliche Ausstellung, sahen sich alle Stände der Fieranten an, was immer diese auch verkauften. Da gab es Töpfe und Pfannen, Messer und Haushaltsgeräte, CDs, Körbe, Socken, Hüte, Kappen, Uhren, Gewürze, Schmuck, Gürtel und Geldbörsen, Vorhänge und Tischdecken, trachtenartige Kleidung, Drachen, Seifenblasen sowie andere Spielwaren und dazwischen viele kurzlebige Dinge, an die sich im nächsten Jahr schon kaum mehr jemand erinnern würde.

„Es ist einfach herrlich hier. Man kann so schön stöbern – und zwischendurch ein Schaschlik mit Breze und eine Cola. Hey Jan, das ist Leben!" Lena tanzte auf dem staubigen Durchgang zwischen den Ständen und lachte alle Menschen an, denen sie begegnete.

Die beiden lösten alle Freikarten der Fahrgeschäfte ein und an einem Abend saßen sie auch bei Dunkelheit im Riesenrad und hatten einen wunderbaren Blick über die Stadt und all die Buden direkt unter ihnen. „Hier oben ist es nicht so irre laut wie unten. Ich finde es schrecklich, wie man überall den Bass dröhnen hört und sich die Musik der Fahrgeschäfte und der Bierzelte zu einem furchtbaren Mischmasch zusammenfindet. Aber die Gerüche unten finde ich einfach herrlich. Der Duft von den verschiedenen Essensständen könnte mich glatt süchtig machen!" Jan war einfach begeistert von dem Blick und er machte viele Fotos mit seiner neuen Digitalkamera.

Zum Viehmarkt gingen die beiden am Montag, an dem viele Handwerksbetriebe, Geschäfte und sogar Banken im Landkreis geschlossen hatten, ganz früh wie besprochen mit Oma Kathrin. Der Markt war im Laufe der Jahrzehnte mehr zum Kleinviehmarkt geworden.

Es wurden nur mehr wenige Pferde, einzelne Esel und wenige Kühe zum Kauf angeboten. Aber es gab Hühner, Gänse und anderes Federvieh neben Hasen, Meerschweinchen und Zwergziegen. Alles, was ein Fell hatte, wollte natürlich auch gestreichelt werden und da waren Lena und Jan nicht geizig.

„Kommt frühstücken", meinte Oma Kathrin, „hier gibt es Weißwürste mit süßem Senf und Brezen. Genau richtig um die Zeit an diesem Ort!" Während die drei ihre Würste aßen, beobachteten sie das Treiben am Stand des „Billigen Jakob", der Wischtücher, kleine Küchenhelfer, Seifen und viele andere Dinge lautstark und mit viel Humor an den Mann – oder besser: an die Frau – bringen wollte. Seine Art zog vor allem das etwas ältere Publikum an. Immer wieder erntete er schallendes Gelächter von seinem Publikum, wenn er einen der potenziellen Käufer ein wenig aufzog. Die Preise waren nicht hoch und seine Vorstellung so amüsant, dass sich viele willige Käufer für seine Waren fanden. Lena war fasziniert. „Der kann reden! Das würde ich auch gerne können."

Oma Kathrin hatte noch interessante Informationen für ihre Enkel. „Ich kann mich daran erinnern, dass der Viehmarkt in meiner Kindheit noch in der Ulrichstraße stattfand. Wir versuchten immer, uns ein paar Pfennige zu verdienen, indem wir in der Kegelbahn die Kegel wieder aufstellten. Ja, wir rissen uns förmlich um den Job. Außerdem gab es für jedes Kind von den Eltern, Großeltern und manchmal auch Onkeln und Tanten Gillamoosgeld. Das war schon was Besonderes."

Lena schaute ihre Oma nachdenklich an. „Ja, das glaube ich. Mama erzählte mir auch, dass sie das so empfunden hat. Und sie hat auch gemeint, dass es zu ihrer Zeit am Gillamoos immer ein Spielzeug gab. Denn damals bekam man halt nur an Weihnachten und zum Geburtstag größere Spielsachen. Irgendeine Kleinigkeit war dann noch an Ostern und zu Nikolaus drin – und am Gillamoosmontag was Großes mit den Großeltern."

„So sieht's aus, ja. Viele Bauern der Umgebung – vor allem die Hopfenbauern – kamen meist am Montag. Zuerst zum Viehmarkt, dann zu den Politikern im Zelt und dann Spielzeug kaufen mit den Enkeln – oder auch in anderer Reihenfolge." Oma Kathrin war in ihrem Element.

Nachdem sie jedes Tier inspiziert hatten und den alten Pferdehändlern bei deren Fachsimpelei gelauscht hatten, spazierten sie nach und nach durch alle Wege am Festplatz. „Hör mal, Oma, da muss einer Drehorgel spielen!" Schon wurde Lena schneller und ging auf die Klänge zuzu, die ihr der Wind entgegenwehte. Und tatsächlich. Da stand ein Drehorgelmann mit einem altmodischen Zylinder auf dem Kopf und gekleidet in einen Frack mit Schwalbenschwanzjacke. „Irgendwie sieht der Mann aus, als ob er aus einer anderen Zeit zu uns gekommen wäre." Oma Kathrin fand ihre Freude daran.

Etwas weiter beobachteten sie, wie ein junger Mann sich an der Überschlag-Schiffschaukel versuchte. „Ich glaube, das ist gar nicht so einfach, den Schwung für einen Überschlag zu kriegen." Jan dachte laut nach. Die drei jubelten mit den anderen Zuschauern mit, als der erste einer Reihe von Überschlägen klappte.

„Oma, schau mal, wer da kommt." Sie sah sich um. „Da ist ja unser alter Bekannter, der Luftballonverkäufer! Na, will heuer keiner von euch beiden mehr einen Luftballon?" Jan und Lena sahen sich an und grinsten. „Nein, Omi. Aber du darfst heuer einen mit nach Hause nehmen." Jan bezahlte für ein mit Helium gefülltes Herz und band seiner Oma das Ende der Schnur ums Handgelenk.

„Das war noch nicht alles, Omi. Heuer bist nämlich du dran!" Lena lachte über das ganze Gesicht. „Jetzt gibt's noch ein Lebkuchenherz." Sie suchte ein mittelgroßes Herz mit der richtigen Beschriftung heraus. „Der besten Oma" stand dort in weißen Zuckerlettern. Die beschenkte Oma freute sich über die spendablen Enkel. „So freigiebig kenne ich euch ja gar nicht", lachte sie.

„Gern geschehen. Dafür darfst du uns jetzt auch zu einer großen Breze und Käse einladen. Vielleicht im Bierzelt mit einer Maß Radler für dich und Cola für uns?" Die gutgelaunte Großmutter lachte, hakte sich bei ihren Enkeln ein und ging mit den beiden zur nächsten freien Bierbank auf der Terrasse des Zeltes, wo Jans Mutter arbeitete, um eine Brotzeit zu genießen.

So mochte Oma Kathrin den Gillamoos! „So, und morgen wünsche ich mir, dass ihr beiden für mich da seid. Wir treffen uns hoffentlich bei solchem Wind wie heute auf dem Hügel hinter unserem Haus und lassen Drachen steigen!"

34) Alle Gillamoos-Zeichnungen © Heide Maria Brotsack, geb. Perzl

„Wie bist du eigentlich dazu gekommen, Romanzen zu schreiben? Ich meine, du könntest ja auch Krimis, Science Fiction, Horrorromane oder sonst was schreiben."

„Ich habe zu diesen Genres eine ganz eigene Meinung. Dabei klammere ich Nacherzählungen von Geschehnissen, die in der Vergangenheit liegen, natürlich aus.

Ich bin bei allen Szenen, die Gewalt enthalten, sehr vorsichtig, weil ich daran glaube, dass der Mensch die Macht hat, alles, was er sich vorstellt, auch wahr werden zu lassen. Das heißt nicht, dass dieser Mensch, der sich das ausdenkt, die Sache selbst realisiert. Aber er setzt auf jeden Fall Energien frei, die andere vielleicht auffangen. Oder er verbreitet Ideen, die andere inspirieren.

Wie viele alte Science Fiction-Romane wurden schon mehr oder weniger Wirklichkeit? In welchen Horrorszenarien, die sich vor vielen Jahren sogenannte kranke Hirne ausgedacht hatten, leben wir teilweise schon? Nein, ich möchte diese Entwicklung nicht mit unterstützen.

Außerdem schreibe ich gerne über Sachen, die ich kenne oder auch Dinge, die ich mir wünsche. Meine Romane sind ein Mix daraus. Ich beobachte die Menschen, mit denen ich in Kontakt komme. Und ich frage viel. Mir haben schon viele Frauen über ihre Erlebnisse in der Liebe erzählt – und auch über ihre Wünsche und Träume. Diese übertrage ich einfach in eine etwas andere Zeit. So haben die Leserinnen auch nicht das Gefühl, dass sie etwas verpassen, wenn genau das nicht in ihrem Leben passiert. Denn genau mit diesen Umständen kann es heutzutage einfach auch nicht mehr geschehen. So einfach ist das."

„Ich finde das sehr spannend und ich liebe deine Bücher. Inzwischen habe ich schon alle gelesen. Wann wird das nächste veröffentlicht?"

„In vier Monaten gibt es das neue Buch im Handel. Und jetzt muss ich mir ein neues Thema überlegen. Aber zuerst mache ich mal ein wenig Pause."

12. SEPTEMBER

Dann kam einer meiner typischen Samstage im Herbst. Zuerst machte ich einen frühen Ausritt mit Arwakr, dann hing ich meine inzwischen gewaschene Wäsche zum Trocknen auf. Nach einer schnellen Dusche schlüpfte ich in hübsche Klamotten und fuhr in ein Dorf in der Nähe. Fast alle Chormitglieder waren schon anwesend, als ich bei der schön geschmückten Kirche ankam. Wir sangen uns ein und stimmten nochmals alle Lieder an.

Als die sehr festliche Hochzeit mittags vorbei war, fuhr ich zu meiner Bläser- und Reiterfreundin Birgit. Bei ihr zog ich mich eilig um.

„Schau, ich habe auch zwei schön dick belegte Käsebrote für dich. Du musst ja Hunger haben, wenn du seit dem Frühstück nichts mehr bekommen hast! Hier ist auch noch eine Flasche Wasser."

Ich grinste sie an und umarmte sie spontan. „Du bist wirklich die Beste! Du weißt, wie man eine Freundin glücklich macht."

„Na, wenn es dazu nicht mehr braucht, mache ich das doch sehr gerne." Sie sah mich spitzbübisch an.

Ich packte meine Sachen in Birgits Auto und während sie mich kutschierte, verschlang ich mit Genuss mein Mittagessen. Den Rest der Fahrt spielten wir uns auf unseren Mundstücken ein. „Nicht schön, aber selten. Hauptsache eingespielt."

Als wir an dem Feld ankamen, wo die Fuchsjagd eines Reitvereins beginnen sollte, war schon mächtig was los. Es wimmelte nur so vor Pferden, verschiedensten Hunden und Menschen, die alle recht aufgeregt erschienen. Es war laut und für einen Neuling sah es vermutlich nach einem Chaotenhaufen aus. Auf dem Weg zu unserer B-Horngruppe[35] gab es von allen Seiten Begrüßungen. Wir küssten und winkten uns den Weg durch die Leute.

„Hallo ihr beiden! Wir sollen uns zuerst hier hinten aufstellen. Der Kleinbus dort ist unserer. Dort könnt ihr eure Taschen ablegen. Heute haben wir sogar einen Chauffeur – man höre und staune.

Monika hat erzählt, du hast heute schon bei einer Hochzeit mitgesungen, Laura. Was hättest du gemacht, wenn die Hochzeit nachmittags gewesen wäre?" Steffi war an diesem Tag gesprächsfreudig.

---

35) *B-Horn ist das typische Horn der Jäger. Es ist handlich und in B-Dur gestimmt. Es hat sieben Natur-Töne, von denen meist nur fünf gespielt werden, wie man sie auch einer Trompete entlocken kann, wenn man sie ohne Ventile bläst.*

„Ich hätte mal geschaut, wer eher auf mich verzichten kann und dann bei der anderen Gruppe mitgemacht. Heute hätte ich mir eigentlich einen faulen Tag gönnen können. Sowohl der Alt beim Chor als auch die zweite Stimme hier sind vollzählig."

„Wäre schade gewesen. Ich bin mir sicher, das wird eine wundervolle Jagd. Das Wetter ist herrlich und alle sind gut drauf."

„Wenn ich das alles nicht lieben würde, würde ich mir den Stress auch nicht antun, meine Liebe. Schau, der Vereinsvorstand gibt uns gerade ein Zeichen. Es soll losgehen."

Wir stellten uns auf und spielten das erste Stück. Es sollte die allgemeine Aufmerksamkeit wecken. Kurz darauf bliesen wir im Halbkreis zum Aufsitzen.

„Schau, den dort müssen wir uns merken. Der ist noch vor dem Master aufgesessen." Birgit lächelte fast hinterhältig.

Ich hatte nicht aufgepasst, da ich am anderen Ende des Feldes Raphael mit Afra und seinen Nichten gesichtet hatte. Als die Mädchen von meinem Hobby gehört hatten, wollten sie so eine Jagd unbedingt mal miterleben – egal, ob mit oder ohne Meute und ob Es oder B. Da die Meutejagden mit typisch französischer Jagdmusik meist mit ziemlich viel Fahrerei verbunden waren und solche kaum in unserer Nähe veranstaltet wurden, wurde es also eine klassische Vereinsjagd mit deutschen Jagdsignalen, Fanfaren und Märschen mit Hörnern in B-Stimmung. Ich winkte und alle vier winkten zurück.

Als alle Reiter startklar waren, gab es einen kurzen Willkommensgruß vom Vereinsvorstand. Er legte nochmals die Regeln dar, falls neue Jagdreiter dabei wären.

„Unsere Monika auf dem feurigen Rappen hier – das ist unschwer zu erkennen – ist unser Fuchs. Sie trägt einen hübschen Fuchsschwanz am Ärmel. Sie kennt die Strecke und führt die Jagd mit einigem Abstand an. Und Alfred ist der Master. Wehe dem, der vor dem Master auf- oder absteigt oder ihn während der Jagd überholt! Die Piköre[36] begrenzen das Feld zur Seite und nach hinten. Ich bitte alle Jagdreiter, zumindest während der Galoppstrecken ihre Plätze beizubehalten. Wir wollen alle eine entspannte Jagd und keine aufgeheizten Pferde, die sich Rennen liefern ..."

Der Master wünschte allen eine unfallfreie Jagd. Wir spielten noch eine Fanfare, währenddessen die Jagd begann. Dann stürmten wir unser Taxi und wurden zum ersten Hindernis gefahren, das auf einem abgeernteten Kartoffelfeld aufgebaut war.

---

36) Ein Pikör (Piqueur) ist bei Meutejagden ein Meuteführer. Bei einfachen Reitjagden fungiert der Pikör als jemand, der das Feld der Reiter seitlich und nach hinten begrenzt.

Dort nahmen wir gerade rechtzeitig Aufstellung, bevor der Fuchs auftauchte. Wir begannen mit dem nächsten Stück, als der Master in Sichtweite kam. Als das Reiterfeld an uns vorbei war, wurden wir wieder weiter chauffiert.

In unserem Auto befanden sich einige Flaschen Wein und mehrere Flaschen Wasser und Bier. Der Wein wurde gekostet und für gut befunden. Dem Wasser sprachen wir auch gut zu, da es ein warmer Tag war und wir in unserem Outfit ganz schön ins Schwitzen kamen.

Die Hindernisse, an denen wir jeweils ein Stück bliesen, waren unterschiedlich. Sie bestanden aus Strohballen, jungen Birken oder großen Baumstämmen, die schon länger an Ort und Stelle lagen. Sie standen mal auf einem Stoppelfeld, dann wieder auf einem Wiesenstreifen. Der Untergrund war unterschiedlich. Alle Hindernisse konnten umritten werden, was jungen Pferden und Anfängern zugute kam.

Die Fuchsreiterin bestimmte grundsätzlich das Tempo. Es wurden alle Gangarten benützt. Das heißt, dazwischen gab es schon mal wieder Schritt, währenddessen man bei den Reitern die Flachmänner kreisen sah.

„Würdest du auch gerne reiten?" Birgit fragte mich und blickte sehnsüchtig dem Reiterfeld hinterher.

„Ja, obwohl mein Arwakr nicht gerade ein begnadeter Springer ist. Ich denke, ich sollte mal wieder eine Jagd reiten, auf der wir nicht blasen müssen."

„Ich bin dabei. Einen Hänger habe ich ja." „Ausgemacht." Ein kräftiger Händedruck besiegelte das Abkommen.

Auf einer schönen Anhöhe gab es den Bügeltrunk[37]. Die Reiter saßen ab und holten sich etwas zu trinken und die obligatorische Gulaschsuppe mit Semmel. Währenddessen gab es viele helfende Hände, welche den dampfenden Pferden Decken auflegten und sie trocken führten.

Wir hatten nun auch Pause und ich ging mit meiner Portion Suppe zu Raphael und seiner Familie. Natürlich wurde ich mit einem innigen Kuss begrüßt, der meiner Bläsergruppe nicht verborgen bleiben konnte.

„Freut mich, dass du heute keinen Auftritt hast und ihr vier da seid."

„Mich auch. Mir gefällt die Jagd. Das ist wieder ein ganz anderer Menschenschlag als bei den Mittelalterfesten. Wir haben

---

37) *Die Bezeichnung Bügeltrunk kommt daher, dass früher bei Jagden ein Pausentrunk im Sattel – also mit den Füßen in den Steigbügeln – gereicht wurde. Das gehetzte Wild wartete nicht, also musste es schnell gehen.*

uns während der Stopps bei den Hindernissen schon mit einigen Leuten unterhalten. Sie sind alle sehr nett, wenn auch etwas anders, als die Leute, die wir so kennen. Mutter hat schon viel fotografiert."

„Ja, ich bin echt begeistert von den wundervollen Motiven. Es ist doch gleich ein anderes Bild, wenn alle Reiter in schwarz- bzw. grün-weiß oder rot-weiß auf den Pferden sitzen, als mit irgendwelchen Freizeitklamotten. Das einzige Reitermotiv, welches noch schöner ist, ist eine mittelalterlich gewandete Gesellschaft."

„Oder eine Meutejagd. Das ist auch ein besonderes Erlebnis und ein wundervolles Bild."

„Tante Laura, weißt du, wie der große Schimmel dort heißt? Der springt super. So einen möchte ich auch mal!"

„Ja, Alice, das ist der Power Boy."

„Und die hübsche Stute mit dem alten Herrn, der immer mit Juhu über die Sprünge geht?" Helena zeigte auf das Pferd.

„Du meinst die Zicke?" Ich grinste

„Nein, so heißt sie bestimmt nicht!" Ich erntete einen empörten Blick von Helena.

Ich blieb ganz ernst. „Du kannst hier jeden fragen und bekommst vermutlich von allen die gleiche Antwort. Jeder kennt das Pferd unter diesem Namen, weil der Besitzer immer nur von seiner Zicke spricht! Aber du hast Recht. Die Stute heißt Serafina."

„Das ist ein schöner Name. Den muss ich mir merken."

Eine Bewegung am Ende meines Gesichtsfeldes erregte meine Aufmerksamkeit. „Da schau her, da hat jemand es nicht für nötig gehalten, sein Pferd zu halten. Seht, da geht einer stiften." Ich deutete in die Richtung, in der ein einzelnes Pferd mitsamt Zaum und Sattel, aber reiterlos dahin trabte. „Vermutlich hat der Reiter nicht bedacht, dass er sich hier ganz in der Nähe seines Stalles befindet."

„Findet das Pferd heim?" Helena war besorgt.

„Natürlich. Wir befinden uns in einem Gelände, in dem dieses Pferd zuhause ist. Es muss auch keine Straße queren." Mein Kommentar schien Helena zu beruhigen.

„Und es wird wirklich kein Wild erlegt?" Alice war eine große Tierschützerin.

„Nein, denn die Jagd zu Pferde wurde in Deutschland schon in den 30er-Jahren des letzten Jahrhunderts verboten[38].

---

38) *Am 3. Juli 1934 wurde die Jagd zu Pferde auf eine Initiative von Hermann Göring hin verboten. Das „Adelsprivileg" war den Nationalsozialisten ein Dorn im Auge.*

Die heutigen Jagden werden wirklich nur aus Jux und Tollerei veranstaltet. Weil es einfach eine schöne Sache ist, auf diese Weise einen schönen Herbsttag zu verbringen.

Es hängt allerdings ganz schön viel Vorarbeit dran. Die Strecke wird mit den Bauern abgesprochen, da jedes Feld, jeder Wald und jede Wiese einen Besitzer hat. Zwischendurch wird auf öffentlichen Feld- und Waldwegen geritten. Das wäre bei einer echten Hatz gar nicht möglich. Du kannst ja keinem Fuchs oder Hasen vorschreiben, wo er hinzurennen hat. Die Hindernisse müssen aufgestellt werden – sie werden auch morgen wieder abgebaut. Wie du sicher bemerkt hast, macht so eine Jagd sowohl den Reitern, als auch den Pferden viel Spaß."

„Gut, dann macht es auch mir Spaß." Kindliche Logik.

„Noch was. Am Ende der Jagd bekommen Reiter und Bläser einen Eichenbruch zum Anstecken. Meistens werden mehr gemacht, als benötigt werden. Falls euch also auch einer angeboten wird mit den Worten ‚Waidmanns Heil', dann müsst ihr ihn nehmen und dazu ‚Waidmanns Dank' sagen."

„Der Prinz in dem Film ‚Drei Haselnüsse für Aschenbrödel' hat einen Tannenzweig auf den Fuchs gelegt. War das auch ein Bruch?", meinte Helena und Alice nickte ganz eifrig.

„Stimmt, das war auch ein Bruch und solche Tannenbrüche gibt es üblicherweise bei Winterjagden. Zu der Zeit sind die Laubbäume kahl. Bis zum Tag des St. Hubertus am 3. November gibt's Eichenbrüche und danach Tannenbrüche. So ist das, meine Damen. Ich muss euch jetzt wieder verlassen, weil es gleich weitergehen wird." Zum Abschied bekam ich vier Umarmungen und wieder einen Kuss.

Birgits einzige Anmerkung zu mir und Raphael war. „Gut gewählt. Hätte ich auch nicht von der Bettkante gestoßen." Sie wusste schon länger von ihm und würde ihn auch später in ihrem Auto mitnehmen.

Doch bei den anderen kam ich nicht so billig davon. „Hey, der sieht verdammt gut aus. Seit wann hast du einen Freund? Du hast ja gar nichts erzählt. Sind das seine Kinder? Die sind schon ganz schön groß. Wie hast du ihn kennengelernt?"

„Raphael und ich sind seit drei Monaten zusammen, die Mädchen sind seine Nichten und wir haben uns auf einem Ausritt getroffen. Er wird heute Abend auch dabei sein, also werdet ihr ihn alle kennenlernen. Und jetzt müssen wir uns aufstellen. Der Master winkt schon."

Bei einem unserer letzten Bläsereinsätze setzten wir die Hörner an – und in dem Moment segelte ein Mundstück an mir vorbei in den Acker dahinter. Ich brach in Gelächter aus und konnte mich kaum beruhigen.

Nach der Fanfare zog ich das Mundstück aus dem Acker und reichte es Elke. „Sag mal, wolltest du mich erschlagen damit? Es ist haarscharf an mir vorbei geflogen", übertrieb ich die Situation ein wenig.

Sie konnte es nicht fassen. „Ich suche das verdammte Ding schon seit Wochen! Ich war gezwungen, mit dem Ersatzmundstück zu spielen, das mir nicht so recht liegt. Dabei war das blöde Ding im Trichter und hat sich verkeilt. Das kann doch nicht wahr sein!" Wir lachten alle noch eine Weile darüber und zogen Elke deswegen auf.

Nach glücklicher Beendigung der Jagd gab es noch ein großes Feld mit einem Sprung auf dem letzten Drittel, auf dem der neue Fuchs ausgejagt[39] werden sollte.

Die Reiter, die während der Jagd auch gesprungen waren, stellten sich in einer Reihe auf. Zuerst galoppierte die Fuchsreiterin voran. Nach einem Startsignal folgte der Rest. Der Reiter, der das Ende des Feldes mit Siegesgeschrei als erster erreichte, bekam den Fuchsschwanz überreicht und steckte ihn sich an seine Jacke. Währenddessen bliesen wir das Jadgsignal „Fuchs tot" sowie das „Halali"[40]. Die Reitjagd war vorüber. Und damit auch ein perfekter, sonniger Nachmittag.

Die komplette Jagd war ohne Unfall vonstatten gegangen und die Besatzung des Krankenwagens, der die Veranstaltung begleitet hatte, war ein weiteres Mal glücklicherweise nicht zum Einsatz gekommen und hatte nur das eine oder andere Pflaster ausgegeben.

Die schwitzenden Pferde wurden abgesattelt, versorgt und in die bereitstehenden Hänger verladen, um nach Hause gebracht zu werden.

Glücklich, wer eine zweite Garnitur Jagdkleidung hatte. Der konnte duschen und ganz entspannt in frischen Sachen zum abendlichen Jagdgericht kommen. Alle anderen mussten in den verschwitzten Klamotten erscheinen. Da sich eine Heimfahrt für uns nicht lohnte, wollten wir uns schon vorher im Gasthaus treffen. „Die haben einen netten Biergarten. Dort können wir noch die letzten Sonnenstrahlen genießen."

Raphael stieß zu Birgit und mir und ich machte beide bekannt. Birgit ging gleich auf Raph zu: „Freut mich, dich auch mal zu

---

39) Früher jagten meist alle Reiter dem „Fuchs" hinterher und versuchten, diesem den Fuchsschwanz vom Ärmel zu reißen. Heutzutage wird meist eine ungefährlichere Variante des Fuchsausjagens für Pferde und Reiter gewählt.
40) Das Halali ist das traditionelle Zeichen für das Ende einer Jagd. Alle Waffen müssen ruhen.

sehen. Laura hat mir ein wenig von dir erzählt und ich war ganz gespannt."

„Und, wurde die Erwartung enttäuscht?"

„Nein, gar nicht. So einen Typen wie dich habe ich mir für sie gewünscht."

Ich wechselte wenigstens die Schuhe, weil meine Reitstiefel auf Dauer nicht gerade bequem waren. Meine Wildlederstiefel würden auch dieses Mal sicher nicht auffallen, da sie die gleiche Höhe hatten.

„Was kommt jetzt eigentlich noch, weil ihr in Jagdkleidung erscheinen müsst?"

„Zuerst gibt es was zu essen und dann wird's richtig lustig. Es gibt nämlich ein Jagdgericht."

„Welches nichts zu essen ist, wie ich das jetzt verstanden habe."

„Genau. Es wird über die Beteiligten an der Jagd zu Gericht gesessen. Und jeder – ohne Ausnahme – wird zu einer Geldstrafe verdonnert. Natürlich wird diese für das Wohl des Vereins erhoben – die Unkosten müssen ja gedeckt sein – und fällt auch sehr gemäßigt aus."

Als wir uns zu den anderen gesellten, wurde Raphael belagert und ich unterhielt mich mit einigen anderen Leuten, bis ich dachte, ich sollte meinen Liebsten den Klauen meiner Mitbläser entreißen. Er hatte sich bislang wacker gehalten und schien den Tag und die Aufmerksamkeit zu genießen.

Nach und nach kamen alle Reiter wieder, die ihre Pferde nach Hause gebracht und versorgt hatten. In der Wirtsstube waren schon die Tische in Hufeisenform aufgestellt worden. Am offenen Ende gab es einen Tisch mit drei Stühlen, der vorerst verwaist blieb.

Nachdem alle Schnitzel oder wahlweise Rehragout gegessen hatten, warfen drei Reiter des Gastgebervereins schwarze Talare über und setzten sich an den einzelnen Tisch. Sie verkörperten Richter, Ankläger und Verteidiger.

Die alten Hasen der Jagd wurden einzeln aufgerufen, die jungen Neulinge immer in Zweier- bis Vierergruppen. Es wurden vielerlei Verfehlungen vorgebracht zur Verhandlung: Auf- oder Absitzen vor dem Master; das Überholen des Masters; das wiederholte „Aufrollen" des Reiterfeldes von hinten während der Galoppstrecken (ich hätte für eine Sperre für folgende Jagden plädiert, weil derjenige damit andere Reiter gefährdet); Stroh in der Pferdemähne; das obligatorische rote Bändchen im Schweif für Pferde, die leicht ausschlagen; Trödelei, so dass die Schluss-Pikeure warten mussten; die Kreisung des Flachmanns …

Wenn man über den Delinquenten nichts besseres zu sagen wusste, wurden die Frisur, die Kleidung, die Ausstattung des Pferdes oder der Reitstil bemängelt.

Auch die Bläser wurden nicht ausgespart. Also kam ich irgendwann an die Reihe.

„Wessen ist die Bläserin angeklagt?" fragte der Richter.

„Der Geheimhaltung", entgegnete die Anklägerin. „Sie hat ihrer Bläsergruppe und anderen Anwesenden ihre Liaison mit diesem attraktiven Herrn dort drüben über Monate verschwiegen. Ich hörte gar, er sei ein Ritter, der auf mittelalterlichen Turnieren kämpft." Ein Raunen ging durch den Saal und alle starrten Raphael an. „Ich verlange Höchststrafe."

Nun meldete sich der Verteidiger zu Wort. „Einem altbewährten Mitglied unserer Bläserfreunde können wir keine Höchststrafe aufbrummen. Sie würde nie wieder für unseren Verein spielen und aus Solidarität würde vielleicht gar die ganze Gruppe fern bleiben.

Die Verteidigung ist der Meinung, eine angemessene Spende für den Verein und eine Runde Schnaps für die Bläser und das Gericht ist in dem Fall mehr angebracht."

Der Richter wandte sich an mich. „Was hast du zu deiner Verteidigung zu sagen?"

„Verehrtes Gericht, wie die Anklägerin schon sagte, ist mein Liebster ein attraktiver Mann. Keine Frau wäre so dumm, einen solchen Prachtkerl ihren Bekannten vorzustellen, bevor sie sich seiner nicht sicher ist. Deswegen habe ich ihn auch heute erst in unsere Runde eingeführt."

Die Anklägerin, die sehr wohl wusste, dass ich bei einem Mittelalterverein Mitglied war, nutzte ihre Chance sofort. „Tja, das stimmt natürlich auch wieder. Die Anklage sieht daher von der Höchststrafe ab, wenn sich das Paar dazu verpflichtet, bei unserer Jubiläumsjagd im nächsten Jahr mitzureiten – und zwar in mittelalterlicher Gewandung."

Die Bläser johlten und allgemeiner Applaus brauste auf in Erwartung der nächsten Jagd. Also wurde das Urteil so verkündet: die schon erwähnte Runde Schnaps, eine Spende in die Kasse des Vereins und die Teilnahme an der Jagd im nächsten Jahr.

Ich hatte nachmittags schon Raphael gebeten, an diesem Abend zu fahren. Sein Beisein war für mich eine einmalige Gelegenheit, das eine oder andere Glas Alkohol nicht wie sonst verschmähen zu müssen – und es zudem zu genießen. Raphael bot sich angesichts der Getränke, die vor uns angehäuft wurden, frühzeitig an, die Fuhre zu Birgit auch zu übernehmen.

Am Ende wurde der Reiter aufgerufen, der den Fuchsschwanz gewonnen hatte. Dieser wurde zu einem fixen Geldbetrag verurteilt, da der Erwerb eines solchen Schwanzes über einen Jäger für den Verein auch immer mit Kosten verbunden war und er sich außerdem in dem Gefühl sonnen konnte, an diesem Tag den höchstmöglichen Ruhm erlangt zu haben.

Wir saßen nach dem offiziellen Teil noch alle gemütlich zusammen. Birgit erzählte von ihren jüngsten Erlebnissen auf einem Ausritt.

„Das war wirklich ein irrer Tag und ich war ehrlich froh, als wir alle heil und ganz wieder zurück im Stall waren. Erst war ich alleine unterwegs mit meiner Stute. Ich ritt tagträumend auf dem Kiesweg dahin und sah mich immer wieder um. Ihr wisst ja, man schaut schon immer wieder, aber halt nicht alle paar Sekunden. Plötzlich fuhr einer von diesen Fahrradkurieren in einem Affentempo ganz knapp an uns vorbei. Ich glaube, Queen und ich hätten in dem Moment beide keinen Tropfen Blut mehr gegeben, so erschrocken waren wir. Zum Glück ist meine Stute nie hysterisch, sonst weiß ich nicht, wo ich gelandet wäre.

Mit Elke ritt ich dann auch noch eine Runde. Genau auf der engen Holzbrücke überholten uns zwei so dämliche Jogger von hinten – natürlich, ohne vorher auf sich aufmerksam zu machen. Die sind doch alle lebensmüde, wenn ihr mich fragt. Schließlich ist ein Pferd ein schreckhaftes Tier, dessen Tritt einen unter Umständen ins Jenseits befördern kann. Das sollte doch wohl auch jedem Fußgänger und Radfahrer klar sein."

Der örtliche Redakteur der Zeitung setzte sich zu uns. „Ach, das finde ich sehr interessant. Erzählt doch bitte mehr über solche Vorfälle. Das wäre mal ein interessanter Beitrag für unsere Zeitung."

Zu diesem Thema konnten natürlicherweise alle Reiter am Tisch etwas beisteuern. „Wenn ich als Reiter von hinten komme und an der Haltung der Spaziergänger erkenne, dass sie uns nicht gehört haben, dann spreche ich sie erst an, bevor ich überhole. Schließlich gibt es genug Menschen, die Angst vor Pferden haben."

„Ja, und genauso kann man doch von einem Radfahrer erwarten, dass er sich rechtzeitig bemerkbar macht, bevor er einen Fußgänger oder Reiter überholt! Erstens könnte ich einen Herzinfarkt bekommen und zweitens könnte das Pferd erschrecken. Das kann sowohl für mich als auch für ihn unangenehm enden. Wenn mein Pferd nach ihm tritt, weil es erschrickt, ist er zwar schuld, aber ich habe die Schwierigkeiten, sofern es keinen Zeugen gibt. Und wenn ich vom Pferd falle, ist auch er schuld und ich bin vielleicht erst mal im Krankenstand."

„Die Betonung liegt natürlich auf rechtzeitig. Es nützt gar nichts, wenn der seine Klingel betätigt, wenn er schon neben uns ist. Das könnte schlimmer enden, als wenn er gar nichts macht."

„Ich glaube, dass die meisten Menschen keinen Schimmer haben, in welche Gefahr sie sich selbst und andere mit ihrem gedankenlosen Verhalten bringen. Aus meiner Erfahrung raus haben sowieso viele ein gestörtes Verhältnis zu uns Reitern."

„Das kann ich unterschreiben. Ich grüße immer alle Menschen, denen ich begegne, wenn ich auf dem Pferd sitze. Soll ja nicht heißen, wir säßen auf dem hohen Ross und hätten keinen Anstand. Aber was ich da schon für <Büffel> erlebt habe ... manche schauen sogar demonstrativ weg. Echt eine Frechheit!"

„Bei mir hätte mal der erste Ausritt mit einem jungen, gerade angerittenen Pferd ganz schön ins Auge gehen können. Wir waren zwei Reiter auf einem Waldweg, als uns ein Traktor mit Anhänger entgegen kam. Der Bauer war schon bekannt dafür, Reitern gegenüber ein gestörtes Verhältnis zu haben. Er dachte gar nicht daran, langsamer zu fahren, sondern bretterte mit seinem scheppernden Gefährt in Höchstgeschwindigkeit an uns vorbei. Die junge Stute war völlig verstört und hätte mich beinahe abgeworfen. Und das mitten zwischen den Bäumen, wohin wir gezwungenermaßen ausgewichen waren."

„Bei manchen Menschen frage ich mich echt, wo die ihr Hirn haben, falls es überhaupt vorhanden ist. Ich möchte mir gar nicht ausdenken, was in so einem Fall passieren kann."

„Manche wollen testen, ob du wirklich gut reiten kannst, also dein Pferd unter Kontrolle hast. Aber so eine Aktion kann bei einem unerfahrenen oder sehr schreckhaften Pferd katastrophale Folgen bis hin zum Tod eines Beteiligten haben. So weit denken die Typen aber nicht."

„Mir wurde letztens von einem Beifahrer gesagt, ich wäre eine sehr gute Fahrerin. Er meinte ich fahre immer vorausschauend und gleichmäßig und führte es darauf zurück, dass ich als Reiterin auch so agieren müsse. Die Idee war mir bis dahin noch nie gekommen."

Irgendwann war das Thema zum Glück erschöpft und es wurde begonnen, lustige Anekdoten aus dem Reiterleben zu erzählen, was dem Redakteur auch ganz gut gefiel. Dazu konnte Raphael dann auch so einiges beisteuern von Pferden, die einen foppten, Kindern, die unbedarft Blödsinn anstellten und vieles mehr.

Eine Reitbeteiligung am Tisch hatte auch noch eine interessante Geschichte. „Ich hatte im Beisein der Besitzerin den Wallach schon mehrmals geritten. Alles ist wunderbar gelaufen. Dann war ich das erste Mal alleine bei ihm. Natürlich putzte ich ihn erst mal ausgiebig, was er zu genießen schien. Dann holte ich den Sattel.

In dem Moment, in dem ich dem Pferd den Sattel auflegen wollte – ihr wisst ja, ein Westernsattel hat schon ein paar Kilo – ging es in die Knie. Der Knabe fiel richtig in sich zusammen. Ich war so erschrocken, dass ich sofort wieder den Sattel wegbrachte, das Pferd ein wenig beschmuste und wieder in die Box stellte. Als die Besitzerin kam, war wieder alles in Ordnung. Das Schlitzohr hatte mich hereingelegt. Er wollte einfach nicht geritten werden – zumindest nicht von mir. Bei seiner Besitzerin traute er sich solche Eskapaden nicht."

„Ja, so was in der Art ist mir auch schon mal passiert. Mein Pflegepferd hat sich ganz normal satteln lassen. Doch auf dem Reitplatz hat es dann gelahmt. Natürlich hörte ich sofort zu reiten auf und hätschelte das Tier. Der Besitzer war nicht da, also musste ich am nächsten Tag wieder zu ihm. Wieder das Gleiche: Vorher kein Anzeichen einer Lähmung, aber unter dem Sattel fing er wieder an zu humpeln. Blöd war nur, dass unser großer Simulant vergessen hatte, mit welchem Bein er tags zuvor lahmte. Dadurch bin ich ihm auf die Schliche gekommen. Hin und wieder sind unsere lieben Pferde schon großartige Schauspieler."

„Eines der Pferde bei uns im Stall macht auf dem Weg zur Weide immer bei einem Holzstapel einen mordsmäßigen Aufstand. Allerdings variiert die Heftigkeit, je nachdem, von wem der Wallach geführt wird. Ich hab ihm letztens gleich erzählt, dass ich ihm seine Angst nicht abkaufe und er gar nicht erst versuchen sollte, mich zu verarschen – und siehe da, er hat mich nur treudoof angeschaut und ist ganz normal vorbeigegangen. Als wenn der Holzstapel gar nicht existierte."

Der Abend klang mit viel Gelächter aus. Raphael fühlte sich sichtlich wohl in der für ihn neuen Gesellschaft. Das empfand ich als sehr angenehm.

Er und Birgit unterhielten sich recht gut. Raphael war erstaunt, als sie ihm erzählte, auf wie vielen Festen ich immer eingeladen war. „Ich kann dir schon sagen, woran das liegt", meinte sie dann. „Deine Freundin hat das Helfersyndrom. Und jemand, der allen Gastgebern unter die Arme greift, Geschirr wäscht und sonstige Handlangerdienste leistet, ist natürlich überall gern gesehen."

Ich meinte, mich verteidigen zu müssen. „Ich bin halt so aufgewachsen und kann auch nicht aus meiner Haut."

„Schon klar. Aber bei einer Gegeneinladung hilft dir von denen kaum jemand. Also bist du auch ganz schön doof." Autsch, da hatte sie wieder mal einen wunden Punkt getroffen.

Mein Schatz fuhr uns sicher zurück zu Birgits Wohnung, wo wir meine Sachen in mein Auto verfrachteten und Raphael mich zu meiner Heimstatt kutschierte. Er freute sich, dass ich durch den Genuss von Alkohol ein wenig anlehnungsbedürftig geworden war und nutzte diesen Umstand in dieser Nacht weidlich aus.

✦

13. September 2009

Liebe Sarah,

ich lerne immer wieder etwas dazu. Stell dir vor, Mutter, die Mäuse und ich waren gestern zum ersten Mal auf einer reiterlichen Fuchsjagd. Laura war mit ihrer B-Bläsergruppe im Einsatz. Ich hatte mir eine völlig falsche Vorstellung von so einer Jagd gemacht und musste feststellen, dass ich richtig Lust verspürte, auch mal eine mitzureiten.

Die Stimmung war prima und wir trafen dort interessante Charaktere. Ein völlig anderer Menschenschlag als Ellen, der Chor oder die Ritterschaft, aber nicht minder nett. Ich bin immer wieder überrascht, wie gut sich Laura in all diese unterschiedlichen Gruppen einfügt. Sie ist überall authentisch, obwohl sie immer die gleiche Laura bleibt – eine interessante Person mit zahlreichen Interessen.

Mutter hat viele Fotos gemacht und die Mädchen schwärmen von den Pferden (besser als von den Reitern).

Im Detail werde ich dir alles am Telefon noch schildern. Dann erzähle ich dir auch, wie es kommt, dass ich im nächsten Jahr höchstwahrscheinlich gemeinsam mit Laura eine Jagd reiten werde. Dies auch noch in mittelalterlicher Gewandung.

Und schon wieder eine ganze Menge neuer Leute, die mit ihr eng verbandelt sind. Die Bläser sind eine lustige Truppe und vor allem

Birgit, Lauras langjährige Reiterfreundin, ist eine großartige Frau. Die beiden haben schon viel miteinander erlebt.

Ich habe mich auch mit einem der Bläserherren unterhalten und der erzählte mir, der interne Spruch der Bläserfrauen auf Fragen von Fremden nach ihren Hobbies sei: „Reiten und blasen", weil sie alle aus den Reihen der aktiven Reiter kommen. Was natürlich immer zu dummen Gesichtern führt, wenn die Damen das von sich geben.

Stell dir vor, im letzten Winter waren die Mädels der Gruppe nach einer Geburtstagsfeier noch in ihrem Bläseroutfit – also in Reitstiefeln und Tenue – in der Disco und riefen dort nach Fritzens Worten ungläubiges Staunen und Kopfschütteln hervor.

Ja, Staunen und Kopfschütteln ist bei mir auch ein Dauerzustand, seit ich Laura kenne. Du kennst sie inzwischen und weißt, wovon ich spreche.

Jedenfalls habe ich am Abend die Damen nach Hause chauffiert und musste schmunzeln, weil es das erste Mal war, dass ich Laura leicht beschwipst erlebt habe. Sie war wie ein Stern in der Nacht. Mit ihrer guten Laune und dem fröhlichen Lachen hob sie die Stimmung aller um sie herum.

Laura hat es sogar geschafft, zwei Streithähne, die zu stänkern begannen, mit Humor zu trennen. Sie ging zwischen die schon etwas betagten Herren, gab jedem einen Kuss auf die Wange und schmierte ihnen Honig um den Bart. Und schon hatten diese nur noch Augen für mein Elfchen zwischen ihnen und vergaßen ihren Streit.

Herzliche Grüße
Raphael

26. BIS 28. SEPTEMBER

Endlich hatten Antonia und ich es mal wieder geschafft mit einem Treffen. Meine Freundin hatte sich den Freitag frei genommen und war noch am Vormittag losgefahren, um noch vor „High Noon" an München vorbei zu sein. „Ich habe keine Lust, mich in den Pendlerstau zu stellen. So schön ist die Gegend auch nicht."

Sie verband den Besuch bei mir natürlich gleich mit einem bei ihren Eltern. Das heißt, sie kam erst am Samstag zu mir.

Natürlich hatte sie einiges zu berichten. „Dass sich mein Vater den Fußknöchel gebrochen hat, weißt du ja. Aber ich habe dir noch nicht erzählt, wie die ganze Odyssee abgelaufen ist."

„Stimmt, das würde ich jetzt schon gerne wissen. Erzähl doch mal!"

„Meine Eltern waren am letzten Ferienwochenende bei mir zu Besuch. Am Samstag war nicht gar so tolles Wetter und wir überlegten und entschieden uns für eine kleine Wanderung von Berchtesgaden zum Königssee. Im Grunde eine Flachlandveranstaltung. Allerdings geht es von dort, wo wir geparkt hatten, ein kleines Stück durch den Wald bergab. Wir waren noch nicht mal zweihundert Meter vom Auto entfernt, als die erste Serpentine nach unten ging. Ich ging voraus, meine Mutter und mein Vater folgten. Da Steine auf dem Weg waren, benützte ich selbstverständlich das Geländer. Meine Mutter war auch sehr vorsichtig."

„Aber dein Vater wohl nicht?"

„Nein, und die Folge davon: er rutschte aus und stürzte. Wir bugsierten ihn wieder die paar Meter zum Weg zurück und stützten ihn, bis zu dem Punkt, an den ich mit dem Auto fahren konnte. Unser nächster Weg brachte uns ins Krankenhaus. Ewiges Rumwarten in der Notaufnahme und nach dem Röntgen dann die Gewissheit über den Bruch.

Die Ärzte wollten ihn gleich da behalten. Aber meine Mutter legte sofort Veto ein. Sie wollte ihren Mann in der Nähe wissen. Sprich: im Kelheimer Krankenhaus. Also entließ er sich selber, nachdem sie ihm einen stützenden Gips verpasst hatten. Erst mussten wir natürlich wieder zu meiner Wohnung. Während Mutter und ich noch schnell was zu essen machten – es war ja schon Mittag – und alles einpackten, saß Vater in der Erdgeschosswohnung meiner Nachbarn.

Dann packten wir Vater mit Hilfe eines anderen Nachbarn wieder ins Auto und fuhren los."

„Wie – bist du mitgefahren? Wozu das denn?"

„Meine Mutter war ganz neben der Spur. Sie hatte schon Angst vor all dem, was auf sie zukommen würde und sah sich nicht imstande, auch nur einen Meter zu fahren."

„Ach herrje! Da wäre ich auch nicht begeistert gewesen."

„Das kannst du glauben! Wo ich doch sowieso immer etwas Besseres wüsste, als Zeit im Auto zu verbringen.

Da die Autobahn ziemlich voll war wegen des Rückreiseverkehrs, fuhren wir Landstraße. Das dauert natürlich sowieso schon länger. Nach drei Umleitungen, vielen Schleichern vor uns und dreieinhalb Stunden Fahrt, waren wir glücklich in der Kelheimer Notaufnahme."

„Wo es wieder warten hieß, vermute ich mal."

„Ja, genau. Zwei Stunden erneute Warterei, bis Vater endlich ein Zimmer hatte. Das Nette an der Geschichte war dann, dass ich dort einen alten Schulkameraden traf, der jetzt als Pfleger in dem Krankenhaus arbeitet. Ich freute mich wirklich, ihn nach so vielen Jahren mal zu sehen."

„Das klingt wirklich nett. Und – was habt ihr dann gemacht, deine Mutter und du?"

„Wir fuhren dann erst mal zum Italiener und ließen uns eine Pizza schmecken. Ich kann dir gar nicht sagen, wie gut die war nach diesem Tag!

Bei meinen Eltern im Haus räumten wir dann erst mal alles auf und dann knallten wir uns noch eine Stunde auf die Couch."

„Und wie bist du wieder heim gekommen? Mit dem Zug? Das ist doch eine Weltreise!"

„Du sagst es. Das war die eigentliche Odyssee. Ich entschied mich für die Route über Regensburg und Landshut, mit der Überlegung, dass über Ingolstadt und München die Züge am Sonntag immer sehr voll sind.

Erst mal fuhr ich mit dem Agilis nach Regensburg, von dort mit dem Alex nach Landshut. Der hatte allerdings Verspätung, dass ich den Anschlusszug dort nicht mehr erwischte.

Die wirklich äußerst nette Dame im Reisezentrum meinte, ich könne doch über München ... Aber das hätte ich ja gleich haben können, wenn ich denn gewollt hätte. Da war mir dann ein Ausflug in die Innenstadt doch lieber. Also ging ich zu Fuß in die Stadt – der Bus war grad schon gefahren – und suchte mir ein nettes Café am Flussufer."

„Die restliche Strecke war hoffentlich ohne Zwischenfälle?"

„Ja. Ich musste noch einmal umsteigen und am Zielbahnhof wartete schon mein Auto, das mir ein Nachbar freundlicherweise dort hingestellt hatte. Ich war insgesamt knapp sieben Stunden unterwegs gewesen. In der Zeit kann ich von München nach Kairo fliegen!

Jedenfalls ist mein Vater jetzt operiert und auf dem Weg der Besserung. Jetzt bleibt nur noch zu hoffen, dass wir in den nächsten Jahren von derartigen Zwischenfällen verschont bleiben."

„Das wünsche ich euch auch!"

Antonia war am Vortag bei ihren Eltern ganz schön eingespannt worden, also hatte ich für sie einen Ausritt organisiert. Sie durfte sich das Pferd einer Stallgenossin leihen.

Wir hatten ein paar wunderbare Stunden mit den beiden Tieren und ich merkte, dass meine Freundin langsam wieder locker wurde.

Den Abend verbrachten wir damit, uns „Schmachtfetzen" auf DVD anzusehen. Wir brauchten ganz schön viele Kosmetiktücher, die wir für unsere Krokodilstränen verwendeten.

02. BIS 04. OKTOBER

In dem Moment, in dem ich realisierte, dass ich mich wahrhaftig in Raphael verliebt habe, hatte ich einen Beschluss gefasst. Ich hatte mir allerdings selbst von Beginn an reichlich Zeit gegeben, ihn auch in die Tat umzusetzen. Aber jetzt war die Sache schon überfällig. Ich wollte keine Geheimnisse mehr vor Raphael haben, die Gordian zum Inhalt hatten.

Mit Afra hatte ich besprochen, dass sie sich mit den Mädchen um die Tiere kümmern würde, während Raphael sich an dem ersten von Auftritten völlig freien Herbstwochenende im Oktober von Freitagabend bis Sonntag bei mir aufhalten würde. Das Wetter würde auch bei meinem Plan mitspielen. Es regnete erst einmal und sollte bis zum Samstagnachmittag auch so bleiben.

Erst spät am Freitag kam Raphael bei mir an – mit Rosella im Hänger. Die Stute brachten wir in der leeren Box unseres kleinen Stalls unter, wo sie sich gleich wohl zu fühlen schien. Vermutlich lag das auch an Arwakrs Gegenwart.

Ich hatte eine kleine Mahlzeit vorbereitet. Während des Essens machten wir nur leichte Konversation. Gleich danach lockte ich Raphael in mein gemütliches Bett. Ich benötigte nicht viel Überredungskunst dazu, da wir uns den Sommer über nur selten gesehen hatten. Als wir nebeneinander lagen, sah ich in seine – vor Glück? – glänzenden Augen.

„Ich liebe dich, Raphael. Ich kann mir ein Leben ohne dich nicht mehr vorstellen. Deshalb enthülle ich dir morgen mein großes Geheimnis voll und ganz.

Meine Furcht, dich dadurch zu verlieren, ist groß. Aber ich muss dir die Wahrheit sagen. Denn sie ist ein wichtiger Teil meines Lebens. Ich hoffe sehr, dass du auch mit dem Wissen um meine Vergangenheit bei mir bleibst, mein Geliebter."

„Ich kann mir fast nichts vorstellen, was mich davon abhalten sollte, dich weiterhin zu lieben." Raphael nahm mich ganz fest in seine Arme und zeigte mir seine innige Zuneigung mit seiner Nähe, die mir vom ersten Augenblick an Vertrauen eingeflößt hatte. Raphael machte mich glücklich und in seiner Gegenwart vergaß ich die Sehnsucht nach Gordian.

Am Samstagvormittag machten wir einen kleinen Ausritt im Regen, bevor ich Raphael mein Tagebuch gab. Während er las, bearbeitete ich einen Auftrag. Er war nach seiner Lektüre am Abend sichtlich erschüttert. Wir sprachen über die ganze Sache, bis er keine Fragen mehr hatte.

Als erstes erzählte ich ihm, dass ich jedes Jahr zum Jahrestag einen Ausritt im Altmühltal machte. „Auch dieses Jahr blieb ich meinem Ritual treu. Als du vom Gillamoos zur Arbeit gefahren bist, war ich schon auf dem Weg dorthin.

Aber dieses Mal war es anders. Ich war mir nicht sicher, ob ich mir eher Gordian oder dich wünschen sollte. Und am Ende des Tages war ich sogar ein wenig erleichtert, dass ich immer noch in meiner Zeit war."

Raphael umarmte mich nach dieser Beichte. „Ich bin auch froh, dass du das Tor zur anderen Zeit zum wiederholten Mal nicht gefunden hast, mein Schatz.

Mir wurde während der Lektüre so einiges klar. Du hattest von Beginn an so eine hoheitliche Aura. Wenn man bedenkt, dass du mal zur mittelalterlichen High Society gehört hast, ist das für mich logisch. Mein Bett war dein Ehebett, oder? Der Probeschuss mit Pfeil und Bogen – du übst immer noch regelmäßig. Und außerdem kennst du dich mit Schwertkampf aus. Ich finde, wir sollten mal gemeinsam üben."

Ich lächelte ihn an. „Ja, das sollten wir."

Die Nacht auf Sonntag verbrachte ich geborgen in Raphaels Armen. In der Früh schien die Sonne wunderschön und wir machten uns bald nach dem Frühstück auf den Weg zu den Pferden.

„Heute ist genau der richtige Tag, um ans andere Ufer zu wechseln."

„Du meinst doch wohl nicht die Fähre?"

„Hey, mein Ritter und seine Stute werden doch jetzt nicht kneifen?"

„Werden wir nicht, um weiter in der Gunst unserer Maid zu stehen. Auch, wenn ich das ganze Vorhaben als mehr als gewagt bezeichne."

Raphael sah mich zweifelnd an.

Als wir die Fähre erreichten und der betagte Fährmann gemütlich anlegte, um Radfahrer und Fußgänger ans Ufer zu lassen, sah Raphael schon viel zuversichtlicher aus.

„Das Ding sieht stabiler aus, als ich dachte. Ich denke, wir können es wagen. Wenn der Fährmann ohne größeren Schiffbruch so alt werden konnte, können wir uns seinem Gefährt anvertrauen. Du gehst voran."

„Aye aye, wir übernehmen die Führung."

Mit gespitzten Ohren und wachen Augen standen die Pferde während der Überfahrt auf der Fähre. Sie zeigten beide keine Angst, nur eine leichte Aufregung, die sich dahingehend bemerkbar machte, dass Rosella äppelte.

Als wir am anderen Ufer waren, wurden Arwakr und Ellchen von uns gelobt für ihr ruhiges Verhalten an Bord. Außerdem wurde Raphael vom Fährmann angewiesen, wo eine Schaufel stand, mit der er die Hinterlassenschaft seines Tieres wieder beseitigen konnte, während ich mich am Ufer um die Pferde kümmerte.

Wir ritten bis zur nächsten Fähre und setzten damit wieder zur ursprünglichen Uferseite über.

„Ich gebe zu, ich hatte wirklich Bedenken, ob das klappen würde. Aber wir haben nun zwei wunderbar ruhige Überfahrten hinter uns und ich würde Ella jederzeit wieder zutrauen, so ein Abenteuer zu meistern. Ich bin sehr stolz auf sie."

Raphael sah sein Pferd liebevoll an und tätschelte seinen Hals.

Der Weg zurück war immer in Ufernähe. „Sollen wir im Biergarten in Eining – bei unserer ersten Fährstation – noch eine Rast einlegen? Irgendwie habe ich gewisse Gelüste."

„Weißwurst und Breze?"

„Nein, Steckerlfisch mit Breze plus einem dunklen Weizen ‚Alte Liebe' gegen den Durst."

„Das klingt auch gut. Ich bin dabei, sofern du mich auslösen kannst. Ich habe nicht mehr genug Geld nach der Fährfahrt."

Ich lachte und klopfte auf meine Bauchtasche. „Hier sind nicht nur Taschentücher, Haus- und Autoschlüssel, Flachmann und Handy drin, sondern auch immer genug Geld für eine Brotzeit. Man muss immer mit dem Unerwarteten rechnen."

„Und ich dachte, du hättest die Tasche nur für den Flachmann dabei."

„Natürlich nicht. Oft habe ich ihn auch gar nicht mehr in der Tasche. Noch vor ein paar Jahren hatte ich tatsächlich immer einen bei mir. Aber ich bin inzwischen eine relativ brave Reiterin geworden, mit Abstinenzlern als Reiterfreunde."

So standen unsere beiden Pferde kurze Zeit später angebunden neben dem Biergarten wie die Cowboypferde vor den Saloons.

Natürlich kamen wir gleich mit einigen Leuten ins Gespräch. Manche davon kannte ich auch schon.

Ein alter Herr feixte. „Ja, Mädel, hast jetzt auch endlich einen Freund! Da werden sich aber deine Eltern freuen."

Ich verzog das Gesicht. „Tja, den habe ich mir allerdings nur für mich gesucht – nicht für meine Eltern." Der Mann sah mich erst verblüfft an und lachte dann, bevor er sich wieder mit seinen Tischnachbarn unterhielt.

Unser Imbiss war fantastisch. „Ich könnte immer weiter essen."

„Da würde ich mich aber wehren. Du gefällst mir genau so, wie du bist. Aber es stimmt schon, mir schmeckt es in Gesellschaft und an der frischen Luft auch immer besonders gut." Raphael zwinkerte mir zu und biss in seine zweite Breze.

„Mir geht es übrigens genauso. Du gefällst mir so, wie du gerade bist. Also: Iss nicht so viel!" Ich grinste ihn unverschämt an.

Wir hatten noch einen angenehmen Heimritt und machten uns einen schönen Abend auf meinem Balkon.

---

4. Oktober 2009

Liebste Sarah,

mein Glaube an den Gang der Welt ist erschüttert! Ich kenne nun Lauras Geheimnis. Ich weiß, dass es wahr ist, und doch fällt es mir schwer, alles zu glauben.

Da ich weiß, dass du meine beste Freundin auf Erden bist und ich mich auf dich verlassen kann, muss ich es dir erzählen und Laura weiß und akzeptiert das auch. Dennoch muss ich dich bitten, dass du keiner Menschenseele sagst, was du nun von mir erfährst. Nicht einmal Volker soll es wissen. Es ist einfach alles zu unglaublich.

Als ich am Freitag zu Laura kam, hatten wir eine wundervolle Zeit. Sie gestand mir ihre Liebe und bereitete mich darauf vor, ihr Geheimnis zu erfahren.

Nach dem Frühstück und einem kurzen Regenritt am Samstag dirigierte sie mich auf ihre bequeme Couch, stellte mir eine Kanne Tee und eine Dose mit ihren unwiderstehlichen Nusshörnchen[41]

---

[41] Nusshörnchen-Rezept im Anhang

auf den Tisch und gab mir mit den Worten „Denk immer daran: Ich liebe dich!" einen Kuss und dann ein Buch in die Hand, bevor sie das Zimmer verließ.

Es war ihr eigenes Tagebuch aus dem Jahr 1999 – und aus den Jahren 1399 und 1400. Schon nach den ersten paar Seiten konnte ich nicht mehr aufhören zu lesen. Es liest sich wie eine deiner Historien-Schnulzen (du weißt, dass ich deine Bücher mag) und doch ist jedes Wort wahr.

Laura ist die Frau aus meinen Träumen. Meine Laura vor zehn Jahren! Unerklärlicherweise wurde sie während eines Ritts im Altmühltal ins Jahr 1399 katapultiert und verlebte ein Jahr in dieser Zeit. Sie hat sich unsterblich in einen Ritter verliebt und diesen im Frühjahr 1400 auch geheiratet.

Und jetzt halte dich fest! Dieser Ritter hieß Gordian. Er wurde in den Stand eines Grafen vom Altmühltal erhoben. Sein Wappen ist der Turmfalke. Ja, genau, womit wir bei unserem Wappen sowie meinem Bett wären. Es war ihr Ehebett! Daher ist sie bei dessen Anblick so bleich geworden wie eines der Leintücher darauf.

Im Herbst 1400 fand sich Laura plötzlich wieder zurück im Jahre 1999 und hat lange um ihre große Liebe getrauert. Sie und Gordian müssen sich sehr nah gewesen sein, das wird sowohl aus den Tagebucheintragungen als auch aus ihren nachträglichen Erzählungen deutlich.

Nach der Lektüre des Büchleins konnte ich erst einmal gar nicht klar denken. Laura war sichtlich unsicher, als sie Stunden später wieder ins Wohnzimmer kam. Ich nahm sie so zärtlich wie nur möglich in den Arm, und sagte ihr, dass ich sie liebe.

Wir haben uns noch lange über ihren Zeitsprung und Gordian unterhalten. Für mich ist nun einiges klar: Der Mann aus meinen Träumen ist Lauras Mann Gordian. Da bin ich mir aufgrund ihrer Beschreibung ganz sicher.

Ich habe Laura von meinen Träumen erzählt. Sie konnte nicht verstecken, dass es sie verstörte.

Wir verstehen die Sache so, dass Gordian seine geliebte Frau in meine Hände gibt, da er selbst nicht mehr über sie wachen kann. Eine andere Art, meine – und auch ihre – Träume zu deuten, fällt uns beiden nicht ein.

Laura meinte, ihr Gordian hätte zu ihr einmal gesagt, dass seine Liebe sie immer finden würde. Sie glaubt, dass ich nun seinen Platz einnehmen sollte. Aber sie hat auch Angst, dass sie eines Tages wieder so einen Zeitsprung erleben könnte und sie mich dadurch verlieren könnte. Ich glaube, das war auch einer der Gründe, warum sie in den letzten zehn Jahren keinen Freund hatte.

Durch ihr Tagebuch und die Erzählungen über ihren Mann weiß ich inzwischen, dass er und ich uns in vielen Dingen sehr ähnlich sind. Auch deshalb hat sich Laura in mich verliebt.

Sarah, mir scheint alles so unwirklich zu sein. Ich habe nie an Dinge wie Zeitreisen geglaubt und jetzt gehört so etwas Unglaubliches zum Leben meiner Geliebten – und auch irgendwie zu meinem Leben.

Es gibt noch etwas zu erzählen von einem ereignisreichen Wochenende: Wir sind heute mit unseren Pferden auf der Fähre über die Donau. Zweimal haben wir das Ufer gewechselt. Rosella war sehr brav. Ich bin stolz auf mein Mädchen.

Dein völlig verwirrter, aber glücklicher Freund
Raphael

10./11. OKTOBER

Als ich das nächste Mal zu Raphael fuhr, hatte ich fast ein wenig Muffensausen vor einem Wiedersehen. Wir hatten zwar unzählige Male miteinander telefoniert, uns aber nach dem Enthüllungswochenende nicht wieder getroffen.

Er stand in der Türe, als ich mein Auto parkte. Ich ging zu ihm und fühlte mich einen Moment später in seiner Bärenumarmung absolut geborgen. Meine Zweifel schwanden und alles war wieder in Ordnung.

An diesem Abend war Afra eingeladen, weshalb die Puppen bei ihrem Onkel nächtigen sollten. Sie freuten sich schon den ganzen Tag darauf, um Punkt 18:00 Uhr die andere Haushälfte zu erstürmen. Man hätte die Uhr nach den Mädchen stellen können.

Jede von den beiden hatte einen Korb mit den ganz wichtigen Dingen für die Nacht in der Hand. Dazu zählte ein Kuscheltier genauso, wie ein Buch, aus dem sie vorgelesen haben wollten.

Aber zuerst wurden gemeinschaftlich die Pferde versorgt sowie die Hühner gefüttert und in den Stall gesperrt. „Hey, da fehlt doch eine, oder? Wo ist denn das schwarze Huhn, das immer seine Eier im Heu gelegt hat?"

Helena machte ein trauriges Gesicht. „Die braunen Hühner haben Berta immer gemobbt. Und dann kam sie letzte Woche mal abends nicht. Oma hat sie gesucht und nicht gefunden. Am nächsten Morgen sind noch ein paar ihrer Federn neben dem Stall gelegen. Oma meint, der Fuchs hat sie geholt." Nach der traurigen Nachricht wechselten wir schnell das Thema.

Spontan fiel mir etwas ein. „Was haltet ihr davon, mal das neue thailändische Restaurant auszuprobieren? Gerade wurde die Rechnung von einem lukrativen Auftrag beglichen und ich lade euch ein."

Jubel brach aus und zwei Derwische tanzten um uns durchs Zimmer. Raphael hob nur eine Braue und lächelte mich mysteriös an.

Also fuhren wir ins Restaurant und ich bekam einmal mehr einen kleinen Einblick in richtiges Familienleben, in dem ich die Rolle der Ersatzmutter spielte. Es ging alles gut und wir könnten das Lokal jederzeit wieder besuchen.

Auch der Rest des Abends war recht angenehm. Raphael spielte Piano und wir sangen abwechselnd dazu. Dann saßen wir im Wohnzimmer und ich las aus dem derzeitigen Lieblingsbuch der Mädchen vor, bevor die beiden ins Bett verfrachtet werden sollten. Dabei lag Raphael bequem neben mir auf der Couch, den Kopf in meinem Schoß. Irgendwann schlief er fest.

„Wollt ihr euren Onkel aufwecken oder geht ihr selbständig ins Bett?" Helena und Alice standen beide auf und gingen zu Raphael. Auf Kommando von Helena begannen die beiden, ihn zu kitzeln.

Raphael schreckte hoch. „Na wartet! Ich habe gerade so schön geträumt. Das ist gemein." Am Ende balgten wir uns alle vier und lachten lauthals dabei.

Als die beiden Kinder ihre Zähne geputzt hatten und in ihren Betten lagen, las ich ihnen noch ein lustiges Gedicht vor. Dann gab ich jedem der Mädchen einen Kuss auf die Wange. Dafür bekam ich wiederum eine Umarmung. „Gute Nacht, ihr beiden. Schlaft gut und träumt schön."

16. OKTOBER

In meiner Wohnung herrschte das Chaos in diesen Tagen. Ich mistete aus. Zum ersten Mal in meinem Leben hatte ich so richtig Spaß daran, Dinge auszusortieren, die mich schon viele Jahre begleiteten.

Gegenüber anderen hatte ich immer eine relativ leere Wohnung, weil ich es nicht ertragen kann, in vollgestopften Räumen zu leben. Aber trotzdem sammelte sich im Laufe der Jahre ganz schön viel Zeug an: Bücher, Zeitschriften, private und berufliche Unterlagen, CDs, Kleidung aller Art, Nippes (geschenkt und selbst gekauft) und viele andere große und kleine Dinge, die zu entbehren waren.

Ich verschenkte viele Dinge und war glücklich über die Freude, die Freunde und Bekannte mit meinen ausrangierten Sachen hatten. Anderes landete auf dem Flohmarkt und manches auch in der Tonne. Natürlich nahm ich mir für manche Ecken meiner Wohnung auch wieder Zeit. Zum Beispiel sah ich mir alte Fotos durch und erinnerte mich dadurch wieder an vergangene Tage, die noch unbeschwerter waren – und noch nicht so vollgestopft mit Terminen.

Erst letztens hatte mich Ellen gefragt: „Wie schaffst du es nur immer wieder, deinen Terminkalender so voll werden zu lassen?"

Ich dachte nochmals über die Frage nach. Wie vermutlich viele andere Menschen, hatte auch ich immer eine latente Angst, etwas zu versäumen. Ich wollte einfach alles jetzt erleben. Oft gab es auch einen Termin, auf den ich richtig hinfieberte. Nach und nach wurde dieser dann flankiert von anderen Terminen, denen ich schlecht auskam: berufliche, private, wöchentliche Verpflichtungen wie Proben, Arwakr, Elternbesuche, Auftritte mit dem Chor oder den Jagdhornbläsern, Arzt- und Friseurtermine oder anderes.

Im Endeffekt konnte ich dann das Ereignis, auf das ich mich so gefreut hatte, gar nicht so genießen, weil ich ziemlich ausgelaugt war und eigentlich nur noch meine Ruhe wollte. Außerdem hatte in meinem Kalender die Spontaneität kaum mehr etwas zu suchen.

Im Grunde machten mir alle meine Hobbies wirklich viel Freude. Wenn nur nicht alles zu einer Verpflichtung werden würde! Manchmal hatte ich absolut keine Lust auf Chor oder die Blaserei. Aber wenn ein Auftritt kurz bevor stand, konnte ich die Gruppe auch nicht einfach im Stich lassen. Wenn ich andererseits aus der Sache aussteigen würde, wäre das dann erst mal endgültig.

Bei solchen Dingen hieß es halt ganz oder gar nicht. Dazwischen konnte man schon mal wegen Urlaub oder Krankheit fehlen. Aber sonst war es unverantwortlich der Gruppe gegenüber, wenn man kam, wie es einem gerade in den Kram passte.

Mit vielen solchen Überlegungen, ob und wo ich zu einem Ausstieg aus der Spirale bereit sei, vergingen so manche meiner Abende des Aussortierens.

Raphael beschwerte sich schon, dass ich fast keine Zeit mehr für ihn hatte, aber ich bestand darauf, dass das nun sein müsse im Angesicht unseres zukünftigen Weges. Also ließ er mich kramen und fand sich einstweilen mit Telefonaten ab.

22. OKTOBER

Ich fuhr an einem Nachmittag nach Regensburg. Sarah und ihre Familie hatten Raphael und mich zum Essen mit vorherigem Cocktailempfang eingeladen. Während ich im Auto saß und einem meiner obligatorischen Hörbücher lauschte, wanderten meine Gedanken immer wieder zu Sarah. Sie wusste nun auch von meinem Geheimnis. Und ich war mir noch nicht sicher, ob das gut war, oder nicht.

Ich musste nicht einmal klingeln, denn zwei Fellbündel, die verschiedener nicht sein konnten, kamen um die Ecke, als ich den Garten betrat. Cajus mit seinen langen Beinen sprang leichtfüßig um einen quirligen Welpen, der eines Tages ein ausgewachsener Border Collie werden wollte.

Als ich mich in die Hocke begab, nahm Cajus das als Einladung, mein Gesicht zu lecken und der Welpe sprang mir freudig auf den Schoß. Er wurde von mir gestreichelt und auch er leckte mir übers Kinn, als ich gerade Cajus abwehrte. Dann hörte ich die Räder eines Rollstuhls auf den Platten um das Haus und gleich darauf ein fröhliches Lachen.

„Unser achtbeiniges Empfangskomitee Cajus und Finnegan war also schneller. Wir sind grad wegen der Hunde noch auf der Terrasse. Aber du hast ja eine warme Jacke an und kannst dich gleich dazu gesellen. Herzlich Willkommen, Laura!"

Ich war inzwischen aufgestanden und auf Sarah zugegangen – mit dem kleinen Fellbündel auf einem Arm. „Danke für die Einladung und den netten Empfang, Sarah."

Dann legte ich Sarah ein Päckchen, auf dem gerade noch Finnegan gesessen war, in die Hände, dessen Verpackung mit Geschenkpapier und Schleife nicht verheimlichen konnte, dass es sich um ein großformatiges Buch handelte.

„Danke dir. Aber du sollst doch nichts mitbringen!", schimpfte die Gastgeberin mich aus.

„Doch. Ich finde, das gehört sich so. Dieses Buch hat – und davon bin ich überzeugt – bei mir jahrelang darauf gewartet, in deine Hände gegeben zu werden. Bei meiner Aufräumaktion ist es mir wieder in die Hände gefallen. Da werde ich es doch nicht länger zurückhalten."

Raphael hatte beim Anblick meines Bücherregals bei seinem letzten Besuch entzückte Laute von sich gegeben. Als ich ihn fragte, was ihn so begeisterte, deutete er auf ein altes Lexikon, in dem Bekleidungsteile aus früheren Zeiten und deren Verwendung beschrieben waren. „Sarah würde sicher vor Neid erblassen, wüsste sie, dass du das Buch hast."

„Das habe ich irgendwo in einem Antiquariat erstanden und ich bin mir bis heute nicht sicher, wozu eigentlich."

An diesem Tag wechselte das Buch nun die Besitzerin. Als wir bei den anderen im Garten hinter dem Haus ankamen, bekam ich nach der Begrüßung von Volker, Kai und Christopher ein Getränk in die Hand gedrückt, während Sarah ihr Geschenk auswickelte. „Das ist der absolute Hit! Danke für das Buch. Es ist fantastisch. Und ich kann es für meine Romane sehr gut gebrauchen."

„Genau dafür hatte ich es auch gedacht. Raphael hat mich auf die Idee gebracht, als er es in meinem Regal entdeckt hatte.

Ich habe übrigens inzwischen ein paar deiner Bücher gelesen und sie gefallen mir sehr gut. Ich konnte gar nicht damit aufhören. Natürlich hätte ich meine Exemplare auch gerne von dir signiert, wenn du Lust hast. Ich kann sie dir heute einfach hier lassen."

„Freut mich, dass dir meine Bücher gefallen. Her mit den Schmökern. Klar signiere ich sie dir. Das ist doch für mich eine Ehre." Sie strahlte mich an.

„Deine Geschichten gefallen mir vor allem, weil sie von intelligenten Frauen bevölkert werden.

Weißt du eigentlich, wie es kommt, dass gerade Bücher der Renner sind, bei denen die Frauen extrem dümmlich und ungeschickt sind? Ich kenne nicht eine Frau, die so blöd ist, wie unser Geschlecht in vielen Büchern und Filmen dargestellt wird. Außerdem sind meine Freundinnen auch alle nicht so launisch, wie wir Frauen gerne dargestellt werden. Die, die wirklich so sind, sind doch auf Dauer auch viel zu anstrengend. "

„Tja, gerade in Liebesromanen muss der Mann ja der Held sein. Und was zeichnet einen Helden aus? Er ist klug, mutig und überstrahlt alle in seinem Dunstkreis. Was zeichnet die meisten Frauen in Romanen aus? Sie sind möglichst schön, haben eine klasse Figur und wecken den Beschützerinstinkt. Wenn sie sich auch noch dumm benehmen und die Männer sie ständig retten müssen, ist das für einige Leser wohl besonders toll. Bei mir sehen beide Protagonisten gut aus und der Mann ist halt meistens derjenige, der neben Intelligenz Geld und Titel hat und sie ist manchmal ihm ebenbürtig oder auch das intelligente Arbeitstier, das mit jeder Situation zurechtkommt. Ich mag nämlich Frauen auch nicht als unfähig darstellen.

Zudem meinen wahrscheinlich viele Autoren, nur wenn die Protagonisten launisch und stur agieren und damit die Story in die Länge ziehen, kommen sie irgendwann auf die gewünschte Seitenzahl mit ihrem Roman. Ich persönlich lese solche Bücher nicht. Das läuft bei mir unter Zeitverschwendung und nicht unter guter Unterhaltung. Ich mag es, wenn sich ein Autor spannende Wendungen einfallen lässt – oder eine gute Geschichte nacherzählt." Wir sahen uns an und wussten wieder einmal, dass wir sehr ähnlich dachten.

„Komm bitte mal mit", Sarah rollte vor mir in ihr Büro und deutete mir, die Türe zu schließen.

Sie legte das Lexikon neben ihren Computer und sah mich an. „Ich glaube, dein Leben wäre es auch wert, niedergeschrieben zu werden. Was hältst du von einem Buch über deine Erlebnisse, die du in deinem speziellen Tagebuch beschrieben hast? Ich bräuchte natürlich noch einige weitere Informationen. Deine Eindrücke und genauere Beschreibungen der Städte und so. Ich würde zu gerne einen Roman über dich und Gordian schreiben. Und natürlich würden die Einkünfte davon geteilt werden. Niemand müsste erfahren, dass es sich um Tatsachen handelt. Was meinst du?"

Deswegen also wollte sie, dass ich mit ihr ins Büro kommen sollte.

„Damit hast du mich jetzt tatsächlich überfahren. Ich weiß es nicht. Es ist schon sehr persönlich, was ich da geschrieben habe. Auf der anderen Seite wird ja wohl kaum jemand auf den Gedanken kommen, dass es wahr sein könnte. Ich denke darüber nach und sage dir dann, wie ich mich entschieden habe."

„Da meine Romane immer fiktiv sind, kann ich dir versprechen, dass keine Menschenseele auf die Idee kommen wird, dass auch nur ein Wort davon wahr sein könnte. Wenn ich genauer darüber nachdenke, wäre natürlich die Fortsetzung mit dir und Raphael auch ..."

„Nein, denn diese Geschichte ist viel zu bekannt!"

„Na gut – vielleicht mit Veränderungen und in ein paar Jahren?" Sie fragte mit einem lauernden Unterton.

„Ich denke nicht, dass wir dir das erlauben werden. Es kennen inzwischen zu viele Menschen Details und wissen außerdem um unsere freundschaftliche Verbindung mit dir. Außerdem wüsste ich nicht, was an unserer Geschichte interessant sein könnte. Wir führen doch beide ein durchschnittlich fades Leben. Nur halt eben ein etwas anderes als andere."

Sie lachte mich offensichtlich aus. „Na gut, vorerst werde ich nicht weiter in dich dringen."

Sarah zwinkerte mir schelmisch zu. Ich konnte sie unwahrscheinlich gut leiden. Darum konnte ich verstehen, dass Raphael sie so gern hatte und seine Geheimnisse zu einem guten Teil mit ihr teilte.

„Falls du dich dazu entscheiden solltest, mir deine Geschichte zur Verfügung zu stellen, müssen wir uns einfach einen Schlachtplan überlegen. Gerade habe ich wieder Zeit für ein neues Projekt. Ich gehe davon aus, dass du dein Tagebuch nicht aus der Hand geben möchtest. Und das verstehe ich auch vollkommen. Ich schreibe selbst seit Jahrzehnten Tagebuch und würde nie eines verleihen. Nicht einmal an Raphael."

Ich lächelte sie an. Ja, sie verstand mich tatsächlich. Wir tickten ähnlich. Daher war mir wichtig, dass wir gute Freundinnen würden.

Am Ende dieses Abends hatte ich das Gefühl, weitere Freunde gefunden zu haben. Volker und Sarah hatten mich ja schon herzlich in ihre Runde aufgenommen und ihre Söhne, die schon immer Onkel zu Raphael sagten, akzeptierten mich jetzt auch als Nenntante. Wir spielten gemeinsam Frisbee im kalten Garten und lachten viel über die beiden Hunde, die mal mit mehr und mal mit weniger Erfolg versuchten, die Scheibe zu fangen.

Mit köstlichen nicht-alkoholischen Cocktails, die Kai mit Begeisterung mixte, standen wir auf der Terrasse und betrachteten einen wundervollen Sonnenuntergang, bevor wir zum Essen ins Haus gingen. Ich würde mich die nächsten Tage kalorienarm ernähren müssen.

30. OKTOBER

Diesmal bekam ich einen Anruf von Helena. „Tante Laura, hast du Zeit? Kannst du kommen?"

„Wenn du mir sagst, warum ich zu euch kommen soll, sage ich dir, ob das für mich ein guter Grund für eine Fahrt zu euch ist."

„Alice und ich haben bei unserem letzten Besuch bei Kai und Christopher Drachen gebastelt. Heute ist wahrscheinlich der letzte optimale Herbsttag, um sie steigen zu lassen. Die beiden kommen nachmittags mit Tante Sarah und Onkel Volker auch aus Regensburg und Onkel Raph hat gesagt, der Spaß ist nur komplett für ihn, wenn du auch mit dabei bist. Dabei hat er immer gegrinst. Und er hat behauptet, dass du Übung hast im Drachen steigen lassen. Hast du auch einen Drachen?"

„Ich danke dir für die nette Einladung, Helena, und sehe zu, dass ich nach dem Mittagessen bei euch bin. Natürlich bringe ich meinen Drachen mit. Ich habe mir sowieso schon Gedanken gemacht, wann der mal wieder zum Einsatz kommen wird und freue mich auf die Gelegenheit, ihn dieses Jahr nochmals steigen zu lassen."

Also stieg ich mittags ins Auto und fuhr zu Raphaels Hof. Die Puppen begrüßten mich stürmisch und wollten sofort meinen Drachen sehen. Der textile Drache im Stil der chinesischen Vorbilder mit einem ellenlangen Schwanz und die extralange Schnur fanden ihren Beifall.

Kaum war die Begutachtung meines Drachens erfolgt, schon kam ein Kleinbus mit Regensburger Nummer auf den Hof gefahren. Mit Juhu stiegen die Jungs mit ihren Drachen in der Hand aus und stürmten sofort mit den Mädchen davon. Ich wurde im Vorbeilaufen lautstark als „Tante Laura" begrüßt, was meine Brust vor Stolz schwellen ließ. Volker half Sarah aus dem Auto und in ihren Rollstuhl. Wir begrüßten uns und freuten uns über das Wiedersehen.

Raphael kam aus seiner Wohnung. „Ich hatte noch ein wichtiges Telefonat, das ich nicht abbrechen konnte. Willkommen alle miteinander. Sarah, möchtest du mit, oder setzt du dich lieber mit Mutter einstweilen auf die Terrasse?"

Sarah deutete auf ein großes Fernglas, das sie um ihren Hals gehängt hatte. „Ich weile lieber auf ebenem Untergrund. Von der Terrasse aus sehe ich euch alle wunderbar, stehe nicht im Weg und halte euch nicht auf bei euren Vergnügungen."

Volker schob seine Frau zu Afra, die uns herzlich begrüßte. „Ich habe mir gestern arg den Fuß verstaucht und kann mich den Freuden, einen Drachen steigen zu lassen, im Moment auch nicht hingeben. Freut mich, dass ich hier mit dir gemeinsam sitzen und schauen kann. Das mit dem Fernglas ist eine prima Idee. Ich hole meines auch gleich."

„Bleib sitzen, das hole ich." Raphael verschwand im Haus und kam kurz darauf wieder mit einem großen und alten Futteral. „Das ist noch ein Relikt von meinem Großvater", erklärte Afra. „Beste Qualität um die Jahrhundertwende."

Ich brachte den beiden Frauen noch die gewünschten Getränke. Gleich darauf gingen die beiden Männer und ich zu den Kindern auf die große Heuwiese. Dort tollten schon Cajus und Finnegan herum und versuchten immer, die vier Kinder beisammen zu halten.

Die folgenden Stunden hatten wir einen riesen Spaß mit unseren Drachen. „Irgendwie erinnert mich die Szene an ‚Mary Poppins'", meinte Volker schmunzelnd.

„Und mich erinnert es gar sehr an ein Büchlein, das ich kürzlich gelesen habe." Raphael platzierte einen Kuss auf meine Wange.

„Schade, dass solche Freuden so aus der Mode gekommen sind. Wie oft waren wir als Kinder mit unseren Drachen auf der Wiese! Und jetzt hetzen wir allen möglichen Terminen hinterher und finden die Zeit für solch schöne Freizeitbeschäftigungen kaum mehr."

Irgendwann begann der Wind stärker zu blasen und am Horizont türmten sich Wolken auf. Weiter hinten gab es schon Wetterleuchten. Wir holten also unsere Drachen wieder ein und begaben uns zu Sarah und Afra auf die Terrasse. Die beiden hatten inzwischen den Tisch gedeckt und es gab eine wunderbare Jause. Die Krönung waren Afras Zabaglione[42] für alle Erwachsenen und die Eisbecher für die Kinder.

Kai und Christopher erzählten, dass sie tags darauf zu einer Halloween-Feier bei einem Freund ein paar Straßen weiter eingeladen waren.

Daraufhin zogen Helena und Alice beide einen Flunsch, weil es „hier auf dem öden Land" ja keine solche Party geben würde, woraufhin sie nach einem kurzen Telefonat gleich nach Regensburg eingeladen wurden. „Ihr beiden seid auch herzlich willkommen auf der Party und könnt nachher gleich mit uns mitkommen. Im Bus haben wir ja genug Platz."

„Mama und ich haben heute schon ein Kürbisgesicht geschnitzt … Mama! Du hast doch gesagt, dazu gibt es eine Geschichte. Erzähl doch mal!"

---

42) Zabaglione-Rezept im Anhang

Der kleine Kürbisgeist

Es geschah zu einer Zeit, in der es noch Feen, Hexen, Geister, Kobolde und zahlreiche andere absonderliche Wesen gab. Die Nächte schienen noch viel dunkler, als die unsrigen und die Tage empfand man kürzer, trotz der fehlenden Hektik im Leben der normalen Leute.

In dieser Zeit also gab es in Bayern auch noch Kürbisgeister. Diese zeigten sich nur für kurze Zeit in den Nächten um den 31. Oktober. Aus den ganz normalen Kürbissen, wie sie in jedem Bauerngarten zu finden waren, so schien es, wurden in diesen Nächten abscheuliche Wesen mit fürchterlichen Fratzen und feurigen Augen. Die Menschen hatten große Angst vor diesen Kürbisgeistern, obwohl diese nie handgreiflich wurden. Und ihre Streiche brachten so manchen ehrlichen Bauern zur Verzweiflung.

Natürlich waren die Geister immer da, aber den Menschen zeigten sie sich nur in diesen wenigen Tagen. Wie die Menschen hatten auch die Kürbisgeister eine Monarchie. Der Kürbiskönig hatte einen wunderschönen Hof als Residenz, in dem es Platz genug für die ganzen Lakaien und vor allem seine Familie gab.

Es handelte sich hier um einen alten Hof, den niemand mehr wirklich bewirtschaftete. Im Bauernhaus lebte nur noch ein altes Hutzelweibchen und deren kleine Enkelin. Die alte Frau kümmerte sich um die Obstbäume und einen wunderschönen Kräutergarten, aus dem sie oft Pflanzen erntete und mit ihnen im Korb und der Enkelin an der Hand zum Markt in der Stadt lief. Mit ein paar klimpernden Münzen im Beutel kamen beide abends wieder müde des Wegs, um sich vor dem Ofen noch kurze Zeit aufzuwärmen, bevor sie ins Bett gehen würden.

Die Felder lagen brach bis auf ein kleines Stück Pachtland, das von einem Nachbarn bepflanzt wurde. Auf den unbewirtschafteten Feldern hatten sich ganz viele Kürbispflanzen angesiedelt. Dort konnten sie gut gedeihen und sich vermehren.

Wieder ging ein Jahr dem Ende entgegen, die Bäume verloren Blätter in unzähligen Farben und diese tanzten über den ganzen Hof, der immer etwas traurig in der Einöde lag.

Eines Tages hörte Ogli, der kleine Kürbisgeist, die alte Frau schluchzen. Er näherte sich dem kleinen Spalt zwischen den Fensterläden, um zu sehen, warum die Frau so unglücklich war.

Nun, um zu verstehen, wer Ogli eigentlich war, müssen wir ein wenig in die Geschichte der Kürbisgeister eintauchen. Es sind Geister – wie gesagt – durchscheinende Wesen, die sich das ganze Jahr über um das Wachstum der Kürbisse kümmerten und wetteiferten, wessen Pflegling denn zur Reifezeit am größten und dicksten war.

Nun waren ja Kürbisse damals auch schon sehr nahrhaft, aber eben wegen der Geister mochte sie kein Mensch anrühren. Das erschütterte jedoch deren Monarchie langsam. Denn, wer wollte sich schon Jahr für Jahr um Pflanzen kümmern, die dann doch nur auf dem Feld verrotten würden.

Egal, wie groß und schön sie gewachsen waren. Die Kürbisgeister steuerten also langsam einer Revolution entgegen. Das wusste auch Ogli. Aber er wusste auch, dass es nie anders werden würde, wenn nicht irgendjemand den Menschen einmal die Augen öffnet.

Ogli war noch ein junger Geist, aber nicht auf den Kopf gefallen – und er mochte die beiden Menschen in der Residenz, die sie so gar nicht störten und noch nie einem Kürbisgeist schlimme Worte an den Kopf geworfen hatten.

Er schaute also an dem betreffenden Abend durch die Ritze und erkannte bald, warum die Frau so traurig war. In diesem Jahr hatten sie nicht viel Obst ernten können und nur mit dem Verkauf der Kräuter würde sie auch nicht satt werden.

Sie würde sich und das Kind also nur schwer über den Winter retten können. Da keimte in Ogli eine Idee, die bald Früchte tragen sollte. Wagenladungen von Kürbissen, genau gesagt.

Es wurde alles in der Residenz abgesprochen und vom König abgesegnet. „Aber niemals darf ein erwachsener Mensch davon erfahren!" bekam er noch als Fingerzeig mit auf den Weg.

Ogli lief also Nacht für Nacht durch Gärten, über Wiesen, überquerte Bauernhöfe und kam sogar an einer menschlichen Residenz vorbei. Überall wurde er gleich begeistert aufgenommen und die von ihm überbrachten königlichen Anweisungen sofort ausgeführt.

Nach zwei Wochen – schon bald würde Oktober auf dem Kalender stehen – kam er wieder in seine Heimat und konnte zufrieden sein. In einem Teil des Hofes stapelten sich inzwischen Hunderte von Kürbissen jeder Größe und Geschmacksrichtung im weichen Gras.

Nun konnte Ogli daran gehen, den letzten Teil des Plans anzupacken. Den sicher schwierigsten. Denn bisher hatte er noch nie mit einem Menschen gesprochen.

Am Tag vorher schlief er schlecht und machte sich Sorgen, dass etwas nicht klappen würde. Aber er hatte selbst diesen Plan ausgeheckt, also musste er ihn auch zu einem Abschluss bringen. So, oder so.

Als es dunkel wurde, rieb er sich die Augen und machte sich zurecht. Die Kürbisgeister konnten auch durchaus gut aussehen, wenn sie wollten. Damit er das kleine Mädchen nicht erschreckte, machte sich Ogli also daran, sich herauszuputzen.

Er hatte sich von einem Leprachaun[43] Schuhe geliehen und von einer Windhexe einen Umhang, um wenigstens den Anschein zu erwecken, nicht völlig körperlos zu sein.

Die Nixe des nahen Teiches hatte ihm angeboten, ihn für das Treffen passend zu schminken, was er, ohne eine Miene zu verziehen, über sich ergehen ließ.

Richtig niedlich sah er hinterher aus, als ihm die Nixe auch noch die Kürbisfasern, die wie Haare am Kopf wuchsen, adrett zurecht flocht. So konnte er sich sehen lassen bei der kleinen Menschin, mit leicht rötlichen Bäckchen und glitzernden Augen.

Und schon kurze Zeit später saß er wirklich an dem Bett des kleinen Mädchens und versuchte, sie mit der Feder einer Krähe wach zu kitzeln.

„Iiihhh, lass das!" murmelte sie ganz schlaftrunken. „Gerne, aber nur wenn Du jetzt wirklich wach bist. Ich muss mit dir reden." Die fremde Stimme weckte das Kind endgültig auf. „Wer bist du denn? Und warum siehst Du so eigenartig aus mit den riesigen Schuhen?"

„Ach, die Schuhe gehören mir nicht. Ich bin ein Kürbisgeist und ich will dir etwas Wichtiges erzählen." Das Mädchen rutschte nun ganz in die Ecke in ihrem Bett und zog ihre Decke bis zum Kinn.

„Weißt Du, wir Kürbisgeister tun keinem Menschen etwas zuleide. Wir erschrecken euch ganz gerne, das gebe ich zu. Aber wir wünschen Euch nichts Böses.

Das Geschlecht der Kürbisgeister steht vor einer Bedrohung. Wenn nicht endlich ein Mensch begreift, dass man aus Kürbissen wunderbare Speisen bereiten kann, dann gibt es bei uns eine Revolution. Wir passen extra das ganze Jahr über auf, dass die Früchte gedeihen und dabei rund und groß werden – und keiner mag sie. Das ist doch traurig. Dabei sind sie doch so gut! Mutter hat mir erzählt, man kann daraus Suppe machen oder sie einkochen, Kuchen backen und viele andere Sachen."

---

43) Eine Art Kobold aus der irischen Mythologie

„Ja gut, ich verstehe schon. Aber warum kommst Du ausgerechnet zu mir?" fiepte das Mädchen immer noch ängstlich.

„Ach ja, kein Erwachsener darf je wissen, dass wir euch das selbst verraten haben. Und ich kenne dich schon so lange. Du und deine Großmutter, ihr seid so nette Menschen. Da haben wir gedacht, wir könnten euch helfen. Weil doch heuer das Obst nicht so viel war ... Aber erzähl ihr bitte nichts von mir!"

Jetzt lächelte das Mädchen und Ogli glaubte fast, eine Freundin gefunden zu haben. „Darf ich dich öfter mal besuchen?" „Klar – auch ohne diese Schuhe! Und pass auf, dass du nicht zu lange bleibst, damit ich auch noch etwas Schlaf erwische."

Ausgelassen tanzend kehrte Ogli zu seiner Familie zurück und erzählte von seinem Abenteuer. Die Kürbisgeister waren sich alle einig, das Richtige gemacht zu haben.

Schon am nächsten Morgen erzählte das Mädchen ihrer Großmutter von ihrem „Traum", in dem ein Kürbis zu ihr gesprochen hatte.

Die alte Frau dachte lange darüber nach und sprach nichts. Doch zwei Stunden später ging sie in den Garten und holte sich einen Kürbis. Wie sie ihrer Enkelin versprochen hatte, verwendete sie nur das Fruchtfleisch und schnitzte in die feste Hülle ein grinsendes Gesicht, das sie auf die Stufen des Bauernhauses stellte.

Zu ihrer Überraschung konnte man die Frucht wirklich in vielen verschiedenen Weisen zubereiten. Schon am nächsten Markttag waren beide mit einem geliehenen Pferdefuhrwerk mit vielen Kuchen, Suppen, Eingewecktem und anderen Kürbisgerichten in der Stadt, die ihnen nach anfänglichem Misstrauen förmlich aus der Hand gerissen wurden.

Der Hof wurde berühmt durch die große Kürbiszucht. Doch außer dem kleinen Mädchen und ihrer Großmutter wollte niemand mehr je in der Nacht vom 31. Oktober auf den 1. November in der Nähe jenes Hofes bleiben. Denn in dieser Nacht ging es bei den Kürbisgeistern rund. Da wurde nun alljährlich ganz groß gefeiert, dass die Revolution abgewendet wurde.

Und Ogli? Ja, wir wissen leider nicht, wie alt Kürbisgeister werden. Aber eines ist sicher: Mit einem der ersten Auswandererschiffe fuhr er nach Amerika und ließ sich dort auf einer riesigen Kürbisfarm nieder. Und wenn er heute noch lebt, denkt er sicher manchmal zurück an seine Jugend, an das kleine Mädchen und seine Großmutter.

44) Bild: © Burkhard Schmidt

04. NOVEMBER

Schon ein paar Tage später saß ich auf Sarahs Bürosessel und schlürfte – vergraben in eines ihrer frühen Bücher – Tee, während sie in meinem Tagebuch las.

„Oh, ich wäre umgekommen vor Angst! Warum hast du nicht geschrien, wie am Spieß als die Reiter kamen? Das hätte ich bestimmt getan."

„So etwas würde mir gar nicht erst einfallen. Außerdem hätte uns das noch mehr in Gefahr gebracht. In gefährlichen Situationen werde ich wundersamerweise völlig ruhig. Dafür zittere ich nachher umso mehr. Ich könnte dir einige Situationen nennen, bei denen es ganz schön knapp wurde."

Sie las gebannt weiter. Dazwischern kicherte sie vor sich hin. Meine Aufzeichnungen schienen für Sarah gute Unterhaltung zu sein. „Jetzt verstehe ich die eigenartigen Anspielungen, die ihr letzten Samstag zum Drachen steigen lassen gemacht habt. Die Situation gefällt mir."

Es wurde dunkel und ich kümmerte mich gemeinsam mit Volker um das Abendessen. Sarah las noch immer wie gebannt.

Volker ging ins Büro. „Schatz, wir haben einen Gast. Unterbrich deine Lektüre bitte wenigstens zum Essen."

Überrascht sah Sarah hoch. „Was? Oh, es ist ja schon dunkel. Kannst du mir kurz helfen? Dann geht's schneller." Mit flinker Hand legte sie ein Blatt Papier ins Buch und klappte es zu.

Volker hob seine Frau von ihrem Bürostuhl und setzte sie in den Rollstuhl. „Laura muss ja wirklich interessante Informationen für dich haben. Du warst völlig vertieft."

„Ja, mit ihren Ideen werde ich mein nächstes Buch schreiben. Es wird also ein Gemeinschaftswerk – und natürlich ein Bestseller!"

„Selbstverständlich wird es ein Bestseller. Das sollten wir begießen, meine Damen! Und zwar mit Mutters Eierlikör[45]. Traust du dich, ein Gläschen davon zu kosten, Laura?"

Wir stießen feierlich mit einem Schluck köstlich-cremigen Eierlikör an.

„Meine Hochachtung, der ist fein!"

Volker lachte. „Es gibt da so eine Geschichte über meine Frau und den Eierlikör meiner Mutter. Als ich ihr vor vielen Jahren das erste Mal ein Glas angeboten habe, hat sie das Gesicht verzogen, aber angenommen. ‚Weißt du, ich mag eigentlich keinen Eierlikör. Aber wenn er von deiner Mutter ist, muss ich ihn probieren.' Nach dem ersten Schluck hellte sich ihre Miene allerdings

---

45) *Eierlikör-Rezept im Anhang*

auf. Dann trank sie einen weiteren Schluck. Mit Grabesstimme berichtete sie mir: ‚Schenk mal nach. – Ich mag wirklich keinen Eierlikör!' Sie sah mich an. ‚Dieses Rezept muss ich haben, es schmeckt einfach genial!' Seitdem haben wir öfter mal einen da."

„Ja, und das Lustige daran ist, dass vor allem Männer, die sonst niemals Liköre trinken, weil das nur für Loser ist, völlig verrückt danach sind." Sie blinzelte ihren Mann verschmitzt von der Seite an.

Der blieb ganz gelassen. „Ich steh dazu!"

07. NOVEMBER

Da der Tag des Hl. Leonhard so schön auf ein Wochenende fiel, fand in der Nähe natürlich auch ein Leonhardiritt statt. Raphael, die Mädchen und ich standen schon früh im Stall und putzten die Pferde, bis sie glänzten.

Weil mein Arwakr eine volle und vor allem lange Mähne hatte, bot es sich an, aus ihr ein Netzmuster zu machen. Das fertige Mähnennetz mit den roten Gummis sah sehr gut an ihm aus. Er bekam eine große, rote Schabracke[46] mit silbernen Borten und den mittelalterlichen Sattel mit Trense verpasst. Wie immer genoss er es, dass ich so lange an ihm herum machte, ihn oft berührte und viel mit ihm sprach.

Zuletzt bekam jedes unserer Reittiere noch Blumen ans Kopfgestell und auf die Schabracke geheftet. Farasha und Marisi erhielten auch Blumen in ihre geflochtenen Mähnen und in den Schweif, dessen oberer Teil auch geflochten war. So geschmückt konnten sich unsere Vierbeiner sehen lassen.

Raphael schwang sich mit einer langen Lederhose und Trachtenhemd mit passender Jacke sowie Hut auf seine Rosella. Die Mädchen hatten ihre weißen Reithosen und blank geputzte Stiefel an. Dazu warme Jacken und Reitkappen.

Ich hatte mir ein Reitdirndl machen lassen, dessen Schürze geteilt war. Darunter hatte ich eine dünne Reithose und oben einen warmen Trachtenjanker und ein fesches Hütchen. So ausgestattet ritten wir los. Im nächsten Dorf schlossen wir uns einer anderen Reitergruppe an. In Zweierreihen ging es auf Feldwegen

---

[46] viereckige Sattelunterlage (vorwiegend für festliche Anlässe), deren hinterer Teil zum Teil zu sehen ist, weil die Schabracke größer ist als der Sattel selbst..

weiter. Immer mehr Reiter schlossen sich uns an. Kurz vor der Anhöhe, auf der das Leonhards-Kirchlein stand, sahen wir auch zahlreiche Reiter aus anderen Richtungen kommen. Auf der Wiese vor der Kirche waren schon lange Stangen angebracht worden, an denen die Pferde angebunden werden konnten.

Wir suchten uns eine Stange, an der alle vier Pferde Platz hatten und lockerten die Sattelgurte. Afra war mit dem Auto gekommen. Sie brachte uns Halfter und Führstricke sowie Pferdedecken, um die wegen ihres Winterfells und der Aufregung schwitzenden Tiere zu schützen.

Als Alice und Helena mit Afra die Messe in der Kirche besuchten, lauschten wir von draußen der Blaskapelle, die die Gläubigen bei ihrem Gesang begleitete.

Während immer einer von uns ein Auge auf die Pferde hatte, gingen wir abwechselnd durch die Reihen und unterhielten uns mit alten Bekannten. Dann kam der Priester und durchschritt die Reihen der Pferde, um diese zu weihen.

Auf dem Rückweg zu uns brachte Afra für alle frisch gebackene Küchel mit.

„Nein, Farasha", hörten wir kurz darauf Alicens erschrockenen Ausruf. Mit großen Augen stand das Mädchen da und starrte ihr Pferd vorwurfsvoll an. „Farasha hat meinen Küchel gefressen!"

Und es stimmte, das Pferd hatte noch Puderzucker an den Nüstern. Ich hatte ja wohlweislich schon meine Schmalznudel vor dem allzu gierigen Maul meines Arwakr in Sicherheit gebracht, da ich mich noch gut erinnern konnte, dass eine Käsesemmel von mir erst vor kurzer Zeit das gleiche Schicksal ereilte, wie der Küchel von Alice.

Nach der Stärkung ritten wir wieder nach Hause. Als die Pferde versorgt waren, gab es einen wärmenden Eintopf und viel Tee in Afras Küche.

Raphael und ich zogen uns dann bald zurück und machten uns einen gemütlichen Abend in trauter Zweisamkeit.

08. NOVEMBER

Unsere Parforcehorngruppe hatte unsere letzte Meute-Jagd im Jahr zu blasen. Diese Jahresabschlussjagd war immer etwas Besonderes für uns Bläser. Ich hatte Raphael und Sarah mitgeschleppt. Volker wollte mit allen vier Kindern zu einer Kinosondervorstellung in Regensburg gehen.

Der Treffpunkt für uns war ein herrliches Schloss mit großem Park. Im großen Saal unten gab es erst mal den Empfang sowie Getränke und eine kleine Stärkung für Reiter und Bläser. Dann spielten wir in verschiedenen Räumen, auf der großen Treppe und überall, wo der Ton unserer Hörner gut klang. Sarah hatte uns mit den Es-Hornbläsern noch nicht gehört und war auf Anhieb begeistert von der französischern Jagdmusik, die wir spielten.

Bevor die eigentliche Jagd begann, war Sarah schon ganz eifrig dabei, ihre Eindrücke in ihr Notizbüchlein zu schreiben. „Das ist prima Stoff für mein nächstes Buch – also das nach unserem gemeinsamen Werk!"

Während die Reiter schon zu ihren Pferden gingen, die bei einem Nebengebäude warteten, schlenderten wir zur großen Wiese vor dem Schloss und bliesen dort noch ein paar Stücke. Wir hatten uns in drei Gruppen aufgeteilt – jeweils mit erster und zweiter Stimme und Bass – und bliesen die Teile der Stücke abwechselnd.

Dann kamen Reiter und Hunde. Alle, die Fotoapparate dabei hatten, waren schon eifrig am Knipsen. So auch Sarah und sogar Raph, der seiner Mutter und mir einige Bilder versprochen hatte. Die Foxhounds waren neugierig. Manche von ihnen entfernten sich gleich von der Meute, um die unbekannten Menschen zu beschnüffeln, wurden aber von den Meuteführern wieder zurückbeordert.

Der Jagdherr hielt eine kleine Ansprache mit Verhaltensregeln, der zu reitenden Route im Schlossgarten und dem angrenzenden Gelände und was bei solchen Gelegenheiten sonst so alles gesagt werden musste.

Dann ritt der Reiter mit dem Kanister mit Heringslake am Sattel, aus dem es beständig tröpfelte, los. Wenig später durften die Hunde der Fährte hinterher und darauf folgten auch die Jagdreiter. In diesem Jahr waren ein paar Damen in Reitkostümen und im Damensattel dabei. Es war ein herrliches Bild wie zu Kaiserin Elisabeths Zeiten.

Meine Freundin Birgit war auch mit von der Partie. Sie hatte Sarah erst an diesem Tag kennengelernt. „Toll an dieser Jagd ist ja, dass man zu Fuß ziemlich viel von der ganzen Sache erleben kann. Das ist natürlich für deine Freundin im Rollstuhl optimal. Wie gefällt es ihr? Sie scheint ganz verzückt zu sein."

„Sie schwärmt in den höchsten Tönen und bewegt sich gedanklich schon in ganz anderen Sphären. Sie ist nämlich

Schriftstellerin und schreibt ganz wunderbare historische Romanzen. Seit ich sie kenne, bin ich ein Fan von ihren Büchern. Ich bin mir sicher, wir werden dieses Erlebnis in einem ihrer nächsten Romane wiederfinden."

„Ach, ist sie deshalb dabei?"

„Daran dachte sie vermutlich erst mal nicht. Ich habe sie einfach mitgeschleppt, weil sie uns sowieso mal hören wollte und ich dachte, das könnte ihr gefallen. Dabei hatte ich ihre Schreiberei natürlich schon im Hinterkopf."

Unsere Gruppe spielte viele Stücke und es machte enorm Spaß. Einmal standen wir vereint vor dem großen Brunnen, dann wieder in Grüppchen verteilt weiter hinten oder ganz vorne im Park.

Direkt vor der kurzen Verschnaufpause für die Jagdgesellschaft standen wir im Keil vor der rückseitigen Fassade des Schlosses, die Trichter unserer Hörner zum Park gewandt. Die Meuteführer lotsten die Hunde zwischen uns durch, während die Reiter links und rechts am Keil vorbei ritten.

Raphael schob den Rollstuhl mit Sarah über den Kies zu uns. „Das war gerade ein wundervolles Bild mit euch und den Hunden. Ach, ich bin so froh, dass du uns mitgenommen hast. Das ist ein besonderer Genuss für mich. Ich bin völlig aus dem Häuschen, was für tolle Stücke ihr spielt – und das auch noch alles auswendig! Einige der Aufnahmen sind auch super geworden. Ich habe euch zwischendurch auch gefilmt, dass ich Volker und den Kids was zeigen kann. Vor allem die Frauen in den Reitkleidern sind so schön anzusehen, dass ich schon unzählige Fotos von ihnen gemacht habe. Es sieht einfach alles so authentisch aus."

„Danke, dass du uns dabeihaben wolltest." Raphael umarmte mich und gab mir einen innigen Kuss. Prompt hörte ich meine Bläserkollegen klatschen.

„Ach herrje, jetzt sind meine Hoffnungen endgültig dahin." Ich sah hoch und entdeckte einen der Meuteführer zu Pferde, der in unsere Richtung feixte.

„Mist, das wusste ich nicht. Jetzt werden wir nie erfahren, wie das mit uns beiden gewesen wäre. Du hättest dich mir früher erklären sollen." Auf meine Erwiderung lachte er.

„Wir sind ja schon froh, dass Laura endlich mal einen Mann am Haken hat. Wir haben uns schon Gedanken über sie gemacht", hörte ich eine Stimme zwei Reihen vor mir.

Ich konnte mich nicht zurückhalten. „Ach, und ich dachte immer, denken ist beim Blasen nicht angesagt." Schallendes Gelächter um mich herum.

Die Jagd ging weiter und wir hatten wieder unseren Einsatz. Das Wetter spielte aber auch perfekt mit an diesem Jagdtag. Es war kalt, aber wenigstens windstill und die Sonne schien immer wieder zwischen den Wolken hindurch. Trotzdem hatten fast alle von uns Handwärmer dabei und dicke Socken in den Lederstiefeln an.

Irgendwann verließen wir den Schlosspark gemeinsam mit allen Zuschauern. Denn die Reiter würden von ganz hinten über eine große Wiesenfläche kommen und von dort dann zur Wiese vor dem Schloss zurückkehren, wo die Jagd offiziell beendet würde.

Wir hatten etwas Zeit, uns mit verschiedenen Leuten zu unterhalten und hörten auch den einen oder anderen Witz, der zum Besten gegeben wurde.

Ein Ruf und daraufhin sahen wir die ersten Hunde rennen. Ich wusste, es war fantastisch, ihnen zuzusehen. Es sah aus, als berührten sie kaum den Boden. Die Körper wurden lang und alle Bewegungen sahen fließend und elegant aus. Dann kamen die Reiter in einem schönen Galopp. Man sah Mensch und Tier die Freude daran an und wir hörten so manches „Juhu" aus der Reiterschaft.

Da wir Bläser mit dem Rücken zum Geschehen standen, damit der Ton unserer Hörner dorthin schallte, wo er sollte, bekam ich nur die Hälfte davon mit. Aber ich wusste ja von anderen Jagden, wie das war und freute mich für Sarah und Raphael, dass sie das miterleben durften.

Kurze Zeit später standen alle Zuschauer – Angehörige und Freunde der Mitwirkenden – wieder am Rand der besagten Wiese vor dem Schloss. Es wurden vom Jagdherr noch einige Worte gesprochen und dann bekamen die Hunde ihren wohlverdienten Pansen und wir bliesen das Curée dazu.

Es ist immer wieder amüsant zu sehen, wie die Hunde sich um die Fleischfetzen balgen und mit welchen Tricks sie hier und dort etwas stibitzen.

Reiter und Bläser bekamen jeweils einen Tannenbruch mit einer schönen Schleife, welchen man an das Revers des Reitrocks heften konnte. Sarahs Autorenschaft hatte sich herumgesprochen bei den Verantwortlichen. Auch sie erhielt einen Bruch und sogar ein Heft mit Informationen über die Meute. Außerdem unterhielt sich der Meuteführer einige Zeit mit ihr.

Während sich die Menschenmenge langsam auflöste und Hunde sowie Reittiere versorgt wurden, konnten wir schon in den gemütlicheren Teil übergehen. Raphael und Sarah gesellten sich wieder zu uns.

„Bei einer richtigen Parforce-Jagd wurden natürlich die Jagdsignale vom Pferd aus geblasen. Die hatten ja auch eine wichtige Funktion. Jeder musste sie kennen und sich danach richten. Das, was wir heute spielen, sind überwiegend Fanfaren, Märsche und andere lange Spielstücke. Außerdem sind heutzutage die Jagden so weit auseinander, dass der Aufwand zu groß wäre, wirklich beritten zu blasen – und nicht jeder Bläser hat ein eigenes Pferd."

„Der Hörnerschall hat schon etwas Besonderes, finde ich. Da es kein alltäglicher Klang ist, war alleine euer Spiel schon ein Highlight. Aber die Jagd insgesamt war ein fantastisches Erlebnis, was sagst du?" Sarah blickte mit leuchtenden Augen auf zu Raph.

Dieser nickte. „Ich hätte nicht gedacht, dass diese Jagd soviel anders sein würde als die ohne Meute, die ich mit Mutter und den Mädchen besucht hatte. Aber das hier hat verdammt viel Klasse. Es lässt einen wirklich nachdenken, wie es früher einmal gewesen sein muss. Welchen Freizeitvergnügungen die Oberschicht nachgegangen ist. Und ich kann die Jagdreiter von heute verstehen. Eine herrliche Sache ist das."

„Obwohl ich weiß Gott nichts von der Reiterei verstehe, kann sogar ich die Beweggründe nachvollziehen. Ich wäre heute auch am Liebsten auf einem Pferd gesessen und mitgeritten." Sarah strahlte. „Ich freue mich so, dass ich wieder ein neues Thema in einem Buch aufgreifen kann."

Als wir im Auto saßen, war Sarah in Gedanken anscheinend immer noch voll im Geschehen. „Und das war nun eine richtige Promijagd, oder?"

„Nein, als eine Promijagd würde ich das nicht bezeichnen. Aber es war in dem Fall eine Einladungsjagd."

Raphael schüttelte den Kopf. „Erklär das mal näher."

„Also, grundsätzlich sind Jagden keine öffentlichen Veranstaltungen. Aber es gibt ganz normale Jagden, bei denen jeder aus einem befreundeten Verein mitreiten kann, der sich dazu berufen fühlt. Solange dieser Jemand im akzeptablen Outfit mit einem entsprechenden Pferdematerial erscheint und sein Startgeld entrichtet, ist er dabei und kann den Nachmittag genießen. Das gilt z. B. für die meisten Jagden von kleinen Reitvereinen, die überwiegend ohne Meute arbeiten.

Dann gibt es die Einladungsjagd. Dazu werden bestimmte Reiter, die dem Veranstalter bekannt sind, eingeladen. Darunter fallen natürlich auch die sogenannten Promijagden, unter denen sich dann auch Prominente bzw. die Reichen und Schönen finden.

Es ist bei diesen Jagden – je nach Veranstalter – nicht zwingend die Qualität der Reiter ausschlaggebend. Das Startgeld kann ggf. recht hoch sein, weil es zum Beispiel für einen guten Zweck verwendet wird. Das anschließende Jagdgericht ist dann vielleicht mit Showband und großem Buffet oder so.

Ich habe schon Jagden gesehen mit hervorragendem Pferdematerial und lausigen Reitern. Die konnten sich die teuren Pferde halt leisten, waren aber selbst teilweise keine Sportskanonen und saßen im Sattel wie der sprichwörtliche Affe auf dem Schleifstein. Es ist immer wieder interessant, die verschiedenen Charaktere zu beobachten.

Es gibt da wie dort tolle Reiter, die mit Leib und Seele dabei sind und bei denen man sieht, dass sie und ihre Pferde viel Spaß an der Sache haben. Und es gibt jene, die zum Beispiel aus Prestige-Gründen meinen, dabei sein zu müssen, denen man aber zum Beispiel vor jedem Sprung schon die Angst ansieht."

„Ich hätte gar nicht gedacht, dass sich mir so ein breites Feld von neuen Erkenntnissen auftut, wenn ich mal einen Tag mit einer Bläserin unterwegs bin. Ich bin ehrlich begeistert von der ganzen Sache und möchte einiges davon unbedingt in einem zukünftigen Buch verarbeiten." Sarah war offensichtlich überwältigt von der ganzen Sache.

Auf der Heimfahrt fragte mir Sarah noch mehrere Löcher in den Bauch. Ob ich mir diese oder jene Situation vorstellen konnte und was ich denn sonst noch wüsste. Ich verwies sie am Ende auf ein paar schlaue Bücher, die mein Regal bevölkerten und versprach, ihr Einsicht zu gewähren.

11. NOVEMBER – MARTINSTAG

Als ich am Abend ein paar Tage später zu Raphael kam, war dieser sehr aufgeregt. Er lotste mich direkt ins Wohnzimmer, wo auf dem Tisch einige, offensichtlich alte, Papiere ausgebreitet waren.

„Mutter hat vorgestern bei ihrer Aufräumaktion im Dachboden einen spektakulären Fund gemacht. Sie stieß auf eine Kiste mit Schriftstücken des Urgroßvaters meines Vaters. Es stellte sich heraus, dass dieser Ahnenforschung betrieben hat.

Und jetzt halte dich fest: Wir können unsere Linie zurückverfolgen bis zu einem gewissen Konrad, anfangs Knappe und Ziehsohn von Gordian, Graf im Altmühltal um 1400.

Daher kommt auch unser Nachname. Konrads und Barbaras Nachkommen haben ihn für sich beansprucht. Seit langer Zeit heißt unsere Familie nach dem Grafen, der Konrad an Kindesstatt angenommen hat. Und hier haben wir auch die Verbindung von deinem Mann zu mir."

Ungläubig sah ich Raphael an. Nachkommen von Konrad und Barbara? Wie schön, dass die beiden tatsächlich geheiratet hatten und mit Kindern gesegnet waren! Mir wurden die Knie weich. Diese Neuigkeit musste ich erst mal verdauen.

„Nun, da ich von der verwandtschaftlichen Verbindung weiß, kann ich mich nur noch wundern. Durch den Besitz des Betts habe ich mir natürlich aus all den möglichen Wappenmotiven den Turmfalken gewählt. Mutter ist überzeugt, dass ihr Schwiegervater keine Ahnung von der Kiste hatte, obwohl er die Inhalte teilweise zu kennen schien."

Es war wunderbar, wie sich alles gefügt hatte. Ich war schon lange überzeugt gewesen, dass es eine richtige Verbindung geben musste, eine stärkere, als nur die Ähnlichkeit zwischen den Persönlichkeiten beider Männer. Ich sah mir die Papiere an. Manches konnte ich lesen, anderes nicht. Diese alten Schriften waren nicht einfach zu entziffern. Doch wenn ich es nicht konnte, wer dann! Zumindest, bis die Handschriften die neuere Schreibweise hatten. Es wurmte mich, dass ich bei den neueren Handschriften wie ein „Ochs vorm Berg" stand.

Während Raphael Tee kochte, saß ich auf der Couch und versenkte mich in die ganz alten Schriftstücke. Raphael übernahm dann die neueren Papiere. Was Raphael gesagt hatte, war alles belegt. Woher hatte Afras Urahn nur diese ganzen Papiere? Waren sie von Generation zu Generation weitergegeben worden?

Die Abschriften erzählten von Konrad und dessen Kindern Gordian und Laura sowie dem ersten Nachkommen von jenem Gordian, der bald darauf den Namen seines Ahns zu seinem Nachnamen erwählte und den Geschicken der Familie, die sich zu einem Teil bald vom Altmühltal entfernte und in die Nähe Landshuts zog, weil dort mehr Weideland auf sie wartete. Die Pferdezucht für den Fürsten war hier noch mehrere Generationen betrieben worden.

Später waren aus den Nachkommen des Adligen vom Altmühltal wohlhabende Bauern geworden, die immer noch eine lohnende Pferdezucht betrieben. Nach und nach wurde hier und dort Grund gekauft, bis einer von Raphs Ahnen um 1800 einen Deal mit seinem besten Freund machte. Der Ahn hatte drei Söhne, die im ständigen Zwist miteinander lagen.

Um nun zu verhindern, dass das fruchtbare Land verkauft werden konnte und zudem seinem in Geldnot geratenen Freund zu helfen, wurde ein Vertrag geschlossen, der eine Pacht festlegte, die dem Freund zu zahlen war. So sah es für die Nachkommen aus, als wären die Felder im Besitz des Anderen. In Wahrheit gehörte das Land nach wie vor der Familie Gordian. Und der Hof selbst war sowieso immer an den geeignetsten Erben übergegangen.

„Wart ihr schon beim Grundbuchamt?" Raphael grinste. „Ja, waren wir. Und es ist wahr: Das Land gehört uns. Die Pacht fließt schon seit vielen Jahren in eine Vereinigung, welche die Schule unseres Ortes unterstützt und Begabtenstipendien vergibt. Von dieser Sache wusste mein Großvater auch. Deshalb hat er auch immer agiert, als wenn er der Herr über alles wäre. Aber meinen Eltern hat er das nie erzählt. Wir glaubten immer, die Besitzverhältnisse wären ganz anders. Nie sahen wir einen Grund, die Unterlagen darüber einzusehen."

„Und die Mahnungen wegen deiner Nachlässigkeiten bei der Verwaltung?"

„Die waren schon ernst gemeint, auch wenn niemand mir die Wiesen hätte nehmen können. Das war von Seiten des Verwalters ein Schuss ins Blaue, der getroffen hat. Er wollte mich einfach aktivieren. Schließlich wird das Geld gebraucht."

„Na, dann lass uns die Neuigkeiten feiern, Herr Gordian, Nachkomme des Stiefsohns des Grafen Gordian aus dem Altmühltal und seiner Gattin Laura."

„Das wollen wir gerne tun, Urahnin Laura. Hier, ein Gläschen Sekt zu diesem Zwecke." Wir stießen an.

„Ich halte es nach wie vor für klug, Mutter und auch meine Nichten nicht in dein Geheimnis einzuweihen. Aber ich habe ihnen über die Geschichte des Wappens erzählt und dass es wirklich von unserem Urahn ist. Das hat sie sehr stolz gemacht.

Was hältst du davon, gemeinsam mit mir einen Brief an Sarah zu verfassen, mein Schatz? Der habe ich die Neuigkeit nämlich noch nicht erzählt."

Eine Stunde später war ein richtiger Brief versiegelt und wartete darauf, zur Post gebracht zu werden.

Dann machten wir endlich, weshalb ich gekommen war. Wir fuhren gemeinsam mit Afra und den Mädchen zu dem Gasthaus, in dem die besten Martinsgänse serviert wurden.

Einen Tag später kam ein Brief von Sarah, der an Raphael und mich adressiert war. Wir machten ihn auf, als Raphael mich abends besuchte.

11. November 2009

Liebste Freunde,

euer Brief hat mich sehr gefreut. Ich finde es spannend, dass Afra diese ganzen Unterlagen gefunden hat und die Situation zu eurem Vorteil ist.

Heute habe ich euch etwas sehr Wichtiges zu erzählen:

Ihr wisst, dass ich wegen meiner Schmerzen immer wieder zu einer Heilerin gehe, die es schafft, diese Schmerzen für einige Zeit ohne Medikament abzustellen.

Letzte Woche hat mich, wie ihr wisst, Raphael dort hingebracht. Er war ihr sehr sympathisch und sie fragte mich ein paar Dinge und ich zeigte ihr daraufhin ein Bild von euch beiden auf der Jagd, das ich noch auf meinem Fotoapparat hatte.

Gestern nun rief mich die Frau an. Ihr müsst wissen, dass sie hellsichtig ist. Jedenfalls hat sie mir erzählt, dass sie eine Vision hatte. Sie sah dich, Laura, mit einem anderen Mann in einer anderen Zeit. Ihr schwort euch ewige Liebe. Dann sah sie einen Mann, der du, Raph, sein könntest, der in einem Schützengraben liegt und einem Bild die ewige Liebe schwört und dann, wie du dich – da war sie sich wieder ganz sicher – in Rittergewandung vor Laura verneigst. Schließlich kam das Eigenartigste: Sie sah dich nochmals mit dem Ritter, der dir die Sterbeurkunde eines Säuglings reichte.

So, und nun ihre Botschaft an euch: „Ihr seid im Moment glücklich miteinander. Doch müsst ihr euch beide von diesem Schwur der ewigen Liebe lossagen, denn es sind noch andere Seelen beteiligt, die sonst intervenieren könnten. Natürlich kann man sich Liebe bis ans Ende dieses Lebens versprechen. Aber Schwüre – zumindest alles, was mit ewig, immer oder nie zusammenhängt – sollten auf keinen Fall übergreifend für die Ewigkeit gemacht werden. Das bringt nur Leid mit sich."

Ich bin überzeugt, dass diese Aussage der Heilerin richtig ist und bitte euch, diesen raumübergreifenden Schwur von euch zu lösen.

Herzlichst
Sarah

Sarahs Brief brachte uns zum Nachdenken. Wir hatten noch ein langes Gespräch dazu und beschlossen dann, dass wir beide diesen Ewigkeitsschwur lösen wollten. Wie es bei uns im Volksmund hieß: Hilft es nicht, dann schadet es zumindest auch nicht.

Raphael drückte es so aus: „Es ist schon alles sehr mysteriös. Meine Träume, die Heilerin und deine Geschichte mit Gordian. Ich möchte jedenfalls alles tun, um uns als Paar möglichst alle Steine aus dem Weg zu räumen."

Deshalb machten wir auch gleich einen Termin mit Sarahs Heilerin aus, die uns dabei helfen wollte. Durch meine Überzeugung, es sei der richtige Weg für uns, machte ich mir nach dieser Entscheidung tatsächlich weniger Gedanken über uns und die Zukunft.

Die „Sitzung" bei der Heilerin war für Raphael und mich erleuchtend. Der Raum, in dem sie uns empfing, war anheimelnd und freundlich. Sie hatte schon ein paar Kerzen aufgestellt. Wir sprachen eine Weile miteinander über die ganze Sache.

Der Text, den die Heilerin uns jeweils mehrmals sagen ließ, lautete folgendermaßen: „Ich, (Name), widerspreche allen Gelübden, Eiden, Versprechungen, Verwünschungen, Flüchen oder Schwüren, die ich oder andere in meinem Namen, in diesem oder anderen Leben, freiwillig oder unfreiwillig abgeleistet haben."

Gemeinsam lösten wir mit einer Art Zeremonie die Schwüre, die über alle Zeiten gingen. Ich konnte hinterher nicht sagen, ob es was geholfen hatte, aber irgendwie fühlte ich mich trotzdem ein wenig erleichtert.

13. BIS 15. NOVEMBER

Am Wochenende nach St. Martin zog ich endlich zu Raphael. Wir hatten oft darüber gesprochen, ob wir ein gemeinsames Leben wagen sollten und waren schließlich übereingekommen, dass wir zusammengehörten. Wir hatten so viele Hinweise aus der Vergangenheit erhalten, dass wir diese nicht ignorieren konnten. Außerdem fühlten wir uns auch miteinander so wohl, dass wir uns zu diesem Schritt entschlossen.

Ich hatte bei meinem bisherigen Lebensmittelpunkt schon einige Aktivitäten niedergelegt und freute mich auf einen Wechsel und neue Herausforderungen.

Raphael machte mir Platz in seinem großen Kleiderschrank und überließ mir auch sonst ziemlich freie Hand bei der Umgestaltung seines Hausteils.

Das bisher freie Zimmer im ersten Stock wurde zu meinem Büro. Darin fanden mein großer Schreibtisch Platz, mein Wand füllendes Bücherregal und die Kästen, die ich für meine Arbeitsunterlagen brauchte.

Arwakr hatte neben Rosella eine große Box im Stall bekommen und war ganz zufrieden mit unserem Ortswechsel. Schließlich war er nun der Hahn im Korb. Er würde zwar seine alten Freunde auch vermissen, aber mit Rosella würde der Verlust sich gering halten.

Ich selbst trennte mich von einigen Möbeln, die ich nun nicht mehr brauchen würde. Andere Gegenstände wurden einfach in die gemeinsame Wohnung integriert oder gegen nicht so schöne von Raphael ausgetauscht. So zog zum Beispiel meine Couch ein, während seine das Haus verlassen musste. Nun hatten wir die perfekte Schnittmenge aus der Einrichtung von zwei Singlewohnungen, in denen man sich immer wohlfühlen hatte können.

Zu einer kleinen Feier zu unserem gemeinsamen Schritt kamen Sarah und ihre Familie am Sonntagabend. Natürlich waren auch Afra und die Kinder da – und deren Mutter Caro, die ein paar Tage zwischen ihren Geschäftsreisen zu Hause war.

Ich war Caro vorher nur einmal begegnet, auf der Geburtstagsfeier von Afra. Wir waren uns sofort sympathisch gewesen, auch wenn ich nicht daran glauben konnte, dass wir enge Freundinnen würden. Dazu waren wir zu verschieden in unseren Ansichten und Interessen. Aber das musste ja nicht sein. Wir verstanden uns und das war vorerst genug.

19. NOVEMBER

Raphael hatte etwas vor. Ich sah es ihm an der Nasenspitze an. „Edler Ritter, wir würden gerne von euren Plänen erfahren."

„Du kennst mich inzwischen schon wirklich gut, mein Elfchen, was? Ja, ich habe tatsächlich was vor. Du beschreibst in deinem Tagebuch eine adventliche Feier im Wald. So eine möchte ich auch veranstalten für meine Nichten und Sarah mit Familie. Was meinst du dazu?"

„Ja, mein Ritter, das ist eine wundervolle Idee. Gemeinsam wollen wir bei unserem nächsten Ausritt nach der richtigen Stelle suchen. Ihr kümmert euch um die Beförderung aller Gäste und wir uns um die Feier selbst. Übrigens hätten wir gerne auch unsere Eltern, die beste Freundin Ellen und euren Busenfreund Richard dabei."

„Aber natürlich! Euer Wunsch sei uns Befehl, edle Maid. Alle sollen bei uns am Hof übernachten. Das wird ein wundervolles Fest. An welchem Tag wollen wir es veranstalten?"

„Hm, ich denke, der letzte Samstag vor Weihnachten wäre ideal. Was meinst du?"

„Gut, dann sollten wir das unseren Leuten möglichst noch heute mitteilen."

Ich reichte Raphael das Telefon. „Dann fang gleich mal mit Sarah an."

Eine halbe Stunde später waren alle Gäste verständigt. Sie wussten nur, dass sie sich jenen Tag ab dem frühen Nachmittag für ein mittelalterliches Festchen frei halten, die richtige Überkleidung für eine Fackelwanderung haben und bis zum nächsten Tag nach dem Frühstück bei uns bleiben sollten. Mehr würden sie vor Ort erfahren.

An diesem Abend verabschiedete ich mich von meinem Chor. Jetzt, da ich über 40 Kilometer von meiner bisherigen Heimat entfernt wohnte, war die Anfahrt einfach zu weit. Es war für mich ein tiefer Einschnitt im Leben. Schließlich hatte ich doch viele Jahre in Chören gesungen. Na ja, vielleicht würde ich wieder eine Gruppe finden, der ich angehören wollte. Aber für den Moment wollte ich pausieren.

22. NOVEMBER

Am vorletzten Sonntag im November gab es ein gemeinschaftliches Plätzchen backen mit den Puppen und ihrer Oma sowie Sarah und ihren Jungs. Schon ganz früh wurden verschiedene Teigsorten gemacht und vorübergehend in den Kühlschrank verfrachtet. Diese durften ruhen, während wir alle gemeinsam mit Raphael und Volker gemütlich frühstückten.

Dann wurde ausgerollt, ausgestochen, durch die Spritztüte gedrückt, gebacken, in Schokolade getunkt, in Streusel oder

Zucker gerollt und was man sonst so bei der Verarbeitung vorweihnachtlichen Gebäcks macht.

Zwischendurch gab es mal eine Pause mit heißer Schokolade und belegten Broten. Dann wurde die Produktion wieder aufgenommen.

Später machte ich mich im Alleingang an die Produktion von Rumkugeln[47].

„Mir ist schon etwas übel. Ich habe zu viel Teig schnabuliert." Alice fasste sich an den Bauch und setzte eine leidende Miene auf.

„Da hilft nur eines: eine Geschichte von Sarah. Die wird uns wieder auf andere Gedanken bringen. Sarah? Erzählst du uns eine Weihnachtsgeschichte?"

Die vier Kinder und wir Erwachsenen blickten Sarah erwartungsvoll an.

„Wenn ihr dabei weiter an euren Plätzchen arbeitet, mache ich das doch gerne. Mal sehen, welche fällt mir denn da ein? Ach, ich weiß schon."

---

47) *Rumkugel-Rezept im Anhang*

DER GRÖSSTE WUNSCH

Benny war heuer in die Schule gekommen. Er hatte mit Hilfe seiner Mutter dieses Mal schon eigenhändig seinen Wunschzettel geschrieben und ihn einige Tage vor Weihnachten auf die Fensterbank gelegt. Nur den letzten Wunsch hatte seine Mami nicht mehr gesehen. Aber das war auch nicht nötig. Diesen Satz hatte er sich von dem älteren Nachbarsmädchen aufschreiben lassen und so lange geübt, bis er ihn fehlerfrei schreiben konnte: „Ich wünsche mir einen neuen Papa."

Der Sechsjährige war Halbwaise. Bennys Papa war vor zwei Jahren bei einem Unfall ums Leben gekommen. Er hatte zwar seine Mami sehr, sehr lieb, aber ihm fehlte doch der Vater. Seine Freunde wurden von ihren Vätern zu Kindergarten- oder Schulveranstaltungen begleitet, sie durften mal mit ihnen einkaufen gehen oder in den Tierpark und so weiter. Dafür war eine Mami halt kein richtiger Ersatz. Auch wenn sie sich alle Mühe gab, mit ihrem Kind möglichst viel zu erleben.

Mehr als alles andere auf der Welt wünschte sich Benny also einen Vater. Er wollte Teil einer richtigen Familie sein mit beiden Elternteilen und einem Kind. Vielleicht sogar noch einem Geschwisterchen. Hier draußen war es ja doch manchmal recht einsam.

Das Haus, in dem Benny mit seiner Mutter wohnte, lag mitten im Wald, ungefähr einen Kilometer von der nächsten Siedlung entfernt. Sein Vater hatte das Haus geerbt und sehr schön renoviert. Es hatte nicht viele Zimmer, aber eine unwahrscheinlich gemütliche Küche und ein kuscheliges Wohnzimmer mit offenem Kamin. Außerdem gehörten eine Hundehütte mit deren Bewohnerin Bella und ein kleiner Pferdestall mit 4 Boxen dazu, von denen nur zwei belegt waren. Dort standen Nella und Snowy. Mamis Stute und Bennys Pony.

Benny stand gerade im Stall und gab den Pferden Möhren und Äpfel. „Mami sagt, zur Feier des Tages bekommt ihr heute auch lauter Leckereien. Weil, jetzt ist doch Weihnachten! Wisst ihr, ich habe mir einen neuen Papi gewünscht. Ich weiß einfach, dass mir das Christkind heute den Wunsch nicht abschlagen wird. Ihr werdet sehen, er kommt heute noch!"

Bella schnappte nach einer Scheibe trocken Brot und hüpfte damit vor Benny auf und ab. „Ja Bella, gleich spielen wir. Aber erst müssen unsere großen Freunde versorgt sein." Benny schüttete die restlichen Karotten in Snowys Futterkrippe und verschloss dann dessen Box. Minuten später tollte er mit dem Hund im frischen Schnee.

Bennys Mutter Annika stand an der Haustüre und sah ihrem Sohn und dem Hund zu. Ihr liebevoller Blick streichelte die beiden, bevor er abschweifte und einen Reiter erfasste, der in einiger Entfernung – am anderen Ende der Lichtung – vorbei ritt. Ein großer, schlanker Mann auf einem braunen Pferd. Der Mann war bekleidet mit einer knallrot leuchtenden Daunenjacke und einer rot-weißen Weihnachts-Zipfelmütze. Dazu trug er dunkle Hosen und Winterreitboots.

Da es ein wunderschön sonniger Tag war, kam ihr ein Gedanke und sie rief Benny zu sich. „Was meinst du, Benny: Sollen wir beide einen kleinen Ausritt machen? Bella darf mit und wir lassen einfach das Mittagessen ausfallen. Abends koche ich sowieso. Das wird uns reichen – und damit du mir nicht vom Fleisch fällst, bekommst du auch noch ein Wurstbrot vor dem Abritt."

Der Kleine war ganz begeistert von der Idee. Es würde sein erster Weihnachtsritt sein. „Ich zieh mich gleich um. Bin in fünf Minuten fertig, Mami."

Kurze Zeit später ritten Mutter und Sohn über tief verschneite Waldwege. Bis auf eine einzelne Pferdespur und vereinzelten Spuren wilder Tiere waren die Wege noch unberührt. „Wer das wohl gewesen ist?" fragte Benny. „Ich weiß nicht, vielleicht einer der Helfer vom Christkind." Vor Annikas Augen erstand wieder das Bild des einzelnen Reiters, den die Wintersonne beschien.

Nach einer kleinen Runde stellten sie ihre Pferde wieder in den Stall und machten auf der Koppel noch eine Schneeballschlacht, bis Annika um Gnade flehte. So gingen sie ganz erledigt ins Haus. Nach einer heißen Dusche gab es Tee mit Plätzchen in der Küche. „Wohnzimmer ist tabu bis heute Abend. Schließlich darf das Christkind nicht gestört werden beim Geschenke ablegen."

Nach etwas Maulen und einer weiteren Ausführung der Mutter, dass sie ja auch nicht wissen könne, wann genau das Christkind für Benny Zeit hätte, wurde die Erklärung dann doch akzeptiert.

So baumelte also Benny mit den Beinen auf einem dieser alten Holzstühle und Bella saß neben ihm und schaute ständig, ob ihr kleiner Freund nicht doch einmal ein paar Brösel fallen lassen würde.

Langsam wurde es draußen dunkel. Dies lag jedoch nicht nur an der fortgeschrittenen Tageszeit. Wolken verhangen den Himmel und dichtes Schneegestöber setzte ein. Annika war beinahe mit dem Kochen fertig und nach dem Essen sollte die Bescherung sein.

Sie bekam glänzende Augen, wenn sie an den Gesichtsausdruck dachte, den ihr Sohn beim Anblick seiner Geschenke machen würde. Packungen von Playmobil mit Harry Potter, ein schönes (gebrauchtes) Fahrrad, eine CD mit seinen Lieblingssongs und ein paar spannende Bücher, um seinen Ehrgeiz beim Lernen zu fördern.

Es war schon stockdunkel draußen und der Schneesturm wurde von Sekunde zu Sekunde dichter. Plötzlich stand Bella auf und bellte. Der schlanke Hund stand ganz angespannt in der Küchentüre und sah immer wieder zu Annika, der Eingangstüre und zurück. Sekunden später läutete es. Annika trocknete sich die feuchten Hände ab und ging überrascht zur Türe. „Wer um diese Zeit am Heiligen Abend zu uns möchte?"

Sie öffnete und stand einem Pferd und einem recht verschneiten Mann gegenüber, in dem sie den Reiter erkannte, den sie früher am Tag schon beobachtet hatte. „Verzeihen Sie die Störung, wir sind in den Schneesturm geraten und ich fürchte, nach Hause schaffen wir es vorerst nicht. Sie haben doch einen Stall – könnte ich meinen Rico bitte für diese Nacht bei Ihnen einstellen?"

Annika hatte bei seinen ersten Worten schon zu ihren Stiefeln gegriffen und sie angezogen. Sie warf sich noch ihre Jacke über. „Selbstverständlich stelle ich Ihnen eine Box für Ihr Pferd zur Verfügung. Sie können sich bei uns aufwärmen und sich dann vielleicht von jemandem holen lassen. Oder ich fahre Sie nach Hause." Sie ging voraus zum Stall.

Bennys Gesichtsausdruck beim Anblick des Fremden hatte sie nicht gesehen. Denn dieser meinte, in dem Mann all seine Träume erfüllt zu sehen. Das war sicher der neue Papa, den das Christkind ihm geschickt hatte. „Schau Bella, das war doch gescheit vom Christkind, ihm auch gleich ein Pferd mitzugeben. Da können wir immer alle miteinander ausreiten."

Etwas später saßen Mama, Benny und der fremde Mann, der sich als Niko vorgestellt hatte, miteinander am Tisch und aßen eine herrlich knusprige Ente mit Knödel und Blaukraut.

Niko erzählte, wie ihm das Malheur passiert war und Benny hing an seinen Lippen. „Ich war zusammen mit einigen Freunden auf einer kleinen Lichtung im Wald verabredet. Da wir lauter Singles sind, hatten wir vor, nachmittags eine kleine Weihnachtsfeier rund um eine geschmückte Tanne zu machen. Es war wunderschön. Weihnachtslieder wurden gesungen, Gedichte vorgetragen und am Baum brannten kleine Lichtlein.

Wir bemerkten zuerst gar nicht, dass Schneewolken aufzogen. Danach war es schon fast zu spät. Ich denke, die anderen kamen gut nach Hause. Aber ich habe den längsten Heimweg. Zum Glück fiel mir der Stall bei Ihnen ein. Ich konnte mich die letzte Strecke gut am Licht Ihres Baumes vor der Haustüre orientieren. Es ist furchtbar nett, dass Sie meinen Rico und mich gleich aufgenommen haben."

Annika genoss es, wieder einmal einen Mann in ihrer Küche sitzen zu sehen. Wenn sie ehrlich zu sich war, dann war dieser Niko doch ein ganz ansehnliches Exemplar und nett noch obendrein. Langsam bemerkte sie auch die Blicke von Benny, die immer zwischen ihr und Niko hin und her wanderten. Nach dem Essen half der Gast sogar beim Abwasch. Er wurde ihr immer sympathischer.

Sie musste lächeln. Sie würde alles einfach auf sich zukommen lassen. „Wollen Sie telefonieren? Kann Sie jemand abholen? Das Pferd können Sie natürlich hier stehen lassen, bis Sie mit dem Hänger hier durchkommen."

Niko sah ganz betreten drein. „Wissen Sie, in meiner direkten Nähe wohnt keiner meiner Freunde. Diese müssten alle einen großen Umweg auf sich nehmen. Ich wäre Ihnen sehr dankbar, wenn Sie mich nach Hause bringen könnten."

Annika ging zur Türe und sah hinaus in ihren Vorgarten. Man sah kaum fünf Meter weit und der Schnee war schon sehr hoch. „Nein. Sie bleiben einfach diese Nacht hier. Wir werden schon ein Plätzchen auf der Couch für Sie finden. Wenn Sie wollen, können Sie vor der Bescherung noch duschen? Ich habe noch ein paar Jogginghosen und Shirts von meinem verstorbenen Mann, die Ihnen passen könnten."

Ein schiefes Lächeln saß auf Nikos Gesicht. „Ich wollte Ihnen keine Umstände machen. Es tut mir so leid." Da schaltete sich Benny ein. „Das sind keine Umstände. Mami und ich freuen uns über Gesellschaft. Und jetzt duschen Sie schon. Ich will endlich meine Bescherung." Von der Vehemenz des Knaben überrascht, ließ sich Niko von Annika das Bad zeigen und sich mit Duschtuch und frischen Kleidungsstücken versorgen.

Plötzlich fing sein Herz zu hüpfen an. Er würde dieses Mal im Kreise einer Familie Weihnachten feiern. Ganz so, wie er es sich die letzten Jahre immer gewünscht hatte. Die Frau und ihr Sohnemann waren so nett und er fühlte sich in diesem Haus sehr wohl.

Das Wohnzimmer sah so einladend aus, wie kaum ein anderer Raum, den Niko je betreten hatte. Ein großer, wunderschön geschmückter Christbaum stand vor einem Fenster, im Kamin prasselte munter ein Feuer und die dunkelroten Bezüge der Sitzgruppe luden zum Kuscheln ein. Ein dichter Teppich schluckte jeden Laut. In diesem Zimmer herrschten die Farben rot und grün vor. Sogar die Wände waren farbig gestrichen.

Benny packte mit Freude seine Geschenke aus und war ganz begeistert von dem neuen Fahrrad. Dass es schon ein paar Schrammen aufwies, bemerkte er zwar, aber es störte ihn nicht weiter.

Später las Niko aus einem Buch, das er aus den Tiefen seiner Satteltaschen hervorgeholt hatte, eine schöne Weihnachtsgeschichte vor. Es wurde ein wunderschöner Abend für alle drei, an dem sie noch verschiedene Spiele spielten oder einer der Erwachsenen etwas vorlas. Jeder fühlte sich in Gesellschaft der anderen sehr wohl.

In dieser Nacht schlief Benny mit der Gewissheit ein, heute seinen neuen Vater kennen gelernt zu haben. Er schickte ein inniges Dankgebet zum Christkind und schlief glücklich ein."

„Schön, Sarah. Aber die Geschichte ist ja sicher noch nicht aus. Wie geht es weiter? Bekommt nun Benny wirklich seinen neuen Papa? Wir müssen noch die Spitzbuben fertig machen und die Schokostangen sind auch noch ganz nackt. Also haben wir noch genügend Zeit für die Fortsetzung."

„Na gut, ihr Racker. Es gibt tatsächlich eine weitere Geschichte um Benny:

DER STERNRITT

Ein Jahr war vergangen und Benny war immer noch glücklich wie am ersten Tag! Kein einziges Mal hatte er seinen Weihnachtswunsch nach einen neuen Papa vom letzten Jahr bedauert, nicht einmal in den Momenten, wenn er arg gerügt wurde, weil er wieder Blödsinn ausgeheckt hatte. Genau am Weihnachtsabend waren Nico und sein Wallach Rico zu ihm und seiner Mutter Annika hereingeschneit. Beide waren geblieben. So wurde die kleine Familie wieder komplett.

Niko war ein wunderbarer Vater, obwohl er kein eigenes Kind hatte. Benny verehrte ihn und eiferte ihm nach. Sie waren oft gemeinsam mit den Pferden unterwegs. So auch heute – genau am Jahrestag von Nikos Ankunft. Allerdings war auch Annika mit von der Partie. Alles war für einen gemütlichen Heiligen Abend vorbereitet und sie hatten jede Menge Zeit, einen schönen Tag zu verleben.

Nikos Freunde machten jedes Jahr eine Art Sternritt zu einer kleinen Waldlichtung, wo ein Baum geschmückt wurde. Der befreundete Pater eines nahen Klosters hielt eine kleine Andacht mit Segnung der Reiter und Pferde. Es wurden Weihnachtslieder gesungen und für alle gab es Punsch und Plätzchen.

Kurz vor dem Abritt hatte Annika bemerkt, dass ein Winterreitstiefel von Niko etwas ungünstig am Waschbecken im Stall gestanden war. Leider hatte da etwas getropft. „Der Schuh ist pitschnass. Den kannst du auf keinen Fall anziehen!" „Na, dann werden es für heute auch mal meine alten Moon Boots tun. Die sind schön warm und auch hoch genug, um durch den Schnee zu stapfen."

So waren sie also kurze Zeit später unterwegs: Annika auf Nella, Benny auf seinem Pony Snowy, Niko auf Rico und rund um die Gruppe tanzte ihre Hündin Bella, die einen mords Spaß an dem frischen Pulverschnee hatte und ständig ihre Schnauze darin vergrub.

Auch die Pferde hoben die Beine, wie sie es im Sommer nur selten taten. Sie liebten den Schnee und ließen auch keine Gelegenheit aus, mit dem weißen „Zeugs" zu spielen. Sie prusteten in den Pulverschnee, dass er aufstob oder wälzten sich gerne darin. Allerdings war Rico in Sachen Schnee seit seinem Erlebnis im letzten Winter vorsichtig geworden. Es hatte viel gefroren, geregnet und dann wieder geschneit. Die Oberfläche lud zum Wälzen ein. Als er sich jedoch fallen ließ, schreckte er augenblicklich wieder hoch, weil er in einem eiskalten See gelandet war, der sich unter der Schneeschicht verborgen und sein warmes Winterfell in Sekundenschnelle durchdrungen hatte. Diese Erinnerung hielt ihn vor unüberlegten Handlungen im Schnee seitdem zurück.

Die drei Reiter galoppierten einen Hügel hinauf, als Annika und ihr Sohn von hinten ein „Uah, ist das kalt!" vernahmen. Als beide kicherten, schimpfte Niko theatralisch: „Hey, das ist unfair, dass ich immer den Schnee von den tief hängenden Ästen abbekomme! Ihr sitzt beide viel tiefer und kommt wunderbar unten durch!" Benny drehte sich im Sattel zu seinem Stiefvater „Selber schuld. Hättest dir einfach ein kleineres Pferd als Rico kaufen müssen!" Niko lachte. „Warum muss dein Sohn immer so verdammt pragmatisch sein, Annika?" Jetzt lachte auch sie laut auf.

Als sie an der besagten Lichtung ankamen, waren schon einige Reiter versammelt. Die Pferde wurden an vorbereitete Stangen gebunden und standen dort ganz entspannt ohne Sattel, dafür mit Decke über dem Rücken und einem Büschel Heu vor der Nase.

Als sie versorgt waren, hatten ihre Reiter endlich Zeit, alle Anwesenden zu begrüßen. „Hey Nico, hätte nicht gedacht, dass wir dich wieder hier sehen, als ich hörte, du hättest eine Familie geheiratet. Aber du Schlaumeier hast dir wenigstens gleich zwei Reiter mit Pferden angelacht!" Franz schlug ihm mit seiner Riesenpranke auf die Schulter und lachte schallend.

Im vergangenen Jahr waren Annika und Benny von Nicos Clique freundlich und mit viel menschlicher Wärme willkommen geheißen worden. Und so kamen auch gleich Gespräche in Gang und es wurde viel gelacht. „… so wie letzten Fasching, als Josef einer Unterhaltung entnommen hatte, dass das Ball-Motto „Suppenhen" lautete. Ich könnte mich heute noch vor Lachen krümmen, als er in seinem blauen Overall ankam, an den lauter Federn geheftet waren. Ganz verloren stand er einer ganzen Reihe von Superman gegenüber. Na ja, die blaue Farbe passte ja …"

Es waren zwei wundervolle Stunden, die Benny im Kreise von lauter Erwachsenen verbrachte. Alle nahmen ihn ernst und unterhielten sich mit ihm wie mit allen anderen. Das machte ihn enorm stolz. Der Pater hielt eine sehr schöne Andacht, die von einer Gitarre begleitet wurde, zu der eine der Frauen wunderschön sang. Annika, die hinter ihrem Jungen stand, hatte ihre Hände auf seine Schultern gelegt und flüsterte ihm ins Ohr: „Ist das nicht wunderschön?" Er nickte nur, denn er hatte einen Kloß im Hals und feuchte Augen. Es war wirklich ein herrlicher Nachmittag.

„Niko, wir müssen aufbrechen, damit wir vor der Dunkelheit noch nach Hause kommen. Außerdem sieht es da hinten schon wieder nach Schnee aus." Annika dachte an den Heiligen Abend im letzten Jahr. Die Gruppe löste sich unter vielen guten Wünschen auf und alle ritten ihrer Wege.

Kurze Zeit später kam Niko und seiner Familie ein Jeep mit zwei Jägern entgegen. Sie kamen von der Wildfütterung und hatten einen scheppernden Anhänger am Wagen. Die Reiter wichen in den tiefen Schnee neben der Straße aus und wollten das Auto vorbei lassen. Nur hatte Niko nicht mit Ricos Temperament gerechnet. Dem gefiel nämlich das Scheppern gar nicht und er machte einen Satz.

Danach stand er wieder still neben Snowy. Niko stand daneben. Immer noch die Zügel in der Hand. Der Jeep starb ab und stand nach einem kleinen Ruckeln still daneben. Man hörte dröhnendes Lachen aus dem Innern. Annika schaute auf Niko, dann besah sie sich Rico – und begann ebenfalls herzhaft zu lachen. Bennys Stimme fiel mit ein. Es sah wirklich zu lustig aus: Nikos Moon Boots hingen noch in den Steigbügeln und er selbst stand in Strümpfen im hohen Schnee!

Endlich fiel er auch in das Gelächter mit ein und streifte sich seine Schuhe über, währenddessen er von Bella einen feuchten Hundekuss bekam, bevor er wieder Ricos Rücken bestieg. Vor lauter Lachen hatte er Schwierigkeiten, sich an der Seite des Pferdes hoch zu ziehen und brauchte viel länger als sonst.

„Wer den Schaden hat, braucht für den Spott nicht zu sorgen!", meinte er grinsend. Immer wieder fing Annika auf dem Heimweg an zu kichern und auch Benny konnte seine Heiterkeit nicht verbergen. „Ich finde, das war ein superduper toller Tag. Wenn der Rest des Tages auch so klasse wird, bin ich vollkommen glücklich!"

Bennys Wunsch ging in Erfüllung. Der Heilige Abend wurde sehr gemütlich nach dem Besuch der Kindermette. Niko umarmte Annika und Benny unter dem Christbaum. „Ihr beiden seid die besten Weihnachtsgeschenke, die ich jemals bekommen habe und ich freue mich jeden Tag über den Schneesturm, der mich im letzten Jahr vor eure Türe geweht hat." In dem Moment klingelte es an der Tür. Benny schreckte auf „Ich habe mir heuer keinen neuen Papa gewünscht. Ehrlich!"

Annika lachte über die Reaktion ihres Sohnes und zwinkerte ihm zu. „Wenn tatsächlich einer draußen steht, nehmen wir ihn einfach nicht an!". Der unerwartete Besucher war kein neuer Papa, sondern ein befreundetes Paar, das in dieser wundervollen und sternenklaren Winternacht einen Spaziergang gemacht hatte. Es hatte sogar ein Geschenk für Benny dabei: ein Gesellschaftsspiel. Das schrie förmlich danach, sofort gespielt zu werden. So saßen die fünf noch Stunden gemeinsam um den Wohnzimmertisch neben dem offenen Kamin und lachten beim Spiel.

Als Benny um 2:00 Uhr früh endlich ins Bett fiel, hatte er ein glückliches Lächeln im Gesicht. „Mama, das war ein wunderschöner Weihnachtstag!"

So, jetzt ist aber Schluss für heute. Mein Mund ist schon ganz trocken. Außerdem waren wir jetzt so fleißig, dass wir in ein paar Minuten fertig sein werden." Sarah sprach ein Machtwort.

Afra und ich teilten die letzten Plätzchen auf die Dosen der drei Haushalte auf und begannen mit der Säuberung der Arbeitsflächen.

„Ihr Kinder wart den Tag über wirklich sehr fleißig, darum seid ihr nun von der Arbeit entbunden. Verzieht euch woanders hin zum Spielen und lasst uns die Küche wieder auf Vordermann bringen." Afra scheuchte die Kinder zur Türe hinaus. Es dauerte nicht lange, und die Küche sah wieder gewohnt sauber aus.

„Mit vereinten Kräften macht mir sogar die Putzerei Spaß!", meinte Sarah. „Dabei gehe ich sonst nach Möglichkeit jedem Putzlappen aus dem Weg." Ich empfand es nicht anders.

„Sag mal, Sarah, hast du eigentlich je darüber nachgedacht, deine Kurzgeschichten für Kinder ins Internet zu stellen?" Die Frage von Afra kam überraschend.

Sarah sah die Mutter ihres besten Freundes prüfend an. „Nein, aber ich werde darüber nachdenken. Das ist nämlich eine gute Idee, die du da hast."

Wir saßen noch einige Zeit am Esstisch und diskutierten über die Möglichkeiten, die Sarah hatte.

„Mir verlangt jetzt nach etwas Deftigem." Mit diesen Worten verließ ich Afras Reich, in der Absicht, aus unserer Wohnung einen großen Topf mit Chili con Carne[48] und dazu auch gleich noch die beiden Männer zu holen. Diese hatten während unserer Backaktion für die ganze Mannschaft vorgekocht sowie fleißig Grünzeug für Adventskränze gesammelt und dies auch gleich verarbeitet. Denn Volker, der einen Blumenladen hatte, war ein wahrer Meister im Binden von wundervollen Kränzen.

Sprachlos stand ich vor den drei fantastischen Kränzen, die der Residenz eines Fürsten würdig gewesen wären.

„Deine Mimik sagt mir mehr, als jedes Dankeswort es könnte. Dir gefallen unsere Werke", stellte Volker fest.

„Sie sind wunderschön. Wenn du lauter solche Kunstwerke machst, dann glaube ich schon, dass du im November Arbeit bis zum Umfallen hast. Diese Kränze müssen dir die Leute ja förmlich aus der Hand reißen. Ich kann mir vorstellen, dass sie darum betteln, einen von dir zu kriegen. Jetzt weiß ich auch, dass Afra nicht übertrieben hat, als sie von Meisterwerken sprach. Danke, dass wir von deiner Kunst profitieren dürfen."

---

48) Chili con Carne-Rezept im Anhang

„Weißt du, diese Sachen sind nicht nur mein Beruf, sondern auch meine Berufung. Ich liebe es, Werke aus lebendigen Materialien zu schaffen, welche die Häuser meiner Kunden über Wochen hinweg schmücken. Natürlich freue ich mich, wenn meine Kunst auch in meinem Freundeskreis geschätzt wird."

Chili-Topf und Brotkorb waren ziemlich bald leer. „Das Kontrastprogramm zu dem ganzen süßen Zeug heute war jetzt wirklich super."

06. Dezember 2009

Liebe Sarah,

heute habe ich etwas erlebt, was dir auch gefallen hätte. Laura hatte ein ausgedehntes Programm mit ihrer B-Bläsergruppe. Zuerst mussten sie bei einer Nikolausjagd ihres Vereins spielen. Ja, du hast richtig gelesen. Eine Nikolausjagd. Und da im Moment Schnee liegt, war das wirklich ein besonderes Ereignis. Ich nahm als Reiter teil. Meine erste Jagd!

Laura hatte Helena und Alice auch mit eingeladen. Allerdings mussten sie versprechen, dass sie während der Jagd in Lauras Nähe blieben. Sie benahmen sich vorbildlich. Sie haben heiligen Respekt vor Lauras Wort. Hoffentlich bleibt das auch so!

Begonnen hat die Sache damit, dass es zwei „Füchse" gab: einen weiblichen und einen männlichen. Diese beiden trugen über ihren Reitkappen Nikolausmützen. Die Pferde trugen Rentiergeweihe aus Plüsch. Bei dem Rappen und dem Schimmel sah das echt klasse aus. Irgendwie kitschig, aber auch originell und liebenswert. Jedenfalls war es ein Spaß, zu sehen, wie das Geweih bei jedem Schritt der Pferde wippte.

Die Pferde waren gut drauf. Die Kälte und der Schnee haben die Lebensgeister geweckt und sie wollten alle rennen. Also wurde es eine recht flotte Jagd. Dafür dauerte sie nicht so lange wie normal. Wird ja auch bald dunkel.

Zur Pause gab es Punsch und Suppe. Da hatte einer seine Trompete dabei und blies darauf „Morgen kommt der Weihnachtsmann". Es war wirklich eine ganz nette Sache.

Laura hat mir ja im Vorfeld schon einige Sachen erklärt. Das machte mich dann auch gleich viel aufmerksamer. Das Reiterfeld hatte natürlich viel Spaß. Während im Schritt geritten wurde, wurden munter Plätze getauscht und irgendjemand wusste immer etwas lustiges zu berichten.

Nach Abschluss der Jagd traf man sich dieses Mal am Gelände des Reitvereins und nicht in einem Gasthaus. Ich hatte meine Rosella mit einer dicken Decke und viel Heu im Hänger verstaut. Wir wollten ja wieder nach Hause fahren. Aber Laura wurde noch gebraucht und außerdem wollte ich noch eine Kleinigkeit essen und mich unterhalten.

Langsam wurde es dunkel und ich wunderte mich erst, warum heute so viele Kinder da waren und es immer mehr wurden. Dann flog die Türe des Vereinsheims auf und ein völlig überdrehtes Mädchen rief „Er kommt!". Die Kinder – allen voran unsere Puppen – stürmten dem Mädchen nach.

Laura stand auf und zupfte mich am Ärmel. „Jacke anziehen, mitkommen. Das darfst du dir nicht entgehen lassen." Ich deutete auf den Topf mit dem Essen auf dem Herd.

„Das gibt es sowieso erst nachher."

Sie schnappte sich ihr Horn und flitzte auch nach draußen. Also, manchmal mimt sie schon den Feldwebel. Aber meistens lohnt es sich tatsächlich, ihr Folge zu leisten. So auch dieses Mal.

Überall waren Fackeln aufgestellt und alles vibrierte vor freudiger Erwartung. Dann hörte man Schellengeläut. Am hinteren Ende der Lichtung kam ein Pferd aus dem Wald. Nein, stell dir vor: nicht nur ein Pferd: ein beleuchteter Nikolausschlitten! Knecht Ruprecht hatte die Zügel in der Hand und der Nikolaus saß mit seinem Stab hinten, einen Sack neben sich.

Die Reaktionen der Kinder hättest du sehen sollen! Einfach herrlich, wenn man so etwas miterleben darf. Wenn ich ehrlich bin, war ich auch gerührt. Auch ich habe zum ersten Mal einen Nikolaus mit Schlitten live erlebt.

Der Schlitten hielt direkt vor den Kindern. Jemand hielt das Pferd und gab ihm ein paar Karotten und Leckerlies. Dann stiegen Nikolaus und Knecht Ruprecht aus. Einstweilen spielten die Bläser ein eher ruhiges Stück.

Dann wurde gemeinsam ein Nikolauslied gesungen. Der heilige Mann hatte sein goldenes Buch dabei und rief jedes Kind einzeln oder Geschwister gemeinsam auf und erzählte ein, zwei Sätze über sie, bevor er ihnen ein Säckchen mit Mandarinen, Nüssen und Schokolade übergab und sie ermahnte, auch im kommenden Jahr brav zu sein.

Zu meinem Erstaunen wurden auch unsere Mädchen aufgerufen. Die Kinder hatten ein Leuchten in den Augen, das wundervoll war. Ich konnte nicht anders, als sie beide zu drücken. Nach noch ein paar Liedern stiegen Nikolaus und Knecht Ruprecht wieder in ihren Schlitten und fuhren mit Glöckchengeklingel in den Wald zurück.

Helena umarmte mich und bedankte sich für den herrlichen Tag. Ich verwies sie an Laura, denn ich hatte ja von alldem nichts gewusst und war selbst völlig verzaubert worden. Schade, dass du nicht dabei warst.

Den späten Abend verbrachte ich mit Laura alleine. Sie schenkte mir ein wunderschönes Zaumzeug für Rosella. Aber der Tag, den sie für mich organisiert hatte und sie selbst waren mir das liebste Geburtstagsgeschenk!

Alles Liebe
Raph

11.–13. DEZEMBER

Ich gehe gerne auf Weihnachtsmärkte – vorausgesetzt, das Wetter ist winterlich. Also, das Mindeste sind Temperaturen um Null Grad und trocken, möglichst mit ein wenig Schnee. Dann liebe ich es, durch die Stände zu stöbern, vielleicht auch eine Kleinigkeit zu kaufen und die Stimmung zu genießen. Also schleppte ich erst Ellen mit nach Regensburg, wo wir dem Neupfarrplatz und dem Schloss einen Besuch abstatteten. Wir sahen wenig schöne und sündteure Dinge, aber auch viel Schrott.

Ellens Stirnrunzeln wurde immer tiefer, je weiter wir kamen.

„Hey, was ist denn mit dir los? Gefällt es dir heute nicht mit mir?"

„Sag mal, Laura, ist das nur mein Eindruck? Ich habe das Gefühl, dass es noch vor zehn Jahren wunderschöne Sachen für die Weihnachtsdekoration gab. Damals konnte ich mich nicht satt sehen und hätte am liebsten alles gekauft. Jetzt gehe ich durch die Stände und denke mir, dass ich den größten Teil aus meinem Dunstkreis verbannen würde, selbst wenn ich den Ramsch von dir geschenkt bekäme."

Ich überlegte und sah mich um. „Ja, genau das war es, was mich auch schon die ganze Zeit stört. Aber ich habe es bisher nicht so richtig erkannt, was jetzt so anders zu damals ist. Es sieht vieles so lieb- und geschmacklos aus. Billig gemacht und unbeholfen wirkend. Dafür würde ich keinen Cent ausgeben. Hm, wahrscheinlich ist auch deshalb bis zum Schluss die Auswahl so groß."

„Vermutlich, ja. Alles, was wirklich schön ist – vom Material und der Verarbeitung her – scheint mir einfach zu teuer. Schließlich ist es nur Deko für ein paar Wochen im Jahr. Ich bin so froh, dass ich mir vor Jahren meinen ganzen Schmuck gekauft habe und nicht mit Plastikkugeln vorlieb nehmen muss – so praktisch die auch sind!"

Mit Raph fuhr ich dann nach Hexenagger, zum meiner Ansicht nach schönsten Weihnachtsmarkt[49] der Region. Meine Jagdhornbläsergruppe sollte dort auftreten, weshalb ich auch meine Reitklamotten unter dem warmen Poncho trug. Wir erwischten einen Tag, an dem das Gedränge dort nicht so arg war, wie sonst.

„Mann, diese ganzen Busladungen voller Leute von sonst wo her haben dazu geführt, dass der Markt nicht mehr das wunderbare Flair von früher hat. Warst du zu den Anfängen auch mal hier? Da war es noch herrlich! So richtig romantisch und von der Menschenmenge her entspannt. Aber die Stände sind jetzt auch noch super."

„Also, dass es vom Ambiente her nicht romantisch ist, kannst du nicht behaupten. Die ganzen Bäume mit den Lichterketten rund um das Schloss sind doch wirklich herrlich!"

„Ja, stimmt schon. Ich mag nur die vielen Leute nicht. Haben die kein Zuhause, oder was?" Er lachte mich aus. „Und was ist mit dir? Hast wohl auch kein Zuhause?"

Raph söhnte mich mit den Menschenmassen aus, indem er mir bestgelaunt nicht von der Seite wich, wenn wir gerade nicht spielen mussten. Am Ende kaufte er mir auch noch eine wunderschön geschnitzte Elfe und überreichte sie mir mit den Worten „Für mein geliebtes Elfchen".

Ich schmolz sozusagen dahin und eigentlich hatte ich gar keine schlechte Laune. Wie gesagt, ich kann nur große Menschenansammlungen nicht leiden.

19. DEZEMBER

Am Morgen des ausgewählten Samstags stand ich mit bester Laune sehr früh auf und sah aus dem Fenster. Tags zuvor hatte es kräftig geschneit und es war immer noch weiß draußen. Ich

---

[49] Leider gibt es die wundervollen Märkte und Theatertage auf Schloss Hexenagger nicht mehr.

freute mich schon auf die kommenden Geschehnisse. Leise schlich ich aus dem noch dunklen Zimmer, putzte mir die Zähne und stieg in meine Stallklamotten. Ich fütterte die Pferde, ließ sie auf die Winterkoppel und mistete die Boxen.

Dann bereitete ich das Frühstück vor, während Raphael noch immer schlief. Erst, als alles auf dem Tisch stand, kam er in die Küche. „Hmm, es riecht nach Scones. Oh, wie werde ich verwöhnt." Er umarmte mich und gab mir einen langen Kuss. Meine Knochen wurden augenblicklich zu Wachs, was ihm nicht verborgen blieb.

„Ich genieße es, dich zum Schmelzen zu bringen. Aber ich weiß, dass wir heute noch einiges vorhaben und bedanke mich nur, dass du mich nicht geweckt hast, meine Elfe." Und schon platzierte er einen feuchten Kuss auf meiner Nasenspitze.

„Was sagt der Wettergott?"

Ich entwand mich ihm und öffnete das Ofenrohr, um das Blech mit den Scones heraus zu nehmen. „Herrlichstes Winterwetter. Es bleibt, wie es ist. Wir können also alles so machen, wie geplant."

Nach dem Frühstück sattelten wir unsere Pferde und machten uns auf den Weg zu der mit Sorgfalt ausgewählten kleinen Lichtung im nahen Wald. Sie war mit Pferden etwa in einer halben Stunde zu erreichen. Damit wir keine Spuren hinterließen, ritten wir von der hinteren Seite an die Stelle und ließen dort unsere Rösser stehen. Ich befestigte ganz vorsichtig an einer verschneiten Tanne Kerzenhalter mit Wachskerzen sowie ein paar Kugeln, die im Kerzenlicht schön glänzen würden.

Als die Vorbereitungen abgeschlossen waren, kehrten wir zurück zum Haus. Der Vormittag war schon weit fortgeschritten. Afra hatte uns zum Essen eingeladen, weil sie ahnte, dass wir Vorbereitungen für unsere Überraschung zu treffen hatten. Das war sehr nett von ihr. Als sie von der Menge der Gäste gehört hatte, hatte sie vorgeschlagen, als Treffpunkt ihr geräumiges Esszimmer zu nutzen.

Ich hatte noch am Vorabend den Tisch sehr festlich gedeckt und weitere Plätzchen gebacken sowie eine Weihnachtstorte[50] gemacht. Also gingen Raphael und ich nach unserem Ritt entspannt unter die Dusche – und zwar gemeinsam. Dort lebten wir unsere Vormittagsfantasie, die wir uns unterwegs gemeinsam ausgedacht hatten, aus. Wunderbar erfrischt stiegen wir in unsere Kleider und gingen zu Afra, die uns in ihrer urigen Küche gut bewirtete.

---

50) Weihnachtstorten-Rezept im Anhang

„Warum habt ihr heute die Pferde schon so früh von der Koppel geholt?" Helena war neugierig. „Weil wir am Nachmittag keine Arbeit mehr mit ihnen haben wollen, da Besuch kommt." *Und weil wir auch die Ponys gleich geputzt hatten und diese nicht wieder dreckig werden sollten.*

„Daher ist auch das Esszimmer schon so schön geschmückt", war der Beitrag von Alice

„Du bist ein schlaues Mädchen."

„Es gibt sicher lecker Kuchen und Plätzchen." Beide Mädchen klatschten vor Freude in die Hände. Raphael sah sie mit väterlichem Blick an.

„Ich muss jetzt los, noch etwas besorgen." Nach einem Kuss war er aus der Türe.

Ich traf mich gleich darauf mit Richard auf unserer Seite des Hofes, um dessen vier Kutschpferde in unserem geräumigen Stall mit zwölf Boxen unterzubringen. Er hatte auch seinen Schlitten dabei, weil dafür genügend Schnee lag. Der wurde hinter der Stallecke versteckt. Da auch die Familie Gordian einen Schlitten besaß und beide je sechs Sitzplätze plus Kutschbock hatten, waren wir reichlich ausgestattet.

Daraufhin fuhr Richard wieder nach Hause und ich machte mich dann abermals an die Arbeit.

Ich buk Brot[51] und bereitete Suppe[52] fürs Abendessen vor. Außerdem ging ich nochmals die Dinge durch, die wir bei unserem Waldausflug brauchen würden.

Dann stieg ich selbst in eines meiner mittelalterlichen Winterkleider und legte noch diverse Kleidungsstücke im Wohnzimmer zurecht.

Um die Zeit, als alle Gäste kamen, war Raphael immer noch nicht zurück, allerdings war Richard wieder hier. Er war sehr fesch in seinem Lederwams.

„Wieso ist unser Onkel immer noch nicht von seinen Besorgungen da?" Die Mädchen sahen sehr hübsch in ihren weiten, bodenlangen Kleidern aus.

„Er wollte noch was abholen und dafür muss er weiter fahren." Ich wusste natürlich, wo er steckte und dass er sicher bald hier sein würde. „Es wird niemand so hungrig nach Süßem sein, dass wir nicht noch etwas auf ihn warten könnten."

Noch saßen und standen wir alle in der Küche bei einem Gläschen Sekt, als plötzlich die Haustüre geöffnet wurde. Helena und Alice sahen natürlich gleich nach. „Mama!" hörten wir sie

---

51) *Brot-Rezept im Anhang*
52) *Hähnchensuppen-Rezept im Anhang*

beide freudig rufen. Raphael hatte Caro vom Flughafen abgeholt und außer uns beiden und Afra hatte sonst niemand von ihrem Heimaturlaub gewusst. Diese Überraschung war also schon mal gelungen. Die Geschwister waren auch „standesgemäß" gewandet. Sie hatten sich bei uns im Wohnzimmer umgezogen. Caro sah in meinem bordeauxroten Kleid entzückend aus.

Raphael brachte noch das Gepäck in Caros Zimmer und dann setzten wir uns alle an den Kaffeetisch. Fröhlich brachten wir die nächste Zeit herum, bis es völlig dunkel war.

Keinem war groß aufgefallen, dass ich mich zwischendurch kurze Zeit verkrümelt hatte, um meinen Spezialpunsch[53] zu machen und in Thermosflaschen zu unserem Schlitten zu bringen, der eine beachtliche Kiste für Proviant an seinem Heck hatte. Dazu gab es noch eine große Dose Plätzchen und ein paar Musikinstrumente, die noch im Warmen auf das Verpacken warteten.

Irgendwann erhob sich Raphael. „Ich brauche jetzt Laura, meine Nichten, Ellen und Richard. Wir müssen für unsere Wanderung noch Vorbereitung treffen. Haltet euch in einer halben Stunde etwa bereit. Ja nicht vorher schauen und unsere Überraschung verderben! Denkt an Mützen, Handschuhe und Schals. Ich erwarte, dass alle warm genug angezogen sind. Keiner darf mir jammern, dass er friert!"

Ich begleitete die beiden Mäuse in die Küche, wo ich mit ihnen ungestört sprechen konnte. „So, ihr beide braucht noch eure Winterreithosen unter eure Kleider und die warmen Reitstiefel. Natürlich auch Jacken und Handschuhe." Sie realisierten, dass sie nicht wandern, sondern reiten würden, brüllten beide juhu und umschlangen mich. „Holt die Sachen und kommt mit mir. Und jetzt flott mit euch." Sie waren blitzschnell wieder mit ihren Sachen da und mit mir draußen.

Wir trafen uns mit Raphael im Stüberl beim Stall, wo die Mädchen und ich in Windeseile unsere Reithosen unter die Kleider zogen. „Ihr braucht eure Ponys nur zu satteln. Die sind beide schon geputzt. Das ist nämlich der Grund, warum sie mittags schon im Stall waren. Natürlich helfen wir euch nachher beim Aufsitzen mit euren Kleidern."

Auch Raphael und ich sattelten unsere Pferde. Dann halfen wir gemeinsam Richard beim Einspannen seiner vier Pferde vor die zwei Schlitten. Bald standen wir fertig draußen. Raphael mit Alice und ihren beiden Pferden vor den Schlitten, Helena mit Arwakr und Marisi am Zügel dahinter, Richard und ich an den

---
53) Teepunsch-Rezept im Anhang

Gespannen. Ellen hatte gerade noch Cajus und Finnegan aus einer Pferdebox befreit. Während der Arbeit waren sie uns nur im Weg gewesen und jetzt bellten sie und hüpften vor Freude von einem zum anderen.

An den Schlitten waren schon brennende Fackeln und Laternen angebracht. Raphael stieß einen schrillen Pfiff aus und kurz darauf öffnete sich Afras Türe und spie unsere Gäste aus. Vor Überraschung blieben die Münder offen stehen.

Kai und Christopher erholten sich als erste und tanzten mit Hurra um die anderen. Sarah, die natürlich gewusst hatte, dass wir sie nicht im Rollstuhl auf Wanderung schicken würden, wurde von Volker zum zweiten Schlitten getragen. Sie hatte große, verträumte Augen, in denen ich Tränen aufblitzen sah. Afra griff sofort zu ihrer Kamera und hielt alles im Bild fest.

Meine Eltern, Caro und Ellen teilten sich den ersten Schlitten. „Liebe Afra, du hast die Ehre …" Ich hielt ihr die Zügel des zweiten Schlittens hin. Afras Augen leuchteten auf. „Richard lässt mich seine Pferde lenken? Danke, mein Freund, das ist wirklich eine Ehre!"

Der Angesprochene errötete leicht und machte vor Afra seinen Diener. „Ich weiß, dass du immer schon eine gute Kutscherin warst. Also habe ich keine Bedenken."

Ich verteilte noch Decken und Felle, mit denen sich die Mitfahrer und Schlittenlenker einhüllen konnten. Dann half ich Helena in den Sattel und ging zu meinem Arwakr und saß selbst auf. Der kleine Zug setzte sich in Bewegung.

„Ich wollte Raphael schon beinahe ausschimpfen, weil er nur den halben Hof schneefrei gemacht hatte. Aber jetzt bin ich stolz auf meinen Sohn, weil er alles so genau durchgedacht hat." Afras Gesicht leuchtete. „Und jetzt lässt mich Richard auch noch an seine wunderbaren Pferde. Besser kann's doch gar nicht werden!"

„Warts ab!" Raphael lachte glücklich. Sarah drehte mir ihr Gesicht zu. Sie strahlte über und über und hatte einen fragenden Blick. Sie kannte den Inhalt meines Tagebuchs und ahnte, was kommen sollte. Ich nickte ihr zu, legte einen Zeigefinger auf meine Lippen und lächelte ihr dann zu, als sie mir zuzwinkerte und sich wohlig seufzend an ihren Mann kuschelte.

Der Schnee schluckte die Geräusche der Hufe. Man hörte nur das leise Klingeln der winzigen Glöckchen am Kutsch-Geschirr und das Knirschen des Schnees.

Sarah begann, mit kräftiger Stimme eine Geschichte zu erzählen.

MAE, DAS STERNENSCHAF

Vor vielen hundert Jahren erblickte ein kleines Schaf gegen Ende des Jahres das Licht der Welt. Seine Mutter war sehr stolz auf ihr hübsches Lämmchen. Es war schwarz, hatte weiße Stiefelchen an und an seiner Brust sah man ganz deutlich einen weißen Flecken, der an einen Davidstern mit einer kleinen schwarzen Mitte erinnerte. Der Schäfer, der schon weit herum gekommen war, nannte das zierliche Mädchen zärtlich Mae, was im Chinesischen „Schönheit" bedeutet. Die anderen Schafe sprachen den Namen jedoch wie „Mäh" aus, wahrscheinlich, weil sie auch nicht viel anderes konnten als Blöken.

Die ersten zwei Wochen war Mae ganz glücklich mit ihrer Mutter. Das Leben bestand im Großen und Ganzen aus Milch und Schlaf. Dazwischen wurde mit den anderen Lämmern gespielt. Doch Mae wurde immer wieder ausgegrenzt. Sie war das einzige schwarze Schaf in der Herde von weißen Schafen und hatte es nicht leicht, sich durchzusetzen.

Zu allem Überfluss bekam Mae vor Aufregung immer einen Schluckauf. Immer, wenn sie Verstecken spielten, wurde sie sofort gefunden, weil man schon von weitem ihr „hicks, hicks" hörte. Also durfte sie bei diesem Spiel nicht mehr mitmachen. Eigentlich war sie recht beliebt in der Herde. Doch kein Schaf ließ es sich anmerken, dass es Mae gerne zur Freundin haben wollte, aus Furcht, vielleicht selbst ein Außenseiter zu werden.

So kam es, dass Mae zwar bei manchen Spielen nicht dabei war, aber immer mal zu den besten Grasflecken geschoben wurde. Der Schäfer Benjamin liebte seine Schäfchen alle, aber Mae war ihm besonders ans Herz gewachsen. Ihre Mutter hielt sich oft in seiner Nähe auf, weil er seine Tiere gerne hinter den Ohren kraulte, was das Mutterschaf liebte. Er erzählte auch immer wieder hübsche Geschichten bei Einbruch der Nacht oder sang wehmütige Lieder. Einige ältere Schafe der Herde hatten auch schon andere Schäfer kennengelernt und hielten ihre Freunde dazu an, nett zu Benjamin zu sein, denn „er ist der netteste Schäfer mit den sanftesten Händen in der ganzen Gegend und wir wollen ihn nicht verlieren."

Sein Hund war auch eine gute Seele und hatte ein Abkommen mit den Schafen. Wenn er Lust hatte zu spielen, jagte er mit viel Wirbel hinter einigen jungen Schafen her, die so taten, als wollten sie die Herde verlassen. War er müde und erschöpft von seinem Wachdienst, legte er sich nachts auch mal mitten unter die Herde und schlief, während ein paar Widder und ältere Mamas aufpassten, dass keine Feinde sich näherten und die Lämmer nicht zu übermütig wurden. So hatten sie alle ein recht angenehmes Leben.

Sie hatten in den Tagen seit Maes Geburt eine schöne Strecke zurückgelegt. Denn die Hirten mussten sich in der Stadt melden. So waren es inzwischen mehrere Herden, die friedlich nebeneinander grasten. Die Hirten sangen gemeinsam Lieder und saßen abends ums Feuer. Immer wieder lachten sie, wenn während einer Geschichte oder eines Liedes ein aufgeregtes, schwarzes Lämmchen „hicks, hicks" um sie herum streunte und Bocksprünge machte.

„Verkauf es, das macht dir nur Ärger, schwarz wie es ist.", „Das gäbe doch sicher in ein paar Wochen einen guten Braten." Diese und ähnliche Bemerkungen musste sich Mae anhören. Doch Benjamin hielt zu ihr. „Das ist mein liebstes Lämmchen und ich werde es nicht hergeben. Mae wird sicher mal ein wundervolles

Mutterschaf. Sie bleibt!" Dafür kuschelte sich Mae eng an ihn und leckte ihm die Hände.

Wieder brach eine Nacht herein. Mae hatte einen unruhigen Schlaf und wachte mitten in der Dunkelheit auf. Überrascht sah sie, auf dem Rücken liegend, den Sternenhimmel an. Man hätte meinen können, dass sie nur ein Bein ausstrecken müsste, um einen der glänzenden Sterne für sich zu holen. Verträumt fixierte das Lämmchen seinen Blick auf einen Stern, der es an das Pferd des Großbauern erinnerte, dem die Herde gehörte. Der Hengst hatte einen wunderschön gepflegten Schweif, den er eitel aufgestellt hatte, als er die Herde umrundete.

Plötzlich kam es Mae so vor, als ob sich dieser Schweif am Stern verselbständigen würde. Nein, das war nicht der Schweif. Da kam etwas anderes, glänzendes vom Himmel herab geflogen. In ihrer Aufregung über die Entdeckung begann Maes Schluckauf. Ganz wild entfuhr ihr ein „hicks" nach dem anderen. Das machte den Hund aufmerksam, der die Umgebung auf der Erde ganz aufmerksam beobachtete.

Mae gestikulierte ganz wild gen Himmel, also sah er auch auf. Ein helles Ding bewegte sich schnell auf das Feuer der anderen Hirten zu, das sie auf dem nächsten Hügel sahen. Nebeneinander standen der große Hirtenhund und das kleine Schaf mit dem Stern auf der Brust da und starrten hinüber. Sie hörten nichts, konnten aber eine schemenhafte Lichtgestalt ausmachen, die sehr der Gestalt der Menschen ähnelte und direkt bei den Hirten Halt machte.

Gleich darauf verfielen die Hirten in geschäftige Betriebsamkeit und die leuchtende Gestalt bewegte sich auf ihre Weide zu. Wie angewurzelt blieben Hund und Schaf stehen. Direkt vor ihnen stoppte die Lichtgestalt mit dem leuchtenden Sternengewand und den großen Schwingen. „Auch ihr solltet nach Bethlehem gehen und dem Kind huldigen, das heute geboren wurde. Der Stern wird euch führen." Mit diesen Worten beugte die Gestalt sich zu Mae und berührte den Stern auf der Brust des Schäfchens. Mae wurde ganz warm und der Stern begann zu glänzen. Dann entfernte sich die Gestalt wieder.

Durch das aufgeregte und nicht enden wollende „hicks, hicks" von Mae war Benjamin wach geworden. Mit offenem Mund starrte er auf die Erscheinung und hörte die Worte des himmlischen Wesens. Dann bemerkte er, dass das Lager der anderen Hirten verwaist war. Als Mae auf ihn zukam, sah Benjamin, dass der Glanz ihres Sternes wieder verlosch. Doch als sie sich nochmals neben ihm umdrehte, begann das Leuchten erneut.

Benjamin glaubte nun zu wissen, wie seine Herde auch ohne die Führung der anderen Hirten den Weg finden würden.

Der Hund weckte alle Schafe und hicksend erklärte Mae, was passiert war und dass sie noch eine gute Strecke zu gehen hätten. So setzte sich die ganze Herde lange vor Sonnenaufgang in Bewegung. Mae ging stolz erhobenen Kopfes mit ihrer Mutter voran. Wie das Licht einer Taschenlampe durchdrang das Leuchten ihres Sterns die Nacht und leuchtete ihnen den Weg.

Als sie ungefähr eine Stunde gegangen waren, trafen sie auf eine große Schafherde mit mehreren Hirten. Diese diskutierten aufgeregt, welchen Weg sie einschlagen sollten, um möglichst schnell nach Bethlehem zu kommen. Benjamin mischte sich in das Streitgespräch ein. „Wir müssen nur Maes Stern folgen. Der führt uns hin." Keiner hatte eine bessere Idee, also folgten sie alle Mae.

Gerade begann die Dämmerung, als ein Stall in ihr Sichtfeld kam und der Stern auf Maes Brust immer heller schien.

Ein alter Hirte mit nur wenigen Schafen wachte vor dem Stall. Er hieß die Neuankömmlinge willkommen und beugte sich dann mit wissender Mine zu Mae. „Ich sehe, du hast sie alle gut geführt. Du bist ein gesegnetes Schäfchen." Und damit kraulte er sie hinter den Ohren. Auch die anderen Hirten sprachen nur noch mit Achtung in der Stimme über das schwarze Lämmchen, das sie in Rekordzeit nach Bethlehem geführt hatte und ließen Benjamin mit ihm den Vortritt in den Stall.

So schlüpfte also Benjamin mit Mae in den Armen durch die Stalltüre und ging zu dem Kind in der Krippe, das nach der Verkündigung der Lichtgestalt der Messias sein sollte. Er grüßte die sehr junge Mutter und den recht alten Vater ehrerbietig und blickte dann auf das schlafende Kind. Es schien eine ganz besondere Atmosphäre in diesem Stall zu herrschen, in dem auch ein Ochse und ein Esel untergebracht waren.

Natürlich war Mae aufgeregt und konnte den Schluckauf wieder einmal nicht unterdrücken. Dadurch wurde auch das Baby wach. Doch anstatt zu schreien, fokussierte es den Blick auf den leuchtenden Stern des Schafes und deutete ein Lächeln an.

Die Mutter kam näher und streichelte Maes Kopf. „Du bist das hübscheste Schaf, das ich jemals gesehen habe", sagte sie und Mae stockte der Atem bei diesem Kompliment von einer so schönen Frau. Der Schluckauf war fortan wie weggeblasen.

Benjamin wollte nicht länger stören und beschenkte die Eltern des Kindes mit einem schönen Schaffell, auf das sie ihr Kind gleich betteten. Bald verließ er mit Mae wieder den Stall. Seine

Herde zog daraufhin rasch wieder weiter, weil ein guter Hirte auf reichliches Weideland achtet und der Platz um den Stall ziemlich begrenzt war.

    Maes Schluckauf blieb verschwunden und sie wurde zu einem voll akzeptierten, teils sogar verehrten, Mitglied der Herde, das viele Nachkommen hatte. Zeit ihres Lebens und auch noch Generationen danach, hatten die Schafe reichlich Gesprächsstoff über die Nacht, in der Maes Stern ihnen wie eine Fackel den Weg zu einem besonderen Kind leuchtete, über das noch 2000 Jahre später gesprochen wurde.

Nach der Erzählung von Sarah war es mucksmäuschenstill. Niemand brach das Schweigen für einige Minuten. Wir waren fast am Ziel.

Ich sah zu Helena. „Ich bin gleich wieder bei euch. Reitet einfach weiter." Mit Arwakr bog ich in einen anderen Weg ein und trabte von hinten auf die Lichtung. Den Weg beleuchtete ich mit einer Taschenlampe. So schnell ich konnte, zündete ich die Kerzen an und war gerade fertig, als Rosella um die Ecke bog.

Raphael dirigierte den kleinen Zug so, dass die zweite Kutsche mit Sarah nah am Baum Halt machte. Ich machte Ellen Zeichen. Während ich eines von Máel Pádraics wunderschönen Liedern auf meiner Querflöte spielte, holte sie ihre Harfe aus der Kiste. Gemeinsam stimmten wir das nächste Lied an. Die Musik trug uns in eine andere Zeit. Dann wechselten wir zu Raphaels herrlichen Stücken. Irgendwann übernahm Richard den Gesang zu Ellens Harfe.

Ich lehnte mich an Raphael und dachte an mein ähnliches Erlebnis vor nunmehr 610 bzw. zehn Jahren. Noch immer bekam ich einen Stich in der Brust, wenn mir mein Verlust wieder bewusst wurde. Aber ich wusste, dass ich geliebt wurde und dass Gordian immer ein Teil meines Lebens sein würde. Es war in Ordnung, wie es war. Raphaels Kuss, der in sich ein Versprechen hielt, hielt mich gefangen.

Ich genoss die Musik. Gemeinsam sangen wir einige Weihnachtslieder und nach einer Runde Punsch mit Plätzchen erzählte auch ich eine Geschichte:

DER WUNSCHZETTEL

Irina Holländer saß völlig erschöpft auf dem Rücksitz des Wagens ihrer Mutter. „Mami, kannst du dich an die Julie vom Reitstall erinnern? Ich würde so gerne mal mit ihr ausreiten. Aber ihre Mutter kann nicht reiten und alleine lässt sie uns nicht. Könntest du nicht mal mit uns …?" „Wo denkst du hin, Mädchen? Du hast nächstes Wochenende mehrere Dressurstunden und musst an deinem Sitz üben. Bei den nächsten Turnieren im Frühjahr willst du dich doch nicht blamieren, oder?"

Irina blinzelte eine vorwitzige Träne weg, die ihren Augen entstiegen war. Sie haderte mit ihrem jungen Schicksal und wollte nicht glauben, dass sie das wirklich erlebte. Sie starrte ins Nichts und nahm auch nichts um sich herum wahr. Ihre Mutter sprach schon seit mehreren Minuten vom bevorstehenden Konzert der Musikschüler und wechselte jetzt zum nächsten Thema. „Ich verstehe gar nicht, warum du nicht den Hauptpart bei eurem Ballettstück bekommen hast. Du musst dich mehr anstrengen, mein Mädchen. Halte dich nicht immer im Hintergrund. Du bist doch viel besser als diese hochnäsigen Gören, die in deiner Gruppe sind!"

Als wenn es nur Wörter ohne Sinn wären, plätscherten sie an Irina vorbei – außer Hörweite. Sie dachte nach. Sie war ein braves und auch hübsches Mädchen, dessen fröhliches Lachen die Herzen der Menschen um sie herum weit machen konnten. Doch dieses Lachen hörten diese Menschen immer seltener. Sie merkten es nicht einmal.

Zu Hause angekommen, war das 8-jährige Mädchen immer noch völlig in sich gekehrt und seine Mutter redete immer noch auf es ein. Irina zog ihre Schuhe aus, stellte diese pflichtschuldigst in die Reihe der anderen und hängte ordnungsgemäß ihre Winterjacke an den Haken. Dann ging sie die Treppe hoch in den ersten Stock und schloss hinter sich ihre Zimmertüre, bevor sie sich mit leeren Augen auf das Bett warf.

Spät am Abend, als ihre Eltern schon lange selbst im Bett waren, setzte sie sich an ihren Schreibtisch, an dem sie normalerweise ihre Hausaufgaben machte und schrieb einen Wunschzettel:

Liebes Christkind,

ich wünsche mir heuer nichts von dir, was man mit Geld kaufen kann. Ich wünsche mir nur mehr Zeit für mich und vielleicht eine Freundin, mit der ich lachen kann, die mit mir Dummheiten anstellt und der ich alles erzählen kann. Ich spiele gerne Klavier, aber nicht vor Publikum. Ich mache gerne Ballett, aber nicht unter Druck, und ich liebe es, auf dem Rücken meines Ponys zu sitzen, aber nicht, Dressurturniere zu bestreiten. Und vielleicht würde ich ganz gerne mal eine Stunde einfach schwänzen, nur um im Winter noch eine Weile mit Mama Schlittschuh fahren zu können oder im Sommer mit Papa im See zu plantschen.

Bitte, liebes Christkind, hilf mir. Ich verspreche dir auch, immer brav zu sein und niemandem Ärger zu machen.

Deine Irina

Sie las den Brief noch einmal durch und schlich sich dann mit ihrer Taschenlampe in die Küche im Erdgeschoß. legte ihn außen aufs Fensterbrett, beschwerte ihn mit einem Apfel und einer Karotte für das Pony des Christkinds und einem frisch belegten Wurstbrot. Sie war sich nämlich sicher, dass das Christkind, an das sie mit aller Gewalt noch glauben wollte, nicht so viele Süßigkeiten essen konnte, wie ihm angeboten wurden. Zucker war sowieso gar nicht gesund für Pferde, wie sie nur zu gut wusste.

Irina schickte noch ein stummes Gebet zum sternenklaren Nachthimmel und ging erleichtert zurück in ihr Zimmer.

Sie wusste nicht, dass sie beobachtet worden war. Die nette Nachbarin von gegenüber, mit der sich auch ihre Mama angefreundet hatte, hatte das Licht in Irinas Zimmer gesehen und dann auch die tanzenden Lichtpunkte durch das Fenster im Treppenhaus bis zur Küche. Als dort dann das Fenster aufging und das Mädchen etwas hinaus legte, ging der Nachbarin ein Licht auf. Sie wartete, bis der Lichtkegel wieder in den ersten Stock gewandert war und zog sich dann für einen kleinen Spaziergang an. Nach einer Runde um den Block schlich sich ein schlanker Schatten durch den Vorgarten von Irinas Elternhaus direkt zum Küchenfenster. Schnell strebte dieser Schatten dem gegenüberliegenden Haus zu und verschwunden waren mit ihm Wunschzettel und die Schmankerl für die himmlischen Gäste.

Kurz darauf flackerte ein Licht im Wohnzimmer der Nachbarin auf. Angela Santos war eine freundliche Frau, die sofort das Vertrauen ihrer Mitmenschen erwarb. Durch ihre ruhige und sanfte Art fand sie sofort überall Freunde. So mancher, der ihr begegnete, dachte später daran, von den Schwingen eines Engels berührt worden zu sein. Ja, so wie sie könnte man sich einen unter Menschen lebenden Schutzengel vorstellen.

Angela aß das Wurstbrot mit Genuss und las den Brief. Ihre Augen füllten sich mit Tränen des Mitgefühls für das liebe

Mädchen ihrer Bekannten. Leann, die Mutter des Mädchens, sagte immer, Irina wäre pflegeleicht. Ja, vielleicht war das wirklich so, überlegte sie. Vielleicht einfach zu pflegeleicht. Sie müsste sich etwas einfallen lassen zum Wohle des Kindes.

Am nächsten Morgen war Irinas erster Weg zum Küchenfenster. Noch im Schlafanzug lugte sie hinaus, bevor sie ihrem Vater, der bereits bei seiner zweiten Tasse Tee saß, ihre Ärmchen um den Hals schlang und einen Guten-Morgen-Kuss auf seine Wange platzierte.

„Na, meine Süße, was steht heute auf deinem Terminkalender?" „Schule natürlich." „Selbstverständlich. Und danach?" „Dressurtraining und danach dann Ballett. Wir haben Sonderprobe für die Aufführung am Samstag." Er küsste seine Tochter, nahm seine Jacke vom Haken und zog die Haustüre hinter sich zu, nachdem er ihr noch eine Kusshand hingeworfen hatte.

Angela legte sich an diesem Tag ihren Plan zurecht. Sie sprach mit ein paar sehr lieben Menschen, die sie im Laufe ihrer Wanderschaft – sie war nie lange an einem Ort – kennengelernt hatte und weihte diese in ihr Vorhaben ein.

Einen Tag später wartete sie, bis Irina das Haus in Richtung Bushaltestelle verlassen hatte und rief dann die Mutter des Mädchens an. „Hallo Leann, ich bin's, deine Nachbarin Angela. Ich habe für morgen Abend ein paar Freunde zu mir eingeladen und würde dich und deinen Mann auch gerne in unserer Runde dabeihaben. Ich hoffe, ihr habt Zeit und Lust. Wegen Irina brauchst du dir keine Sorgen zu machen. Ihr seid ja nur gegenüber."

Leann war überrascht, aber auch erfreut über die Einladung. „Ja, natürlich kommen wir gerne. Ich weiß nur nicht, ob Peter lange bleiben wird. Soll ich irgendwas mitbringen?" Die beiden Frauen sprachen noch ein paar Minuten und legten dann beide wieder auf.

Es ging nun schon auf den ersten Advent zu und Angela hatte in den letzten Tagen fleißig Plätzchen gebacken. Allerdings hatte sie für ihre Abendeinladung auch ein paar deftige Sachen vorbereitet. Ihr großer Esstisch war ausgezogen, so dass zwölf Leute dort Platz fanden. Er war adventlich dekoriert und bog sich vor Delikatessen. Überall im Raum fanden sich Kerzen, die für eine magische Atmosphäre sorgten. Nach und nach kamen ihre sorgfältig ausgesuchten Besucher. Die jüngste der neun Besucher war gerade 23 Jahre alt geworden. Alle lasen sie den Wunschzettel Irinas und nickten dann verständnisvoll. Der Wunschzettel verschwand in einer Schublade des Sekretärs, bevor Leann und Peter als letzte Gäste die Runde vervollständigten.

Alle wurden einander vorgestellt und fingen gleich zu reden an. Leann war fasziniert, wie warm sie und ihr Mann von diesen Menschen aufgenommen wurden und genoss die lockere Gesprächsatmosphäre.

Irgendwann kam das Thema Kindheit auf den Tisch. Ein etwas älterer Herr erzählte von den Streichen, die er mit seinen Freunden vor langer Zeit ausgeheckt hatte. Die Dame neben ihm kicherte und wusste einige lustige Anekdoten zu berichten. Nacheinander hatten fast alle Anwesenden über die schöne Kindheit, die allzu schnell vergangen war, zu sagen. Über Ausflüge mit Freunden, Schlamm- und Schneeballschlachten in der Nachbarschaft, Rangeleien und gemeinsame Kindergeburtstage. „Unsere Eltern wussten in den seltensten Fällen, wo wir genau zu finden waren. Wir waren immer irgendwo auf der Straße. Ich musste immer um 17:00 Uhr zu Hause sein, wenn Vater von der Arbeit kam. Ansonsten war ich nach den Hausaufgaben frei, das zu machen, was mir gefiel. Na, zumindest an den meisten Tagen. Einmal hatte ich auch Turnstunde. Zum Musikunterricht musste ich auch einmal die Woche. Aber das machte auch irgendwo Spaß und wurde nicht überbewertet." So erzählte ein Mann, der in Peters Alter war.

Und so ging es fort: „Ja, so ungefähr lief es bei uns auch. Ich staune immer noch über das grenzenlose Vertrauen, das unsere Eltern in uns und unsere Zuverlässigkeit hatten." Die etwa 40-jährige Frau hatte einen besonderen Glanz in den Augen. „Wir waren auch wirklich bemüht, sie nicht zu enttäuschen. Aber wir genossen auch diese irre Freiheit, die ich kaum einmal in meinem Erwachsenen-Leben wieder erfahren habe."

„Als ich dann im Teenageralter war, besuchte ich nach und nach alle möglichen Kurse, um herauszufinden, wo meine Begabungen und auch meine Interessen lagen. Durch einen dieser Kurse habe ich die Malerei kennengelernt. Er hat die Weichen zu meinem Künstlerleben gesetzt. Mir macht meine Arbeit immer noch unheimlich Spaß."

„Ich bin jetzt 58 Jahre alt und habe immer noch einen Freund aus meinen Grundschultagen. Wir haben damals sehr viel Zeit miteinander verbracht. Jetzt treffen wir uns meist nur ein- bis zweimal jährlich, aber es ist immer wieder, als wenn wir genau da wieder anknüpfen würden, wo wir das letzte Mal aufgehört hatten. Diese Erfahrung hatte ich mit späteren Freunden nie so intensiv."

Irgendwann bemerkte Peter den sehnsüchtigen Ausdruck in den Augen der 23-jährigen Viola. „Bitte, ich würde auch gerne etwas über ihre Kindheit wissen", sprach er die junge Frau an. Sie blickte zuerst ihm in die Augen, dann Leann und begann zu erzählen. „Ich bin ein Einzelkind, die große Hoffnung der Familie. Und ich beneide Sie alle um die schöne Kindheit, die Sie genießen konnten. Meine Mutter projizierte ihre ganzen Wünsche und Träume ihres Lebens in mich. Ich musste Akkordeon lernen, weil sie es nie durfte. Ihre Eltern hatten nicht genügend Geld, ihr das Instrument zu kaufen. Ich wurde getrimmt auf Tennis und war auch recht erfolgreich. Dafür fing ich aber auch schon in ganz jungen Jahren mit dem Sport an und war an den Wochenenden auf unzähligen Turnieren, wenn meine Mitschüler Partys feierten oder sich einfach nur in der Stadt trafen.

Nicht, dass ich keine Musik gemocht hätte oder Tennis doof fand. Ich hätte so gerne Trompete gelernt und wäre liebend gerne einfach nur mit Freunden in die Tennishalle gegangen oder hätte mal andere Sportarten ausprobiert. Aber ich fand nicht den Mut, mich gegen meine Eltern zu stellen. Ich war halt einfach das brave Mädchen, das alles machte, was von ihm verlangt wurde. Ich war in einem Gymnasium und quälte mich durch eine Klasse nach der anderen. Und irgendwann hatte ich dann genug. Ich machte den Realschulabschluss, suchte mir eine Lehrstelle als Erzieherin und bin von zu Hause ausgezogen. Seitdem habe ich nie wieder mein Akkordeon angesehen. Meine Tennisausrüstung habe ich verkauft. Ich bin gut in meinem Beruf und habe jetzt die Freiheit, zu tun, was ich will. Aber meine Kindheit ist unwiederbringlich vorüber und ich habe nicht einmal Freunde aus der Zeit vorzuweisen."

Leann und Peter sahen Viola bestürzt an. „Das ist eine sehr traurige Geschichte. Wenn ich darüber nachdenke, hatte ich eine sehr schöne Kindheit mit vielen Freiheiten, obwohl es natürlich auch bei mir Pflichten und Verbote gab." Peter stimmte seiner Frau zu. „Ja, das kann ich nur bestätigen."

Angela lenkte das Gespräch in eine andere Richtung, um die vorher so harmonische Atmosphäre wieder herzustellen. Sie wusste, dass das Thema tief gegriffen hatte bei ihren Nachbarn. Bald darauf verabschiedeten sich die ersten Gäste. Viola, Leann und Peter halfen Angela beim Verräumen des Geschirrs. Dabei drückte das Paar Viola nochmals sein Bedauern über ihre verlorene Kindheit aus. Bedrückt verließen sie das Nachbarhaus und gingen über die Straße. Schweigend verrichteten sie die letzten Handgriffe des Abends und gingen dann ins Schlafzimmer.

Plötzlich begann Leann zu schluchzen. Peter nahm seine Frau in die Arme. Auch ihm standen Tränen in den Augen. „Ich glaube, wir müssen mit Irina sprechen. Als ich sie letztens fragte, was auf dem Terminkalender stünde, rasselte sie alles ohne jegliche Begeisterung herunter und hatte dabei einen Ausdruck in den Augen wie ein waidwundes Tier. Wir sollten ihr mehr Zeit für Freundschaften geben, ihr selbst mehr liebevolle Eltern als Sklaventreiber sein." Leanns gebrochene Stimme kam sehr zögernd. „Ich denke, sie hasst es genauso, vor Publikum zu spielen, wie ich in meiner Kindheit." Ein Schluchzer folgte. „Und sie hat mich schon länger gefragt, ob ich denn nicht mal mit ihr ausreite wollte. Ich habe immer gesagt, sie solle sich gefälligst auf ihre Übungsstunden in Dressur konzentrieren. – O, wie war ich grausam zu ihr. Sie ist doch noch ein Kind!"

Am nächsten Morgen wunderte sich Irina, wie intensiv sie von ihren Eltern gemustert wurde. „Irina, was hältst du davon, wenn wir morgen einen gemeinsamen Winterausritt machen?" Die Augen des Mädchens blitzten auf vor Freude. „Wir können auch deine Freundin Julie mitnehmen, wenn ihre Mutter es erlaubt." Irina sprang auf und fiel ihrer Mutter um den Hals. „Das habe ich mir schon so lange gewünscht, Mama!"

Als Irina gerade ihre Schultasche nahm und die Küche verlassen wollte, wurde sie von ihrem Vater aufgehalten. „Halt, Schatz. Da ist noch was, was ich vergessen hatte, dir zu sagen. Die Ballettschule hat uns letztens angeschrieben, dass sie eine Planänderung vornehmen will und daher eine Zwischenbilanz zieht. Wenn du lieber Zeit für dich haben willst, ist das in Ordnung und wir melden dich ab." Schon hatte Peter eine glückliche Tochter am Hals hängen.

„Und wir drei machen am Wochenende einen schönen Ausflug zur Weihnachtsfeier der Musikschule mit Nikolaus und allem, was dazu gehört. Wie findest du das?"

„Oberspitzenmäßig! Wisst ihr was? Ich glaube, das Christkind gibt es doch!"

Nochmals spielte ich ein altes Lied des irischen Barden, bei dem ich das Gefühl hatte, ich selbst wäre das Instrument und eine überirdische Kraft würde mich spielen. Ich dankte dem Barden insgeheim für seine Unterstützung.

Dann entführten uns Ellens Sopran und Richards Tenor mit Raphaels Musik ins Reich der Träume. Bei den folgenden Weihnachtsliedern sangen alle voller Inbrunst mit.

Ich verteilte Wunderkerzen, die mit Begeisterung abgebrannt wurden. Daraufhin gab es Nachschlag bei Getränken und Plätzchen. Dann wurden alle wieder ruhig.

Auf einen Wink von Raphael spielte Ellen einen Song, den ich noch nicht kannte. Raphael sang selbst dazu:

Die Frau aus dem Wald

Sie trat aus dem Schutz der Bäume hervor
und ich war sofort erstarrt.
War sie Fee oder Hexe? Ich wusste es nicht
Hat sie mich verwünscht oder nur genarrt?
Augenblicklich legte sie einen Bann auf mich,
für sie gab ich meine Freiheit auf.
Dafür schenkte sie mir ein Leben voll Freude und Licht,
und legte noch ihr Herz obendrauf.
Was immer sie ist, woher sie auch kommt,
ich liebe sie, wie mein Leben.
Was die Zukunft uns auch bringen mag,
alles würde ich für sie geben.
Die Urahnen legen Zeugnis ab
in alten Schriften und nächtlichen Träumen:
Wir gehören zusammen bis ins Grab
darum werde ich eins nicht versäumen.
Ich bitte voller Demut und auf meinen Knien
die Maid meines Herzens um ihre Gunst.
Wenn sie mich nicht will, wird mein Leben vergehen,
und mir nicht helfen gar Hexenkunst.

Mein Liebster war am Ende des Liedes vor mir auf die Knie gegangen. Plötzlich hielt er eine Lilie – sie war künstlich, sah aber täuschend echt aus – in seinen Händen und brachte sie mir dar. Sehnsuchtsvoll und mit einem, wie ich erkannte, hoffnungsvollen und leicht ängstlichen Blick sah er mir in die Augen.

Ich war so überwältigt, dass ich in Tränen ausbrach. „Raphael" konnte ich nur schluchzen und fiel ihm in seine ausgestreckten Arme. Alle Anwesenden klatschten und Raphael wirbelte mich im Kreis. „Ich liebe und brauche dich, meine Elfe. Wirst du mich heiraten und bis zu unserem Ende bei mir bleiben?"

Ich hatte einen Kloß im Hals und mir standen schon die Tränen kurz vor „Wasser marsch!". Mir war es gar nicht in den Sinn gekommen, dass Raphael mir einen Heiratsantrag machen könnte. Aber ich brauchte nicht lange zu überlegen. Denn ich liebte diesen Mann von ganzem Herzen.

„Ja, mein edler Ritter. Denn du bist der einzige lebende Mann in unserer Zeit, den ich haben möchte." Er stand auf und zog mich an sich. Der Kuss, den ich daraufhin bekam, dauerte lange. Alles andere um uns herum war in diesem Augenblick völlig unwichtig. Erst als wir Gejohle und lauten Applaus hörten, brachen wir unseren Kuss ab. Mein Gesicht schien zu glühen und ich war restlos glücklich.

Selbstverständlich gratulierten uns alle gleich zur Verlobung. Ich fühlte mich wie die gekrönte Königin des Tages.

Richard sang noch ein Lied und dann wurden Sarahs Jungs angewiesen, den Baumschmuck einzupacken, weil wir wieder zum Hof zurück wollten.

Afra hatte die ganze Zeit eifrig fotografiert und sogar gefilmt. Sie wendete sich nun an die Mädchen. „Meine Mäuse, ihr kennt den Wald gut genug, um den Weg zurück zu finden. Ihr beide führt auf dem Rückweg die Karawane an. Lasst die beiden Turteltauben das Schlusslicht machen."

Dann brachen wir wieder auf. Den Abritt hielt ich mit Afras Kamera fest und gab diese dann an Sarah weiter, da Afra mit den Pferden beschäftigt war.

Ich glaube, an dem Abend leuchteten wir alle von innen heraus. Dies war für jeden Einzelnen ein besonderes Erlebnis, das kaum einer von uns jemals wieder vergessen würde.

Ellen hatte ihre Harfe mit auf den Schlitten genommen und spielte zur Stimmung passende Melodien. Alle kuschelten sich zusammen und träumten ihre eigenen Träume.

Raphael und ich hielten uns erst bei der Hand. Dann machte ich ihm ein Zeichen. Er gab mir also seine Zügel, schwang sich von Rosellas Rücken hinter mich auf Arwakr und hielt mich fest in seinen Armen. Er flüsterte mir Zärtlichkeiten ins Ohr und ich schwebte auf Wolke sieben.

Sarah saß auf Volkers Schoß. Sie hatte Afras Job übernommen und richtete die Kamera oft auf uns. Mir war klar, dass sie nach einem geeigneten Motiv für unser Buchcover suchte, und das war für mich völlig in Ordnung.

Der Abend hatte einfach eine besondere Atmosphäre. Sogar die Pferde und die Hunde waren erstaunlich ruhig und gelassen. Es gab keine Hektik, nur ein Gefühl von Zusammengehörigkeit und himmlischer Ruhe.

21. DEZEMBER

Wintersonnenwende. Zeit, Altes loszulassen und das Neue zuzulassen. Afra hatte einen alten Brauch wieder aufleben lassen. Dazu waren neben Sarah mit Familie auch Raphaels Ritterfreunde samt Familienanhang und einige Leute aus meinem Ritterbund geladen.

Zwischen dem Hof und dem Weiher gab es einige einfache Holzbänke rund um eine Feuerstelle. Dort schlichteten wir Holz auf.

Wir alle hatten im Vorfeld die Aufgabe bekommen, uns zu überlegen, welche Dinge, Menschen, Begebenheiten wir aus unserem Leben verabschieden wollten.

Ich hatte einen Brief vorbereitet, in dem ich mir selbst und auch ein paar anderen Menschen verletzende Worte und Taten vergab und Dinge los ließ. Außerdem hatte ich Fotos von Bekannten, die nicht gut für mich waren.

Schon am Nachmittag half ich Afra bei den Vorbereitungen auf das Fest.

„Weißt du, ich muss nun, nach so vielen Jahren, auch endlich mal etwas loslassen. Und zwar Raphaels Zwillingsbruder, der leider nur acht Tage überlebte. Es ist schon so lange her, aber ich habe immer noch das Gefühl, als hätte ich ihn nicht losgelassen. Ich dachte lange Zeit, sein Tod wäre meine Schuld gewesen. Das war es aber nicht. Das ist mir jetzt klar. Ich werde unsere Beziehung reinigen und meinen kleinen Jungen endlich in Frieden gehen lassen."

Dieses Thema war zwar mal angerissen worden, als Afra und ich das Familien-Fotoalbum durchgeblättert hatten, aber ich hatte nicht weiter darüber nachgedacht. Einige Zeit nach Afras

Erklärung fiel mir wieder ein, was die Heilerin gesagt hatte. Sie hatte von einer Sterbeurkunde gesprochen, die sie gesehen hatte. Also fragte ich gleich Raphael, ob es hier vielleicht eine Verbindung geben könnte.

„Wenn ich jetzt an solche Dinge wirklich glauben würde, würde ich sagen, dass die Sterbeurkunde in der Vision der Heilerin tatsächlich die von meinem Zwillingsbruder war."

„… und dass dessen Seele auch in Gordian lebendig war."

„Ja, vielleicht."

Ich spürte, dass ihm das Thema unangenehm war und ließ es fallen, allerdings mit dem kleinen Hinweis, dass er gerade heute eine gute Gelegenheit hätte, dieses Thema auch für sich abzuschließen.

Als wir am Abend alle um das Feuer saßen, hatte ich vor, Bilder und Brief nach und nach in die verzehrenden und reinigenden Flammen zu werfen und diese Verbindungen in Frieden gehen zu lassen.

Ein Recke aus einem anderen Verein war wie ein Schamane gekleidet. Mit Räucherwerk ging er langsam ums Feuer, bot den alten Göttern ein Trankopfer und machte eine richtig gute, zeremonielle Handlung um den Brauch des Loslassens.

Danach übergaben wir alle unsere Dinge der Vergangenheit dem Feuer.

Es wurde gemütlich. Von verschiedenen Leuten wurden Geschichten erzählt, Gedichte rezitiert und Lieder gesungen. Es war mehr als nur Lagerfeuerromantik, die wir erlebten.

Wie immer, so hatte auch an diesem Abend Sarah eine passende Geschichte, die zum Nachdenken anregte:

DER MANN IM MOND

Wer kennt sie nicht, die Geschichte vom Mann im Mond. Ein Mann, der den Sonntag nicht heiligte und deshalb sein Bündel Reisig statt auf Erden einsam auf dem Mond herumtragen musste. So oder ähnlich die alte Sage.

Das wirft in unserer hochindustriellen Zeit natürlich ein paar Fragen auf, wie zum Beispiel: Muss der Mond inzwischen nicht überbevölkert sein? – Gibt es den „gerechten Gott" in unserer Zeit nicht mehr? – Ist der Sonntag überhaupt noch heilig? – Ist die Geschichte doch nur erstunken und erlogen? und ähnliches mehr.

Aus diesen und anderen Gründen versuchen Forscher und Astronauten unseres Zeitalters mit aller Kraft herauszufinden, was auf dem Mond geschieht. Ob es dort Leben gibt oder je gab. Doch niemand ging jemals ernsthaft der Frage nach, was aus dem legendären und ersten Mann im Mond eigentlich geworden ist.

Als der Mann aus alter Zeit seine Strafe abgesessen hatte (und sie dauerte ganz schön lange für ein relativ kleines Vergehen), wurde er natürlich wieder auf die Welt entlassen. Der für ihn zuständige Kerkerknecht kam und gab ihm seine Papiere zurück. Sogar das Reisigbündel durfte er behalten. Wegen guter Führung und so.

Da es damals noch keine Rehabilitierungsmaßnahmen gab, stand er erst einmal dumm vor seiner Kate. Denn diese nannte inzwischen ein anderer sein Eigen. Von wegen Grundbuchamt, in der Zeit war ja noch nichts geregelt. Wenn ein Haus leer stand für längere Zeit, dann wurde es einfach von dem Nächstbesten in Besitz genommen. Also sah er sich nach einer Nichte um, die irgendwo in einem nahen Dorf wohnen müsste. Als er sie gefunden hatte, bekam er von ihr eine eindeutige Absage, in ungefähr folgendem Wortlaut: „Der Gotteslästerer hätte sich zum Teufel zu scheren".

Kurz und gut, nach gut einer Woche stand der Mann wieder vor seinem Kerkerknecht und wollte zurück auf den Mond. „Wissen Sie, dort oben war es so schön einsam. Niemand hat mich fortgejagt oder mich angeschrieen. Ich würde so gern wieder in mein altes Gefängnis zurückgehen und dort mein restliches Leben verbringen."

Mitleidig sah ihn der Kerkerknecht von oben herab an. „Tut mir leid, der Mond ist schon wieder besetzt. Diesmal sind sogar drei gleichzeitig oben. Lauter Sünder vor dem Herrn."

Es half kein Bitten und kein Betteln, der Mann musste auf der Erde bleiben. Er fand mit Mühe ein Plätzchen, an dem er bleiben konnte und hatte doch noch wider Erwarten einen ruhigen Lebensabend.

Diese Geschichte war der Anfang vom Ende. Der erste göttliche Gefangene läutete eine Reihe von Strafvollzügen ein und in einem gewissen Sinn auch das Ende der Welt, die doch einmal das Paradies gewesen war. Oder war das auch nur wieder so eine Geschichte, deren Wahrheitsgehalt man nicht so genau prüfen kann?

Nach der Sache mit dem Mann im Mond bekam nämlich die Monddirektion mit der Zeit massive Probleme. Die Sünder, die den Sonntag entweihten durch Arbeit wurden immer mehr. Dazu kamen noch viele andere von anderen Religionen, die sich Verstöße gegen die göttliche Ordnung zuschulden kommen ließen.

Der Mond war bald dermaßen überfüllt, dass er drohte, aus den Angeln des Weltalls gehoben zu werden und abzustürzen. Das konnte man jedoch auf keinen Fall riskieren. Denn der Mond wurde dringend benötigt zur Berechnung der Gezeiten und als Nachtlicht für die Tierwelt oder auch als romantische Lampe für Verliebte. Also, was tun? Da war guter Rat teuer.

Zuerst wurden unzählige Prediger aller Konfessionen auf die Erde geschickt mit dem Auftrag, die Menschen zum Guten zu bekehren. Dieser Plan aber scheiterte so kläglich, dass das göttliche Gremium sich die Haare raufte.

Daraufhin einigte man sich auf einige drastische Maßnahmen wie Kriege, Hungersnöte, Seuchen, Überschwemmungen, Vulkanausbrüche, Unfälle mit vielen Opfern, Erdrutsche, und vieles mehr. Diese sollten die Menschen zum innehalten und Nachdenken bringen. Doch wieder half nichts. Die Menschen wurden nicht besser, sondern eher das Gegenteil traf zu.

Keiner sah mehr während der Arbeit zum Himmel auf oder hielt gar inne, um der Landschaft zu huldigen. Kaum jemand kümmerte sich mehr um seine Nachbarn oder die Familie. Jeder wurde schließlich zum Einzelkämpfer und sah nur den eigenen Vorteil in allem, was er tat. Der Göttliche Ratschluss war also etwas fehlgeschlagen. Wieder setzte man sich in einem Gremium zusammen, um zu beraten, was zu tun wäre.

Zu guter Letzt setzte sich eine neue und sensationelle Idee durch: Die Erde sollte nun zum Verbannungsort werden, auf dem sich die Menschen ganz nach ihrem Willen selbst zerstören könnten.

Nur eine kleine Auslese von wirklich sündenfreien Menschen mit einem absolut reinen Gewissen wurde (und wird auch heute noch von Zeit zu Zeit) auf einen Planeten verfrachtet, der „das Paradies" genannt wird und eine angenehme Atmosphäre bis zum letzten Atemzug bietet. Nur dort werden alle Wünsche wahr und jedes Lebewesen wird geachtet. Doch dieser Planet liegt in einer ganz weit entfernten Galaxie und kann von den Menschen der Erde niemals gefunden werden.

Deshalb ist es auch nicht verwunderlich, dass Astronauten jedes Erdteils immer wieder mit derselben Nachricht zur Erde zurückkehren: Der Mond und alle anderen Planeten sind unbewohnt!

Der Abend hatte eine besondere Atmosphäre. Ich fühlte mich am Ende befreit, leicht und beschwingt.

24. DEZEMBER

Heiliger Abend. Zum ersten Mal in meinem Leben sollte ich Weihnachten mit einem Partner in der gemeinsamen Wohnung feiern. Ich schwor mir, dass es ein schönes Fest werden sollte. Schon Wochen vorher hatten Raphael und ich uns zusammengesetzt und über die Gestaltung von Weihnachten gesprochen.

„Weißt du, ich habe wahrscheinlich zu viele historische Romanzen über die englischen Royals aus alten Tagen gelesen, aber so ein Weihnachten mit Freunden, Spielen, Lachen und Singen hätte ich gerne mal!"

„Du meinst, so richtig mit englischen Carols und eher weniger von diesen leisen, bedächtigen deutschen Weihnachtsliedern?"

„Möglichst mit beidem. So gut mir die deutsche und vor allem auch die bayerische Tradition gefallen – die Lieder sind mir manchmal zu besinnlich. Die ertrage ich nur häppchenweise oder eben nur am Heiligen Abend. Die englischen Carols dagegen haben so was Fröhliches, Frisches! Da kann ich mir wirklich vorstellen, dass die Leute sich auf Christi Geburt freuen und sie feiern."

Also hatte ich vor den Festtagen wirklich einiges an Arbeit. Denn nur den Heiligen Abend wollten wir alleine verbringen. Am späten Nachmittag gingen wir allerdings zu Afra. Dort gab es die Bescherung für die Mädchen. Selbstverständlich war deren Mutter über Weihnachten auch zu Hause.

Danach wurde ich nach einer Geschichte gefragt. Also erzählte ich eine, die ich von meiner Freundin Antonia aus den Bergen hatte:

CHRISTMETTE

Die neunjährige Lena lag in der Nacht zum ersten Weihnachtsfeiertag im Bett und ließ den Heiligen Abend nochmals Revue passieren. Es war der schönste Heilige Abend ihres bisherigen Lebens gewesen. Nicht wegen der Geschenke. Die waren unbestritten schön, aber noch schöner war, was sie erlebt hatte.

Lenas Vater war auf dem Hof in den Bergen aufgewachsen, den ihr Onkel Toni immer noch bewirtschaftete. Da ihr Vater der jüngere Sohn des Bauern war, hatte er beruflich gleich eine andere Schiene eingeschlagen und war dann etwa 250 km von seiner Heimat entfernt hängen geblieben, im Flachland, wo seine Tochter Lena aufwuchs.

Es gab über die Jahre schlechte Stimmung zwischen den Brüdern, weshalb sich die Familien nur von Beerdingungen im Verwandtenkreis kannten. Aber dieses Jahr war besonders. Die Brüder hatten ihren albernen Streit, wie es Mama nannte, beigelegt und die beiden Familien waren sich im Sommer schon bei Lenas Eltern näher gekommen. Sie mochten sich alle und darum waren Lena und ihre Eltern eingeladen worden, die Festtage auf dem Hof zu verbringen. Onkel und Tante waren voll in Ordnung und außerdem mochte das Mädchen ihren achtjährigen Cousin Franz, den alle nur Franzl nannten, sehr gern. Mit ihm erlebte sie Abenteuer. Sogar bei ihnen daheim im Vorgarten. Mit ihm war es spannend, weil sie beide so unterschiedlich aufgewachsen waren.

Am Morgen des 24. Dezembers war Lena mit ihren Eltern also auf dem Weg zur Verwandtschaft in den Bergen. Es gab ein Weißwurstfrühstück und dann wurde ein Spaziergang im frischen Schnee unternommen. Viel hatte es nicht geschneit, aber dennoch bekam durch die weiße Decke die Landschaft ein weihnachtliches Aussehen, wie Lena es aus Filmen kannte. Danach gab es für alle Kinderpunsch mit Plätzchen in der gemütlichen Wohnküche.

Lena beschäftigte eine Frage. „Tante Monika, wann ist denn bei euch die Kindermette?" Diese sah sie freundlich an. „In die gehen wir heute nicht. Da ihr beide schon so groß seid, gehen wir dieses Jahr mit euch in die Mitternachtsmette. Das hat sich dein Vater von uns zu Weihnachten gewünscht. Aber das setzt voraus, dass ihr fit seid. Deshalb werdet ihr jetzt ganz schnell in euren Betten verschwinden. Wir wecken euch, wenn das Abendessen fertig ist. Ich versichere euch, dass ihr nichts verpasst, außer

Erwachsenen-Gespräche. Und müde Kinder nehmen wir nicht mit in die Kirche."

Franzls Gesicht begann zu leuchten und er flüsterte seiner Cousine zu. „Lena, da wollte ich immer schon mit. Da MÜSSEN wir jetzt brav sein. Verpatz es ja nicht!" So schnell und ohne zu murren waren die beiden noch nie ins Bett gewandert. Ein paar Stunden später wurden Lena und Franzl sanft wieder aufgeweckt. Beide waren erfrischt und munter und konnten ihr mitternächtliches Abenteuer kaum erwarten.

Inzwischen war es draußen dunkel geworden. Die Erwachsenen hatten sich bereits alle „in Schale", das heißt in die Festtagstracht, geworfen.

Alle setzten sich an den schön gedeckten Tisch und Tante Monika trug leckere Speisen auf, die unter viel Lob für die Köchin verspeist wurden.

Die nächsten Stunden wurden im Wohnzimmer um den wunderschön geschmückten Christbaum verbracht. „Einen Weihnachtsabend kann man nur mit Musik gebührend feiern. Holt eure Instrumente." Lenas Vater strahlte vor Vorfreude. Er hatte sein Akkordeon schon hinter der Couch bereit. Onkel Toni holte seine Gitarre, Lenas Mutter ihr Hackbrett, Lena ihre Trompete und Franzl seine Flöte. Tante Monika sang zu den Weihnachtsweisen wie ein Engel. So jedenfalls würde es Lena später ihren Freunden erzählen. Es machte Spaß und darüber wurden sogar beinahe die Geschenke vergessen, die noch darauf warteten, ausgepackt zu werden.

„So, meine Lieben, ich muss jetzt los", meinte Tante Monika kurz nach 23:00 Uhr. Und schon war sie verschwunden. Irritiert sah Lena ihren Cousin an. „Was war das jetzt?" Franzl zuckte die Schultern. „Wirst schon sehen, Mama treffen wir in der Kirche wieder."

Bald zogen sich auch die anderen alle die Mäntel und dicken Schuhe an. „Habt ihr es alle schön warm? Mützen und Handschuhe mitnehmen! Ich will von keinem hören, dass er friert." An der Türe gab Onkel Toni jedem eine kleine Laterne mit einem Teelicht, das schon brannte. Sobald sie den Hof verlassen hatten, fühlte sich Lena wie im Traum.

Sie, die Lena aus der farblosen Kleinstadt, stapfte hier in den Bergen am Heiligen Abend mit einer Laterne durch den Schnee. Vor Freude juchzte sie laut. Ihre Eltern machten es ihr nach. Beide sahen genauso glücklich aus, wie Lena sich fühlte. Immer wieder begegneten ihnen Menschen mit Laternen oder kleinen Taschenlampen, die anscheinend dasselbe Ziel hatten, wie ihre kleine Gruppe. Von allen Seiten scholl ihnen „Frohe Weihnachten" entgegen.

Als sie am Fuße einer Treppe ankamen, meinte Onkel Toni „So, jetzt wird's anstrengend. Wir haben viele Stufen vor uns. Geht einfach langsam und stetig. Wir haben genug Zeit. Und Vorsicht: Es ist rutschig."

Lena ging neben ihrer Mutter. „Mama, weißt du, wohin es geht?" Diese lächelte ihre Tochter an. „Ich weiß nur, dass wir zur Kirche gehen. Aber ich kenne mich hier nicht besser aus als du, mein Schatz. Denk an die Geschichten, die dein Vater aus seiner Kindheit und Jugend erzählt hat. Ich glaube, das will er uns jetzt auch erleben lassen."

Richtig, Lena erinnerte sich daran, dass ihr Vater von etwa 360 Stufen hoch zur Kirche gesprochen hatte und was für ein Glücksgefühl es für ihn immer war, zur Mitternachtsmette mitgehen zu dürfen, in der seine Großmutter früher die Orgel spielte.

Der Aufstieg war tatsächlich anstrengend, aber oben angekommen, strahlten alle. Sie gingen in die kleine Kirche, in der sich schon einige Gläubige eingefunden hatten. Etwa in der Mitte fanden sie noch Platz.

„Wo ist Tante Monika?", fragend sah sich Lena um und entdeckte ihre Tante auf der Empore. Diese winkte und sah richtig fröhlich aus.

Die Kirche war nicht groß, aber es passte schon eine ordentliche Anzahl an Menschen hinein. Chor und Altarraum waren elektrisch beleuchtet. Im Rest des Kirchenraumes brannten nur Kerzen. Das gab dem ganzen eine heimelige und festliche Atmosphäre.

Bald begann die Messe und Lenas Tante sang das Eingangslied, begleitet von der Orgel. Lena musste schlucken, so schön war es. Sie sah zu ihrem Vater und bemerkte, dass dieser auch Tränen in den Augen hatte, obwohl er sie glücklich anlächelte. Beim Volksgesang trällerten alle kräftig mit. Die Predigt war kurz, knackig und gehaltvoll, wie Mama es so sehr schätzte.

Kurz vor dem Ende wurden die echten Wachskerzen am Christbaum neben dem Altar angezündet und bald sangen alle „Stille Nacht, Heilige Nacht".

Die Christmette war viel zu schnell vorbei. Als die meisten Kirchgänger schon die Kirche verlassen hatten, warteten die beiden Familien noch auf die Sängerin. Lena umarmte ihre Tante. „Du hast wunderschön gesungen. Wie ein Engel!" Tante Monika küsste ihre Nichte auf die Wange. „Das freut mich. Ich wollte schon immer ein Engel sein."

Draußen standen sie erst einmal wie verzaubert. Denn es schneite. „Wunderschön", meinte Lenas Mutter, „das erinnert mich an die Geschichte von Peter Rosegger mit der Weihnachtsfreude."

Lena wusste zwar nicht, worauf ihre Mutter anspielte, aber sie wusste, dass sie gerade einen Weihnachtstraum erlebte. Und sie wusste außerdem, dass ihr Vater sehr glücklich war, denn er hatte mit Tränen in den Augen seinen Bruder umarmt. „Du weißt, was mir diese Nacht hier bedeutet. Ich danke dir, dass du es mir ermöglicht hast, das wieder zu erleben – mit euch allen."

Lena sah auf die beiden Männer, die inzwischen fröhlich lachten, die Frauen, die beide so schön aussahen im Licht der Laternen und ihren Cousin Franzl, dem sie nun einen Arm um die Schultern legte. „Das ist das allerschönste Weihnachten!" Alle blickten mit strahlenden Augen auf Lena und nickten, bevor sie sich im Licht ihrer Laternen an den Abstieg machten und diese heilige Nacht ausklingen ließen.

Später verkrümelten wir uns und gingen in unsere Wohnung.

Der Christbaum sah wunderschön aus. Als wir den Raum betraten, nahm mich Raphael in die Arme „Frohe Weihnachten wünsche ich dir, meine geliebte Elfe."

„Auch dir frohe Weihnachten, mein edler Recke. Ich liebe dich." Wir küssten uns lange und setzten uns dann auf die Couch, um den Baum zu betrachten.

„Weißt du, dass du der erste Mann bist, mit dem ich Weihnachten feiere? Abgesehen von meiner Familie natürlich."

„Weißt du, dass du die erste Elfe bist, mit der ich Weihnachten feiere? Bisher gab es keine Frau, die es wert gewesen wäre, meine Familie an Weihnachten zu ersetzen. Du bist eine begehrenswerte Frau für mich: gescheit, witzig und unheimlich sexy. Als ich dich damals zum ersten Mal sah, hatte ich schon den Gedanken, dir sofort die Kleider vom Leib zu reißen."

„Na, das hast du ja inzwischen oft getan, mein Lieber. Du hast auch meine offizielle Erlaubnis, es in der nächsten Zeit oft zu wiederholen."

„Kann ich das schriftlich haben?"

„Ist dir mein Wort nicht genug?"

„Natürlich, meine Elfe. Ich vertraue dir mein Leben an."

Raphael gab mir einen innigen Kuss.

„Interessiert es dich eigentlich, ob das Christkind was für dich gebracht hat?"

Ich blickte mit mäßigem Interesse auf die Päckchen unter dem Baum und sah dann Raphael an. „Eigentlich habe ich alles, was ich mir für die nächsten Jahre wünsche, mein Schatz."

„Sieh trotzdem nach."

„Na gut. Aber nicht alleine."

Ich zog ihn mit mir mit. Wir ließen uns auf dem Boden vor dem Baum nieder.

Dort fand ich ein kleines Päckchen, das meinen Namen trug. Ich packte es aus und öffnete die Samtschachtel, die zum Vorschein kam. Darin lag ein Siegelring mit dem Wappen der Gordians.

„Der ist wunderschön. Danke."

Ich war gerührt und musste erst schlucken. Dann bekam Raphael einen dicken Kuss, bevor er mir den Ring über meinen Finger schob.

„Wir sind zwar noch nicht verheiratet, aber du hast vor mir schon den Ur-Gordian geehelicht, daher steht er dir auf jeden Fall zu."

Raphael fand einige Pianonoten unter dem Christbaum, für die ich lange recherchiert hatte. „Du bist ein Genie. Du hast sie tatsächlich gefunden!" Er drückte mich an seine breite Brust und gab mir einen Kuss.

Das zweite Päckchen war ein schlichtes Medaillon an einer Silberkette mit zwei Bildern und einer Haarsträne von mir. Beide Fotos waren auf unserem mittelalterlichen Ausritt aufgenommen worden. Eines zeigte ein Brustbild und über meiner Schulter Arwakrs Kopf, das andere zeigte mich ganz in meinem alten Kleid. Das Haar war auf der Rückseite des Schmuckstücks sichtbar. Es war kunstvoll geflochten worden und sah fast wie eine Krone aus. „Danke, das werde ich stets bei mir tragen."

Wir gingen zur Mitternachtsmette in einem kleinen Dorf mit einer ebenso kleinen Kirche. Dort sang Richard. Es war eine sehr schöne Messe, nach der wir noch gemeinsam mit den anderen Kirchgängern am Kirchplatz standen und Glühwein tranken.

Der nächste Tag begann eher gemütlich. Afra, die früher im Bett gewesen war als wir, machte die Stallarbeit. Nach einem ausgiebigen Frühstück ließen wir das Mittagessen ausfallen und kümmerten uns lieber um unsere Pferde. Wir machten einen schönen Ausritt im Schnee.

Am Nachmittag kamen dann Ellen, Richard und Sarahs Familie. Zuerst wurde ein Spaziergang unternommen. Dann wurden Spiele gemacht mit den Kindern. Am Abend sollten Raphael, Richard, Ellen und ich eine Messe spielen bzw. singen. Und zwar in einer Kirche, in der der Pfarrer ein Liebhaber englischer Christmas Carols war.

Wir hatten schon wochenlang immer wieder geprobt. Raphaels langjähriger Freund Tim sollte an einem E-Piano sitzen, Ellen an der Harfe. Ich hatte meine Querflöte, Raphael und Richard waren unsere Sänger. Allerdings hatten wir auch drei Lieder, die wir vierstimmig eingeübt hatten, da wir passenderweise alle Stimmlagen vertraten.

Die Musik war einfach herrlich. Wir waren ein gutes Team, hatten uns aneinander gewöhnt und fühlten uns in der Gruppe alle sehr sicher. Es machte einfach Spaß, gemeinsam zu musizieren. „So, jetzt reicht es mir fürs erste mit Kirche." Mein Kommentar wurde von Richard mit einem Nicken bestätigt. „Mir auch, obwohl es mir mit euch wirklich Freude gemacht hat."

„Mir auch. Aber meine Finger sind reine Eiszapfen und ich bin so froh, dass ich den ganz warmen Mantel angezogen habe."

Wieder bei uns zu Hause, gab es ein leichtes Abendessen und es wurde gemeinsam gesungen. Das war einfach stimmungsvoll und schön.

Dann wurde Sarah noch gebeten, eine Geschichte zu erzählen:

DER GEWINN

Drei Briefe waren an diesem Tag im Briefkasten gewesen. Alle drei lagen unbeachtet am Küchentisch, während Kathi ihr Abendessen vorbereitete. Da der Raum nicht geheizt war, nahm sie ihr Mahl und ein großes Glas Wasser mit ins Wohnzimmer, dem einzig behaglichen Raum in der Wohnung. Als sie die Reste aufräumte, war ihre übliche Zeit, zu der sie zu Bett ging, längst überschritten. Weshalb das Geschirr nur in der Spüle landete und Kathi sich schnellstens dem Badezimmer zuwandte.

Der nächste Tag war hart und lang. Nach der Arbeit war sie noch zu einer Veranstaltung eingeladen, die sie schlecht absagen konnte. Und am darauf folgenden Morgen gab sich Kathi selbst das Versprechen, abends endlich ihre Post durchzusehen. Zu den drei Briefen waren noch zwei Kataloge, ein Päckchen und zwei weitere Briefe gekommen. Alles schön verteilt auf dem Küchentisch, an dem ja doch fast nie jemand zum Essen saß.

Als sie also an diesem Abend von der Arbeit kam, befüllte sie ihren Wasserkocher, und während sie darauf wartete, dass ihr Teewasser zu kochen begann, öffnete sie sämtliche Briefe. Es handelte sich um zwei Rechnungen, zwei von den unzähligen vorweihnachtlichen Bettelbriefen, die stets ungelesen im Papierkorb landeten und eine Sendung, die sie erst nicht zuordnen konnte. „Sie haben gewonnen" stand in großen Lettern in der Betreffzeile. Schon wollte sie auch diesen Brief mit Schwung entsorgen, als sie etwas innehalten ließ. „Moment", rügte Kathi sich selbst, „da kommt wir was bekannt vor".

Aufmerksam las sie das Anschreiben laut ihren Pflanzen am Fensterbrett vor: „… freuen wir uns, Ihnen mitteilen zu dürfen, dass Sie den Jahreswechsel in New York verbringen werden …". Flug von einem beliebigen deutschen Flughafen, 6 Übernachtungen in einem Hotel mit Wellnessbereich, ein Helikopterflug über die Stadt und vieles mehr wurde im Text versprochen. Mit offenem Mund ließ sie sich auf den nächstbesten Stuhl plumpsen. „Das gibt's doch nicht! Ich soll tatsächlich diese Reise gewonnen haben?" Sie erinnerte sich inzwischen tatsächlich, ein Preisausschreiben mitgemacht zu haben, bei dem so eine Reise als Hauptgewinn angepriesen wurde.

Skeptisch, wie sie jedoch war, wählte sie sofort die im Brief angegebene Hotline-Nummer und erkundigte sich nach dem Pferdefuß bei der ganzen Sache. Sie wurde mehrmals verbunden, bevor ihr eine sympathische Frauenstimme die Nummer des für Gewinne dieser Größenordnung zuständigen Herren gab. „Tut mir leid, aber der ist erst morgen wieder ab 9:00 Uhr zu erreichen. Ich wünsche Ihnen einen guten Abend."

Leicht genervt legte Kathi auf und machte sich an ihre Hausarbeit. Am nächsten Tag erinnerte sie sich im Büro irgendwann an den Zettel mit der Telefonnummer und beschloss, die Sache sofort zu klären. Sie hatte Glück und schon nach dem zweiten Klingeln hob jemand ab. Sie trug ihr Anliegen vor und ihr wurde hoch und heilig versichert, dass sie tatsächlich gewonnen hatte und all die versprochenen Dinge im Preis enthalten waren. Sie würde sogar mit einem kleinen Taschengeld ausgestattet werden. „Freuen Sie sich auf die Reise mit Ihrem Liebsten. Sie werden eine wunderschöne Zeit in New York verleben!"

Kathi legte auf und freute sich tatsächlich. Nur, was sollte sie mit einer Reise für zwei, wo sie doch Single war? Am Abend rief sie ihre besten Freundinnen nacheinander an. Die eine konnte über Silvester „unmöglich frei nehmen", die nächste war seit kurzem in einer Beziehung und wollte den Tag mit ihrem Schatz verbringen, noch eine war bei ihren Eltern eingeladen und konnte keinesfalls absagen – und so weiter.

Als ihr niemand mehr einfiel, den sie auf so eine Reise mitnehmen hätte wollen, beschloss sie, nochmals mit dem netten Herren von der Gewinnverteilungsgesellschaft zu telefonieren. Also griff sie auch am nächsten Tag zum Telefonhörer und wählte erneut die ihr bekannte Nummer. „Wissen Sie, ich bin Single und habe niemanden, der mit mir die Reise antreten würde. Ich finde es aber auch nicht richtig, den Preis halb verfallen zu lassen. Ist es denn möglich, dass man aus dem Doppelzimmer zwei Einzelzimmer macht und Sie einfach noch eine andere Person aus dem Pool der richtigen Einsendungen auswählen?"

Zuerst antwortete ihr beredtes Schweigen. Doch dann fand der Mann am anderen Ende der Leitung seine Sprache wieder. „Vor dieser Situation sind wir noch nie gestanden. Aber ich persönlich finde, Sie haben vollkommen Recht. Ich werde sehen, was sich tun lässt. Das ist nun wirklich eine Herausforderung. Bitte sagen Sie mir, wie Sie zu erreichen sind."

Wegen der Buchungsdaten für den Flug und das Visum für die USA musste Kathi einige Formulare ausfüllen, die sie nebst eines Passbildes an das Büro schickte, das alles für sie organisieren würde. Dann folgte noch ein weiteres, etwas intensiveres Gespräch mit dem Herren der Gesellschaft, der ihr immer sympathischer wurde. Und kurz vor Weihnachten hatte sie alle Reisepapiere in Händen – mit einer persönlichen Notiz des netten Herren, auf der er ihr eine wunderschöne Reise wünschte und

„… dass all ihre Träume in Erfüllung gehen!". Eine Mitarbeiterin der Firma würde sie am Flughafen in New York begrüßen, sie zum Hotel geleiten und sich weiter um die fest gebuchten Punkte der Reise kümmern.

Am frühen Morgen des 27. Dezember brachte der Flughafentransfer Kathi zu ihrem Abflugterminal. Noch am Vormittag des gleichen Tages kam sie mit Vorfreude auf eine aufregende Zeit in Big Apple an. Nachdem sie ihr Gepäck erhalten hatte und durch die Passkontrolle in die allgemein zugängliche Flughafenhalle trat, fand sie nach nur wenigen Augenblicken auch gleich die Person, die ein Schild mit zwei Namen hochhielt, von denen einer der ihre war. Zielstrebig ging sie auf die Frau zu und stieß um ein Haar mit einem Mann zusammen, der ebenso energisch das gleiche Ziel verfolgte.

„Entschuldigen Sie bitte," mit einem Seitenblick auf die Frau mit dem Schild streckte er ihr seine rechte Hand entgegen, „Sie sind wohl die Dame, der ich diese Reise zu verdanken habe?" Er lächelte sie gewinnend an. Kathi schüttelte verwirrt den Kopf, gab ihm aber ihre Hand zur Begrüßung. „Wie meinen Sie das?" Sie starrte ihr Gegenüber fast unverschämt an. So oder zumindest ähnlich würde ihr Traumtyp aussehen. Mann, sah der gut aus!

„Na, der Gewinn des Preisausschreibens, der meinen Informationen nach geteilt wurde. Nur dadurch kam ich in den Genuss, auch hierher zu fliegen." Sie grinste nun zurück. „Ja, tatsächlich! Dann ist der zweite Name auf dem Schild hier der ihre?" Er nickte und beide begrüßten ihren Abholdienst.

Schon nach kurzer Zeit in einem der gelben New York Cabs gingen die beiden Reisenden von der förmlichen Anrede zum persönlicheren du über und unterhielten sich angeregt über die Bauten, die an ihnen vorbeizogen. Tom war schon öfters beruflich in der Stadt gewesen und kannte sich ein wenig aus. „Wenn du möchtest, können wir gleich heute Nachmittag einen gemeinsamen Ausflug machen, um die Umgebung ein wenig zu erkunden."

Aus einem netten Nachmittag mit vielen Sehenswürdigkeiten wurde ein angenehmes Abendessen zu zweit. Kathi und Tom ging der Gesprächsstoff nicht aus. Sie waren beide ausgelassen und genossen sowohl die neue Umgebung als auch das gemeinsame Gespräch. Ganz Kavalier, brachte Tom Kathi spät am Abend zu ihrem Zimmer, nicht ohne ihr das Versprechen abgenommen zu haben, ihn am nächsten Morgen schon zum Frühstück zu treffen.

Kathi konnte noch lange nicht einschlafen. Sie war viel zu aufgeregt. Es war wahr: Sie befand sich tatsächlich in New York! Und sie fühlte sich so wohl, wie schon lange nicht mehr. „Vermutlich vor allem wegen meiner neuen Bekanntschaft", überlegte sie. Wenn sie ehrlich zu sich war, war Tom der erste Mann seit sehr langer Zeit, der überhaupt ihr Interesse geweckt hatte. Klar, unterhalten konnte sie sich mit fast jedem Menschen über alles Mögliche, ohne dass es ihr langweilig würde. Aber mit Tom war das ein wenig anders. „Mal sehen, wie wir die Tage überstehen. Keiner von uns hat ja eine Verpflichtung."

Bei Sonnenaufgang war Kathi schon wieder auf den Beinen und beschloss, eine Runde durch den Park gegenüber zu drehen. Es war noch leicht dämmrig, aber es waren schon sehr viele Menschen im Park, die mit ihren Hunden Gassi gingen oder joggten. Kathi hatte ihre Kamera dabei und machte ein Foto ums andere.

Strahlend und mit kalten Wangen kehrte sie nach einer Stunde ins Hotel zurück. Nach einem kurzen Blick auf das Frühstücksbuffet entschied Kathi, gleich eine Tasse Schokolade zu trinken. Als sie ganz verträumt ins Leere blickend da saß, kam Tom herein geschlendert. Ihr fiel auf, dass er sorgfältig gekleidet war. Zur außerordentlich gut geschnittenen Jeans trug er Hemd und Pullover.

Als sie seinen neugierigen Blick auf sich spürte, lächelte sie ihn an. „Guten Morgen! Ich war schon im Park, um Fotografien zu machen. Nach dem Frühstück muss ich mich noch kurz umziehen. Ich hoffe, dazu ist noch genug Zeit in unserem Tagesplan?" Tom grinste, „Und wenn nicht?".

„Na, dann muss entweder ich auf das Frühstück verzichten oder du mit einer Landpomeranze vorlieb nehmen, der man es auch ansieht, woher sie kommt." Sie zwinkerte ihrem Tischpartner keck zu und stibitzte dabei eine Frucht von seinem Teller.

Kurze Zeit später begab sich Kathi in ihr Zimmer und Tom in die Hotellounge, um in den aktuellen Zeitungen zu blättern. Er fand bald, was er suchte und stand kurze Zeit später in einer der abgeschirmten Telefonzellen. Als Kathi topmodisch gekleidet und nur um die Augen ein wenig geschminkt wieder zu ihm stieß, konnte er sich gar nicht richtig satt sehen an ihr. Sie gefiel ihm unwahrscheinlich gut und je mehr er sich mit ihr unterhielt, umso mehr ähnelte sie der Frau seiner Träume: romantisch, sanft, trotzdem auf dem Boden der Tatsachen und mit Durchsetzungskraft. Ihr Humor überragte diese Eigenschaften fast noch. Sie war eine Frau, die über sich selbst lachen konnte, ohne lächerlich zu wirken. Ja, so stellte sich Tom eine Frau vor, mit der er sein Leben verbringen könnte.

Schwungvoll stand er auf und ging mit einem strahlenden Lächeln auf Kathi zu. „Was hältst du von einem Bummel durch ein paar besonders toll geschmückte Läden? Ich habe mich gerade an der Rezeption kundig gemacht, was empfehlenswert ist."

Kathi hielt ihren Kopf ein wenig schräg und sah zu ihm auf. „Ich wollte schon immer mal mit einem männlichen Begleiter auf Tour gehen, der die Zügel auch in die Hand nehmen kann. Ich lasse mich heute einfach von dir führen, wohin immer du willst und werde diesen Tag sicher genießen." Sie hakte sich bei Tom ein und gemeinsam verließen sie das Hotel, um ein Taxi zu rufen.

Beide genossen sie den wundervollen Tag und konnten nicht widerstehen auch ein paar Kleinigkeiten zu kaufen. Meist Mitbringsel für gute Freunde oder Familie. Tom freute sich, dass Kathi nicht besonders an Kleidung, Schmuck, Kosmetikartikeln oder Schuhen interessiert war, wie er es von anderen Frauen kannte. Kathi ihrerseits fand es erfrischend, einen Mann bei sich zu haben, der sich an vielen Dingen freuen konnte, aber kein übersteigertes Interesse an Autos, Sport oder Elektronik zeigte.

Also schlenderten sie dahin, sahen sich dieses oder jenes genauer an, diskutierten über den Sinn mancher Produkte und lachten gemeinsam über Dinge und Menschen. Den Abend verbrachten sie in einem kleinen und gemütlichen Lokal – ein Geheimtipp vom Hotelmanager – und erzählten sich gegenseitig aus ihrem Leben.

Tags darauf erlebten Kathi und Tom bei schönstem Winterwetter einen herrlichen Helikopterflug über New York. Sie fühlten sich wunderbar und wollten diese Stunden auch mit niemand anderem teilen. „Ich bin froh, dass ich die Hälfte der Reise an Unbekannt abgegeben habe. Mit meiner besten Freundin wäre es nicht halb so schön geworden. Davon bin ich überzeugt."

Tom war begeistert. „Weißt du, eigentlich habe gar nicht ich diese Reise gewonnen, sondern mein bester Kumpel. Aber der ist fest liiert und konnte natürlich nicht alleine auf Reisen gehen. Ich glaube, ich sollte ihn heute Abend mal anrufen. Ich würde gerne morgen gegen Abend aufs Dach des Empire State Buildings gehen. Wie sieht es aus mit dir?"

Den kommenden Tag verbrachten sie im Umland der großen Stadt. Sie machten sogar einen geführten Ausritt mit und waren vollkommen begeistert von dem Ausflug, bei dem sie sehr nette Leute kennenlernten. Am Abend standen sie auf dem Empire State Building und waren hingerissen von der wundervollen Aussicht über die Stadt. „Überall funkeln und blinken die Lichter und ich kann mich kaum satt sehen. Sonst bin ich eher einen Sternenhimmel gewöhnt statt der Lichter einer Stadt. Aber diese Reise ist schon etwas Besonderes für mich."

Kathi und Tom standen eng nebeneinander. Tom gab sich einen Ruck. „Jetzt oder nie", befahl er sich selbst, drehte Kathi zu sich, betrachtete sie mit einem zärtlichen Blick und gab ihr dann einen Kuss, der so intensiv wurde, dass die umstehenden Menschen klatschten, als sich die beiden voneinander lösten. Den Rest des Abends verbrachten sie zuerst in einem Restaurant mit gutem Essen und danach im Bett von Kathis Suite.

Den Silvesterabend verbrachten die beiden zuerst in einem exklusiven klassischen Konzert und dann bei einem Candlelight Dinner im Dachrestaurant ihres Hotels. Dort saßen sie etwas abseits von den anderen Tischen und wurden bevorzugt bedient.

„Ich liebe diese Reise und werde nach meiner Heimkehr ein Loblied auf die Organisatoren singen, wie es die Welt noch nicht gehört hat." Tom war begeistert von dem Programm, das ihr Gewinn enthielt. Unaufdringliche Höhepunkte nannte er es. „Ja, da pflichte ich dir bei. Ich glaube, es gibt viele Menschen, die diese Reise nicht so genießen könnten wie wir beide. Sie haben Höhenangst oder machen sich nichts aus der Musik oder den Museen. Ich bin jedenfalls absolut glücklich. Und das ist etwas, was ich in meinem ganzen Leben noch nicht sagen konnte." Kathi lehnte sich mit einem zufriedenen Lächeln an Toms Schulter und zwinkerte dem Ober zu, der es sich zur Aufgabe gemacht hatte, dem Paar jeden Wunsch von den Augen abzulesen.

Kathi und Tom hatten sich keine Versprechungen gemacht und wollten das auch nicht. Aber beiden war der Gedanke von einer Partnerschaft nicht mehr so fremd, wie zu Beginn ihrer Reise und langsam begannen sie, über eine mögliche gemeinsame Zukunft zu sprechen.

Als sie beide am Flughafen ihrer Heimat standen und Abschied voneinander nehmen mussten, schimmerten Tränen in ihren Augen. „Wir sehen uns in ein paar Tagen", erklärte Tom. „Ich werde dich am Freitagabend abholen. Ich werde mir etwas Besonderes einfallen lassen."

Kathi telefonierte mit dem Herren der Gesellschaft, mit der alles begonnen hatte. „Danke, dass sie eine Möglichkeit gefunden haben, den Gewinn zu teilen. Wir hatten beide eine wundervolle

Zeit. Ob es für immer hält, können wir nicht wissen, aber wir sind über beide Ohren verliebt und hoffen auf eine gemeinsame Zukunft." Der Mann am anderen Ende der Leitung schmunzelte und erwiderte etwas wie „Manchmal gibt es doch Engel, die sich in unser Leben einmischen.", bevor er Kathi gratulierte und ihr ein Jahr voller Wunder wünschte.

„Gut aussehender und vielseitig interessierter Gentleman Mitte 30 mit Sinn für Romantik als Reisebegleiter für wundervolle Frau gleichen Alters gesucht. Chiffre …" Toms Kumpel lächelte, als er die Zeitungsanzeige nochmals durchlas. Er hatte sich darauf gemeldet und seinen besten Freund für diesen Job vorgeschlagen. Der nette Herr hatte auf seine Beschreibung hin zugestimmt, alles in die Wege zu leiten und den „Gewinn" an Tom zu vergeben. Ja, manchmal musste man dem Glück seiner Freunde etwas auf die Sprünge helfen. Nur erfahren würde Tom von dieser Sache nie.

Sarah und ihre Familie verließen uns, um nach Hause zu fahren. „Wir haben morgen nochmals Familie angesagt. Meine Eltern wollen natürlich auch mit ihren Enkeln Weihnachten feiern. Ich habe die Zeit mit euch sehr genossen und glaube, dass das auch meine Liebsten sagen können."

31. DEZEMBER

„Ach, lass mich mit Silvester in Ruhe. Ich kann den Tag nicht leiden. Alle meinen, sie versäumen was, wenn sie nicht auf einer Party sind. Und diese ewige Knallerei! Ich habe ja nichts gegen ein gepflegtes Feuerwerk. Das reicht aber dann auch. Ich kann einfach nicht verstehen, dass es Leute gibt, die an dem Höllenlärm Freude finden. Mich dauert jedes einzelne Tier, das unter dem Irrsinn leiden muss. Und jeder Mensch, der am Neujahrstag Frühdienst hat."

„Aber mein Schatz, wir haben heute nun mal Silvester. Das wirst du nicht ändern. Außerdem sind wir nur zu Richard eingeladen. Er möchte sich revanchieren für unsere Waldweihnacht. Er gehört übrigens nicht zu denen, die ein Vermögen für Böller ausgeben. In der Beziehung gehört er zur leisen Sorte."

Ich maulte „Mou des sa?"[54]

Raph sah mich verständnislos an. „Was meinst du?"

„Ist ja gut. Sag mir eine Stunde vor Aufbruch nochmals Bescheid. Ich werde es überleben – wie jedes Silvester vorher."

Den ganzen Tag über hatte ich einiges zu tun. Dann machte ich mich für mich und die beiden Jungs hübsch und saß fertig und mit einem Buch in der Hand in der Küche, als Raphael das Bad verließ.

Er kam zum Tisch herüber und gab mir einen langen Kuss, der nach mehr schmeckte. „Du siehst blendend aus, meine Liebe. Ich finde, es sollte öfter mal Silvester sein. An solchen Tagen sind die Frauen immer besonders schön anzusehen."

Ich verzog das Gesicht bei diesem Statement.

Wir fuhren zu Richard. Dieser hatte in einer Seitengasse der nächsten Kleinstadt eine sehr gemütliche Wohnung. „Hallo ihr beiden. Schön, dass ihr da seid. Das Essen ist fast fertig. Ihr wisst ja, dass ich kein Küchenchef bin. Aber Fondue mit Weißbrot und

---

[54] *Oberpfläzerisch: Muss das sein?*

Knoblauchbutter[55] sowie ein paar einfache Soßen – das bringe ich hin."

Richard hatte den Tisch neben seinem kleinen, unechten Weihnachtsbaum sehr festlich gedeckt. Wir hatten angenehme Gespräche, bis die Uhr zwanzig Minuten vor Mitternacht zeigte.

„Ich möchte euch beide zu einem besonderen Jahreswechsel mitnehmen. Bitte zieht euch an. Es ist nicht weit und ich verspreche euch, dass ihr es genießen werdet."

Weder Raphael noch ich stellten in Frage, was Richard vorhatte. Er freute sich so offensichtlich darauf, dass ich es ihm nicht vermiesen wollte. Vielleicht würde es ja auch wirklich schön werden. Also zogen wir unsere Mäntel und Schuhe an und stapften mit Richard durch den Ort zur Kirche. Durch eine Seitentüre betraten wir das Gotteshaus. Alles war dunkel. Nur auf der Empore sah ich ein kleines Licht.

Unser Weg führte uns direkt dort hin, wo eine kleine Gruppe Menschen versammelt war, die schnell größer wurde. Ein Mann in unserem Alter stand neben der Orgel und begrüßte uns und die uns folgenden Personen. Er sah auf die Uhr. Fünf vor zwölf.

„Ich sehe einige neue Gesichter. Daher möchte ich kurz erklären, worum es bei unserem Stelldichein geht. Mein Großvater hat im zweiten Weltkrieg einen Schwur geleistet. Wenn seine Familie den Krieg mehr oder minder unbeschadet überleben würde, wollte er bis zu seinem Lebensende jedes Jahr zu Silvester um Mitternacht ein Orgelkonzert geben. Er hat es getan, so lange er konnte.

Nun ist er über 90 Jahre alt und nicht mehr im Stande, dieses Konzert zu spielen. Also hat er mich gebeten, seine Aufgabe zumindest bis zu seinem Lebensende zu übernehmen. Das mache ich gerne, weil mein Opa ein wunderbarer Mensch ist und ich diese halbe Stunde zum Jahreswechsel immer geliebt habe. Übrigens sitzt er unten in der Kirche und wird sicher zählen, wie oft ich mich vergreife."

Er lachte. Dann setzte er sich auf die Orgelbank und begann zu spielen. Es war ein kurzes Stück. Denn dann setzten die Glocken der Kirche zum Geläut an und wir hätten nicht viel gehört. Ich war erstaunt. Innerhalb des Gemäuers der Kirche hörte man die Kracher, die rundherum überall abgefeuert wurden, nur ganz leise.

Kaum war der letzte Glockenschlag verklungen, hieb der Enkel des Schwurgebers in die Tasten. Er spielte wunderbar. Ich lehnte mich an Raphael und ließ meine Gedanken schweifen.

---

55) Knoblauchbutter-Rezept im Anhang

Gordian tauchte darin auf, Barbara und Konrad, die Schlösser und Jagden, die ich mit ihnen und in meinem neuzeitlichen Leben erlebt hatte. Dann aber auch unsere Waldweihnacht mit dem romantischen Heiratsantrag von Raphael. Ich war glücklich und dankte dem Himmel dafür.

Als der letzte Ton verklang, war ich ehrlich traurig, dass der Jahreswechsel nun vorüber war. Ich hatte Tränen in den Augen, weil die Musik so wundervoll gewesen war. Das kleine Publikum klatschte begeisterten Beifall.

Ich umarmte Richard. „Danke. Das war bisher mein schönstes Silvestererlebnis. Daran werde ich immer denken." Dann gab ich ihm einen Kuss auf die Wange. „Damit hast du mir eine große Freude gemacht."

Auch Raphael umarmte seinen Freund. „Das war wunderbar. Ich war auf alles gefasst, nur nicht auf das. Viel besser, als jedes Feuerwerk."

12. JANUAR

Das Wochenende war ich mit meinem Chor unterwegs gewesen. Statt unseres alljährlichen Adventausflugs hatten wir uns diese Mal für ein Wochenende im Januar entschieden. Für mich war es ein Abschied von einer Gemeinschaft, zu der ich viele Jahre gehört hatte. Aber durch meinen Umzug war die Anfahrt einfach viel zu weit geworden. So hatte ich mich mit Bedauern von meinen Freunden getrennt.

Natürlich schwärmte ich Raphael von dem stimmungsvollen Schneewochenende in einer Selbstversorgerhütte im Bayerischen Wald vor. Ich erzählte von unseren Spaziergängen, den Gesprächen, wie ich das gemeinsame Singen genossen hatte, bei dem es um nichts ging, sondern uns einfach Freude bereitete. Nach meinem Bericht bemerkte ich, dass Raphael irgendwie anders war als sonst.

„Was ist los, Raph?"

„Nichts."

„Lüg mich nicht an. Was hast du jetzt plötzlich?"

„Du warst also mit Peter fast die ganze Nacht allein?"

Das war also der Kern des Problems. „Ja, wir saßen fast bis zur Dämmerung unten und unterhielten uns."

„Wer's glaubt, wir selig." Damit verließ Raphael das Wohnzimmer.

Ich ließ ihm keine Zeit, sich noch mehr in seine dämliche Eifersucht zu verrennen, die ich nun in der Reaktion erkannte und ging ihm nach. In der Küche fand ich meinen Freund mit grimmigem Gesicht.

„Setz dich bitte, Raphael, und hör mir zu."

Er folgte meiner Bitte und setzte sich an den Tisch. Ich setzte mich auf den Stuhl im 90°-Winkel zu ihm.

„Ich kenne Peter jetzt seit 20 Jahren. Er ist mir ein treuer Freund und Kumpel. Er kennt meine Stärken und Schwächen wie ich seine. Wir mögen uns sehr, frönen gemeinsamen Interessen und helfen uns gegenseitig, wann immer es nötig ist.

Aber mehr war zwischen uns noch nie. Und dabei ist es eine Tatsache, dass wir schon oft alleine waren. Glaubst du denn wirklich, ich hätte extra gewartet, bis ich nach vielen Jahren endlich meinen Traummann gefunden habe, um mit meinem alten Freund Peter eine sexuelle Beziehung einzugehen?

Kann es sein, dass du glaubst, mich könnte mit einem anderen Mann nicht auch so eine tiefe Freundschaft verbinden, wie dich mit Sarah?

Was soll ich jetzt von dir denken? Dass du kein Vertrauen in mich hast?" Meine Augen wurden feucht und ich schluckte schwer.

Obwohl er mich noch immer nicht ansah, merkte ich, dass sich etwas geändert hatte. Ich nahm seine Hände, die er vor sich auf den Tisch gelegt hatte, in meine. Und plötzlich spürte ich einen nassen Tropfen auf einer Hand.

Langsam hob Raphael den Kopf. Er hatte wie ich Tränen in den Augen. „Bitte entschuldige meine Gedankenlosigkeit. Es war dumm von mir, dich zu verdächtigen. Deine Augen haben geblitzt und deine Stimme war ganz beschwingt, als du mit so viel Begeisterung von Peter gesprochen hast, da hat es mir einen Stich versetzt.

So etwas habe ich noch nie erlebt. Bis zu dem Zeitpunkt vorhin im Wohnzimmer kannte ich so etwas wie Eifersucht nicht. Ich habe nur noch rot gesehen. Natürlich bist du im Recht. Warum solltest du nicht auch einen guten Freund haben? Dieser Gedanke ist mir nur noch nie gekommen. Ich fühle mich richtig dumm wegen meiner Eifersucht."

Ich stand auf und ging den Schritt auf ihn zu. Er drehte sich zu mir, legte seine Arme um meine Taille und legte seinen Kopf an meine Brust. Ich beugte mich zu ihm und umarmte ihn auch.

Wir sprachen nicht mehr weiter darüber. Aber ich zeigte ihm in dieser Nacht, dass ich nur ihn wollte. Ich wurde belohnt mit einer Zärtlichkeit, wie ich sie an Raphael noch nie erlebt hatte.

13. Januar 2010

Liebste Sarah,

    kennst du Eifersucht? Hast du das schon einmal gespürt und auch mit dem Kopf erfasst, dass es genau das ist, was dich gerade in seinen Fängen hält?

    Fast hätte ich gestern eine Katastrophe heraufbeschworen. Laura erzählte mir mit Begeisterung von ihrem Chorausflug. Und vor allem von einem gewissen Peter, der zwar im Zusammenhang mit dem Chor immer wieder erwähnt wurde, aber nie besonders ins Gewicht gefallen ist. Sie war mit ihm fast die ganze Nacht alleine. Da spürte ich in mir eine blinde Eifersucht hochsteigen. Von einem Moment auf den anderen spürte ich fast so etwas wie Hass auf Laura, weil sie, wie ich meinte, alles zwischen uns kaputt gemacht hatte.

    Zum Glück ließ sie mich in meinem Groll nicht gewähren, sondern klärte die Sache sofort. Die beiden haben in etwa eine Verbindung wie du und ich, nur nicht ganz so eng. Ich glaube, ich habe Laura ziemlich enttäuscht mit meiner Anschuldigung, sie hätte ein Verhältnis mit diesem Peter. Am Ende bereute ich es, die Verdächtigung ausgesprochen zu haben.

    Ich hoffe, meine Verlobte wird mir diese Szene nicht nachtragen. Ich werde in Zukunft genau auf meine eigenen Reaktionen auf Informationen von ihr achten, damit mir das nicht noch einmal passiert. Und ich werde mit ihr jedes Thema ansprechen, was zu Ärger führen könnte, damit es keine Missverständnisse gibt.

    Ich bin froh, eine Freundin wie dich zu haben!

Alles Liebe
Raphael

25. JANUAR 2010

Ich schrieb mich Anfang des neuen Jahres zu einem Volkshochschulkurs ein. Ich wollte endlich fähig sein, die alten Papiere von Raphaels Familie – und auch das Kochbuch meiner eigenen Oma – aus dem letzten Jahrhundert zu entziffern. So gut ich die Handschriften und Texte aus dem Jahre 1400 lesen konnte, mit der Sütterlinschrift hatte ich einfach meine Schwierigkeiten.

Dies erzählte ich auch den anderen Kursteilnehmern. Sie wurden aufmerksam. „Was, Sie können diese alten Handschriften lesen und den Inhalt verstehen? Wo haben Sie das denn gelernt? Das würde ich auch gerne können!"

Daraufhin erzählte einer der Kursteilnehmer, er wäre Archivar einer nahen Gemeinde. „Wir haben bei uns im Archiv seit einiger Zeit eine Handschrift um das Jahr 1400 aus dem Ort Riedenburg, die bei irgendwelchen Umbauarbeiten gefunden wurden. Soviel wissen wir. Bisher hat sich allerdings noch niemand daran gemacht, sie näher zu betrachten oder sie gar in unsere neuzeitliche Sprache zu übersetzen. Es wäre super, wenn wir endlich den genauen Inhalt wüssten.

Die Experten, die wir sonst verpflichten, haben eine elend lange Warteliste. Ich bringe Ihnen nächste Woche die von uns angefertigten Kopien mit und Sie machen uns ein Angebot?" Hoffnungsvoll sah er mich an.

„Natürlich mache ich das gerne. Es ist immer interessant, alte Handschriften zu lesen. Man lernt so viel Neues dabei."

01. FEBRUAR 2010

Aufgeregt ging ich in der nächsten Woche zum Unterricht. Hatte der Mann Wort gehalten?

Ja, er hatte. Mit stolzer Miene übergab er mir nach der allgemeinen Verabschiedung ein Kuvert, in dem sich die Kopien befanden.

Zu Hause ging ich schnurstracks ins Schlafzimmer. Mein altes Ehebett schien mir der richtige Ort, die alte Schrift aus Riedenburg das erste Mal zu betrachten. Das Kuvert enthielt ein klebegebundenes Büchlein im DIN A5-Format, auf dessen Deckblatt stand: „Tagebuchaufzeichnungen einer Tuchhändlerin um 1400".

Ich öffnete das Büchlein und begann zu lesen:

Im Lenzmond: Heute ist der Tag vor meiner und Martins Hochzeit und dies ist ein guter Zeitpunkt, meine persönlichen Aufzeichnungen zu beginnen. Ich bin sehr aufgeregt, denn morgen wird ein großer Tag. Wir feiern eine Doppelhochzeit. Das ganze Gut meines Bruders brummt vor Geschäftigkeit. Dazwischen immer wieder die Stimme von Laura, die er morgen heiraten wird und die damit von einer lieb gewordenen Freundin zur Schwägerin wird ...

Ich war geschockt. Nie wäre ich auf die Idee gekommen, dass ich eines Tages Julianas Aufzeichnungen in Händen halten würde. Ich hatte ja nicht einmal gewusst, dass sie so etwas wie ein Tagebuch führte.

Mein Blick wurde unscharf und verwaschen. Ich begann zu schluchzen und weinte ein weiteres Mal bittere Tränen um den Verlust von Gordian und meinen lieben Freunden.

Dann kam mir plötzlich ein Gedanke, der mich in all den Monaten, in denen ich mit Raphael das Himmelbett teilte, nie gestreift hatte. „Das Geheimfach", keuchte ich und setzte mich kerzengerade auf. Als ich das Zittern wieder unter Kontrolle hatte, fiel ich beinahe vom Bett, weil ich mich beeilte, zum geschnitzten Fußende zu gelangen. Ich drückte das Auge des Falken und betätigte einen winzigen Hebel unter dem Schnabel. Es knirschte etwas, aber das geräumige Geheimfach hinter dem Wappen tat sich auf. Darin lagen zwei Päckchen in Wachspapier.

Ehrfürchtig nahm ich beide heraus. Zuerst öffnete ich das größere, unförmige ganz langsam. Zum Vorschein kamen meine Traversflöte, der Flachmann, eine Kette plus Anhänger in Gestalt einer zierlichen Elfe und eine Brille samt Etui. Dinge, die bei Gordian verblieben waren, als ich aus dem Jahre 1400 wieder ins Jetzt katapultiert worden war.

Beim leichteren und flachen, großen Päckchen musste es sich um Papiere handeln. Mit größter Vorsicht wickelte ich das Wachspapier auf und schnappte nach Luft. Das oberste Blatt zeigte zwei Brautpaare in mittelalterlicher Gewandung. Unsere Hochzeitszeichnungen!

Die Erinnerungen kamen mit einer Gewalt, die mich überrollte. Ich schluchzte, rief nach Gordian, war einfach außer mir. Irgendwann war ich erschöpft und schlief inmitten der ganzen Sachen auf dem Bett ein.

02. Februar 2010

Liebe Sarah,

es ist weit nach Mitternacht und meine Gedanken schwirren wie ein Schwarm aufgeschreckter Spatzen durcheinander. Ich war mit Richard aus, während Laura zu ihrem VHS-Kurs ging. Als ich wieder kam, war im Schlafzimmer Licht.

Ich ging also in den ersten Stock und wollte nach Laura sehen. Sie lag schlafend auf der Tagesdecke. Das Gesicht tränennass und die Schminke verlaufen. In ihren Händen hielt sie eine Kette, die mir unbekannt war. Um sie herum verteilt sah ich eine hölzerne Flöte, ein Brillenetui, einen Flachmann, ein Büchlein mit Kopien einer mittelalterlichen Handschrift und ein Wachstuchpäckchen, das den Blick auf eine kolorierte Zeichnung frei gab.

Diese Zeichnung ist es vor allem, was mir Herzrasen bereitet. Du kennst inzwischen Lauras Tagebuch. Ich weiß, dass es sich um eine der Zeichnungen von ihrer Hochzeit mit Gordian handelt. Das zweite Paar darauf müssten somit Juliana und Martin sein. Sie sehen alle vier wundervoll aus. Wie aus einem Märchenbuch.

Ich hatte keine Ahnung, dass Laura diese Dinge hat und weiß jetzt nicht, was ich denken soll. Während ich dir die Zeilen schreibe, schläft sie noch immer. Ich muss mir erst über meinen nächsten Schritt klar werden.

Wenn ich mir deine Mimik vorstelle, während du das hier liest, muss ich fast lachen. Ich weiß ja, dass wir schon mehrmals so weit waren: Ich, der ratlose Typ und die Frau mit den sieben Siegeln. Aber auch, wenn ich eines Tages an einem Herzinfarkt sterben müsste – ich könnte nicht von ihr lassen.

Gute Nacht!
Dein Raphael

02. Februar 2010

Guten Morgen, Sarah!

Nun ist es Morgen geworden. Inzwischen weiß ich mehr. Die ganzen Gegenstände befanden sich in einem Geheimfach des Bettes, an das sich Laura erst gestern Abend wieder erinnert hat. Sie hatte keine Ahnung, was sie darin vorfinden würde, falls es überhaupt etwas enthielt. Es sind ihre Habseligkeiten, die Gordian sorgsam aufbewahrt hatte, nachdem sie aus seinem Leben verschwunden war.

Die Handschrift sollte Laura für einen Archivar ins Neudeutsche übertragen. Als sie die ersten Sätze las, stellte sie fest, dass es sich um eine Art Tagebuch ihrer Schwägerin Juliana handelt.

Dass die Aufzeichnungen und die Entdeckung aus dem Geheimfach Lauras Emotionen hoch kochen ließen, kann ich nun verstehen. Als ihr klar war, was sie da in Händen hielt, hat sie lange um ihren Verlust geweint.

Doch sie lässt mich spüren, dass sie mich liebt und mich auch braucht. Laura war den Rest der Nacht extrem anschmiegsam, als würde sie befürchten, auch mich zu verlieren. Ich hielt sie all die Stunden fest in meinen Armen und ließ sie meine Wärme spüren.

Laura spielte mir gerade noch ein paar wundervolle Weisen von ihrem Bardenfreund auf der Flöte vor. Das Instrument hat einen ganz besonderen Klang und passt auch zu einigen meiner eigenen Kompositionen erstklassig. Ich muss Laura überreden, eine professionelle Aufnahme zu machen. Die Musik des alten Máel Pádraic, gespielt mit dieser Traversflöte, hat eine besondere Macht. Sie verändert die Stimmung. Alles erschien mir heller, hoffnungsfroher, als ich zuhörte. Ich fühlte mich so gut, wie schon lange nicht. Und auch bei Laura konnte ich beobachten, dass sich ihre Stimmung merklich besserte.

Alles Liebe
Raphael

JULIANAS TAGEBUCHAUFZEICHNUNGEN:

Im Lenzmond: Heute ist der Tag vor meiner und Martins Hochzeit und dies ist ein guter Zeitpunkt, meine persönlichen Aufzeichnungen zu beginnen. Ich bin sehr aufgeregt, denn morgen wird ein großer Tag. Wir feiern eine Doppelhochzeit. Das ganze Gut brummt vor Geschäftigkeit. Dazwischen immer wieder die Stimme von Laura, die morgen meinen Bruder heiraten wird und damit von einer lieb gewordenen Freundin zur Schwägerin wird.

Sie ist die geborene Organisatorin und kümmert sich seit Monaten um die meisten Vorbereitungen unseres Freudentages selbst.

Ich freue mich so für Gordian. Alle dachten, er würde nie mehr eine Frau finden, die er lieben könnte. Aber nun ist er mit Laura glücklich.

Und sie liebt ihn auch aufrichtig. Das weiß ich. Immer, wenn ich in die Nähe der beiden komme, spüre ich ein leichtes Knistern in der Atmosphäre. Und beide haben ein Strahlen, das seinesgleichen sucht. Es macht mich sehr froh, meinen lieben Bruder wieder so fröhlich zu sehen.

Ich bin mit Martin überglücklich und weiß, dass er mir ein wundervoller Ehegatte wird. Schade ist nur, dass ich nach der Hochzeit in Rietenburch wohnen werde, also nicht mehr so viel Zeit mit Gordian und Laura verbringen kann. Sie ist mir eine gute Freundin geworden und hat mir bisher nur gute Ratschläge gegeben.

Unsere Hochzeit war traumhaft! Wir haben mehrere Tage lang gefeiert. Die Musiker haben wundervoll gespielt. Vor allem Máel Pádraics Vorträge waren herzerweichend. Wir hatten Jongleure, Spaßmacher, einen Zeichner, der Skizzen anfertigte und eine Menge netter Gäste. Alle waren gut gelaunt. Es gab keine einzige Schlägerei und nichts trübte unsere Freude. Ich bin so glücklich!

Im Ostermond: Nun bin ich inzwischen schon vor ein paar Wochen in Martins Haus – nein, in unser Haus in Rietenburch gezogen. Die Dienstboten scheinen mich zu respektieren, worüber ich sehr froh bin. Das war immer meine größte Sorge. Die einen oder anderen Nachbarn kenne ich nun auch schon. Ich glaube, ich kann hier mit Martin wirklich glücklich sein. Seine einzige noch lebende Verwandte ist die Tante, die ihn gemeinsam mit ihrem Mann aufgezogen hat. Sie lebt aber in einem kleinen Häuschen am Stadtrand. Sie möchte sich nicht in unser Leben mischen, gibt uns aber Ratschläge, wenn wir sie danach fragen. Sie ist eine entzückende alte Dame. Wir versorgen sie mit allem, was sie braucht.

Gordian ist mit Laura und einem Trupp Bewaffneter im Auftrag des Herzogs aufgebrochen. Wir wissen nicht, wohin sie reiten, aber ich wünsche ihnen von ganzem Herzen, dass sie gesund wieder kehren. Martin verwöhnt mich. Er hat mir ein neues Geschmeide gekauft. Ich liebe ihn so sehr, dass es manchmal weh tut.

Der Trupp mit meinem Bruder und seiner Frau ist wieder zurück. Sie waren in Heidelberch und haben dort Abenteuer erlebt, um die ich sie beneide. Konrad blieb dort. Er wurde in der Universität als Student aufgenommen. Wir sind alle stolz auf ihn

Im Brachmond: Laura hat mir geschrieben, wie sie Gordian verführte und ich habe es mit Martin auch versucht. Ich packte einen Korb mit Essen und Wein und einer Decke und lockte ihn am späten Abend an einen einsamen Fleck am Ufer der Altmühl. Wir hatten eine wundervolle

Nacht. Martin war so entspannt in meinen Armen, wie ich ihn noch nie erlebt habe. Ich werde mir öfter solche Unternehmungen ausdenken.

Mein Gatte hat mich nun schon in fast alle Geheimnisse der Tuchhändler eingeweiht. Mir macht es Spaß, mit den Kunden zu feilschen und wir haben festgestellt, dass es gut ist, wenn ich mich um die männliche Kundschaft kümmere und Martin sich um die weibliche bemüht. Auf diese Weise erhalten wir den größten Profit und haben dennoch glückliche Kunden. Ich meine mich zu erinnern, dass auch Aline von dieser Variante gesprochen hat, als ich sie zum letzten Mal sah.

Gordian hat schon wieder einen Auftrag, der ihn nach Weltenburg und Freising führen wird. Er hat Laura mitgenommen. Und Martin hat mich auch mit einem Wagen voller Waren verlassen. Oh, wie gerne wäre ich dabei! Aber ich werde hier einstweilen die Geschäfte führen, dass mein Gatte bei seiner Rückkehr mehr als stolz sein kann.

Ich bekam Nachricht von Martin. Sie waren länger in Weltenburg geblieben, weil der Bischof auch zu Gast war und Laura den kranken Koch ersetzte. In Freising halfen Laura und Aline an den Ständen von Martin und Albon, bis die Männer sie baten, zu gehen. Máel Pádraic war in derselben Taverne abgestiegen wie unsere Leute und brachte Neuigkeiten vom Königshof. Martin meint, die Geschichte um den Überfall auf Gordians Trupp hätte er fast nicht mehr erkannt, weil so viel dazu gedichtet wurde und Laura als blutgierige Amazone dargestellt wurde.

Martin lobte mich bei seiner Rückkehr sehr, weil ich ihn so gut vertreten hatte. Er sagte, er wäre stolz auf seine geschäftstüchtige Ehegattin.

Im Erntemond: Konrad kam ein paar Tage nach Hause. Es gab ein Pferderennen auf dem Gut. Natürlich waren Martin und ich auch eingeladen. Wir hatten einen wundervollen Tag, an dem viel gelacht wurde.

Ich bin gesegneten Leibes. Nun bin ich mir ganz sicher. Martin und ich freuen uns unbändig auf das Kind. Ob es wohl ein Junge wird?

Im Herbstmond: Etwas Schreckliches ist passiert: Laura ist verschwunden! Gestern kam Gordian völlig verstört von einem Ausritt mit ihr alleine nach Hause. Sie waren am Ufer des Flusses gewesen und hatten sich ein wenig ins Gras gelegt. Gordian war eingenickt und als er wieder aufwachte, waren weder Laura noch ihr Pferd bei ihm. Noch Minuten vorher hatte sie ihm ihre Liebe bekundet. „Du und ich wissen, wo sie ist und dass sie es nicht wollte. Auch, wenn ich sie nie wieder sehen werde: Ich werde sie immer lieben." So sprach mein Bruder zu mir, als er mich schluchzend umarmte. Ich wiegte ihn wie ein Kind, bis er an meiner Brust vor Erschöpfung einschlief. Er dauert mich. Und Laura dauert mich, denn ich weiß, dass sie in der gleichen Verfassung ist, wie er und niemanden hat, der sie trösten kann. Doch die Zeit wird die Wunden hoffentlich bei beiden heilen.

Im Nebelmond: Gordian schleicht umher, als wäre er sein eigener Geist. Seine Augen liegen tief in den Höhlen und er trauert immer noch sehr. Ich habe ihm ins Gewissen geredet. Es schadet dem Gut und all seinen Bewohnern, wenn er so weiter macht. Ich glaube, meine heftigen Worte haben ihn etwas wachgerüttelt und er versucht zumindest wieder, sich um seine Aufgaben zu kümmern, wie vorher. Valentin ist ihm eine große Stütze. Ich hätte nie gedacht, wie nah das Verschwinden von Laura selbst ihm geht. Er hatte sie sehr gerne, auch wenn er meistens recht bärbeißig zu ihr war. Aber ich habe sie auch immer wieder gemeinsam lachen gehört. Beide hatten einen etwas speziellen Humor, den nicht jedermann verstand.

Im Christmond: Das Christfest war dieses Mal ein trauriges Fest im Vergleich zum letzten Jahr. Das Wetter war miserabel. Keine Flocke Schnee, wohin man auch blickte. Keine Laura, die geheime Vorbereitungen getroffen hätte, kein Fest im Wald ... Es war alles festlich und wie immer, aber die besondere Freude war nicht zu finden. Sie fehlt uns allen.

Im Schneemond: Unser Sohn ist geboren. Roland ist ein feines Kind. Er ist so hübsch und er hat Martins Gesicht mit Gordians Augen. Wenn er erwachsen ist, werden ihm die Mädchen scharenweise nachlaufen. Gordian wird Gode von Roland. Morgen wird die Taufe sein. Mein Bruder wird ihm ein ernstes Vorbild sein, aber das beste, das wir für unseren wunderbaren Knaben finden können. Denn er ist ehrlich und gut zu Mensch und Tier. Von wem kann man das sonst in der heutigen rauhen Zeit behaupten?

Im Lenzig: Seit dem Verschwinden von Laura liebe ich meinen Martin umso mehr. Mir wurde dadurch erst klar, wie vergänglich eine große Liebe sein kann. Gordian kommt öfter und spielt mit unserem Jungen. Ich glaube, in seinem Neffen hat er einen gewissen Halt gefunden. Er führt das Gut nun wieder vorbildlich und lässt sich anderen gegenüber kaum etwas anmerken, aber seine Lebensfreude ist ihm abhanden gekommen. Er hat seit Lauras Verschwinden immer einen melancholischen Ausdruck im Gesicht. Ich höre ihn zumindest mit Roland lachen. Er leidet immer noch unter seinem Verlust. Ich hatte keine Ahnung, dass die beiden sich so sehr geliebt hatten ...

Im Ostermond: Ich hatte ein langes Gespräch mit Gordian. Er sagt, in seinen Träumen erscheine ihm Laura immer noch. Diese Momente, in Liebe mit ihr vereint, geben ihm die Kraft, alles zu überstehen. Durch seine feste Überzeugung, dass es ihr gut geht, hat er einen guten Teil seiner Gelassenheit wieder gewonnen. Dadurch hat sich die Stimmung auf dem Gut auch wesentlich verbessert. Natürlich fehlt Laura immer noch in vielen Situationen. Das gilt für alle, die sie kannten. Sie hat so viel bewegt, während sie hier war und die Menschen haben viel von ihr gelernt. Ich sah sie immer als Fels in der Brandung, da sie stets eine gewisse Ruhe bewahrte und fast immer gute Laune verbreitete.

Wir beten täglich, dass nochmals ein Wunder geschieht, welches Laura zu uns zurück bringt.

Ich schluckte schwer. Ja, diese Momente im Traum mit Gordian hatten mich auch über die letzten zehn Jahre gebracht. Auch ich hatte anfangs täglich um ein Wunder gebeten. Nun hatte ich endlich wieder einen Mann gefunden, den ich lieben konnte und hoffte von ganzem Herzen, dass auch Gordian eine Frau gefunden hatte.

... Im Herbstmond: Der Tag von Lauras Verschwinden hat sich gejährt. Gordian ritt an die Stelle, an der sie vor einem Jahr verschwunden ist. Sie war nicht dort. Aber er sagte mir ganz ernst, er konnte ihre Nähe spüren. Er ist überzeugt davon, dass sie in irgendeiner Form zugegen war.

Gordian hatte meine Nähe gespürt wie ich die seine. Aber dennoch gab es diese Barriere in der Zeit, die uns keinen Spalt für ein weiteres Durchtreten gewährt hatte. Vielleicht waren wir zu angespannt. Ich hatte damals die Grenze in völliger Entspannung überschritten. Aber wie sollte ich das jemals wieder zustande bringen?

Der Rest des Textes enthielt überwiegend private Gedanken von Juliana über Martin, das Leben mit ihm, die Verkäufe. Nur Konrads Hochzeit mit Barbara und deren Erstgeborener waren ein weiteres Highlight. Die Aufzeichnungen endeten abrupt etwa zwei Jahre nach dem ersten Eintrag.

Mir war wichtig, dass Raphael während meiner Arbeit in meiner Nähe war, weshalb ich die Übersetzung ins Neudeutsche nur machte, wenn er zu Hause war. Er war mein Rettungsanker, mein Netz, das mich vor dem Fall bewahrte. Ich hörte ihn an einer neuen Melodie klimpern, während ich die letzten Seiten in meinen Computer eintippte. Das war beruhigend für mich.

Danach ging ich hinunter, setzte mich neben ihm auf die Klavierbank und schlang ihm die Arme um den Leib, während ich mein Gesicht an seinen breiten Rücken schmiegte.

„Bist du fertig?"

„Ja."

„Und, war es sehr schlimm?"

„Emotional eine Berg- und Talfahrt. Aber sie hat von keinen Todesfällen geschrieben. Nur von der Geburt ihres Sohnes und der Hochzeit von Konrad und Barbara und der Geburt deren Söhnchens."

„Ich bin froh und hoffe, du lässt es mich mal lesen. Was brauchst du jetzt?"

„Dich ganz nah. Geh mit mir ins Bett und liebe mich." Meine Bitte wurde ohne Verzögerung erfüllt.

09. FEBRUAR

Es war ein Termin für eine Studioaufnahme einiger Songs von Raphael anberaumt. Ellen und ich waren dazu geladen. Vor ein paar Wochen hatte Raph meine beste Freundin in die Situation eingeweiht, aber sie um ihre Diskretion gebeten. „Du spielst die zwei Stücke so genial, dass ich sie mir mit einem anderen Instrument als Harfe und einem anderen Interpreten als dir gar nicht mehr vorstellen kann. Und deshalb wünsche ich mir, dass du sie bei der Aufnahme spielst." Ellen war richtig rot geworden und hat sich über die Bitte enorm gefreut.

Also verbrachten wir den Nachmittag im Studio. Ellen und ich waren aufgeregt. So was erlebten wir zum ersten Mal. Es dauerte lange, bis alles passte. Teils war natürlich die Aufregung schuld. Aber am Ende hörten sich die drei Stücke, die wir eingespielt hatten, einfach klasse an.

Ein Lied spielte Ellen mit der Harfe solo, eines – abgeleitet von einem alten Stück meines irischen Bardenfreundes – begleitete ich mit meiner Traversflöte. Das dritte Stück Stück sangen wir als Quartett mit Richard und Raphael. Dazu wurden wir von der ursprünglichen Band begleitet.

Am Ende wurde ich von Ellen überredet, ein paar Lieder von meinem irischen Bardenfreund zu spielen. Ich dachte mir nichts dabei und spielte sie. Mein Publikum war mucksmäuschenstill.

Natürlich wollte ich meinen Zuhörern die Atmosphäre bestmöglich vermitteln. Am Ende sagte mir der Aufnahmeleiter, dass wir das nicht wiederholen brauchten, es wäre perfekt gewesen.

Ich war völlig perplex. „Wie, sie haben das jetzt aufgenommen?"

„Aber natürlich, meine Gute. Ich lasse niemals jemanden in meinen Räumen spielen, ohne auf „record" zu drücken! Und in dem Fall hat sich das ja wirklich gelohnt. Diese Songs haben etwas mystisches. Sie sind besonders."

10. Februar 2010

Liebe Sarah,

schade, dass du keine Gelegenheit hattest, mit uns ins Studio zu gehen. Der Tag hat sich mehr als gelohnt! Man höre und staune: Ich bin jetzt zum ersten Mal davon überzeugt, dass es eine gute Idee ist, eine eigene CD zu machen und die ersten Einspielungen haben meine kompletten Erwartungen übertroffen.

Bitte verzeih den derben Ausdruck, aber es hört sich einfach geil an, wie Ellen dieses Schlaflied interpretiert und Lauras Flötenspiel der Lieder von Máel Pádraic nimmt den Zuhörer wirklich mit in magische Sphären.

Ja, du liest richtig. Eigentlich war es nur so gedacht, dass die Band die Stücke mal hört. Als Laura mit ihrem Spiel endete, hätte man eine Stecknadel fallen gehört. Es war einfach traumhaft schön. Und der Aufnahmeleiter hat alles mitgeschnitten! Wir waren alle so begeistert, dass wir uns entschieden haben, diese drei Stücke mit auf die CD zu nehmen.

Ich bin glücklich und möchte dich teilhaben lassen an diesem Glück! Deshalb werde ich bei unserem Besuch in ein paar Tagen eine Rohfassung der Aufnahmen mitbringen.

Ich freue mich auf ein Wiedersehen!

Herzlichst,
dein alter Freund Raphael

15.–21. FEBRUAR

Ich hatte Sarah am Telefon. „Volker und ich würden dich und Raphael gerne übernächsten Samstag zu einer kleinen Faschingsfeier einladen. Meine Schwiegereltern haben eine Hütte im Wald. Eigentlich ist es inzwischen mehr ein Wochenendhaus mit einem großen Partyraum und drei kleinen Schlafzimmern im Dachjuche, also im Dachgeschoß. Nichts Besonderes und auch ohne fließend Wasser, aber super, um eine Fete zu feiern. Strom haben wir nämlich vom nächsten Nachbarn.

Da sowohl Volkers Eltern, als auch die anderen Gäste ganz in der Nähe wohnen, seid ihr herzlich eingeladen, dort zu übernachten. Wir bleiben auch dort, weil die Jungs zu meinen Eltern gehen. Wie klingt das?"

„Wie soll das schon klingen – prima natürlich. Ich muss allerdings noch Raphael fragen. Der ist im Moment nicht zu Hause."

Wir unterhielten uns noch über Kostüme und andere Sachen, bevor wir uns verabschiedeten.

Raphael war kein Faschingsnarr, aber eine Einladung zu einer Feier seiner besten Freunde auszuschlagen, war auch nicht seine Art. „Na gut, ich werde mich auch verkleiden."

„Du wirst den Abend genauso überleben, wie ich Silvester überlebt habe. Wetten?" Er lachte nickend.

Und schon bald war der Tag gekommen. „Raphael, denk bitte an den Wasserkanister fürs Abschminken und unsere Katzenwäsche, den ich dir in die Garage gestellt habe. Und dann nimm hier den Kübel mit der Pfirsichbowle[56] mit. Der Deckel ist dicht, also keine Panik. Es läuft nichts aus.

Meine kleine Reisetasche, unsere Schlafsäcke und die beiden kleinen Kissen sind bereits im Flur. Hier in der Küche ist noch die Kiste mit unserem Frühstück für morgen."

Ich war bereits in meinem Kostüm einer Piratenbraut. Spielzeugpistole und Degen lagen im Auto. Es konnte losgehen.

Wie von Sarah beschrieben, lag die Hütte wunderschön im Wald. Eine kleine Lichtung umgab sie und für mehrere Autos gab es in der Nähe Platz zum Parken.

„Ein Idyll ist das hier! Einfach schön und schön einfach. Herzhausen ist gleich da hinten." Kindheitserinnerungen wurden in mir wach. Wie oft hatte ich mit meinen Eltern und Freunden rund um unser Gartenhäuschen gefeiert.

Von Volkers Mutter wurden wir herzlich empfangen. „Ihr beiden wollt sicher gleich eure Sachen für die Übernachtung

---

56) Pfirsichbowle-Rezept im Anhang

richten. Ich zeige euch, welcher Raum der eure ist. Es ist alles sehr einfach und die Männer können oben nirgends aufrecht stehen, aber für eine Nacht ist es gerade richtig. Hier in der Ecke gibt es einen kleinen Waschtisch. Das Abwasser geht direkt in die Regenrinne."

Wir breiteten gleich unsere Schlafsäcke auf den Matratzen aus und legten alles zurecht, was wir vor dem Schlafengehen noch brauchen würden.

Inzwischen waren weitere Gäste angekommen. Insgesamt waren wir um die 30 Personen und es wurde ein sehr lustiger Abend. Zu dieser Gelegenheit wurde auch nicht mit alkoholischen Getränken gespart.

Wir tanzten ausgiebig zu alter und neuer Musik und unterhielten uns wunderbar. Ein Schauspielerehepaar gab ein paar Sketche zum Besten, die unsere Lachmuskeln strapazierten und ein paar Männer zeigten uns ein urkomisches Ballett, das sie für einen Ball eingeübt hatten.

Zu später Stunde wurden Anekdoten aus früheren Zeiten erzählt. „Unser Waldhäuschen hatten wir schon in den 60er-Jahren. Das war damals schon der Hit für Feten. Allerdings hatten wir da noch keine Schlafplätze und alle fuhren des Nachts noch mit dem Auto heim. Unvernünftig, aber das Verkehrsaufkommen war auch noch lange nicht so hoch wie heute." Volkers Mutter warf einen Seitenblick auf ihren Mann.

„Da hatten wir eine Silvesterfeier, die bis in die frühen Morgenstunden ging. Während wir drinnen lautstark tanzten und lachten, fiel draußen leise der Schnee. Tja, so kam es, dass unser Auto sich, als wir alle aufbrachen, festfuhr.

Vermutlich hatte das auch etwas mit dem angeheiterten Zustand des Fahrers zu tun. Er bat mich damals, auszusteigen und zu schieben. Ich dumme Gans machte das auch noch! Das Auto war frei und mein lieber Mann fuhr einfach weiter – und ließ mich mitten im Wald stehen."

Ein Raunen und Gekicher ging durch die Zuhörer. Alle blickten auf Volkers Vater, der verlegen auf den Boden blickte.

„Stellt euch vor, in seinem Rausch kam ihm gar nicht in den Sinn, dass er eigentlich eine Beifahrerin, geschweige denn eine Frau, hatte.

Mein großes Glück war, dass sein Bruder auch noch hier war. Der nahm mich dann mit nach Hause. Wenn ich zu Fuß hätte gehen müssen, wäre es meinem Gatten schlecht ergangen. Wenigstens hatte er, als er seinen Fehltritt bemerkte, ein ordentlich schlechtes Gewissen!"

„Und ich darf die Geschichte immer wieder hören, dass ich ja nicht vergesse, was für ein schlimmer Ehemann ich bin. Mein Schatz erinnert mich nämlich regelmäßig an die Sache."

„Mach dir nichts draus. Schließlich ist Mutter schon seit bald 45 Jahren mit dir verheiratet. Wenn es nicht mehr ist, als die eine Geschichte, die definitiv Charme hat, gelegentlich wieder zu hören, kannst du dich glücklich schätzen." Volkers Schwester Klara hatte ein Lachen in der Stimme.

Auch unsere Faschingsfete ging sehr lange und der Himmel graute schon leicht, als die letzten Nachteulen die Hütte verließen. Es hatte nicht geschneit, weswegen auch niemand schieben musste. Volker half Sarah mit der Treppe und auch wir gingen ins Bett. Ich war nicht mehr ganz nüchtern, war aber nach ein paar Stunden Schlaf wieder topfit.

So war ich, wie ich das von jeher kannte, als erste auf. Ich warf mich in meine warmen Klamotten, lüftete zuerst und entzündete dann Feuer im Holzofen, der den Partyraum wärmen sollte. Dann räumte ich das noch herumstehende Geschirr in zwei große Plastikwannen, die für diesen Zweck in einer Ecke standen.

Anschließend fand ich in den Kisten von Sarah und mir alles für ein opulentes Frühstück. Ich stellte einen Tisch in die Nähe des Ofens und deckte ihn mit Brot, Obst, Wurst, Käse, Marmelade. Auf dem kleinen Gaskocher setzte ich Wasser für Tee und Kaffee auf.

Bis das Wasser kochte, las ich ein paar Seiten in einem Roman von Sarah. Als ich es auf der Treppe tapsen hörte, hob ich den Kopf gerade rechtzeitig, um Klaras Mann zu sehen, der ziemlich grün um die Nase nach draußen verschwand. Ich hoffte, dass Raphael eine bessere Konstitution zeigen würde und wurde später nicht enttäuscht. Er sah normal aus.

Nach einem wunderbaren Frühstück mit netten Gesprächen räumten wir gemeinsam auf und verließen die Hütte wieder.

MITTE MÄRZ

Da wir uns mehr als drei Wochen gar nicht gesehen hatten, lud ich Ellen zum Abendessen ein. Raphael hatte an dem Tag einen Termin als Pianist auswärts und würde bis zum nächsten

Abend nicht nach Hause kommen. Also konnten wir unseren Gesprächen unter langjährigen Freundinnen frönen.

Aber zuerst musizierten wir gemeinsam. Danach gab es Lachs in Dillrahmsauce[57] und Kartoffelbrei. Dabei plauderten wir endlich.

„Wie ist es dir eigentlich in den letzten Wochen so ergangen?"

„Einfach klasse. Du weißt noch nicht, dass ich unter die Puppenspieler gegangen bin?"

„Puppenspieler? Wirklich? Und welche Puppen?" Ich war völlig verblüfft über Ellens Neuigkeit.

„Eine Bekannte hat mich letztens aus einer Not heraus gefragt, ob ich ihr aushelfen könnte beim Kasperltheater – also Handpuppen –, weil ihre Partnerin erkrankt ist. Wir haben Samstagnachmittag geprobt und am nächsten Tag hatte ich meinen ersten Auftritt." Sie strahlte mich förmlich an.

„Das klingt fantastisch! Wie ist es? Erzähl mir mehr davon."

„Es lief prima. Stell dir vor, ich hatte nicht eine Sekunde Lampenfieber. Es ist ganz anders, als wenn ich mit der Harfe vor Publikum spiele oder singe. Es ist mir völlig egal, wie viele mich hören.

Na ja, hinter der Bühne kann mich halt auch keiner sehen. Die Interaktion mit den Kindern macht Spaß. Sie leben richtig in den Stücken. Halten mal zum einen, mal zum anderen. Kommt auch manchmal darauf an, wie überzeugend man eine Rolle rüberbringen kann.

Manchmal gilt es, Zwischenfragen zu beantworten und dann müssen wir sehen, wie wir wieder zum eigentlichen Text zurückkommen, aber irgendwie schafft man das doch immer wieder. Stell dir vor, ich habe sogar auch gleich einen Szenenapplaus bekommen für meine Räuberdarstellung."

„Gratuliere! Du musst dir aber nicht den ganzen Text merken, oder?"

„Nein, wo denkst du hin. Den können wir ablesen. Wir haben sogar gesungen. Selbst da war mir völlig egal, wie viele Menschen mich hören – und wer. Das muss ja nicht perfekt sein, sondern zum Kasperltheater passen."

„Hey, ich sehe schon, dass du richtig begeistert bist von deiner neuen Aufgabe. Du kannst dir sicher sein, dass ich mir mal eine Aufführung mit dir ansehen werde."

„Das hoffe ich doch auch sehr! Schließlich bist du meine beste Freundin!" Wir lachten.

---

57) *Lachs-Rezept im Anhang*

Da Ellen übernachten würde, gab es als Nachspeise selbst gebackene Cantuccini[58], eingetunkt in Vin Santo, dem heiligen Wein.

„Die Italiener wissen schon, was gut ist! Meine Güte, ich könnte essen, bis ich platze, so gut ist das alles. Du weißt schon, dass du schuld bist, wenn ich die nächste Woche wieder darben muss."

„Das ist nicht mein Problem", grinste ich meine Freundin an. „Aber ich kann dich trösten: Ich muss auch die nächsten Tage bremsen, weil ich sonst bald kugle. Bei unserer süßen Speise fällt mir eine Begebenheit ein, die mir meine Freundin Antonia aus den Bergen erzählt hat. Von der habe ich nämlich das Rezept.

Sie war mit Freunden wandern und hatte zur Brotzeit auch Cantuccini mit Vin Santo dabei. Nach einer weiten Wegstrecke machten sie also Pause an einer Alm, die um die Jahreszeit nicht bewirtschaftet war. Auf der Bank dort packten sie ihre Brotzeit aus. Natürlich waren auch gleich einige Dohlen da. Du weißt ja, wie frech die sein können. Natürlich bekamen sie von Wurst- und Käsebroten ihren Teil. Und auch von der Nachspeise.

Die Vögel waren ganz wild auf die eingetunkten Cantuccini. Allerdings merkten die Wanderer schon bald eine Änderung ihres Verhaltens. Ihre gefiederten Freunde torkelten, hatten Schwierigkeiten beim Landeanflug und zeigten auch sonst ziemlich unkontrollierte Bewegungen. Sie waren schlichtweg betrunken – was sie aber nicht davon abhielt, immer noch mehr von dem alkoholischen Nachtisch zu fordern."

Ellen lachte. „Das hätte ich auch gerne gesehen: Dohlen mit Schwips! Das war sicher eine lustige Sache."

Wir beide hatten noch einen sehr unterhaltsamen Abend. Als wir endlich im Ehebett lagen, tuschelten wir noch lange, wie kleine Mädchen, bis wir endlich schliefen.

03. APRIL

Familie Gordian und ich waren zu Volkers Geburtstagsfeier eingeladen. Als wir ankamen, war das Haus schon voller Leute. Im Wohnzimmer drängten sich Freunde und Verwandte. Die meisten der Anwesenden kannten wir bereits und wir stürzten uns gleich ins Vergnügen. Es wurde, wie bei solchen Gelegenheiten üblich, viel gegessen und geredet. Einige Gäste

---

58) *Cantuccini-Rezept im Anhang*

saßen auf Couch und Stühlen, viele standen mit Gläsern in der Hand herum. Es gab Grüppchen in der Küche, im Flur und im Wohnzimmer nebst Wintergarten.

Ich stellte meine Schüssel Mousse au chocolat[59] auf das schon recht umfangreiche Buffet, das bald eröffnet wurde.

Irgendwann heizte Volker den offenen Kamin im Wohnzimmer ein. „Draußen ist es heute ganz schön kühl und außerdem ist ein Feuer einfach urgemütlich. Vielleicht kann Sarah ja auch Onkel Martin dazu überreden, einen Schwank aus seinem Leben zu erzählen. Ich kann mir vorstellen, dass er sich bei Lagerfeuerstimmung erweichen lässt."

„Aber erst wollte unser Kai noch ein paar Stücke auf der Gitarre spielen. Ich habe hier ein paar Liedblätter. Bitte unterstützt ihn mit eurem Gesang." Sarah verteilte Zettel mit den Texten von bekannten Lagerfeuersongs. Die nächste Stunde war sehr musikalisch angehaucht und viele alte Erinnerungen kamen hoch.

Und tatsächlich, etwas später, als schon einige Gäste die Feier verlassen hatten, begann Onkel Martin zu erzählen. Wir alle spitzten die Ohren und hörten fasziniert zu.

---

59) Mousse au chocolat-Rezept im Anhang

explosiv

Ich erbte das Haus meines Vaters. Anfangs wusste ich nicht recht, ob ich mich darüber freuen sollte, oder nicht, denn es war sehr renovierungsbedürftig. Ich verspürte nicht gerade die größte Lust, mich in Arbeit zu stürzen. Schließlich hatte ich auch eine Arbeitsstelle, bei der viel von mir verlangt wurde. Und ich hatte Familie, eine Frau und einen Sohn.

Aber es war mein Elternhaus. Also fuhren wir hin, um es zu besichtigen. Während unser Sohn im Garten herum tollte, gingen meine Frau und ich durch die Zimmer und sahen uns das Haus genau an. Die Einrichtung war abgewohnt, also zu nichts mehr zu gebrauchen. Der Zustand der Räume selbst entsprach nicht gerade dem Zeitgeist. Aber die Substanz an sich war gut. Es würde halt elendig viel Arbeit bedeuten, daraus das Haus unserer Vorstellung zu machen.

Während meine Frau mit unserem Sohn spielte, wühlte ich mich durch die Gerätschaften im Anbau. Dort gab es Werkzeug, Rasenmäher, Mäusefallen, Sensen, Rechen und vieles mehr. Ich öffnete jede Kiste und alle Schachteln, die herum standen und versuchte, mir den Inhalt zu merken. Auf einem Regal ganz oben fand ich dann etwas, was mein Herz stocken ließ. In einer Schachtel befanden sich weiße Röllchen. Ich kannte sie aus meiner Kindheit, hatte aber jahrelang nie wieder einen Gedanken daran verschwendet. Und ich hatte nicht erwartet, auf so etwas zu stoßen. Wie lange der Sprengstoff wohl schon hier lag?

Ich verließ den Anbau, versuchte, mir meinen Schreck nicht anmerken zu lassen und verließ bald darauf mit meiner Familie das Grundstück, welches ich geerbt hatte.

Ein paar Tage später traf ich mich mit einem alten Bekannten vom Militär. Er war bei einem Sprengkommando beschäftigt. Von ihm wusste ich, dass ich ihm vertrauen konnte. „Ich habe eine ganze Kiste Sprengstoff gefunden. Was soll ich deiner Meinung nach machen?"

Er sah mich entgeistert an. „Ach du grüne Neune! Wo hast du sie gefunden und wem gehört sie?"

„Sie gehörte meinem Vater. Ich weiß, dass er das Zeug nicht legal erworben hat und auch nichts damit gemacht hat, bei dem er Menschen gefährdet hätte. Er hat nur seine Ausgrabungen in den geschichtsträchtigen Hügeln am Ufer des alten Flusslaufes damit unterstützt, wo er damals die Genehmigung zum Abbau hatte. Jetzt habe ich das Anwesen geerbt und stehe mit dem Mist da. Ich wäre nie auf die Idee gekommen, dass noch etwas davon existiert."

„Gerade jetzt, wo immer wieder irgendwelche Terroristen die Schlagzeilen bevölkern, wird es schwierig sein, den „Mist", wie du ihn nennst, legal zu entsorgen. Wir könnten das schon für dich machen, aber dann muss ich das der Polizei melden. Und das zieht einen riesen Rattenschwanz an Fragen und Formalitäten hinter sich her. Sie werden dich behandeln wie einen Kriminellen und du wirst in den nächsten Monaten keine ruhige Minute mehr haben. Außerdem wirst du die Geschichte nicht vor der Presse verheimlichen können."

„Kannst du das nicht privat für mich erledigen?"

„Spinnst du? Du weißt, dass ich dein Freund bin, aber ich muss auch an meine Familie denken. Wenn mir bei dem Einsatz etwas passieren sollte, dann ist sie nicht abgesichert, weil es nichts Offizielles ist."

„Aber wie sollte ich das Zeug sonst entsorgen? Ein Feuerzeug dran halten?" Ich lachte nervös.

„Erklär mir genau, um welchen Sprengstoff es sich handelt." Seine Augen sagten mir genau, dass er sich in seiner Rolle unwohl fühlte. Aber er verstand meinen Standpunkt und meine Nöte auch. Deshalb wollte er mir helfen, soweit es ihm möglich war.

Also erzählte ich meinem Freund, was ich wusste. Und er zeigte mir genau die Möglichkeiten auf, die ich hatte – mit allen Konsequenzen. Am Ende blieb nur eine Variante, die ich ohne große Öffentlichkeit gehen konnte: Ich musste alleine sehen, wie ich die Sache aus der Welt schaffen konnte. Die genauen Instruktionen erhielt ich von einem wahren Fachmann.

An einem der folgenden Wochenenden verabschiedete ich mich von Frau und Sohn, um im Haus etwas zu arbeiten. Ich wollte das alleine machen, deshalb hatte ich einen Tag abgewartet, an dem meine Frau schon einen anderen Termin verabredet hatte und unser Kind mitnehmen wollte.

Dann fuhr ich zum Haus. Ich hatte mir alles bereit gelegt: die Leiter, die Handschuhe und alles, was ich sonst noch brauchte. Dann ließ ich Wasser in eine große Wanne ein.

Eigentlich konnte es losgehen. Doch dann kam der Gedanke wieder, der mich schon seit Tagen quälte: „Es könnte mein letzter Tag auf dieser Erde sein." Ich nahm meinen Rucksack mit in die Stube und packte die Flasche aus, die ich speziell für diesen Augenblick vor meinem vermeintlichen Untergang eingepackt hatte. Es handelte sich um einen selbstgemachten Zirbenschnaps, den mir ein guter Freund bei seinem letzten Besuch geschenkt hatte.

Mit zitternden Fingern schenkte ich mir ein Glas ein und trank es auf einen Zug aus. Dann sah ich auf die Flasche. „Auf einem

Bein steht man nicht gut", sagte ich zu mir selbst und schenkte nach. Auch das Glas leerte ich rasch.

Meine Gedanken wanderten in meine Kindheit. Ich erinnerte mich gut an meinen Vater, der mir viel beigebracht hatte. Er war zwar kein einfacher Zeitgenosse gewesen, aber ich hatte viel mit ihm erleben dürfen. Ganz ohne eine bewusste Entscheidung schenkte ich das Glas wieder voll – und leerte es. „Vermutlich ist es meine letzte Handlung, diesen verdammten Sprengstoff aus dem Anbau zu holen." So dachte ich. Und bis ich mich versah, hatte ich die halbe Flasche Schnaps geleert.

Irgendwann gab ich mir selbst einen Ruck und stand auf und schritt zur Tat. Ich bestieg die Leiter und entnahm der leicht feuchten Schachtel einige Röllchen Sprengstoff. Diese trug ich vorsichtig – ich ging wie auf rohen Eiern – zum Wasserbecken und versenkte sie dort. Das machte ich so oft, bis nichts mehr in der vermaledeiten Schachtel war. Bei jedem Schritt dachte ich mir, es könnte mein letzter sein. Der Angstschweiß rann mir in die Augen und meine Gedanken rasten in alle Richtungen. Sie kamen immer am selben Punkt an: „Ob ich das wohl überleben werde?"

Im Nachhinein wundere ich mich, dass ich so ruhige Hände hatte. Ich bin überrascht, dass ich nicht gestolpert bin, dass der alte, durchweichte Karton nicht gerissen ist oder sonst irgendwas passiert ist.

Alles, was mit dem Sprengstoff zu tun hatte, habe ich an diesem Tag entsorgt. Einige Einzelteile habe ich verbrannt. Es ist nichts passiert. Es sollte also doch nicht mein Ende sein. Der Himmel hatte mich noch nicht für den Teufel freigegeben.

Als ich fertig war mit meinem Himmelfahrtskommando und immer noch unversehrt da stand, dankte ich dem Himmel und allen Mächten, die mich beschützt hatten und leerte den Rest der Schnapsflasche.

Und soll ich euch etwas sagen? Danach fühlte ich mich nüchterner als je zuvor.

„Das Leben erzählt doch immer die allerbesten Geschichten!" Sarah strahlte in die Runde. „Ich wette, jeder hat eine mehr oder minder packende Geschichte aus seinem Leben in petto. Raus damit! Diese Geschichten möchten auf jeden Fall erzählt werden."

Wie immer war sie auf Futter für ihre Bücher aus. Und wie immer wurde genügend erzählt, das sich in irgendwelchen Romanen verwerten ließ.

---

09. April 2010

Liebe Sarah,

Bei Volkers Geburtstag habt ihr, du und Volker, etwas gesagt, das mir ein paar Tage nicht aus dem Kopf gegangen ist. Ihr habt euch gefragt, warum Ellen Single ist. Ehrlich gesagt, frage ich mich das auch immer öfter.

Ellen ist Lauras beste Freundin – und das schon seit vielen Jahren. Sie war letztens über Nacht bei Laura, als ich unterwegs war. Mein Schatz hat mir darüber erzählt und wirkte so zufrieden wie lange nicht. Die beiden überraschen sich immer wieder gegenseitig mit schönen Karten und Briefen, mit kleinen Geschenken oder ungewöhnlichen Sachen, die sie dann gemeinsam machen.

Laura erzählte, wie sie mitten in der Nacht mit Wunderkerzen draußen standen und sich freuten, wie kleine Kinder. Ich kenne die Situation auch, wusste aber nicht, dass Ellen diejenige war, die zuerst auf diese Idee gekommen ist.

Ellen ist hübsch und sexy, man kann sich auf sie verlassen umd sie hat einen herrlichen Humor. Trotzdem gibt es anscheinend keinen Mann, der sich die Mühe machen will, sie für sich zu gewinnen. Sie sagte zu mir, dass sie auf allzu plumpe Anmache eine rigorose Abfuhr erteilen würde. Zudem meinte sie, sie würde meist mehr als guter Kumpel gesehen werden. Das kann ich mir gut vorstellen. Auch auf mich hat sie erst unheimlich sympathisch, aber auch ein wenig spröde gewirkt, so dass ich sie nicht einschätzen konnte.

Jetzt, wo ich sie besser kenne, finde ich, dass sie eigentlich eine Traumfrau ist, wie jeder Mann sie sich wünscht: Sie ist attraktiv und unkompliziert, hat viel Einfühlungsvermögen und ist warmherzig. Sie kann sehr gut kochen, ist absolut nicht zickig und eine interessante Gesprächspartnerin für verschiedenste Themen und bei ihr kann man immer wieder neue Seiten entdecken. Ich glaube außerdem, sie wäre eine Mutter, wie sie jedes Kind lieben würde, weil ihr oft ganz verrückte Ideen kommen. Mit meinen Nichten kann sie unwahrscheinlich gut umgehen. Die Mädchen wurden von Laura und Ellen immer schon ernst genommen. Das finden die zwei Kröten einsame Spitze und lieben daher die beiden Frauen.

Alles Liebe,
dein alter Freund Raphael

10. APRIL

Fünf befreundete Pärchen, Raphael und ich hatten Eintrittskarten für einen besonderen Ball im Rahmen einer Mozartwoche. Es handelte sich um eine Veranstaltung mit zwei Musikgruppen. Ein kleines, klassisches Orchester sollte sich abwechseln mit einer Volksmusikgruppe – beide Gruppen mit Mozartmusik. Für jede Musikrichtung gab es einen Tanzmeister, von welchem die Figuren angesagt wurden.

Raphael war lange in einer Trachtengruppe gewesen und bewandert im Volkstanz. Er hatte seinen Worten nach wieder mal Lust zu tanzen. Ich selbst hatte nicht so große Tanzerfahrung, konnte aber mit einem guten Partner durchaus bestehen.

Schon am Vormittag hatte es einen Einführungskurs für „normale" Ballbesucher wie uns gegeben, die sich außerdem an den klassischen Tänzen der Mozartzeit versuchen wollten. Es war ein großer Spaß und oft ein heilloses Durcheinander. Dabei hatten wir Kontakt mit vielen unbekannten Leuten, die auch so eine Freude am Tanzen hatten, wie wir.

Auf ihren Wunsch hin hatten wir Sarah an diesem Tag dabei. Volker war bei den Kindern geblieben und hätte sowieso keine Freude an der Sache gehabt. Er hatte mir erklärt, er sei der schlechteste Tänzer auf der Welt und darum froh, dass er eine Frau hatte, die ihn nicht dazu nötigte, das Tanzbein zu schwingen.

Nachmittags machten wir einen Spaziergang und nahmen auch Sarah mit. Sie fragte uns detailliert über unsere Tanzerfahrungen aus. Auf ihre erste Frage antwortete ich: „Beim Lesen der meisten Romane über diese Zeit hatte ich immer die Vorstellung, dass man bei den Tänzen eine ziemlich normale Unterhaltung mit seinem Partner führen könne. Das ist mitnichten so. Dadurch, dass man – gerade bei Anglaisen und Quadrillen – immer in Aktion mit mindestens einem anderen Paar ist, bleibt erstens nichts geheim und zweitens wird man im Redefluss immer wieder unterbrochen. Es gibt zwar ein paar Tänze, bei denen man unter sich ist und bleibt, aber bei den anderen ist der Wechsel einfach zu groß. Außerdem muss man sich auch immer auf die Schrittfolgen konzentrieren und teils auch noch für die Mittänzer mitdenken."

Raphael unterstrich meine Rede. „Zu der Zeit, über die du in deinen Romanen meistens schreibst, waren der Walzer und andere Paartänze noch ziemlich verpönt, also kannst du davon ausgehen, dass zumindest längere Unterhaltungen, die nicht mitgehört werden sollten, eher in den Tanzpausen stattfanden."

„Zudem muss man bedenken, dass die Tanzenden von diversen Anstands-Wauwaus und anderen Gästen mit Argusaugen beobachtet wurden. Ich kann mir nicht vorstellen, dass da wirklich viel geheim geblieben ist."

„Die Vorstellung, mit einem Partner, der mir nicht behagt oder einfach ein schlechter Tänzer ist, einen Tanz zu tanzen, der je nach Anzahl der Mittanzenden über eine Stunde dauern kann, ist mir ein Graus. Nur gut, dass das in unserer Zeit nicht mehr so streng genommen wird, dass eine Anglaise die ganze Reihe runter und wieder rauf getanzt wird. Aber diese Information muss ich unbedingt in einem meiner nächsten Bücher verwerten." Sarah war absolut in ihrem Element.

Langsam wurde es Abend und wir zogen uns in einem uns dafür zur Verfügung gestellten Raum um. Die Vorschrift war, entweder in Tracht oder im Rokokogewand zu erscheinen.

Ich hatte mein bestes Dirndl an und eine passende Frisur dazu. Raphael sah in seinem feinen Trachtenanzug besonders gut aus.

„Du siehst heute besonders begehrenswert aus, mein Elfchen!" Raphael sah mich mit diesem besonderen Blick an, bei dem ich mich wie eine Königin fühlte.

„Na ja, dir würde man auch den Großbauern aus einem vergangenen Jahrhundert abnehmen. Richtig fesch, dieser trachtige Gehrock!"

Neben dem Ballsaal gab es einen Raum, in dem Spiele aus Mozarts Zeiten vorgestellt wurden. Außerdem gab es eine Kartenleserin zur Zerstreuung.

Wir tanzten fast den ganzen Abend: Kreistänze, Ländler, Polka, Anglaisen, Schottische, Quadrillen, Zwiefache und Walzer wechselten sich ab. Auch während des Balls schafften wir es bei ein paar Tänzen, ein herrliches Durcheinander zu produzieren. Es wurde viel gelacht.

Fast bei jeder Runde hatte ich einen anderen Partner, einige davon waren wirklich klasse Tänzer. Alle hatten gute Laune und es war definitiv einer der schönsten Ballabende in meinem bisherigen Leben.

Zwischendurch gesellte sich meist jemand aus unserer Gruppe zu Sarah, um ihr die kleinen Erlebnisse während des Tanzens zu erzählen und ihr Gesellschaft zu leisten.

Als sich herumgesprochen hatte, dass Sarah Autorin war, die aus Recherchegründen dem Ball beiwohnte, gesellten sich zeitweise auch die beiden Tanzmeister zu ihr und gaben Antwort auf ihre unzähligen Fragen. Auch andere Gäste, die eine Tanzpause einlegten, gingen zu unserer hübschen Freundin im Rollstuhl und unterhielten sich mit ihr. Wir mussten uns also keinerlei Sorgen machen, dass sie vereinsamen könnte.

Auch im Spieleraum wurde Sarah alles haarklein erklärt – und sie erhielt sogar einen Nachdruck eines Spieles, in der Hoffnung, sie würde darüber bald in einem ihrer Romane schreiben.

So hatten wir alle einen wirklich gewinnbringenden Tag, der mir außerordentlich viel Spaß gemacht hatte.

14./15. MAI

Am Tag vor unserer Hochzeit fuhren wir mitsamt Pferden nach Randeck im Altmühltal. Schnell wuchs auf einer großen Wiese am Rande des Ortes ein Zeltdorf. Es gab sogar ein großes Stallzelt, in dem die Rösser unserer Freunde sowie unsere eigenen untergebracht waren.

Gemeinsam machten wir alle einen weiten Ausritt und ließen den Abend in der Ritterschenke ausklingen. Unsere Freunde waren begierig danach, unsere Vermählungsfeier zu einem besonderen Fest zu machen.

Mit Begeisterung hatten fast alle Eingeladenen zugesagt, denn es gab nicht so viele mittelalterliche Hochzeiten. Die Trauung sollte innerhalb der Burgmauern unter einem authentischen Zelt stattfinden. Nicht weit von der Burg, auf einer großen Wiese zwischen den ebenfalls authentischen Zelten, sollte gefeiert werden. Wir hatten sogar eine Tanzmeisterin, die mit den Gästen an dem Abend verschiedene mittelalterliche Tänze für den nächsten Tag einübte.

Ich hatte mir in der Ritterschenke ein Zimmer gemietet, obwohl Raphael und ich ein wundervolles Zelt mit fast allem Komfort hatten. Auf das Feixen einiger Freunde sagte ich ihnen Bescheid. „Ihr werdet doch nicht glauben, dass ich meinen Hochzeitstag ungeduscht und fern der Heimat antrete! Ihr könnt denken, was ihr wollt. Ich freue mich jetzt schon auf die gemütliche Dusche morgen früh."

Als ich an unserem Hochzeitstag aufstand, war die Sonne gerade dabei, hinter den Hügeln aufzusteigen. Ich sah erst mal nach den Pferden. Diese waren schon versorgt und zufrieden. Also machte ich einen kleinen Spaziergang über die Felder. Während der Zeit nutzte Raphael die Dusche in meinem Zimmer.

Danach ging ich selbst unter die Dusche und anschließend kam meine Freundin, die Friseurin war, um mir die Haare so zu machen, wie ich es mir wünschte. Sie half mir auch, mich anzukleiden. Ich war begeistert, als ich mich im Spiegel betrachtete. Als dann auch noch Ellen zu uns stieß und mir ein Kompliment nach dem anderen machte, war ich vollends aus dem Häuschen. „Mann, du siehst einfach fantastisch aus! Wenn man dich so sieht, würde man denken, du kommst direkt aus einem früheren Jahrhundert mit dem einzigen Auftrag, den Menschen in der Neuzeit die Schönheit der damaligen Zeit zu bringen."

Raphael und ich waren übereingekommen, unsere Hochzeitsgewänder nach dem Vorbild meiner ersten Heirat nähen zu lassen.

Das bodenlange Unterkleid war aus knallroter Seide und hatte enge Ärmel, die bis zum Ellenbogen geknöpft waren. Darüber ein Kleid aus etwas dunklerem Samt, das nach hinten wie eine Schleppe gearbeitet war. Feine silberne und goldene Fäden durchzogen den Stoff.

Knapp unter der Brust war eine Art Gürtel angesetzt. Schon an der Schulter begann der Schlitz der langen Schleppärmel, die locker herabfielen. Eine Art Hütchen mit Pelzbesatz und Federn auf dem kunstvoll frisierten Haar bildete die Krone. Auch bequeme Schuhe hatte ich mir anfertigen lassen.

Wie damals bei Gordian passte natürlich Raphaels Wams genau zu meinem Kleid. Auch es hatte überlange Ärmel mit Schlitzen, welche am Ende spitz zuliefen.

Kurz, bevor die Trauung stattfinden sollte, begab ich mich zu meinem Pferd. Auf dem Weg dorthin begegnete ich niemandem. Raphael und ich hatten uns gewünscht, dass alle in der Burg versammelt sein sollten und wir als letzte kommen würden.

Arwakr sah wunderschön aus in seinem prunkvollen Geschirr und dem alten Sattel. Jemand hatte sich die Mühe gemacht, seine dichte und lange Mähne in ein Netzmuster zu verwandeln. Dies ließ ihn noch edler wirken.

Raphael kam mir fast schüchtern entgegen und bot mir die Hand. „Du bist wunderschön. Ich liebe dich, Laura."

Er geleitete mich die letzten Schritte zu den Pferden und half mir in den Sattel. Dann reichte er mir einen Brautstrauß, der aus weißen Lilien, Gräsern und großen Blättern bestand, bevor er selbst in Rosellas Sattel stieg.

Als wir nebeneinander auf die Burg zu ritten, beugte ich mich zu ihm hinüber. „Ritter meiner Wachträume, ich bin völlig verknallt in dich. Ein Grund dafür ist, dass du heute so besonders stattlich aussiehst."

Die Bläsergruppen erwarteten uns vor der Burg und spielten schöne Fanfaren und zum Absitzen noch einen Festmarsch.

Zwei Reitbeteiligungen meines alten Stalls erwarteten uns am Burgtor. Sie hatten sich angeboten, mit den Pferden einstweilen spazieren zu gehen. Wir gaben unsere Tiere in ihre Hand und wussten, dass sie gut aufgehoben waren.

Als wir das Burgtor durchschritten, meinte ich, eine andere Welt zu betreten. Ich hatte das Zelt mit der hellen Bespannung zwar ausgesucht, es aber dann nie wieder gesehen. Nun stand es in der Sonne und an seinen Ecken befanden sich große Blumenkübel mit Rankpflanzen, über und über weiß blühend.

Unsere Gäste sahen einfach umwerfend aus. Erwartungsvoll standen sie alle da und sahen in unsere Richtung, als ein festlicher Einzug von meinem früheren Chor gesungen wurde. Anschließend ertönte ein herrliches Lied, das Richard, begleitet von Ellen an der Harfe, sang. Ich erkannte es als eine Komposition von Raphael. Ich sah ihm in die Augen und schenkte ihm ein stummes Dankeschön.

Wie in Trance schwebte ich zum Altar. Die Trauung war wunderschön. Als wir unser Eheversprechen gegeben hatten, änderte sich in mir etwas. Nun wusste ich ganz bestimmt, dass Gordian und Raphael beide meine Liebe voll und ganz hatten.

Da ich mich nicht von meinem „alten" Ehering trennen wollte, wurden keine weiteren Ringe gekauft. Wir verwendeten unsere Verlobungs- bzw. Weihnachts-Siegelringe als Ehering.

Richard sang wieder und wurde von Ellen mit der Harfe begleitet. Ich liebte diese Zusammenstellung. Doch auch der Chor sang weitere Stücke, die ich mir gewünscht hatte.

Das letzte Lied war ein alter irischer Segenswunsch. Alle, die singen konnten, hatten sich zu einem stimmgewaltigen Chor zusammengefunden. Es war überwältigend.

Raphael und ich schritten diesmal als erste durch das Tor zur Straße. Er half mir beim Aufsitzen und dann führten wir, Hände haltend und zu Pferde, den fröhlichen, mit Hornmusik begleiteten Zug zur Festwiese an.

Wir hatten die Dorfbevölkerung eingeladen, einen Teil unseres Festes mit uns zu feiern. Denn nach dem Essen gab es ein kleines Turnier. Der Bräutigam hatte es sich nicht nehmen lassen, mit seinen Freunden einen kleinen Schaukampf zu zeigen. Allerdings durften sich nur Gewandete überall umsehen. Der Rest musste auf einer bestimmten Seite des ausgewiesenen Turnierplatzes bleiben. Doch auch dort hatten sie ihren Spaß.

Neben den Rittern und sonstigen Wettstreitenden gab es Gaukler, Musiker und Schauspieler, die für Kurzweil sorgten. Wir kannten ja genügend Leute aus der Szene, die gerne zugesagt hatten, unsere Hochzeit zu verschönern. Als Braut fiel mir die Ehre zu, die Preise zu überreichen: versilberte Kelche mit unserem Wappen graviert für die Gewinner aller Wettstreite.

Nach dem Turnier und einer Verschnaufpause für alle Anwesenden wurde zum Tanz aufgespielt. Mit der Hilfe unserer Tanzmeisterin klappte fast alles einwandfrei und erstaunlich viele Paare fanden sich auf der Tanzfläche wieder. Das freute mich besonders, weil Männer, die jünger waren als mein Vater, kaum tanzen mochten und es noch weniger konnten. Dabei war Tanzen eine wundervolle Sache. Raphael dagegen fand Tanzen immer schon prima, auch weil er bei den Damen dadurch so begehrt war.

Alle hatten ihre Freude daran. Viele Dörfler hatten uns schon seit dem Kirchenzug begleitet und waren mit Begeisterung dabei. Die nicht Gewandeten hielten sich, wie von uns gewünscht, im Hintergrund, waren voller Fragen oder trugen zur Belustigung bei.

Als die Zeit kam, da die Abenddämmerung sich bald über die Baumwipfel senken würde, war noch ein weiterer Wettstreit für alle Reiter anberaumt. Natürlich saßen auch Raphael und ich auf unseren Rössern – ein ganzes Stück von unseren Gästen entfernt.

Am oberen Rand des Hangs war ein Podest aufgebaut, auf das ich meinen Brautstrauß legte. Unten hatten sich die Reiter versammelt und warteten auf mein Kommando, um sich den Strauß zu holen. Wir waren ein ganzes Stück von der Menschenmenge entfernt, die auf eine Darbietung hoffte.

Das Licht war unwirklich, als ich vom Rücken meines Pferdes in die Runde blickte. Neben mir saß Raphael auf seiner Rosella, vor uns stand Cajus und beobachtete alles. Die Gäste waren etwas weiter von uns entfernt.

Plötzlich erstarrte Arwakr. Ich blickte um mich und bemerkte, dass die Stimmung sich nochmals verändert hatte. Vom Waldrand näherte sich ein schwarz gekleideter Ritter in voller Rüstung und mit geschlossenem Helmvisier. Neben ihm ein Wolfshund. Wie selbstverständlich ritt er an der Reihe der Reiter vorbei auf uns zu.

Ich schnappte nach Luft und griff nach Raphaels Hand. „Gordian" Er hatte auch sofort den Schild erkannt, mit dem Turmfalken als Wappen. Wie Arwakr seinen alten Freund Alswinn offensichtlich auch erkannt hatte. Beide Pferde wieherten schrill und mein Arwakr stampfte unruhig unter mir.

Langsam kam Gordian nun näher. Er schlug den Brautstrauß mit der Klinge seines Schwertes geschickt so vom Podest, dass er ihn mit der anderen Hand fangen konnte. Daraufhin zügelte er seinen Alswinn uns gegenüber. Er hielt den Blumenstrauß in der linken Hand. Dann bot er mir seine Klinge, wie es ein Vasall bei seinem Fürsten machen würde und steckte sie, nachdem ich huldvoll den Knauf berührt hatte, zurück in die Scheide. Daraufhin nahm er seinen Helm ab.

Mein Ehemann aus einer anderen Zeit sah immer noch umwerfend aus. Er zog eine einzelne Lilie aus dem Strauß, den er mir sodann in die Hände legte.

Gordian küsste die einzelne Blüte ehrfürchtig. Dann verneigte er sich in den Steigbügeln stehend zuerst vor mir und dann vor Raphael.

Ich hob den vollen Silberbecher in meiner Hand, prostete ihm zu und nahm einen Schluck davon. Dann gab ich ihn an Raphael mit den Worten „Euch zum Gedeih, Liebster" weiter, der ebenso einen Schluck nahm und ihn an mich zurück gab. Ich trank nochmals und gab den Becher an Gordian zu meiner Linken weiter. Ganz automatisch sprach ich ihn mit der in seiner Zeit gesprochenen Sprache an. „Auch euch zum Gedeih, Liebster aus einer anderen Zeit. Ihr habt einen festen Platz in meinem Herzen, den euch niemand streitig machen kann". Auch er prostete uns zu und leerte den Becher. Er hatte die Gravur gesehen, dankte mir stumm dafür und behielt das Gefäß.

Raphael zog etwas aus seiner Tasche. Es war das Medaillon, das ich ihm zu Weihnachten geschenkt hatte. Mit dem Bild von mir und der Haarlocke. Dies übergab er an Gordian, nachdem er ihm gezeigt hatte, dass es sich öffnen ließ. „Nehmt das als Zeichen meiner Hochachtung. Es soll euch an unsere gemeinsame Liebe erinnern. Ich werde Laura ehren, solange ich lebe." Ich übersetzte, was Raph gesagt hatte. Gordian verneigte sich vor seinem Nachfolger und nahm das Geschenk mit einem Lächeln an und danke Raphael mit seiner samtweichen Stimme.

Währenddessen hatte sich Felix an Arwakr aufgerichtet, wie er es früher oft getan hatte. Ich beugte mich zu ihm und kraulte ihn. „Pass weiterhin gut auf deinen Herrn auf, weil ich ihn nach wie vor in meinem Herzen trage." Ich sah Gordian ein letztes Mal in die Augen und hoffte, ihm mit diesem Blick all meine Gefühle ihm gegenüber mitzuteilen. Er erwiderte meinen Blick mit einem Ausdruck reiner Liebe und nickte kurz. „Lebe wohl, Liebe meines Lebens" waren die einzigen Wörter, die er zu mir sprach.

Dann setzte er den Helm wieder auf, wendete seinen Alswinn und trabte inmitten der letzten Sonnenstrahlen, die über den Bergkamm kamen, von dannen. Neben ihm Felix, der wie wild mit seiner Rute wedelte und sich immer wieder umblickte.

Als Gordian nicht mehr zu sehen war, schien mit einem Mal das strahlende Licht verschwunden zu sein. Die Stille auf dem Feld war fast greifbar. Niemand sprach, nicht einen Vogel hörte man aus dem Wald, kein Hund bellte und kein Pferd schnaubte. Mensch und Tier hatten bemerkt, dass hier etwas Außergewöhnliches passiert war.

Ich konnte nicht mehr denken. Erst, als Raphael behutsam meinen Arm umfasste, kam ich wieder zu mir. Auch ich zog mir eine Blüte aus dem Strauß, bevor ich ihn zurück auf das Podest legte. Dabei liefen mir Tränen die Wangen hinab und ich schniefte. Doch ich musste mich fassen, denn niemand sollte meine Geschichte kennen.

Ich sah Raphael in die Augen und drückte seine Hand. „Danke. Ich liebe dich."

Als ich das Kommando zum Start gab, kam wieder Leben in die Reiter. Im vollen Galopp preschten sie auf das Podest zu und nach einer kurzen Rangelei stand die Siegerin fest. Es war die einzige Dame, die auch bei manchen Mittelalterturnieren ihren Mann stand und inmitten der Jungs kämpfte.

Die Gespräche danach kreisten ausschließlich um Gordian und sein unerwartetes Erscheinen.

„Krass, wie der Ritter ausgesehen hat. Man hat anfangs keinen Millimeter Haut von ihm gesehen. Alles nur Rüstung und Helm.

Eine tolle Figur hat der auf seinem Rappen abgegeben. Als wenn die beiden miteinander verwachsen wären."

„Habt ihr sein Schwert gesehen? Das war eine feine Klinge. Und ich wette, sie war scharf."

„Und der Sattel – wow!"

„Das Geschirr des Pferdes war ähnlich dem Lauras. Es wurde sicher von der gleichen Person gefertigt."

„Ist euch aufgefallen, dass Raphael in seiner Ritterausrüstung und dieser Fremde sich sehr ähnlich sahen? Ähnliche Statur, gleiches Wappen, schwarzes Pferd, Wolfshund."

„Ja, und beide sehen auch noch umwerfend aus. Fast schon unheimlich."

„Es war eine total romantische Geste. Mir sind gleich die Tränen gekommen. Das muss ich mir für unsere Hochzeit merken. Wo habt ihr den denn aufgetrieben?"

„Er war nicht bestellt, wollte uns aber dennoch die Ehre erweisen." Raphael sagte es leichthin. Doch ich wusste, dass auch ihn diese Begegnung bis ins Innerste getroffen hatte.

Kurz darauf stand Ellen neben mir. „Wenn du mir jetzt sagst, dass diese Erscheinung Gordian war, glaube ich dir das auf der Stelle."

Ich sah sie forschend an. Sie hatte eine völlig ernste Miene. „Ja, so ist es. Er hat uns auf seine Art seinen Segen gegeben."

„Cool!" Gleich darauf sah sie mich betreten an. „Ich meine, es ist unvorstellbar, wenn man darüber nachdenkt, was gerade geschehen ist. Tut mir leid, dass ich dir damals nicht gleich geglaubt habe."

Ich beugte mich zu ihr und umarmte sie. „Ich bin froh, dass ich dich habe. Mit dir konnte ich die ganzen Jahre wenigstens darüber sprechen."

„Ja, und jetzt hast du sogar drei Personen, mit denen du das Thema von vorne bis hinten durchkauen kannst. So glücklich muss erst mal eine Frau sein. Dass ihre erste, unsterbliche Liebe sie an seinen eigenen Nachfolger übergibt – ohne Groll und Kampf."

„Wenn die Umstände nicht wären, gäbe es so etwas wie einen Nachfolger ja gar nicht. Dann wäre ich mit meiner ersten großen Liebe vollauf zufrieden. Und das wissen beide."

Ich sah Raphael an. „Trotz der Trauer um meinen Verlust kann ich dich voll und ganz lieben. Jetzt sogar mit Gordians Segen. Ich habe genügend Liebe für euch beide im Herzen. Und das macht mich glücklich."

Kurz darauf brachten wir die Pferde zum Stallzelt und mischten uns wieder unter die Leute.

Als unser Haus- und Hoffotograf mit einer betretenen Miene zu uns kam, hatte ich eine Ahnung, was er zu berichten hatte. „Ihr werdet es nicht glauben, aber genau in dem Moment, in dem ich auf den fremden Ritter halten wollte mit meiner Kamera, hat mein Akku gestreikt. So etwas ist mir noch nie passiert. Vor allem, weil jetzt wieder alles funktioniert!"

Ich lächelte ihn an. „Das musste so sein. Dafür kannst du nichts. Es ist in Ordnung, wie es ist." Ihm schien ein Stein vom Herzen zu fallen. Noch mehr, als es die Runde machte, dass niemand eine Fotografie von der Szene hatte, obwohl so viele Menschen ihre Kameras gezückt hatten. Als wenn die spannungsgeladene Atmosphäre einen Kollektivausfall verursacht hätte. Was meiner Meinung nach auch der Fall war.

Allerdings zeigte mir kurz darauf ein Freund, den ich gebeten hatte, manche Szenen zu zeichnen, eine herrliche Skizze. Er hatte es geschafft, die Stimmung besser einzufangen, als es eine Kamera je vermocht hätte.

Die Zeichnung zeigte den Moment der Medaillon-Übergabe. Gordian und Raphael, zwei Ritter mit identischen Wappen und mich in ihrer Mitte, alle auf Pferden sitzend, daneben zwei fast identische Wolfshunde. Man konnte die Verbindung zwischen uns förmlich spüren. „Es hat richtig geknistert in eurer Umgebung. Das ist meine beste Skizze vom heutigen Tag. Alleine die ist es wert, dass ich hier war."

Ich umarmte ihn und gab ihm einen Kuss auf die Wange. „Danke. Es bedeutet mir sehr viel, dass du diesen Moment eingefangen hast. Die Zeichnung ist wundervoll." Seine Brust schwoll vor Stolz. „Diese werde ich kolorieren. Sie muss einfach farbig werden. Darf ich euch mit Hund mal ablichten? Dann habe ich die Schattierungen alle richtig."

Der Abend wurde noch richtig lustig. Die größte Überraschung hatte allerdings Ellen für uns. In Form eines Puppenspiels. Gemeinsam mit ihrer Bekannten, der die Puppenbühne gehörte, führte sie ein Stück über uns auf. Zwei Puppen stellten uns dar, und sie waren sogar wie wir gewandet. Die Info über unsere Kleidung hatte Ellen vom mir bekommen – allerdings hatte ich nicht gewusst, wozu sie diese brauchte. Ihr als meine beste Freundin hatte ich einfach vertraut.

Ein Mann zum Anbeißen

Der Direktor des Puppentheaters begrüßt die Hochzeitsgäste vor verschlossenem Vorhang:

Direktor: Ein Gott zum Gruße, edle Recken und vielminigliche Maiden, hochwohlgeborene Hochzeitsgäst'. Unser bescheidenes Theater bietet euch heute ein besonderes Schauspiel darüber, wie unser Brautpaar zueinander gefunden hat. Wir wünschen euch viel Vergnügen!

Der Direktor geht ab und der Vorhang geht langsam auf.

1. Szene: **Kulisse: Fantasywald**
Puppen: Jadoo, Fayola

Jadoo: Wisst ihr, wer ich bin? Jadoo ist mein Name. Magie und Zauberkraft nenne ich meine Kunst. Was, ihr habt noch nie von mir gehört? Nein? Aber ihr kennt alle die Geschichte der Liebenden, die niemals zueinander kommen? O ja, das ist meine Lieblingsgeschichte. Weil ich nämlich der derjenige bin, der solche Treffen immer wieder vereitelt. Wäre ja langweilig, wenn die Menschen immer ihren Willen bekämen.

Fayola kommt: Ach Jadoo, du bist ein Angeber. Natürlich gibt es die Geschichte oft genug. Aber sehr oft treffen Liebende auch aufeinander und werden gemeinsam glücklich. Ach so, ich habe mich noch nicht vorgestellt. Ich bin Fayola, das gute Schicksal.

Jadoo: Deine Anwesenheit in diesem Spiel macht es für mich spannend und reizvoll. Ohne dich müsste ich ja nie meine richtige Kunst zeigen, weil die Menschen schon auf den kleinsten Trick von unsereins hereinfallen. Es gibt natürlich auch Zeitgenossen, wie die Menschin Laura, bei der Hopfen und Malz verloren ist. Die findet gleich gar keinen Mann, der ihren Ansprüchen entspricht.

Fayola: Tja, nicht nur Männer haben gewisse Vorstellungen in Bezug auf das andere Geschlecht. Aber ich denke, unsere Zuschauer müssen Laura erst mal kennenlernen, um sich ihr eigenes Bild zu machen.

Vorhang zu. Pausenmusik.

2. Szene: *Kulisse: Wohnzimmer*
               Puppen: Laura, Ellen,
               Requisiten: Mittelbrett, Backform Mann

Laura: Du glaubst nicht, was mir schon wieder passiert ist bei dem Blind-Date mit dem Anzeigen-Typen letztens.

Ellen: Na, erzähl schon!

Laura: Erstens kam er mehr als 10 Minuten zu spät zum Treffpunkt und zweitens auch noch in einem zerknautschten khaki-farbigen Rundhals-Shirt. Unfrisiert war er auch. Und erst der ungepflegte Bart! Sah aus wie aus dem Sack gezogen. Und dann ist er eine geschlagene Stunde gehässig über seine Ex hergezogen. Typen, die keinen Respekt vor anderen Leuten haben, kann ich nicht ausstehen!

Ellen: Hahaha. Dass sowas immer dir passiert! Deine Dates haben immer so einen komödiantischen Charakter. Ich denke da nur an den, der dir den ganzen Abend erzählte, was er alles mit dir erleben wollen würde ...

Laura: ... um mir dann am nächsten Tag auf den AB zu sprechen, dass er sich nicht wieder reif für eine Partnerschaft fühlte. Dabei war er nicht mal mein Typ.

Ellen: Das war echt feig. Er hätte es dir wenigstens persönlich sagen können.

Laura: Genau. Ich sag's dir: Ich bleib lieber Single!

Ellen: Damit du nicht ganz alleine bleiben musst, hab ich dir was mitgebracht. Und zwar den Taavi. Das heißt Liebling, Geliebter. Allerdings musst du auch selbst etwas dazu tun.

Holt die Backform Mann.

Laura: Herrlich! An dem ist ja wirklich alles dran! Zeigt ihn dem Publikum.

Ellen: Natürlich! Taavi ist der reine Traummann: Er kann von dir in Form gebracht werden, er hat keine Ex, über die er herziehen könnte, zieht nur an, was du ihm gibst und ist jederzeit bereit für eine Beziehung mit dir.

Laura: Liebe Ellen, du bist die beste Freundin von allen! *Ellen AB* Also demnächst auf dem Programm *(singend)*: Backe, backe Kuchen, die Bäck'rin hat gerufen! *AB*

Vorhang zu. Pausenmusik.

3. Szene: **Kulisse: Frühlingswald**
  Puppen: Raphael + Pferd, Laura + Pferd, Jadoo, Fayola

Fayola (steht mittendrin): Ich glaube, gleich wird sie kommen.

Jadoo: Fayola! Was tust du denn hier? Willst du mir ins Handwerk pfuschen?

Fayola: Und wenn es so wäre? Ich dachte, meine Anwesenheit macht die Sache spannend?
Komm, schnell weg hier. Sie darf uns beide nicht sehen!

Versteckspiel

Laura (noch im Off beginnen): Im Frühtau gen Landshut wir ziehn, fallera; es grünen die Wälder so schön, fallera; |: Wir reiten ohne Sorgen; singend in den Morgen; noch ehe im Dorfe die Hähne krähn. :|
Werft ab alle Sorgen und Qual, fallera; und reitet mit uns durch das Tal, fallera; |: Wir sind hinausgegangen, den Sonnenschein zu fangen; kommt mit und versucht es auch selbst einmal! :|

Donnergrollen.

Laura: Hey Kumpel, sag bloß, es fängt an zu regnen!?

Hufgetrappel. Raphael kommt ihr entgegen.

Laura: Huch, habt ihr uns aber erschreckt. *Zum Publikum:* Ach du Schande, auch noch ein Blecherner! *Zu Raphael:* Wir wähnten uns ganz alleine hier auf weiter Flur. Wer seyd ihr und sind wir überhaupt noch im richtigen Jahrhundert?

Raphael: Seyd gegrüßt, singende Maid! Wir benamsen uns Raphael und sind der Ritter vom Falken. Wir schreiben das Jahr 2000 und 9 dazue. Und wer seyd Ihr?

Laura: Wir grüßen euch, Herr Dinosaurier, äh ... Ritter vom Falken. Wir werden Laura genannt und haben eine Schwäche für ausgestorbene Spezies wie euch. Darum seyd uns willkommen.

Raphael: Ihr seyd fremd hier. Was bringt euch in die Gegend?

Laura: Och, wir möchten uns einen Recken backen und suchen noch nach ein paar Kräutlein für dieses Unterfangen: Waldmeister, Löwenzahn, Giersch ...

Raphael: Einen Recken backen? Haben wir richtig gehört?

Laura: Ja, denn uns schwebt ein pflegeleichter Partner vor: den Mann in die Ecke stellen, wenn Frau ihn grad nicht braucht.

Raphael: Jetzt wird es aber nass hier! Lasst uns in der Höhle da hinten unterstehen. Da können wir uns im Trocknen unterhalten. *Beide AB*

Jadoo: Ha, sie hat die Backform übersehen. Die nehme ich jetzt an mich. Den richtigen Recken werden wir ihr schon backen! Ich werde gleich alles vorbereiten für die Bäckerei. Da wird sie Augen machen. *AB*

Fayola: Sehr gut, jetzt weiß ich, was Jadoo vorhat.

Vorhang zu. Pausenmusik.

4. Szene: ***Kulisse: Turm des Zauberers***
Puppen: Rabe, Jadoo, Fayola, Lebkuchenmann
Requisiten: Mittelbrett, Schüssel, Kochlöffel, Feder, Brille, Zauberbuch = auf Bühne, Backform Mann

Emmeran: Krah, Krah, ist das schwer! *Lässt Backform fallen*

Jadoo: Ha, mein Helfer Emmeran! Wunderbar. Jetzt muss ich nur noch den Teig fertig anrühren

Emmeran: Was, du und backen? Da lachen ja die Hühner. *(lacht)*

Jadoo: Halt deinen frechen Schnabel, Federvieh! Oder willst du in eine Tontaube verwandelt werden? Hilf mir lieber mit dem Zauberzutaten, die ich zusätzlich für den Teig brauche. Lies vor, was unter „steter Begleiter" steht.

Emmeran: Moment. Ohne Brille sehe ich nichts. *Geht ab und setzt sich Brille auf* So, jetzt kann es los gehen. Ein Ei vom australischen Kiwi

Jadoo: Hab ich schon. Weiter!

Emmeran (mit kurzen Pausen, in denen Jadoo nickt): Knochen von der Schwinge eines amerikanischen Weißkopfseeadlers
1 Prise vom Horn einer afrikanischen Gazelle
Ein Zehennagel vom roten Panda aus Asien – igitt!

Jadoo: Alles drin. Fehlt noch was? Jetzt red schon!

Emmeran: Sind das nicht sehr eigenartige Zutaten?

Jadoo: Du solltest nicht nachdenken, sondern tun, was ich dir sage. Aber weil ich gut aufgelegt bin, verrate ich es dir.

Laura wird den Lebkuchenmann kosten. Die Zutaten aus den verschiedenen Erdteilen sollen bewirken, dass sich beide innerlich zerrissen fühlen und ein unruhiges und getrenntes Leben führen. Europa fehlt noch. Was war das wieder?

Emmeran (verhalten): Eine Schwanzfeder einer ... europäischen Taube. *(hüpft zur Seite)*

Jadoo: Ha, jetzt erinnere ich mich wieder. Keine Taubenfeder. Von einem Kolkraben muss sie sein. *(lockend)*: Komm mal her, Emmeran.

Emmeran: Was, ICH? Nein, meine Schwanzfedern bekommst du nicht!

Verfolgungsjagd und damit AB

Fayola: Sehr gut, solange die beiden miteinander beschäftigt sind, kann ich alles noch mit einer speziellen Zutat verfeinern, die sicherstellt, dass der stete Begleiter nicht bei Laura landet. Nämlich paar Haaren aus der Bürste von Jadoo.

Jadoo (off): Abrakadabra – Hab ich dich!

Emmeran: AUA!

Jadoo (kommt mit Feder): Dieser blöde Rabe meint doch wirklich, er könnte meiner Magie widerstehen. (rührt die Feder in den Teig) Jetzt werde ich den Mann für Laura backen. *AB*

Jadoo (off): Schön bist du geworden! *(kommt mit Lebkuchenmann)*

Taavi: Taavi bleibt bei Papa!

Jadoo: Du bist wohl nicht ganz bacha[60], was? Du gehörst nicht zu mir! Du wirst zu Laura gehen! Was habe ich mit dir zu schaffen?

Taavi: Taavi bleibt bei Papa!

Verfolgungsjagd mit Taavi und Jadoo

Jadoo: Verd... da ist etwas schief gelaufen!

Fayola: Damit muss man rechnen.

Jadoo (im Laufen): Fayola! Was machst du hier?

Fayola: Schadensbegrenzung, was sonst? Ich werde dir deinen Taavi vom lästigen Anhängsel zum Diener wandeln – unter der Bedingung, dass du die Finger von Laura und Raphael lässt!

---

[60] Jemand ist nicht ganz „bacha", sprich gebacken, wenn er nicht der Norm entsprechend oder wie vorgesehen handelt.

Emmeran: Und von mir!

Fayola: Ja, und von Emmeran. Keine Tierquälerei mehr und keine Einmischung in Liebesdinge!

Taavi: Du bist mein Papa! (fällt ihm in die Arme)

Jadoo: Was soll ich schon machen? Ich verspreche es. Ich will kein lästiges Anhängsel haben.

Fayola: So geschehe es! Taavi, du wirst in Zukunft Jadoo dienen und ihn vor unbedachten Handlungen schützen, aber nicht lästig werden. Komm, Emmeran, wir gehen. *AB*

Emmeran (flatternd): Krah, Krah! *AB*

Vorhang zu. Pausenmusik.

5. Szene; Kulisse: Winterwald
Puppen: Laura, Raphael
Requisiten: Lebkuchenherz

Raphael: Habt ihr nun endlich eure Idee mit dem pflegeleichten Recken aufgegeben?

Laura: Ja, mein Ritter, vor allem, weil die Backform verschwunden ist. Außerdem wäre das Leben wohl viel zu langweilig mit einem Mann, der jede Anweisung ausführt und uns nicht einen Augenblick alleine lässt.

Raphael (mit Lebkuchenherz): Wir sind froh über eure Entscheidung und wollen uns somit in die Reihe derer einfügen, die um Eure Hand anhalten, denn wir lieben Euch.

Laura: Da ihr eindeutig diese elend lange Reihe anführt, deren andere Glieder einfach nicht auszumachen sind, und ihr außerdem eine spannende Zukunft versprecht, erhören wir euch mit Freuden.

Vorhang zu.

Direktor (vor dem Vorhang): Liebes Publikum, durch die Hilfe des guten Schicksals Fayola hat unser heutiges Brautpaar zusammengefunden. Wir wünschen ihm eine lange und glückliche gemeinsame Zeit! Ein dreifaches WACKER!

Wir feierten unsere Hochzeit bis in die frühen Morgenstunden. Da sowohl Raphael als auch ich nur verhalten dem Wein zugesprochen hatten, hatten wir dennoch eine wundervolle Hochzeitsnacht mit viel Zärtlichkeit und einem glückseligen Gefühl in Herz und Kopf.

❧ ✺ ☙

16. Mai 2010

Liebe Sarah,

   du warst auf unserer Hochzeit und weißt, was passiert ist. Aber das ist noch nicht ganz das Ende dieser Geschichte. Denn das kam erst zu Hause.

   Laura hat beschlossen, eine Zeichnung von ihrer ersten Hochzeit neben die Zeichnung von unserer Hochzeit mitsamt Gordian zu hängen. Daher öffnete sie das Geheimfach in unserem Bett. Sie hatte gerade den Packen mit den Bildern heraus geholt, als sie einen überraschten Schrei ausstieß. Sie sah mich völlig verdutzt an.

   „Schau, was ich gefunden habe." Mit den Worten hielt sie mir das Medaillon mitsamt Kette vor die Nase, welches ich Gordian bei unserer Hochzeit übergeben hatte. Ich konnte es kaum glauben, aber es ist tatsächlich wieder da. Eine Locke von Gordians Haar liegt mit im Medaillon. Es muss sein Haar sein, denn von mir ist es nicht.

   Laura und Gordian sind immer noch ein mysteriöses Rätsel. Vielleicht ist es ja auch noch immer nicht das Ende – ich bin jedenfalls gspannt, wie unser gemeinsames Leben weiter geht. Eines ist aber gewiss: Langweilig wird es nicht!

Alles Liebe
Dein bester Freund Raphael

❧ ✺ ☙

Rezepte aus dem Buch

LASAGNE
(für 3–4 Personen)

Vorgekochte Nudelteigplatten

Fleischsauce:
ca. 100 g Spickspeck / grüner (fetter) Speck
große Zwiebel
500 g Hackfleisch
1 Dose gehackte Tomaten
1 kl. Dose Tomatenmark
ca. 125–250 ml trockener Weißwein und / oder Brühe nach Bedarf (soll nicht zu flüssig werden)
Salz, Pfeffer, Petersilie

Speck in Würfel schneiden, auslassen, die in Würfel geschnittenen Zwiebeln darin andünsten. Hackfleisch zugeben und anbraten, würzen.
Tomaten, Tomatenmark und Wein (Brühe) zum Fleisch geben und schmoren, während die Sahnesauce vorbereitet wird.

Sahnesauce:
ca. 50 g Butter
1 große Zwiebel
ca. 200 g Champignons, geschnitten (gerne auch aus dem Glas)
2 gestr. EL Mehl (Instant, wenn vorhanden)
200 ml süßer Rahm / Schlagsahne
Salz und Pfeffer
Thymian und Basilikum nach Gusto
200 g ger. Emmentaler oder Gouda

Zwiebelwürfel in Butter gelb dünsten. Champignonscheiben zugeben und weiterdünsten, Mehl darüber stauben, Sahne beifügen (nach und nach, so dass die Sauce sämig wird), salzen, pfeffern und unter Rühren noch eine kurze Zeit köcheln. Kräuter untermengen.

Feuerfeste, gefettete Form mit Teigplatten auslegen, dann im Wechsel Hackfleischfülle und Teigplatten. Am Ende mit Teigplatten abdecken. Champignonmasse darauf und mit Käse abdecken.

Backtemperatur: 200 °C bei 40–45 Min. im vorgeheizten Ofen.

Tipps: Die Nudelteigplatten mit heißem Wasser nass machen, bevor sie in die Form kommen. So wird auch die unterste Lage auf jeden Fall weich.

Man kann die Lasagne auch prima ein paar Stunden früher vorbereiten, dann sind auch die Nudeln gut durchgezogen.

MOHNGUGLHUPF

220 g Zucker – teilen
220 g Butter
1 Pk. Vanillezucker
7 Eigelb / 7 Eiweiß
250 g Nüsse gemahlen (evtl. geröstet)
250 g Mohn fein gemahlen
Prise Salz
kl. Schuss Rum

Guglhupfform fetten und mit gemahlenen Nüssen ausstreuen.
7 Eiweiß (kalt) mit einer Prise Salz aufschlagen und 110 g Zucker einrieseln lassen.
Alle anderen Zutaten, möglichst bei Zimmertemperatur, schaumig rühren.
Am Ende das geschlagene Eiweiß unterheben.
Bei 160 °C ca. 1 Stunde in den Ofen.
Fertigen Guglhupf etwa 1/2 Stunde abkühlen lassen, dann erst stürzen.
Erkalteten Kuchen mit Staubzucker / Puderzucker bestreuen.

RINDERSTEAKS IN BRANDY-SAUCE

2 Rindersteaks
eingelegte Pfefferkörner (rot oder grün)
Brandy
Salz, Pfeffer
Butter nach Gusto
100 ml Sahne

Zimmerwarme Steaks in einer Pfanne beidseitig scharf anbraten. Dann Temperatur reduzieren und nach Belieben garen, dann würzen. Steaks aus der Pfanne nehmen und warm halten.
Pfefferkörner in die Pfanne geben und leicht anbraten. Einen Schuss Brandy darüber geben und gut verrühren. Sahne hinzufügen und etwas eindicken lassen. Nochmals umrühren und ein kl. Stück Butter in die Sauce geben.
Dazu schmecken Kroketten, Kartoffelbrei oder Reis.

CHILI CON CARNE

(für 3–4 Personen)

Räucherspeck/Spickspeck nach Gefühl
1 gr. Zwiebel
500 g Hackfleisch
je eine grüne, rote und gelbe Paprika
1 Dose Kidneybohnen
(1 Dose weiße Bohnen)
1 Dose Gemüsemais
1 Dose gehackte Tomaten
Gemüse- oder Fleischbrühe
Salz, Pfeffer, Chili, Knoblauch, Petersilie

Speck würfeln und auslassen und die kleingehackte Zwiebel darin glasig dünsten. Hackfleisch anbraten. Wenn das Fleisch durch ist, Paprikastreifen dazu geben und kurz mit braten. Anschließend mit Brühe aufgießen, dann Tomaten, Bohnen und Mais dazu geben. Einige Zeit köcheln, bis die Paprika den gewünschten Biss haben. Gut scharf würzen und mit Weißbrot servieren.

IRISCHE SCONES

(ergibt etwa 16 Stück)

225 g Mehl (Weizen oder ca. 210 g Dinkel)
1 gehäufter TL Backpulver
Etwas Salz
50 g Butter oder Margarine
25 g Zucker
125 ml Milch (oder Sojamilch)
Etwas Extra-Milch zum Bestreichen (nicht zwingend nötig)
Glas oder runde Ausstechform mit ca. 6–7 cm Durchmesser

Ofen auf 230 °C aufheizen
Mehl und Backpulver in eine Schüssel geben. Butter in kleinen Stücken dazugeben und mit der Hand durchkneten, bis alles gut verteilt ist. Zucker, Salz und Milch dazugeben, kurz mit dem Kochlöffel durchrühren und dann mit den Händen kneten.
Teig ausrollen (oder mit den Händen etwas glatt drücken), bis er ca. 1,5–2 cm dick ist. Dann runde „Törtchen" ausstechen, mit Milch bestreichen und aufs Backblech verteilen.
Das Ausstechen ist wichtig für den Teig, wie mir in Irland erklärt wurde. Egal, ob mit Glas oder Form. Daher nicht einfach nur Röllchen machen oder mit dem Messer schneiden …
Etwa 7–10 Minuten backen, bis die Scones leicht golden sind.
Scones sind superlecker, wenn sie noch leicht warm sind. Einfrieren und Tage später in der Mikrowelle auftauen ist auch eine gängige Praxis.

Gegessen werden sie (wie Semmel-Hälften) mit:
1. Butter
2. Marmelade (mein Favorit ist Himbeere)
3. einem Klecks geschlagene Schlagsahne / Schlagobers

NUSSHÖRNCHEN

(das beste Rezept von meiner Tante Paula)

Für den Teig:
200 g Butter
125 g Zucker
1 Päckchen Vanillezucker
2 Eier
400 g Mehl (Weizen oder ca. 350 g Dinkel)
100 g Speisestärke (Mais oder Kartoffel)
2 gestrichene Teelöffel Backpulver

Für die Füllung:
50 g Butter
1 Eigelb (ACHTUNG: Eiweiß wird noch benötigt)
5 EL Rahm (Kaffeesahne, Obers mit 36 % Fett)
100 g Zucker
200 g gemahlene Haselnüsse (geröstet noch intensiver im Geschmack)
evtl. etwas Kakao

Ab in's Backrohr mit:
1 Eiweiß zum Bestreichen
Hagelzucker zum Bestreuen

Teig kneten und dann kaltstellen – ruhen lassen.

Danach ausrollen und (nach dem Original Dreiecke) Rechtecke schneiden. Darauf je etwas Füllung geben und nach Gusto formen. Auf dem Backblech – ans Backpapier denken – mit Eiweiß bestreichen und mit Hagelzucker bestreuen.

Bei ca. 180 °C etwa 15 Minuten backen.

Menge ergibt je nach Größe des Gebäcks 2 bis 2 1/2 Backbleche.

Tipp: Ich mache immer Quadrate und rolle diese wie einen Teppich, weil dadurch die Gefahr gebannt wird, dass die Enden hart und dunkel werden.

EIERLIKÖR

(in Erinnerung an nächtliche Picknicks auf den Stufen der Walhalla)

10 Eier
250 ml Weingeist (97 %)
1 Pfund Puderzucker
4 Becher Sahne (à 200 ml)

5 ganze Eier und 5 Eigelb schaumig rühren *(Eiweiß aufheben – siehe folgendes Rezept)*

Puderzucker unterrühren. Ebenso Weingeist. Sahne schlagen und zuletzt unterheben.

Ergibt etwa 2,2 Liter.

<u>Und hier gleich das ideale Rezept für das übrige Eiweiß aus der Eierlikör-Produktion:</u>

WALNUSSHÄUFCHEN

5 Eiweiß
200–250 g Puderzucker
1–2 Fläschchen Butter-Vanille-Aroma
ca. 500 g zerkleinerte Walnusskerne

Eiweiß mit einem Handrührgerät so steif schlagen, dass ein Messerschnitt sichtbar bleibt. Gesiebten Puderzucker (in dem Fall notwendig) und Aroma hinzufügen und über einem heißen Wasserbad sofort so lange weiter schlagen, bis die Masse glänzend ist und eine zähe Konsistenz aufweist.

Die Walnusskerne vorsichtig darunter heben. Mit 2 Teelöffeln Häufchen auf ein mit Pergament belegtes Backblech setzen.

Bei 125–150 °C trocknen (vorgeheizt) etwa 25 Min. / Gas 1–2

Lieber weniger Hitze bei längerer Zeit, damit die Baisermasse nicht braun wird.

PFIRSICHBOWLE

(Autofahrer: Hände weg!)

4 große Dosen Pfirsich + Fruchtsaft
1 Literflasche Weißwein (z. B. Müller Thurgau)
Warmes Zuckerwasser nach Gefühl
Nicht nötig, aber sehr gut: ein Schuss Rum + ggf. von dem einen oder anderen Obstbrand je ein Stamperl

Eine Nacht stehen und wirken lassen.

zum Aufgießen: 2 Flaschen Sekt (auch prima mit alkoholfreiem)

KÄSESTANGEN AUS BLÄTTERTEIG

1 Rolle Blätterteig (ergibt 2 Bleche voll)
Olivenöl
Salz / grober Pfeffer
Röstzwiebeln (aus dem Becher)
Geriebener Käse (Emmentaler, Ziegenkäse ...)

Blätterteigrolle in der Mitte teilen. Die Hälfte als Rechteck ausrollen. Auf die eine Hälfte Olivenöl streichen, salzen und pfeffern. Zwiebeln mit den Fingern etwas zerreiben und darauf streuen. Käse dazu. Dann zweite Teighälfte darauf klappen. Nochmals mit dem Teigroller bearbeiten.

In der Länge teilen und gleichmäßige Streifen schneiden. Die Streifen jeweils drehen und auf ein Backblech mit Backpapier legen.

Bei ca. 180 °C zwischen 15 und 20 Minuten backen.

ZABAGLIONE (Weinschaumcreme)

6 Eigelb
1 Tl Vanillezucker + 50 g Zucker
1 Prise Salz
1/8 l Marsala

Ei, Zucker und Salz schaumig schlagen. Marsala nach und nach unterrühren. Im heißen, nicht kochenden Wasserbad weiterschlagen, bis ein dicker Schaum entsteht. Sofort servieren! (ca. 15 Min.)

TEE-PUNSCH

(ohne Fruchtsaft! Genial – aber mächtig)

500 ml Schwarztee (es gibt auch einen ohne Teein)
ca. 150 g Zucker
750 ml trockener Weißwein
1 Vanillestange oder Vanilleextrakt
250 ml Madeira

Fertigen Tee 3–4 Minuten mit der aufgeschnittenen Vanillestange bzw. dem Pulver ziehen lassen. Beide Weine erhitzen, Zucker darin auflösen und zum Tee geben.

SODABROT

(In Erinnerung an das An Sibin Riding Centre, County Clare, Irland)

300 g normales Mehl
150 g grobes Vollkornmehl
300 g Buttermilch
100 g Milch
1 Tl Brotsoda bzw. Backnatron
1 Tl Salz
Zwei Hand voll Sonnenblumenkerne (werden durch das Soda grün), Sesam, Kürbiskerne, Mohn, Walnusskerne o. ä.

Alles in eine Schüssel, mit dem Kochlöffel umrühren und in eine gefettete Kastenform geben. Mit Mehl bestäuben.

Bei 180 °C 45 Minuten backen.

Kleines Brot: überall die Hälfte und nur 30 Min. backen

LACHS IN DILL-RAHMSAUCE

Lachsfilets (gefrorene dauern ggf. etwas länger)
1 kl. Zwiebel
Butter
Mehl zum Bestäuben
Creme Fraiche
Sahne
Salz, Pfeffer, Dill, Essig (ggf. auch engl. süßen Senf mit Körnern)

Jena-Glasrheine mit Deckel mit den Lachsfilets auslegen, in die Ecken klein gewürfelte Zwiebeln geben, etwas Butter und Mehl darauf. Rheine mit Deckel in ca. 10 Min. im vorgeheizten Ofen (180–200 Grad) anbraten.
In einer extra Schüssel Creme Fraiche und Sahne mischen, mit den Gewürzen abschmecken und Sauce über den Lachs geben. Deckel wieder drauf, dann etwa 20–30 Min. fertig garen.
Dazu schmeckt Kartoffelbrei besonders gut.

RUMKUGELN

100 g Butter
200 g Blockschokolade
200 g gemahlene Nüsse (geröstet) oder Mandeln
Strohrum (80 %) nach Gusto
2 El Kakao (oder Puderzucker)
Schokoplättchen oder Kokosflocken

Butter schmelzen, Blockschokolade darin auflösen.

Nüsse, Rum und Kakao dazugeben, gut mischen. Kleine Kugeln formen und in Streusel, Schokoplättchen oder Kokosflocken wenden.

CANTUCCINI

Zutaten für 50-70 Stück:

200 g geschälte Mandeln (Mandelstifte)
3 Eier – trennen
250 g Zucker
3 EL Vanillezucker
etwa 400 g Mehl
1/2 Pck. Backpulver
1 Prise Salz

In einer Pfanne die Mandeln unter Rühren kurz anrösten, zur Seite stellen.

Backofen auf 175 °C vorheizen, ein Backblech fetten oder Backpapier drauf.

3 Eigelb mit Zucker und Vanillezucker gründlich verrühren. Eiweiß mit Salz steif schlagen. Portionsweise unter die Masse ziehen. Die gerösteten Mandeln untermischen, dann Mehl mit Backpulver sieben und dazu geben. Alles zu einem glatten Teig kneten.

2–3 dicke Teigrollen formen und aufs Backblech legen. Etwa 35 Min. backen, bis die Oberfläche leicht braun ist.

Herausnehmen und sofort in 1 cm dicke, schräge Scheiben schneiden. Dann abkühlen lassen und vorzugsweise in einer Dose aufbewahren.

Zeit insgesamt: 50 Min.

MOUSSE AU CHOCOLATE (AUS PARIS)

200 g Zartbitterschokolade
60 g Butter
100 g Zucker
4 Eigelb + 6 Eiweiß

Schokolade und Butter schmelzen. Eigelb und Zucker dazurühren. Eiweiß steif schlagen und danach unterheben. In den Kühlschrank stellen.

WEIHNACHTSTORTE

Biskuitteig
4 Eier getrennt (Eiweiß zu Schnee schlagen)
125 g Zucker
1 Prise Salz
100 g Mehl
1 gehäufter EL Speisestärke

Buttercreme
100 g Milchschokolade
3 EL Nescafé
300 g Butter
4 EL Kakao
3 ganze Eier + 3 Eigelb

Fertigstellung
Ribiselgelee / Johannisbeergelee
200 g Marzipan
100 g Bitterschokolade + 1 EL Butter
Staubzucker / Puderzucker

Schokolade mit Nescafé im Wasserbad schmelzen. Butter mit Kakao cremig schlagen, dann mit geschmolzener Schokolade vermischen.

Die Eier im Wasserbad dickcremig schlagen, abkühlen und mit der Butter und der Schokolade vermischen.

Torte in 3 Böden teilen, 2 Böden erst mit Ribiselgelee bestreichen, dann mit Creme, Oberfläche der Torte erst mit Ribiselgelee bestreichen, dann mit Marzipandecke überziehen (Marzipan auf Staubzucker ausrollen) darüber Schokoglasur (Bitterschokolade mit Butter schmelzen), dann aus restlichem Marzipan Sterne ausstechen, Torte damit belegen und mit Staubzucker beschneien.

FRISCHE HÄHNCHEN-SUPPE

1 Hähnchenbrust – mit Knochen oder ausgelöst
1 kl. Bund Suppengemüse
1 Lorbeerblatt
1 TL schwarze Pfefferkörner
Salz, schw. Pfeffer
1 kl. Zitrone (muss nicht sein)
Worcestersauce
2 EL Crème Fraîche
1 EL Trockener Sherry
1/2 Bund Schnittlauch
frisches Baguette

Hähnchen häuten, auslösen. Suppengemüse putzen, waschen und grob zerteilen. Zusammen mit Lorbeer, Pfeffer, Knochen und Haut in einen Topf geben. Mit kaltem Wasser bedecken, aufkochen, den Schaum abschöpfen. Hitze reduzieren, alles etwa 30 Min. ziehen lassen. Suppe anschließend durch ein Sieb abgießen.

Brühe wieder aufkochen, mit Salz, Pfeffer, Saft und Worcestersauce pikant abschmecken. Währenddessen die beiden Hähnchenfilets quer zur Faser in 1 cm breite Streifen schneiden. Mit Salz und Pfeffer würzen.

Crème fraîche mit Sherry, Salz und Pfeffer würzen. Den Schnittlauch in Röllchen schneiden. Von der Zitrone mit einem Juliennereißer feine Späne abziehen (oder etwas Schale in sehr feine Streifen schneiden.)

Hähnchenfleisch 2 Min. garen. Die Suppe auf Teller füllen, je 1 El. Crème fraîche darauf geben, mit einer Gabel auseinanderziehen. Schnittlauch und Zitronenschale aufstreuen, mit Baguette servieren.

Tipp: Etwa 50 g geriebene Mandeln in 1 El. Butter anrösten, mit der Brühe unter Rühren ablöschen.

Handelnde Figuren

Afra	(*die Schwarze*) Mutter von Raphael
Alice	(*die Edle, Schöne*) Nichte von Raphael
Antonia	(*u.a. die Unschätzbare*) Freundin von Laura in den bayerischen Bergen
Arwakr	Arwakr (*Frühwach*) und Alswinn (*Allbehend*), die zwei göttlichen Pferde, ziehen den Wagen der Sonne über den Himmel. Friesenwallach von Laura
Cajus	(*glücklich, zufrieden mit starker Persönlichkeit*) Wolfshund und ständiger Begleiter von Raphael
Caroline	(*die freie Frau*) Schwester von Raphael, Mutter von Alice und Helena
Christopher	(*der den Gesalbten bringt*) Sarahs jüngerer Sohn
Cornelia	(*stark wie ein Horn*) Schankmagd in Landshut, Bekannte von Raphael
Elke	(*die Adlige, Vornehme*) Bläserfreundin von Laura
Ellen	(*die Glänzende*) beste Freundin von Laura
Farasha	(*Schmetterling*) Pony von Alice
Felicitas	(*Göttin des Glücks*) Stute von Antonia
Finnegan	(*Der Weiße*) Border Collie von Sarah (Welpe)
Fritz	(*von Friedrich = Friede + Herrscher*) Bläserfreund von Laura
Gordian	Lauras erste Liebe, Ritter aus dem 14./15. Jahrhundert
Heike	(*reiche und mächtige Hofbesitzerin*) Fuchsreiterin einer Jagd
Helena	(*die Leuchtende*) Nichte von Raphael
Kai	(*Kämpfer, Krieger*) Sarahs älterer Sohn
Klara	(*Die Helle, Leuchtende, Berühmte*) Schwester von Volker

Laura	*(die Lorbeergeschmückte oder Siegerin)* Erzählerin
Marisi	Pony von Helena
Monika	*(Beraterin)* Reiterfreundin von Laura
Onkel Martin	*(der Kämpfer)* Volkers Onkel
Peter	*(Der Fels)* Chorfreund und alter Kumpel Lauras
Raphael	*(Held Gottes)* Nebenerwerbslandwirt, Landvermesser, Briefschreiber, Freizeitritter, …
Reiner	*(Heeresberater)* Master einer Jagd
Richard	*(der mächtige Fürst)* Bester Freund von Raphael
Rosella	*(die Rose)* Friesenstute von Raphael
Sarah	*(Königin)* Freundin von Raphael aus Kindertagen und Autorin von historischen Romanzen
Steffi	*(die Gekrönte)* Bläserfreundin von Laura
Tim	*(der Gottesfürchtige, der Geehrte)* langjähriger Freund Raphaels
Volker	*(der sein Volk in den Krieg führt)* Sarahs Mann

Namen in den Geschichten

Constances Tagebücher

Constance	die Standhafte, Entschlossene
Nicholas	Sieg/Held des Volkes
Arabella	die Araberin
Julian	aus dem Geschlecht der Julier, Der Unantastbare (altröm.)
Juliana	aus dem Geschlecht der Julier, Die Jugendliche, die Heitere (altröm.)
Magdalena	die Erhabene (häbr.)

Schwammerlino

Lili	die Gott verehrt, arab.: Nacht, Stern, Dunkelheit (hebr.)
Tim	der Geehrte, Ehrenwerte, Ehrenwürdige, Geschätzte

Gillamoos

Jan	Jahwe ist gnädig, Jahwe ist gütig (hebr.)
Jutta	Frau aus Jehud; Jüdin
Lena	von Magdalena, die Strahlende, die Schöne, die aus Magdala stammende
Kathrin	die Reine
Tobias	Gott ist gütig, Der Gütige

Der größte Wusch/Der Sternritt

Benny	siehe: Benjamin
Nico	Sieg
Annika	die Begnadete
Snowy	Schneiend
Nella	Kurzform von Petronella „Spatz"

Rico	Richard (althochdt.: rihhi = reich, Herrschaft, Herrscher, Macht und harti, herti = hart, kräftig, stark)
Bella	die Schöne (ital.)

Mae das Sternenschaf

Mae	Mutter; chinesisch: Schönheit (portug.)
Benjamin	ben = der Sohn und jamin = die rechte Hand, rechts: Sohn der rechten Hand, Sohn des Südens bzw. Sohn des Glücks. (hebr.)

Der Wunschzettel

Irina	die Friedliche
Julie	dem Jupiter geweiht; aus dem Geschlecht der Julier stammend
Angela Santos	Heiliger Engel
Peter	der Fels
Leann	die Unbeugsame
Viola	die Verletzte

Christmette

Lena	von Helena – die Strahlende, die Schöne (altgriech.)
Monika	die Einzigartige
Franzl	von Franziskus: der Freie, der Franke (althochdt. frei, kühn)

Der Gewinn

Kathi	von Katharina: die Reine, Aufrichtige
Tom	Zwilling (aramäisch)

Ein Mann zum Anbeißen

Jadoo:	Zauber, Magie (ind.)
Fayola:	Gutes Schicksal (afr.)

Taavi	Liebling, der Geliebte (finn.)
Emmeran	Rabe (lat.)

Qellen: *http://www.baby-vornamen.de,*
http://www.vorname.com,
https://de.wikipedia.org
http://www.beliebte-vornamen.de

WORTERKLÄRUNGEN

Atzung	Alter Ausdruck für Speisen
Brückenzoll	Einlassgebühr – beinhaltet meist das Entgelt für Mahl und Musiker
Cancellarius	Schriftführer
Cinderella	Aschenputtel aus Grimms Märchenschatz. In der amerikanischen Fassung heißt das Mädchen Cinderella
Diximus	von lat. dicere = sprechen. Am Ende einer Rede: wir haben/ich habe gesprochen
Gebietiger	Amtsträger – meist Vorstandsmitglied
Gewandung	Mittelalterliche Kleidung
Glock sechs	sechs Uhr (in dem Fall am Abend)
Großmeister	Vorstand eines Ritterbundes
Heimburg	Die Burg des Ritterbundes. Kann u. U. auch ein Lokal sein, in dem regelmäßige Treffen abgehalten werden.
Hellebarde	mittelalterliche Hieb- und Stichwaffe, etwa 2 m lang
Humpen	Kelch, irdenes Trinkgefäß
Humpenkreisung	Ein großer Kelch mit Wein wird herumgereicht und alle trinken daraus
Kapitel	internes Treffen eines Ritterbundes nach einem festgelegten Ablauf (nur geladene Gäste)
Labung	Getränke
Losungswort	Parole des Abends
Luntetten	Zigaretten, Zigarren etc.
Pilgrim	in dem Fall zu verstehen als „Novize" für den Ritterbund
Magisches Netz	Internet
Musici	Musiker
Profan	gewöhnlich, alltäglich
Remter	Raum, in dem das Kapitel abgehalten wird

Säckelung	Spendensammlung durch den Burgpfaffen
Sassen	Mitglieder eines Ritterbundes
Schwatzdraht	Telefon
Stinkross	Auto
Wacker	Wort der Zustimmung, zu verwenden wie „Bravo"

Alte Monatsnamen:

Schneemond	Januar (auch Hartung)
Hornung	Februar
Lenzing	März (auch Lenzmond)
Ostermond	April
Wonnemond	Mai
Brachmond	Juni (auch Brachet)
Heumond	Juli (auch Heuert)
Erntemond	August (auch Ernting)
Herbstmond	September (auch Scheiding)
Gilbhard	Oktober (auch Weinmond)
Nebelmond	November (auch Nebelung)
Christmond	Dezember (auch Julmond)

Danke

Ich sage all jenen DANKE, ohne die dieses Buch nicht in der Form existieren würde. Zu allererst und sozusagen existenziell Frau Mathilde Knogler aus Salzburg. Ohne sie hätte es vermutlich nie eine Fortsetzung meines Debut-Romans gegeben. Nach der Lektüre meines Buches „Mit dem Mut einer Löwin – Der lange Weg nach Hause" bis spät in die Nacht, verfolgte das Schicksal von Laura und Gordian sie noch im Traum. Die vorliegende Geschichte basiert in wesentlichen Teilen auf diesem Traum einer Sonntagnacht im Jahre 2010.

Danke sage ich außerdem all jenen Vereinen und Gruppierungen, denen ich schon angehören durfte bzw. deren Veranstaltungen ich besucht habe. Dadurch wurde mir ermöglicht, fast alle der im Buch beschriebenen Ereignisse selbst zu erleben und entsprechend zu beschreiben:

- Pferdesportverein Abensberg e. V. mit Jagdhornbläsergruppe (B-Hörner: Fürst Pless und Parforce)
- Reiterliche Jagdhornbläser München e. V. mit Bayerischer Parforcehornkreis Anjagd e. V. (beides Parforcehorngruppen in Es) und Schleppjagdverein von Bayern e. V.
- Reitstall Resch in Abensberg-Gaden mit der „alten" Reitertruppe 1989–1994
- Mozart-Tanzgruppe mit Tanzmeisterin Verena Brunner im Musikum Salzburg (Verena hat zwei äußerst hilfreiche Bücher über Mozart-Tänze inkl. Tanzbeschreibungen und CDs geschrieben, die im Fidula-Verlag erschienen sind)
- Sindri Puppentheater, Salzburg
- Laurentius Singers, Neustadt/Donau
- Kammerchor Querklang, Bayerisch Gmain
- Ritterbund Watzmann zue Berchtesgaden, Gutrater Ritterschaft zue Hohenwerfen, Gutrater Ritterschaft zue Golling, Burgritterschaft Falkensteiner auf Caprun sowie weitere Ritterbünde und Mittelaltervereine in Europa
- Zahlreiche Mittelaltermärkte und Ritterfeste sowie Stallgemeinschaften und Chöre im In- und Ausland

Ein großes DANKE an Alfred Leiblfinger und Burkhard Schmidt, die mir ihre wunderbaren Zeichnungen zur Verfügung gestellt haben, aber auch an meine bewährte Lektorin

Carola Eckl, des weiteren an meine herrlich unkonventionelle Gesangslehrerin Barbara Knetsch-Mainardy, meine Mit-Sängerin Ellen Wierer und „meinen Kasperl" Helga Plot, die probelesen „mussten" sowie an die mir unbekannten Menschen, von denen ich im Laufe von vielen Jahren die herrlichen Rezepte erhalten habe, mit welchen ich meine Gäste so gerne bekoche. Außerdem danke ich meinen Eltern und zahlreichen Freunden (sowie deren Nachwuchs), die mich über viele Jahre durch ihre Begeisterung immer wieder bestärkt haben, weitere Kurzgeschichten – und eine Fortsetzung meines Romans – zu schreiben.

Daniela Brotsack

INHALT

Constances Tagebücher	50
Schwammerlino	122
Gillamoos	137
Der kleine Kürbisgeist	175
Der größte Wunsch	195
Der Sternritt	200
Mae, das Sternenschaf	213
Der Wunschzettel	219
Der Mann im Mond	229
Christmette	233
Der Gewinn	239
Explosiv	267
Ein Mann zum Anbeißen	281
Rezepte aus dem Buch	288
Handelnde Figuren	300
Namen in den Geschichten	302
Worterklärungen	305
Danke	307

Mit dem Mut einer Löwin
Der lange Weg nach Hause

Roman, 272 Seiten
© 2007 Daniela Brotsack
ISBN: 978-3-8370-0308-6
Herstellung: Books on Demand GmbH, Norderstedt
Als Taschenbuch und E-Book erhältlich

Die 27-jährige Laura, von Bürojob und Freizeitaktivitäten gestresst, sehnt sich nach Ruhe und Erholung. Im Urlaub startet Laura mit ihrem Pferd Arwakr zu einem Ausritt in ihr geliebtes Altmühltal.

An einem idyllischen Fleckchen gönnen sich Laura und Arwakr eine Rast. Plötzlich treten Kaufleute aus einem längst vergangenen Jahrhundert in Erscheinung und ziehen an ihnen vorbei. Wenig später begegnet Laura einem geheimnisvollen Ritter, der sie auf sein Gut führt.

Die impulsive und unkonventionelle Laura nimmt all ihren Mut zusammen. Wird sie sich dem Abenteuer stellen? Wird sie sich in der neuen Umgebung und dem ungewohnten Alltag zurechtfinden?

Eine packende Reise in die schillernde Welt der Feudalherren im Altmühltal.

WEGE DURCH DAS TAL DER TRÄUME
ERZÄHLUNGEN UM BRÄUCHE UND TRADITIONEN IN OBER- UND NIEDERBAYERN

Eine Geschichte, 168 Seiten
© 2014 Daniela Brotsack
ISBN: 978-3-7386-0578-5
Herstellung: Books on Demand GmbH, Norderstedt
Als Taschenbuch und E-Book erhältlich

Lucienne ist 12 Jahre und ein ganz normaler Teenager – bis Ruth in ihr Leben tritt. Das tut diese auf eine besondere Art und Weise. Die neue Freundin nimmt Lucienne mit ins Tal der Träume, wo sie mit Bräuchen und Traditionen ihrer Heimat vertraut gemacht wird. Plötzlich ist das bisher langweilige Thema für Lucienne höchst interessant und sieerwartet ungeduldig den nächsten Ausflug mit Ruth.

Die Autorin erzählt über unterschiedliche Bräuche und Traditionen im Jahreskreis – vorwiegend aus Nieder- und Oberbayern – anhand eigener Erfahrungen sowie Überlieferungen verschiedener Quellen.

Ein Buch, das als unterhaltsame Hinführung zum Thema Bräuche und Traditionen gerade für junge Leser ideal ist.

AN DIESEN WUNDERSAMEN TAGEN

Weihnachtserzählungen, 100 Seiten
© 2014/2015 Daniela Brotsack
ISBN: 978-3-8370-0308-6 (E-Book)
ISBN: 978-3-7386-4581-1 (Taschenbuch)
Herstellung: Books on Demand GmbH, Norderstedt

Eine Sammlung von 15 Geschichten rund um die Weihnachtszeit für Jung und Alt. Erzählungen aus unserer Zeit, die den Zauber der Märchen von einst innehaben.

Manche davon sind amüsant, andere entführen uns in die heile Welt, welche wir uns gerade zu Weihnachten insgeheim wünschen, wieder andere regen zum Nachdenken an.

Doch vor allem eignen sich die Geschichten hervorragend, um vorgelesen zu werden.